URSI BREIDENBACH

Bergblumen zauber

ROMAN

 PENGUIN VERLAG

Penguin Random House Verlagsgruppe FSC® N001967

3. Auflage 2023
Copyright © 2023 by Ursi Breidenbach
Copyright © 2023 by Penguin Verlag
in der Penguin Random House Verlagsgruppe GmbH,
Neumarkter Straße 28, 81673 München
Redaktion: Lisa Wolf
Umschlaggestaltung: www.buerosued.de
Covermotiv: www.buerosued.de
Gesamtherstellung: GGP Media GmbH, Pößneck
Printed in Germany
ISBN 978-3-328-10915-0
www.penguin-verlag.de

Für Leo und Nils,
die besten Teenager der Welt

1

»Valerie, Kim und Benno?«

Valerie wandte den Kopf und sah einen älteren Mann in einer dunkelgrünen Lodenjacke und verwaschenen Jeans auf sich zukommen.

»Ja, das sind wir«, antwortete sie und wollte lächeln, was misslang, weil Kim ihr in diesem Augenblick den Koffer in die Hacken schob. Unter der Bahnsteigüberdachung drängten sich die Reisenden, und es herrschte ziemliche Hektik. Dennoch hielt Valerie es für möglich, dass Kim sie mit Absicht angerempelt hatte. Zumindest verhielt sich ihre Tochter schon den ganzen Tag lang aggressiv.

»Ihr habt uns Regen aus München mitgebracht«, sagte der Mann, als er direkt vor ihnen stand. Sein raues Lachen ging im Dröhnen des Zuges unter, der sich gerade wieder in Bewegung setzte.

»In München hat es zweiunddreißig Grad«, hörte Valerie Kim antworten. Dann kam noch irgendetwas von wegen »Regenloch« und ein derbes Schimpfwort, was aber zum Glück vom Lärm geschluckt wurde.

»Ich bin Peter.«

Sie schüttelten einander die Hände.

»Ich heiße Valerie! Und das sind mein Sohn Benno und meine Tochter Kim!«

Wann ist der verdammte Zug endlich abgefahren, damit wir uns nicht mehr anschreien müssen?

»Er weiß, wer wir sind«, steuerte Kim bei, als schließlich der letzte Waggon an ihnen vorübergerattert war.

Peter ignorierte sowohl Kims Kommentar als auch ihr unübersehbar genervtes Auftreten. Sein unrasiertes Gesicht strahlte unbeeindruckt fröhlich unter dem triefnassen Regenhut hervor. »Dann verfrachten wir euch und euer Gepäck in den Wagen und verlassen die Zivilisation, bevor wir uns hier die Beine in den Bauch stehen. Seid ihr bereit?«

Valerie und Benno nickten, Kim murmelte ein Nein, was Peter nur dazu veranlasste, wieder zu lachen.

Er nahm Valerie und Kim die Koffer ab. »Ihr seid sicher müde von der Reise. Aber bei uns werdet ihr euch schnell erholen.«

Im Gänsemarsch schlängelten sich die drei Neuankömmlinge hinter Peter durch das Gedränge am Bahnsteig. Als sie das überdachte Bahnhofsgelände verließen, rief er: »Das Auto steht dort drüben!«, und legte einen Zahn zu.

Im Laufschritt bewegten sie sich durch den dichten Regen.

»Wir könnten jetzt in Kroatien am Meer sein«, beschwerte sich Kim verhalten, aber dennoch deutlich hörbar. »Oder Spanien! Selbst Albanien wäre besser als dieser Dreck hier.«

»Reiß dich zusammen!«, zischte Valerie. Durch den dichten Regen fixierte sie Peters Rücken und versuchte an seiner Körperhaltung abzulesen, ob er sich bereits dachte, was für eine schrecklich unhöfliche Familie da gerade angekommen war. Aber natürlich gab sein Gang nichts weiter preis als den Versuch, möglichst rasch dem unwirtlichen Wetter zu entfliehen.

Valerie atmete tief durch. Sie musste sich entspannen. Wenn sie sich von Kims Launen beeindrucken ließ, wurde alles nur noch schlimmer. Die beste Strategie war, sie von sich abprallen zu lassen und nicht persönlich zu nehmen. So schwer das auch fiel.

Benno mit seinem riesigen Rucksack blieb ein wenig zurück, also wurde sie langsamer. »Geht's, Schatz?«

»Glaubst du, das Hotel ist weit von Bad Aussee entfernt?«, fragte er. Der Regen hatte seine unter der Kapuze hervorlugenden Stirnfransen durchnässt. Tropfen rollten über die runden Wangen.

»Es ist kein Hotel.«

»Die Ferienanlage eben.«

Valerie biss sich auf die Lippen. Fahrig zog sie den Zipp ihrer Jacke weiter zu. Sie hatte ihre Kinder nicht angelogen, sich jedoch vage ausgedrückt, wo genau sie da in diesem Sommer ihren Urlaub verbringen würden. Als Kim »Österreich« gehört hatte, war sie schon nicht erfreut gewesen. Das Wörtchen »Wald« hatte sie zum Ausrasten gebracht. Also hatte Valerie davon Abstand genommen, weiter ins Detail zu gehen. Wie sollte man einer Sechzehn- und einem Dreizehnjährigen ein bescheidenes Hüttendorf in der Abgeschiedenheit schmackhaft machen?

»Ich weiß nicht genau, aber ein Stückchen müssen wir schon noch fahren«, antwortete sie ihm deshalb ausweichend.

Sie waren an einem alten, verbeulten Range Rover angekommen, dessen Kofferraum Peter gerade aufschloss.

»Ist das ein Unfallauto?«, fragte Kim entsetzt. Ihre Haare klebten durchweicht am Kopf, weil sie weder eine Regenjacke trug noch die Kapuze des schwarzen Hoodies übergezogen hatte. Und die Wimperntusche war über die dunklen Kajalbalken rund um ihre Augen gelaufen, wodurch sie einen fast verwahrlosten Eindruck machte.

Peter brachte die Frage zum Auflachen. »Nein, Madel. So sieht ein jahrzehntelang gefahrenes Auto bei uns aus. Du wirst gleich miterleben, warum.« Er öffnete die Heckklappe und gab den Blick auf dicht gestapelte Kartons frei. »Ich habe gerade den Wocheneinkauf erledigt. Drum wird es knapp, aber wir bringen schon alles unter.«

»Wir können das Gepäck ja auch zwischen uns auf die Rückbank stellen«, bot Valerie an, weil sie nicht sah, wo es sonst Platz finden sollte.

»Es steigt noch jemand zu. Ihr seid nicht die Einzigen, die heute ankommen. Aber das wird schon!« Peter stemmte sich gegen eine Schachtel und schob sie dadurch weiter ins Wageninnere. Auf den so gewonnenen Platz hievte er Kims Koffer. Valeries etwas kleineres Gepäckstück wuchtete er obenauf.

»Kannst du den Rucksack auf den Schoß nehmen, wenn die anderen Gäste zusteigen?«, fragte er Benno.

»Auf wie viele Leute ist denn das Auto zugelassen?«, erkundigte sich Kim in zickigem Tonfall.

Valerie fasste sie mahnend am Arm, aber Kim machte sich sofort wieder los.

»Ach, weißt du, das sehen wir eher locker.« Peter grinste. »Und jetzt steigt besser ein, bevor ihr mir total durchweicht.«

Valerie ließ Benno nach vorn auf den Beifahrersitz, weil dort mehr Platz war, um auch noch sein Gepäckstück unterzubringen. Sie und Kim schlüpften hinten hinein.

»Wir fahren jetzt in ein Tal. Ganz am Ende, wo die Straße aufhört, kommt noch ein Paar dazu, da müsst ihr dann zusammenrutschen. Von dort sind es zwanzig Minuten. Es wird eng, aber so muss ich nicht zweimal durch den Wald düsen. Ist das okay für euch?«

»Selbstverständlich«, antwortete Valerie rasch.

Kim verdrehte die Augen. Mittlerweile schlotterte sie in dem nassen Pullover.

Valerie schälte sich umständlich aus der Jacke und legte sie ihrer Tochter um die Schultern. Doch Kim schüttelte sie genervt ab und starrte aus dem Fenster.

»Ich habe im Internet gelesen, dass es hier in der Gegend oft regnet. Auch im Sommer. Warum ist das so?«, erkundigte sich Benno bei Peter, der gerade ausparkte.

»Wir haben viel Schnürlregen, weil sich die Wolken an den Bergen stauen.« Er zog den Regenhut vom Kopf und legte ihn aufs Armaturenbrett. Dann strich er sich die fedrig abstehenden weißen Haare glatt. »Aber morgen wird es schön. Das habe ich am Krähen unseres Hahnes gehört.«

Kim warf ihrer Mutter einen fassungslosen Blick zu.

Das Tal wurde immer schmaler und die Besiedlung dünner. Während Peter den Wagen geschickt die kurvige Straße entlangsteuerte, beantwortete er Bennos Fragen:

Ob er wirklich nur im Wald wohne.

Ja.

Und ob er tatsächlich gar keine Wohnung in der Stadt habe.

Nein.

Auch im Winter nicht, wo es hier doch sicher viel Schnee gebe.

Nein.

Was er für eine Woche einkaufe.

Fleisch, Zucker, Getreide, Gewürze – alles, was sie nicht selbst anbauten oder aus dem Wald holten.

Was man dort denn abgesehen von Pilzen finden könne.

Beeren und andere Früchte, Kräuter sowie Blüten.

»Auf gar keinen Fall werde ich irgendetwas aus dem Wald essen«, kommentierte Kim, die zuvor geraume Zeit geschwiegen und *Help! Kidnapping!* mit dem Finger in den Kondensfilm auf der Scheibe geschrieben hatte.

Valerie sah, wie Peter Kim durch den Rückspiegel betrachtete.

»Ich fürchte, wir waren in den letzten Jahren nicht besonders viel in der Natur«, fühlte sich Valerie zu erklären bemüßigt. Da sie nicht wusste, ob Peter Erfahrung mit Teenagern in einer unausstehlichen Phase hatte, war ihr Kims Verhalten schrecklich peinlich.

»Und daran wollen wir eigentlich auch nichts ändern«, murmelte Kim.

Peters Lachen wirkte nach wie vor entspannt.

»Woher wissen Sie, welche Sachen man essen kann?«, erkundigte sich Benno. »Ich meine, da gibt es doch sicher auch jede Menge giftiges Zeug. Eigentlich cool, wenn ich das lerne.«

Valerie durchflutete eine Welle der Zuneigung. Auf Benno war einfach Verlass. Er hatte seit jeher ein gutes Gespür für Menschen, konnte Stimmungen einschätzen und verstand es oft, die schlechte Laune seiner Schwester auszugleichen.

Peter fuhr sich über sein mit weißen Bartstoppeln übersätes Kinn. »Bücher und jahrelange Erfahrung. Ist nicht so schwer, wenn man beim Sammeln alle Sinne einsetzt. Und übrigens: Wir duzen uns. Im Wald sind wir einfach eine große Familie.«

Kim rollte die Augen.

»Und da vorne warten noch zwei Hübsche auf uns«, fuhr Peter fort und deutete auf ein am Waldrand geparktes Auto. Die Straße endete hier an einer Schranke mit Fahrverbotsschild. Dahinter lag eine schmale Forststraße.

Valerie wischte ein Sichtfenster in die beschlagene Scheibe und schaute hinaus. Ringsum standen hohe dunkelgrüne Nadelbäume, die im Regen ziemlich düster aussahen. Ihre Zweige schienen den Dunst förmlich festzuhalten und dadurch die Luft mit noch mehr Feuchtigkeit zu schwängern.

Als Peter anhielt, stiegen zwei Gestalten aus dem Wagen am Waldrand: eine kleine Frau in einem gelben Regenmantel auf der Fahrerseite und ein Bär von einem Mann auf der anderen.

Peter öffnete die Tür. »Jannik und Stella?«, rief er hinaus. Er setzte seinen Regenhut auf und sprang aus dem Geländewagen.

Valerie rutschte in die Mitte der Rückbank.

»Wo, bitte, wollen die sitzen? Mit dem ganzen Gepäck ist ja kaum noch für eine Person Platz«, beschwerte sich Kim. »Soll ich vielleicht in der Türverkleidung verschwinden? Ah, ich weiß: Ich könnte aussteigen!«

Valerie spürte, wie der Ärger über ihre Tochter, der schon den ganzen Tag immer höher gekrochen war und gegen den sie so hart angekämpft hatte, bei ihrem Kehlkopf anlangte. »Kannst du dich bitte einmal nicht aufführen wie eine verzogene Göre?« Sie wusste, dass sie mit Schimpfen eher das Gegenteil von dem bewirkte, was sie sich erhoffte, aber sie hatte das Gefühl zu platzen, wenn sie ihre Wut auf Kim unterdrückte.

»Gut. Dann sage ich eben gar nichts mehr. Bis wir wieder nach Hause fahren.«

In diesem Moment öffnete Peter die Tür. »Jannik, am besten, du nimmst deine Freundin auf den Schoß. Die eine Tasche können wir vielleicht hier im Fußraum unterbringen. Geht das für dich Valerie? Und die andere? Hm, mal überlegen.«

»Die kann doch auf meinen Knien stehen«, sagte die junge Frau und winkte ins Wageninnere. »Hi, ich bin Stella. Leider kann ich euch nicht sehen, aber ich weiß, dass ihr irgendwo da drin seid.« Sie lachte und deutete auf ihre völlig nassgeregnete Brille. Dann wandte sie sich zu ihrem Begleiter um. »Setz du dich zuerst rein!«

Valerie rückte noch ein Stück zu Kim, um mehr Raum für den massigen Kerl zu schaffen.

Als er einstieg und die Kapuze abnahm, sah sie schwarzes

dichtes Haar, das an den Schläfen von Silberfäden durchzogen war. Und wie er sich zu ihr drehte und lächelnd Hallo sagte, bildeten sich Falten um seine dunklen Augen.

Valeries Magen machte einen kleinen Hüpfer, der sie irritiert schlucken ließ.

Stella kletterte umständlich über seine Beine und nahm dann auf seinem Schoß Platz. Sie kicherte mit hoher Stimme. »Passt das so für dich?«, fragte sie ihn.

Er räusperte sich und nickte. Statt seine Freundin zu umfangen, hängte er die eine Hand in den Haltegriff über der Tür und wusste ganz offensichtlich einen Moment lang nicht, wohin mit der anderen. Schließlich legte er sie auf seinem Bauch ab.

Mann in meinem Alter mit viel zu junger Freundin, mit der er nicht wirklich vertraut wirkt. Ob er verheiratet und sie seine Affäre ist?

Stella streckte ihre Arme Richtung Tasche aus, die Peter hielt.

»Die kann ich doch nehmen. Ihr habt es sowieso schon unbequem«, bot Valerie an.

Peter reichte das Gepäckstück zwischen den Vordersitzen durch. »Wunderbar, ich öffne die Schranke, und dann geht es los.«

»Fahrt ihr auch zum ersten Mal zu Peter und Jutta?«, erkundigte sich die junge Frau.

»Ja. Ich bin übrigens Valerie und das sind meine Kinder Benno und Kim. Ihr seid Stella und Jannik?« Valerie war unglaublich neugierig darauf, mehr über das Pärchen zu erfahren.

»Er heißt Yanek, nicht Jannik. Das ist türkisch. Eigentlich mit so einem i ohne Punkt, aber das kennt ja bei uns keiner, also schreibt er sich mit E«, plapperte Stella drauflos, während sie versuchte, die Brille an einem Zipfel ihres Pullovers trocken zu wischen.

Valeries Blick wanderte unweigerlich zu Yaneks Augen. Sie überlegte, woran es liegen könnte, dass es ihr durch Mark und Bein fuhr, wenn er sie anschaute.

An den dunklen Brauen vielleicht?

Sie stellte fest, dass sie nicht mitbekommen hatte, ob er mit Akzent sprach. Eigentlich war sie sich nicht einmal sicher, ob er überhaupt schon irgendetwas gesagt hatte.

»Wir unterrichten an einem Gymnasium in Salzburg«, fügte Stella hinzu.

Valerie hatte den Eindruck, dass sich Yaneks Miene in diesem Augenblick verfinsterte, doch sie kam gar nicht dazu, sich darüber Gedanken zu machen, denn da fragte Stella schon: »Seid ihr Deutsche?«

»Das hört man wohl, oder? Wir sind aus München.«

Peter hatte die Schranke geöffnet, um auf den Forstweg zu fahren. Nachdem er sie wieder geschlossen hatte, gab er vorsichtig Gas und folgte dem holprigen, steilen Schotterweg. Sie wurden alle ganz schön auf ihren Sitzen durchgerüttelt. Bei jedem Schlagloch stieß entweder Valeries Ellbogen gegen Yaneks Flanke oder sie wurde an ihn gedrückt. Zuerst entschuldigte sie sich einige Male, dann ließ sie es bleiben.

Stella schien sich kaum auf den Knien ihres Begleiters halten zu können, also krallte sie sich in den Ärmel seiner Jacke.

Irgendwann legte er seine Hände auf ihre Hüften und hielt sie fest. Bei genauerer Betrachtung kam Valerie zu der Überzeugung, dass die junge Frau wohl doch nicht Mitte zwanzig sein konnte, wie sie zuerst geschätzt hatte, sondern eher um die dreißig. Dennoch schien es einen größeren Altersunterschied zwischen den beiden zu geben.

Irgendwann endete der Forstweg an einem Gatter vor einem gerade einmal wagenbreiten Loch in einer Wand aus Fichten.

»Kim, wärst du wohl so nett und öffnest das Tor und schließt es dann hinter uns wieder?«, bat Peter.

Kim richtete sich aus ihrer völlig zusammengesunkenen Sitzhaltung auf und löste den Blick vom Handy. »Es schüttet, und ich soll aussteigen?«, fragte sie.

»Mach es bitte einfach!« Valerie versuchte freundlich zu klingen, war sich aber darüber bewusst, dass wohl jeder im Auto merkte, wie genervt sie eigentlich war.

»Du bist die Einzige, die nicht total eingekeilt ist, Madel«, erwiderte Peter ruhig. »Hilf uns also, Zeit zu sparen, ja?«

Mit einem Unmutslaut öffnete Kim die Wagentür, sprang hinaus und tat, wie ihr geheißen.

Als sie sich nach dem Gatter wieder auf ihren Sitz im Auto plumpsen ließ, lehnte sich Yanek ein wenig vor, deutete auf die von Kim auf die Scheibe gemalten Buchstaben und bemerkte in völlig akzentfreiem, aber österreichisch gefärbtem Deutsch: »Kleiner Tipp fürs nächste Mal: Wenn du willst, dass die Leute das von draußen gut lesen können und uns retten, musst du es in Spiegelschrift schreiben.«

Nach den unbequemsten zwanzig Minuten, die Valerie je in einem Auto verbracht hatte, erreichten sie endlich das Ziel. Peter parkte den Wagen in einem von Ranken umwucherten Carport neben einem Jagdhaus. Die Fahrt durchs Unterholz auf der unbefestigten Piste war abenteuerlich gewesen. Äste hatten gegen die Windschutzscheibe geschlagen und die Wagenseiten entlanggekratzt. Ein paarmal war sich Valerie nicht sicher gewesen, ob das Fahrzeug dem unebenen Untergrund überhaupt gewachsen war. Aber irgendwie hatten sie es doch geschafft.

Mit weichen Knien stieg sie hinter Kim aus dem Auto. Das Gesicht ihrer Tochter sah noch bleicher aus als sonst. Auch Benno kroch ungewöhnlich still aus dem Wagen.

»Puh, was für ein Höllenritt«, kommentierte Stella. »Geht's, Yanek? Hoffentlich war ich nicht zu schwer.«

Valerie streckte den Rücken durch und wandte sich dem mit dunklem Holz verkleideten Jagdhaus zu. Es hatte grüne Fensterläden und einen Vorbau mit Schnitzverzierungen.

»Sind wir fünf im Augenblick die einzigen Gäste?«, fragte Stella. »Alles ist so ruhig.«

Als Peter die Heckklappe öffnete, fiel ihm Valeries Koffer und eine Kiste mit Einkäufen entgegen. Flaschen mit Essig und Öl, eine große Packung Salz und ein Zimtstreuer purzelten heraus. »Ihr seid tatsächlich die Letzten, die ankommen. Die anderen sind schon eine Weile hier. Mit meiner Frau Jutta und mir sind wir jetzt insgesamt achtzehn Leute. Also voll belegt. Kommt mit, ich zeige euch alles. Eure Sachen können wir nachher holen.«

Valeries Herz klopfte nun ein wenig schneller. Gleich

würden ihre Kinder sehen, was dieser Urlaub wirklich für sie bereithielt: ein einfaches Leben mitten in der Natur ohne die Annehmlichkeiten der Zivilisation. Sie hoffte inständig, Kim würde vor den anderen keine Szene machen.

Peter führte sie auf die Rückseite des Hauses. Mittlerweile war der Regen in ein Nieseln übergegangen. Die feinen Wassertropfen schienen von allen Seiten zu sprühen und fühlten sich an wie Nebel, der durch die Kleidungsschichten bis direkt an die Haut drang. Valerie schloss ihre Regenjacke bis obenhin und zog die Kapuze tiefer ins Gesicht.

»Jutta und ich wohnen im Haupthaus«, erklärte Peter. »Im Erdgeschoss wird gekocht und zusammen gegessen. Ihr könnt euch dort jederzeit aufhalten. Alle Türen stehen euch immer offen. Dort hinten gibt es einen kleinen Anbau, der uns als Lebensmittellager dient. Darunter befindet sich ein Erdkeller, wo wir die Sachen aufbewahren, die es kühler brauchen. Bitte achtet bei beiden Räumen immer darauf, dass sie gut verschlossen sind, sonst freuen sich die Mäuse.«

Sie waren in einem Garten angelangt. Es gab ein paar Tische mit Stühlen. Zwischen den Blumenbeeten staksten Hühner durchs nasse Gras.

Jenseits davon lag ein ovaler, mit Steinchen ausgelegter und von Obstbäumen gesäumter Platz, um den sieben Holzhütten standen. Jede von ihnen sah anders aus. Zum Bau waren unterschiedliche Holzarten verwendet worden. Vor einem Häuschen lag eine mit Blumen bepflanzte Zinkbadewanne. An der Wand eines anderen entdeckte sie ein altes Wagenrad. Ein drittes zierte eine aus einem dicken Baumstamm gesägte Sitzbank. Die Türen und Fensterrahmen waren in jeweils anderen Farben gestrichen, hinter den Scheiben hingen gemusterte Vorhänge, und die Wände schmückten Schilder mit Sprüchen in geschwungenen Buchstaben. *Die Dinge, die wir lieben, sagen uns, wer wir sind*, las Valerie auf der nächstgelegenen Hütte, und: *Wer die Ruhe nicht in sich selbst findet, wird sie auch anderswo vergeblich suchen.* Das Hüttendorf lag wie ausgestorben vor ihnen und wirkte auf sie unwirklich. Wie eine Filmkulisse. Ob das am Wetter lag oder daran, dass sie noch nicht richtig angekommen war, wusste Valerie nicht.

»Das hier ist unsere Feuerstelle«, setzte Peter seine kleine Führung fort und deutete auf die Eisenschale in der Nähe eines Birnbaumes. »Da werden wir es uns an so manch lauem Abend gemütlich machen.«

»Klasse!«, jubelte Benno. Neugierig sah er sich um. Nichts von dem, was er entdeckte, schien ihn zu irritieren.

Kim hingegen hatte die Arme vor der Brust verschränkt und die Augen zu schmalen Schlitzen zusammengezogen. Valerie ahnte, dass sich der Unmut ihrer Tochter gleich wieder aufs Neue entladen würde.

»Und das sind eure Wohnhütten. Aber ihr werdet sehen, außer nachts verbringt ihr dort wahrscheinlich nicht viel Zeit.«

»Klasse«, ahmte Kim den Begeisterungsruf ihres Bruders in sarkastischem Tonfall nach.

»Und da in der Mitte des Platzes steht unser Brunnen. Das Wasser könnt ihr bedenkenlos trinken.«

»Warum sollte ich das machen?«, erwiderte Kim so leise, dass nur Valerie es hören konnte. »Was für ein Schwachsinn!«

»Lasst ihr die Wasserqualität denn regelmäßig prüfen?«, fragte Stella und schob die Brille den Nasenrücken hinauf.

Valerie meinte zu sehen, wie Yanek seiner Freundin einen mahnenden Blick zuwarf. Die Augenbrauen hatte er leicht zusammengezogen, und sein Mund wurde schmal.

»Nein«, antwortete Peter schlicht. »Aber was soll mit dem Wasser schon sein? Es kommt direkt aus den Bergen und ist vom Stein gefiltert. Das ist zu hundert Prozent in Ordnung.«

»Ich trinke sicher nicht aus diesem Steinzeit-Brunnen«, kommentierte Kim im Flüsterton.

Valerie überlegte, ob nun nicht endgültig der Zeitpunkt gekommen war, ihren Kindern die ganze Wahrheit über diesen Ort zu verraten, entschied dann aber, dies erst in der Hütte zu tun.

Peter fuhr fort: »Die anderen sind mit meiner Frau beim Kräutersammeln. Ihr lernt alle beim Abendessen kennen. Ich schiebe gleich den Braten in den Holzofen. Heute gibt es ein Festmahl!« Er rieb die Hände aneinander. »Immer wenn das Essen fertig ist, spiele ich auf meinem Saxofon. Ihr könnt euch in der Zwischenzeit ein wenig umsehen und es euch gemütlich machen. Bei uns ist ja alles selbsterklärend. Fühlt euch einfach wie zu Hause. Falls ihr etwas braucht, bin ich natürlich jederzeit für euch da. In der Hütte da drüben seid ihr drei untergebracht, Valerie. Direkt daneben Yanek und Stella.« Er deutete auf die beiden Häuser auf der gegenüberliegenden Seite des winzigen Dorfplatzes. »Macht am besten gleich ein Feuer im Ofen, damit ihr es schön kuschelig habt. Gibt es fürs Erste noch Fragen?«

»Ist das Klo im Haus?«, erkundigte sich Benno.

»Gut, dass du das ansprichst. Das hätte ich beinahe vergessen.« Peters Arm wies nun auf den Nadelwald hinter den ihnen zugewiesenen Hütten. »Folgt dem kleinen Trampelpfad an den Bienenstöcken vorbei. Dann kommt ihr zum Waschplatz am Bach und zu den Plumpsklos. Nehmt in der Nacht vielleicht am Anfang, solange ihr den Weg noch nicht genau kennt, die Solarlampe mit, die bei eurer Hütte neben dem Eingang steht.«

»Wann fährst du wieder hinunter nach Bad Aussee?«, fragte Kim. »Ich komme mit zum Bahnhof.«

Peter lachte schallend. »Die nächste Einkaufsfahrt gibt es erst in einer Woche, Madel.«

2

»Sag mal, bist du jetzt total verrückt geworden? Uns in deine erbärmliche Midlife-Crisis hineinzuziehen und hierherzuschleppen?«, schrie Kim.

Valerie ließ von ihrem Koffer ab und sank erschöpft auf einen Stuhl. Die Kinder waren ihr in den letzten drei Jahren entglitten. Und sie hatte gehofft, dass sie hier in der Abgeschiedenheit wieder ein wenig zu dem Team werden würden, das sie einmal gewesen waren.

»Ein Scheißhaus im Wald und ein verranzter Trinkbrunnen?« Kims Stimme überschlug sich. »Hundert Stunden von irgendwelchen Geschäften oder normalen Leuten entfernt? Echt jetzt? Wie durchgeknallt muss man bitte sein, um so einen Schrott zu buchen?«

Valerie gab sich nicht der Illusion hin, dass dieses Gebrülle in der Privatheit der Hütte blieb. Vermutlich konnte man das Gezeter ihrer Tochter bis ins Tal hinunter hören. »Nicht in diesem Ton!«, erwiderte sie müde. »Ich verstehe ja, wie unerwartet und ungewohnt das hier für euch ist ...«

»Du verstehst? Ach ja? Wenn du nur irgendwas verstehen würdest, hättest du uns das nicht angetan!«

»Du übertreibst, Schatz.«

»Leute, ihr werdet es nicht glauben«, kam es von Benno. »In dieser Schublade liegen Kerzen, weil es in der Hütte kein elektrisches Licht gibt. Richtig krass!« Er filmte seine Erkundungstour mit dem iPhone und kommentierte dabei alles.

Kim sah nun ebenfalls auf ihr Handy. Dann riss sie es entsetzt hoch, lief zum Fenster und anschließend vor die Tür. Wieder zurück in der Hütte baute sie sich vor ihrer Mutter auf und sah sie mit Abscheu in den Augen an. »Es gibt keinen Empfang!«

»Wir werden auch einmal drei Wochen ohne auskommen.«

»Hast du das gewusst?«, schrie Kim.

»Wir hängen zu viel an den Smartphones. Es wird uns guttun.«

»Ob du das gewusst hast?«

Valerie sah auf ihre Hände und strich dann die mit grünen Kringeln bedruckte Tischdecke glatt. Klar war es nicht ganz in Ordnung gewesen, den Kindern diese Details zu verschweigen. Doch es hatte ohnehin schon jede Menge Energie gekostet, Kim zum Mitkommen zu bewegen. »Ja, ich habe es gewusst. Aber da es keinen Strom gibt, mit dem man die Handys aufladen kann, würde uns der Netzempfang auch nicht viel nützen.«

Benno machte die Tür des mit Holz beheizten Herdes auf und filmte hinein. »Leute, das müsst ihr euch geben: Kochen mit diesem Ding!« Dann richtete er sich abrupt auf: »Was? Wir haben keinen Strom?«

»Warum meinst du, dass wir Kerzen brauchen, du Genie?!«, fuhr Kim ihn an. »Hier gibt es gar nichts. Welche Mutter verschleppt ihre Kinder an so einen abartigen Ort? Das ist einfach nur krank!«

»Aber wie soll ich filmen, wenn ich das Handy nicht aufladen kann? Meinst du, sie haben im Haus eine Steckdose?«

Kim fasste sich an die Stirn. »Nein, du Hirni! Und deshalb sind wir hergekommen. Weil sie nicht möchte, dass wir in den Sommerferien auch nur annähernd Spaß haben. Aber wenn du denkst, ich akzeptiere das, hast du dich geschnitten, Mutter!«

Benno schlug den Ofendeckel geräuschvoll zu.

Valerie seufzte. »Ich möchte, dass ihr euch jetzt beruhigt! Es ist nur für drei Wochen. Lasst euch auf das Abenteuer ein! Ihr werdet schnell sehen, dass es noch etwas anderes gibt als TikTok und YouTube. Ich bin sicher, es wird uns hier gefallen. Seid doch einfach mal offen für was Neues.«

Kim verschränkte die Arme vor der Brust. »Neu wäre auch ein Cluburlaub auf einer schönen Insel. Aber nein, wir müssen ja zu den crazy Amish People nach Österreich fahren. Ich bleibe garantiert nicht hier!«

Valerie trat aus der Hütte und schloss mit Nachdruck die Tür hinter sich. Sie brauchte dringend einen Augenblick für sich. Die Stimmung war am Tiefpunkt angelangt. Außerdem ärgerte es sie, dass sie die ganze Sache mit dem Urlaub so ungeschickt eingefädelt hatte.

Der Sprühregen hatte aufgehört, aber für Anfang August war es empfindlich kühl. Valerie hob den Kopf und schaute in die schweren grauen Wolken. Am Rand des Hüttendachs hingen Tropfen, aufgereiht wie die Perlen einer Kette. Wenn sie, genährt vom zusammenlaufenden Wasser, zu groß wurden, verschmolzen sie mit ihren Nachbarn und fielen zu Boden. Valerie sah eine Zeit lang zu. Erst, als sie spürte, dass sie etwas zur Ruhe kam, ließ sie den Blick weiterschweifen. Die Blätter des Apfelbaumes vor der Hütte glänzten nass. Dazwischen hingen eine Menge Früchte, von denen das Wasser träufelte.

Valerie trat an den Brunnen. Der Boden gefiel ihr. In der festgestampften Erde waren Aberhunderte Steinchen in verschiedenen Größen verlegt. Sie alle waren zur Mitte hin ausgerichtet, sodass es aussah, als stünde die hölzerne Wasserstelle im Zentrum einer Sonne. Sie zog ihr Handy hervor, machte ein Foto und schoss auch von den Hütten einige Bilder.

Dann bewegte sie den Pumpenschwengel ein paarmal und hielt die Hand unter den Hahn, um das Wasser zu kosten. Es fühlte sich beim Schlucken in der Kehle metallischer an als gewohnt, schmeckte aber frisch.

Valerie schloss die Augen und horchte in sich hinein.

War es ein Fehler, hierherzukommen?

Eigentlich war sie sich nach wie vor sicher, dass diese Pause von der Zivilisation genau das war, was ihre Familie brauchte.

Valerie hörte einen Vogel in einem der Obstbäume pfeifen. Das feuchte Wetter schien ihn nicht zu stören. Erst jetzt bemerkte sie, dass es überall zwitscherte. Ein wahres Vogelkonzert erklang. Verwundert lauschte sie, denn sie war immer davon ausgegangen, Vögel sängen nur bei Sonnenschein. Langsam setzte sie sich in Bewegung, schlenderte zwischen den Hütten hindurch und umkreiste die kleine Siedlung. Sie entdeckte noch mehr Obstbäume, einen Ziegenstall und einen Gemüsegarten. Alles wirkte gepflegt, und man merkte, wie viel Liebe in jedem Detail steckte. Peter und Jutta hatten sich offensichtlich eine Menge Gedanken über die Gestaltung der gesamten Anlage gemacht. Auffällig war, dass ausschließlich Naturmaterialien für die Errichtung des Dorfes verwendet worden waren und abgesehen vom Jagdhaus nichts traditionell ländlich anmutete. Egal ob es die Rankhilfen für die Bohnen, das Gatter rund um die Ziegenbehausung oder der Hühnerstall war, alles hatte einen unkonventionellen Touch. Man konnte sehen, dass sich hier jemand wirklich um Design bemühte.

Valerie folgte nun dem Pfad durch den Fichtenwald zum Bach. Sie schmunzelte, als sie dort die Plumpsklos sah, denn die zwei Holzkabinen waren angepinselt wie Londoner Telefonzellen.

Der Waschplatz bestand aus einem Verschlag, in dem sich eine hölzerne Wanne befand, daneben gab es einen Ofen, aus dessen Rohr Rauchwölkchen stiegen. In Zinkeimern konnte man hier das Bachwasser erhitzen. Ein Tisch war mit zwei Schüsseln aus blau-weißer Emaille ausgestattet, neben denen ein paar Stück Seife bereitlagen. Hinter einer Wand gab es noch einen an einem Zugmechanismus hängenden Wasserbehälter. Valerie vermutete, er diente dazu, sich zumindest kurz abduschen zu können.

Ihr hatte die Idee vom Urlaub im Wald von Anfang an zugesagt, aber diese spartanischen sanitären Einrichtungen ließen sie nun doch schlucken. Wenn es weiterhin so kühl blieb, würde es kein Zuckerschlecken werden, sich hier zu waschen. Ein richtiges Badezimmer hätte sie schon gern gehabt. Wie Kim auf all das reagierte, wollte sie sich lieber nicht ausmalen.

Sie holte tief Luft.

Dann schöpfte sie Bachwasser und füllte damit eine der Schüsseln. Nachdem sie sich Pullover und T-Shirt ausgezogen hatte, spritzte sie sich das eiskalte Nass ins Gesicht und unter die Achseln, ließ sich eine Handvoll über den Nacken laufen und badete die Arme bis zum Ellbogen. Eine der Seifen war von Blütenblättern gesprenkelt und roch zitronig. Damit wusch sie sich. Da sie kein Handtuch aus der Hütte mitgebracht hatte, wartete sie, bis ihre Haut getrocknet war, bevor sie sich wieder anzog. Dabei lauschte sie fröstelnd dem Rauschen und Gluckern des Baches und dachte noch einmal bang darüber nach, ob es wirklich die richtige Entscheidung gewesen war, hier Urlaub zu machen.

»Seid ihr nur zu zweit?«, fragte Peters Frau, als Valerie und Benno an diesem Abend mit etwas Verspätung den Wohnraum im Jagdhaus betraten. Um eine lange Tafel saßen schon die anderen Urlaubsgäste beim Essen. Nun sahen sie neugierig zu ihnen herüber.

»Meine Tochter lässt sich entschuldigen, sie hat keinen Appetit«, antwortete Valerie.

Dass sich Kim ins Bett gelegt, die Decke über den Kopf gezogen und geweigert hat, mitzugehen, muss ich nicht unbedingt breittreten.

»Lieber verhungere ich, bevor ich die Wahnsinnigen treffe, die hier freiwillig herkommen«, hatte Kim geschimpft.

»Ich bin Jutta«, sagte Peters Frau nun herzlich lächelnd. Sie trug eine rote Latzhose und die schulterlangen blonden

Haare offen. An ihren Ohren baumelten lange Türkishänger, die ständig hin und her schwangen. »Wir packen deiner Tochter dann etwas vom Braten, den Erdäpfeln und dem Breitwegerichgemüse ein. Vielleicht bekommt sie später Hunger.«

»Ich stelle euch die Bande vor«, sagte Peter und führte sie zum Tisch. »Setzt euch nur.« Er wies auf die freien Plätze. »Leute, das sind Valerie und Benno aus München. Zu ihnen gehört Kim, die derzeit noch Fluchtgedanken hegt.« Er lachte. Dann wandte er sich an Valerie und deutete auf Yanek und Stella, die direkt gegenüber saßen. »Unsere zwei Salzburger kennt ihr ja schon.«

Die Gesichter der beiden verzogen sich synchron zu einem Lächeln.

»Daneben Alex und Nora aus England, mit ihren Kindern Holly, David und Pippa. Sie sprechen alle gut Deutsch, weil sie eine Oma in Linz haben.«

Dass Holly ungefähr in Kims Alter zu sein schien, freute Valerie. Eventuell half das ihrer Tochter bei der Eingewöhnung. Wenn sie sah, dass es ein Mädchen gab, das sich auf dieses Abenteuer hier einließ, würde sie es vielleicht auch tun.

»Diesen Sommer sind wir ganz international: Das dort drüben sind Guus und Lieke aus Holland.« Peter wies auf einen jungen Mann mit dicken roten Dreadlocks und ein elfenhaft wirkendes, weißblondes Geschöpf mit Sommersprossen.

»Ich werde mir auf Anhieb wahrscheinlich nicht alle Namen merken können«, räumte Valerie zerknirscht ein und versuchte, alle bisher genannten im Geist noch einmal durchzugehen.

»Ich bin seit einer ganzen Woche hier und habe da immer noch so meine Probleme«, antwortete die Frau, die direkt neben Valerie saß. »Ich bin Alice aus Wien und ohne Begleitung hier.«

Der Mann gegenüber meldete sich: »Jo aus Graz, und das ist mein Sohn Toni.«

»Wie alt bist du?«, fragte Benno den Jungen.

»Vierzehn. Und du?«

»Dreizehn.«

»Nice!«

»Hast du einen Solar-Charger fürs Handy mit?«, fragte Benno.

»Mein Papa hat nicht erlaubt, dass ich Elektrogeräte mitbringe«, antwortete Toni und warf seinem Vater einen Seitenblick zu.

»Meine Mutter hat uns verschwiegen, dass es hier weder Netz noch Strom gibt.«

Valerie räusperte sich peinlich berührt.

Jo zwinkerte ihr aufmunternd zu.

Wenigstens herrschen überall die gleichen Probleme.

Sie lächelte zurück.

In diesem Moment stellte Peter noch eine Familie aus Stuttgart vor.

»Hallo«, sagte das Mädchen, das er gerade Emilia genannt hatte, und stierte dabei in die Tischmitte.

»Unsere Tochter ist blind«, erklärte ihr Vater. »Aber ihr werdet staunen, was für eine exzellente Pfadfinderin sie ist.«

»Guten Abend allerseits, schön euch kennenzulernen«, sagte Valerie noch einmal in die Runde.

Ihr Blick blieb einen Moment an Yaneks unergründlichen dunklen Augen hängen. Einige Sekunden lang schauten sie einander direkt an, dann wandte er sich ab und aß weiter.

Ihr Herz klopfte schneller.

Mit einem Mal wurde sie sich ihres Äußeren bewusst. Natürlich hatte sich hier mitten im Wald niemand für das Essen aufwendig zurechtgemacht, aber so abgekämpft, wie sie vermutlich wirkte, sah keiner aus. Da sie weder am Waschplatz noch in ihrer Hütte einen Spiegel hatte entdecken können, fühlte sie sich unsicher. Waren die Haare strähnig? Ihr Kurzhaarschnitt machte schnell einen ungepflegten Eindruck, wenn er Wind und Wetter ausgesetzt war. Und bestimmt ließ auch das Make-up schon zu wünschen übrig.

Am liebsten hätte sie ihr Handy hervorgezogen, um sich im Selfie-Modus zu betrachten. Stattdessen versuchte sie, unauffällig ihr Erscheinungsbild in einem Löffel zu prüfen, was aber ein sinnloses Unterfangen blieb.

Warum kümmert es mich überhaupt, wie ich aussehe? Das ist hier doch wirklich völlig egal!

»Jutta, jetzt müssen die Bratenstücke her. Die beiden sind hungrig«, unterbrach Peter Valeries Gedanken. »Valerie dreht schon den Löffel in der Hand.«

Nach dem Essen blieben alle im Haus. Holly, das englische Teenagermädchen, spielte auf dem Teppich mit den drei jüngeren Kindern *Mensch ärgere dich nicht*. Benno und Toni hockten im Flur auf der Treppe zum Obergeschoss und tauschten sich über die Computerspiele aus, die sie in den nächsten Wochen nicht zocken konnten. Die Erwachsenen saßen auf den Sofas oder auf Stühlen nahe dem offenen Kamin, den Peter angeheizt hatte.

Nur Valerie und Alice hantierten in der Küche. Sie hatten sich zum Abwasch gemeldet, was sich hier ziemlich aufwendig gestaltete. Zuerst mussten sie zwei große Schüsseln mit Wasser vom Brunnen holen, von denen sie eine durch etliche Schöpfer aus einem Tank im Herd, dem sogenannten Schiff, warm machten und mit Spülmittel versetzten. Darin säuberte Valerie das Geschirr, während Alice es im anderen Behälter abspülte und anschließend trockenrieb. Währenddessen redete sie ununterbrochen, was Valerie gefiel, denn die lockere, offene Art der Wienerin half ihr, sich in der neuen Umgebung umgehend nicht mehr so fremd zu fühlen.

»Vor ein paar Jahren, als die beiden fünfundsechzig wurden, haben Jutta und Peter ihren Bio-Bauernhof und all ihren Grundbesitz verkauft und nur den Wald und das Jagdhaus behalten. Und dann hatten sie wohl die Idee mit dem Hüttendorf für Gelegenheitsaussteiger«, erzählte Alice mit gedämpfter Stimme. »Jutta hat gesagt, dass es von Anfang an gut funktioniert hat. Einfach durch Mundpropaganda. Sie sind immer über lange Zeit ausgebucht.«

»Wir konnten auch nur deshalb kommen, weil irgendjemand ausgefallen ist«, erwiderte Valerie. »Eine Bekannte hatte mir davon vorgeschwärmt. Am Anfang fand ich es schon gewöhnungsbedürftig, mit Jutta und Peter nur per Brief zu kommunizieren. Über das Postfach.«

Alice stapelte die Teller aufeinander und stellte sie ins Regal zu den anderen. »Ich fand das auch komisch. Noch dazu, weil ich ja allein unterwegs bin. Aber meine Therapeutin hat gemeint, das geht in Ordnung. Sie war selbst schon einmal hier. Also habe ich mir den Urlaub zum fünfzigsten Geburtstag geschenkt. Ich will in Ruhe die Bücher für meine Doktorarbeit lesen.«

»Das ist ja toll. Welche Fachrichtung?«

»Geschichte. Es geht um die Wiener Weltausstellung von 1873. Ich unterrichte Geschichte und Geografie an einem Gymnasium. Die Kinder sind aus dem Haus, und ich bin geschieden. Da hat man plötzlich zu viel Zeit, und ich habe dringend ein Projekt gebraucht, das mein Leben ausfüllt.« Alice strich ihre langen braunen Haare zurück, bevor sie die schwere Gusseisenpfanne von Valerie in Empfang nahm. »Das Breitwegerichgemüse war köstlich, oder? Als wir das Grünzeug heute gesammelt haben, konnte ich mir nicht vorstellen, dass man es ernsthaft essen kann. Aber so langsam wundert mich hier gar nichts mehr.«

»Ja, hat fantastisch geschmeckt! Die Salzburger unterrichten übrigens auch. Da könnt ihr euch austauschen.«

Gleichzeitig warfen die beiden Frauen einen Blick über ihre Schultern. Yanek saß mit verschlossener Miene zwischen den anderen und schwieg.

»Süß, der Araber«, murmelte Alice leise.

»Er ist Türke.«

»Er hat so eine Statur wie Gerard Butler, oder? Sportlich, aber nicht auf diese ein bisschen nervig sehnige Art, sondern irgendwie bärig.« Sie hob vielsagend die Augenbrauen.

Valerie lachte. Insgeheim hatte sie ja auch schon das Wort

Bär für Yanek gebraucht. Es drängte sich bei seinem Anblick einfach auf.

Sie freute sich, mit Alice so ungezwungen plaudern zu können. Es fühlte sich gleich an, als hätte sie hier eine Freundin gefunden.

»Und intelligent wirkt er ebenfalls. Aber was will er mit diesem jungen, blassen Ding?«, flüsterte Alice nun. »Die war doch sicher seine Unterrichtspraktikantin. Bei uns in der Schule schnappen sich die Mädels frisch von der Uni auch immer die heißen Single-Lehrer.«

Valerie grinste, räumte dann aber ein: »Meinst du, dass sie frisch von der Uni ist? Ich glaube eigentlich, dass sie so um die dreißig sein wird.«

»Das kriegen wir noch raus. Auf jeden Fall können wir sie jetzt schon nicht dafür leiden, dass wir uns neben ihr alt fühlen müssen! Weil sie uns Frauen in den besten Jahren die Typen wegschnappt.« Alice verdrehte die Augen.

Die Wienerin war hübsch, doch ihr Gesicht wirkte geradezu unnatürlich glatt. Ihre Lippen sahen ein wenig zu prall aus. Valerie vermutete, dass das Alter ein Thema für Alice war.

Noch einmal linste sie zu Yanek hinüber. Er wirkte geistesabwesend.

»Eigentlich müsste man doch eher in Frage stellen, warum er eine so viel jüngere Partnerin braucht.«

»Pff«, machte Alice. »So sind Männer eben … Übrigens glaube ich, dass ihr die Hütte neben mir habt. Seid froh, dass ihr nicht zu nah an den Holländern wohnt! Da wird man dauernd von Weed-Dunst eingenebelt.«

»Im Ernst?« Valerie sah zu den beiden hinüber.

Lieke saß auf Guus' Schoß und spielte mit einer seiner Rastalocken, während er versonnen sein Lippenpiercing drehte.

Alice beugte sich zu Valerie und sprach noch ein bisschen leiser. »Die beiden sind das lebende Klischee der dauerhighen Vegetarier-Ökofreaks. Gehen nur barfuß, sprechen langsam und glauben, sie haben den ultimativen Durchblick, was den Sinn des Lebens betrifft. Sie sind schon den ganzen Sommer hier.«

»Und was ist für sie der Sinn des Lebens?«

»Was weiß ich?! Vielleicht Marihuana. Na ja, wir waren alle mal jung.« Alice zuckte mit den Schultern.

Valerie lachte und ging zum Esstisch hinüber, um dort das verstreut liegende Besteck einzusammeln. Bevor ihr auch nur auffallen konnte, dass sie schon wieder zu ihm hinübersah, landete ihr Blick auf Yanek. Die Arme vor der breiten Brust verschränkt, saß er da, die Lippen bildeten einen geraden Strich, und die Augenbrauen waren ein wenig zusammengezogen. Irgendetwas schien ihm die Laune zu verderben. Valerie platzte fast vor Neugier darüber, was ihm so missfiel.

Stella hingegen war völlig in ihrem Element. Sie erzählte aufgekratzt von ihren und Yaneks Schülern, wie schlecht die Kids heute im Kopfrechnen waren und dass die wenigsten in der Oberstufe wussten, wie man die Mehrwertsteuer berechnete. Ein paarmal fragte sie »Stimmt's, Yanek?« Valerie hatte den Eindruck, sein Gesicht wurde von Minute zu Minute finsterer.

»Was, meinst du, ist los mit ihm?«, flüsterte sie Alice zu, als sie wieder bei den Wasserschüsseln angekommen war, und deutete mit dem Kinn in Yaneks Richtung. Sie versenkte das Besteck im mittlerweile etwas trüben Abwaschwasser.

Alice beobachtete die Szene einen Moment. »Ganz klarer Fall. Er fragt sich, warum seine Freundin so unfassbar langweilig ist.«

Valerie lachte wieder.

»Nein, im Ernst. Sieh dir die Kleine mal an! Gut, sie ist blond, das wird ihm wahrscheinlich gefallen. Und sie ist jung. Aber Sex-Appeal und Ausstrahlung? Fehlanzeige.«

Valerie wunderte sich darüber, wie wenig Alice offensichtlich Vorurteile scheute und wie streng sie mit dem eigenen Geschlecht ins Gericht ging. »Na ja, das ist doch reine Geschmackssache«, schwächte sie ab.

»Schon klar. Aber hast du gesehen, dass er sie auch nur einmal heute Abend angefasst oder zumindest liebevoll angeschaut hätte? Ich sage dir, der Typ ist nicht mit Herz und Seele in dieser Beziehung. Damit kenne ich mich aus. So hat sich mein Ex verhalten, als er mich betrogen hat.«

Valerie sah wieder zu den Sofas hinüber.

Stella sagte gerade: »Habt ihr auch ab und zu Schulklassen hier, Peter? Das Dorf wäre ideal für Klassenfahrten. Wir könnten unseren Direktor einmal darauf ansprechen.«

Yanek stieß einen undefinierbaren Laut aus.

3

Valerie wälzte sich im Bett hin und her. Sie fröstelte. Warum hatte sie sich nicht darum gekümmert, Feuer im Ofen zu machen? Wenn sie jetzt mitten in der Nacht damit anfing, weckte sie die Kinder auf.

Sie lauschte und hörte die beiden gleichmäßig atmen.

Unter dem Dach der Hütte gab es ein über eine Leiter erreichbares Geschoss mit drei Betten. Neben dem kleinen Fenster im Giebel lag Valerie und starrte in die Dunkelheit. In dieser mondlosen Nacht reichte das Licht nicht einmal aus, um die Hand vor Augen zu sehen. Sie fragte sich, wie sie jemals die Leiter hinunterklettern und den Weg bis zu der Lampe finden sollte.

Warum quälte sie sich hier ohne Licht in der Kälte, wenn sie es zu Hause so bequem haben konnte? Dort sah sie sich, wann immer sie nicht in den Schlaf fand, irgendetwas Harmloses auf Netflix an. Das lenkte sie vom Grübeln ab, und dann kam sie auch früher oder später zur Ruhe.

Aber hier dröhnte die Stille förmlich in den Ohren. Und wenn man weder etwas hörte noch sah, gab es nur die eigenen Gedanken.

Sie tastete nach dem Handy, das sie vor dem Bett auf den Boden gelegt hatte, und prüfte die Uhrzeit.

Halb drei. Noch lange kein Tageslicht.

Um sich zu beschäftigen, scrollte sie durch ihre Bilder. Das Schild mit dem Spruch *Suche nicht nach Fehlern, finde Lösungen* auf ihrer Hütte. Der alte rostige Vogelkäfig, der von der Ecke des Hüttendaches baumelte und in den jemand verschiedene Zapfen gelegt hatte. Ein paar Aufnahmen vom niedlichen Dorfplatz. Ihre Kinder auf dem Bahnsteig in München – Benno wie immer grinsend, Kim mit schief gelegtem Kopf und Schmolllippen. Ein Selfie mit ihren zwei besten Freundinnen, mit denen sie am Vorabend in Schwabing noch ein Lokal besucht hatte. Ihre Eltern beim Abschied für die nächsten drei Wochen.

Wenn sich nur die Wunde an Papas Bein endlich schließen würde!
Kim stieß im Schlaf ein Seufzen aus.

Um die Kinder auf keinen Fall mit dem Handylicht zu stören, legte Valerie das Smartphone weg und starrte stattdessen in die Dunkelheit.

Früher hatte ihre Tochter öfter Albträume gehabt und war zu ihr unter die Decke gekrochen. Nach jenem Tag, der ihre Familie bis ins Fundament erschüttert hatte, war das mütterliche Bett dann zum Unterschlupf für beide Kinder geworden. Zu dritt aneinandergeschmiegt, hatten sie die erste Zeit danach die Nächte verbracht. Kim hatte ihr eigenes Zimmer länger gemieden als Benno. Aber seit Valerie wieder arbeitete, war so vieles anders geworden. Sukzessive hatte sie den Draht zu ihren Kindern verloren. Das lag bestimmt nicht nur daran, dass die zwei in die Pubertät gekommen waren. Valerie war oft mit den Gedanken ganz woanders, saß bis spätabends vor dem Computer und schenkte den beiden nicht die notwendige Aufmerksamkeit.

Wen wunderte es also, dass die Dinge außer Kontrolle geraten waren? Ein völlig irrsinniger Medienkonsum hatte sich bei den Kindern eingebürgert, und jeglicher Antrieb, die reale Welt zu erkunden, war versiegt. Sie ließen sich am liebsten nur noch berieseln.

Genau aus diesem Grund waren Valerie die drei Wochen hier in der Abgeschiedenheit auch sinnvoll erschienen. Aber wie sie jetzt so dalag, drängte sich plötzlich die Überlegung auf, ob sie damit vielleicht eine Grenze überschritten hatte. War es überhaupt in Ordnung, derart tief in das Leben ihrer Kinder einzugreifen? Immerhin waren sie mittlerweile Teenager mit klaren Vorstellungen, wie die Ferien aussehen sollten. Hatte Kim recht, wenn sie sich darüber aufregte, Valerie stehle ihr den Sommer?

Falls sie sich durch die ganze Aktion noch weiter von mir entfernt, habe ich es mir selbst zuzuschreiben!

Durch die Ritzen der Hütte zog kühle Luft, die ihr eine Gänsehaut über den Körper jagte. Zitternd versuchte sie sich noch enger ins Federbett zu wickeln.

Viel hatte Valerie nicht geschlafen, und als sie bei Tageslicht die Augen öffnete, fröstelte sie nach wie vor. Wenigstens hatte es die Sonne endlich durch die Wolkendecke geschafft, denn sie warf ihre Strahlen auf Kims Bettdecke und zeichnete dort ein helles Abbild des Fensterquadrates. Staub tanzte träge durchs Licht.

Die Kinder rührten sich nicht.

Valerie betrachtete Kims entspanntes Gesicht. Wenn ihre Tochter schlief, sah sie immer noch sehr kindlich aus. Daran konnten auch der nur nachlässig weggewischte Lidstrich und die schwarz gefärbten Haare nichts ändern. All die Bemühungen, sich ein unnahbares Äußeres zu geben, blieben wirkungslos, wenn Kim vergaß, eine ärgerliche Miene aufzusetzen.

Leise schälte sich Valerie aus ihrer Decke, tappte zur Leiter hinüber und klettere ungelenk hinunter. Ihr war so kalt, dass sie sich völlig eingerostet und zittrig fühlte.

Im Erdgeschoss nahm sie einen Jogginganzug, dicke Socken und die gefütterte Jacke aus dem Schrank. In die vier Türfüllungen dieses Möbelstücks waren Frauengestalten gemalt, die jeweils eine Jahreszeit symbolisierten. Der Winter erinnerte sie an Senta Berger – in warme Pelze gehüllt und mit einem Feuerkorb neben den Beinen. Mit leicht vorwurfsvollem Gesichtsausdruck blickte sie ins Zimmer und schien Valerie regelrecht zu beobachten, während sich diese ihren Kulturbeutel aus dem Regal bei der Tür griff.

Was soll ich machen, Senta? Mir ist genauso kalt wie dir. Und wir haben August.

Valerie konnte sich nicht erinnern, im Sommer je zuvor so gefroren zu haben. Eventuell gelang es ihr, sich unter der Eimerdusche mit etwas heißem Wasser aufzuwärmen. Wenn sie sich anschließend abfrottierte und warm einpackte, ging es ihr vielleicht besser.

Sie schlüpfte in die Schuhe und trat zur Tür hinaus. Das Dorf wirkte noch völlig verschlafen. Nicht einmal die Hühner waren zu sehen. Überall glitzerten Wassertropfen, und aus dem Wald stieg der Dunst, durch den die schräg stehende Sonne unwirklich anmutende Strahlen schickte. Aus den meisten Kaminen wand sich Rauch. Offensichtlich waren die anderen Bewohner schlauer gewesen und hatten eingeheizt.

Die Klamotten an ihre Brust gepresst, machte sich Valerie auf in Richtung Waschstelle. Um durch die Bewegung etwas wärmer zu werden, nahm sie nicht den vorgesehenen Weg, sondern lief einen Bogen über die Wiese mit den Ziegen. Diese hielten sich noch in der Nähe des Verschlags auf und sahen träge zu ihr herüber. Ein Tier war auf eine aus Holz gezimmerte Kletterplattform gestiegen und lag dort wiederkäuend in der Morgensonne.

Da Valerie nun nicht direkt von den Hütten zum Waschplatz wanderte, betrat sie den Wald an einer Stelle, an der die Büsche nur eine schmale Lücke freiließen. Nach etlichen Schritten über wildwuchernde Ranken fiel ihr erst auf, dass durchaus nicht die Stille herrschte, die sie zuerst wahrgenommen hatte. Unzählige Vogelstimmen ertönten, und überall knackste und raschelte es. Auch der Bach schien wesentlich lauter zu plätschern als am Tag zuvor. Valerie sah hinauf zu den Spitzen der Fichten, deren Zweige in der Sonne trockneten. Wäre es nicht so kalt und nass gewesen, hätte sie sich vermutlich hingesetzt, um die Stimmung noch ein wenig besser auf sich wirken zu lassen. Sofort bedauerte sie es, ihr Handy nicht mitgenommen zu haben, um ein paar Fotos zu machen. Erst dann fiel ihr ein, dass der Akku bald leer sein würde und sie volle drei Wochen lang keine Gelegenheit mehr haben würde, Erinnerungen festzuhalten.

Ein platschendes Geräusch ließ ihren Blick von den Baumwipfeln zurück zum Boden zucken, und sie hatte unvermutet völlig freie Sicht auf die nur etwa zwanzig Meter entfernte Dusche. Die Holzwand schirmte diese zwar zum Weg hin ab, nicht aber zum Wald, durch den sie gekommen war. Weil sich ein splitterfasernackter Yanek dort wusch, sprang Valerie reflexartig hinter einen Baum.

Warum verstecke ich mich? Ich könnte mich zurückziehen oder einfach so tun, als wäre es das Normalste der Welt.

Unsicher lugte sie hinter dem Stamm hervor.

Yanek stand mit dem Rücken zu ihr und war gerade dabei, das Wasser von seiner Haut zu streichen. Er ließ ein paar tiefe Laute hören, die deutlich machten, dass er ebenfalls ziemlich fror.

Auch wenn es Valerie nicht passte, weil sie mürrische Menschen wie ihn eigentlich nicht mochte, musste sie feststellen, wie sexy er war. Dieser Mann hatte etwas an sich, was ihr durch und durch ging.

Yanek griff nach dem Handtuch, das über der Holzwand hing, und begann sich abzutrocknen. Dabei drehte er sich in Valeries Richtung.

Pikiert zog sie sich weiter hinter den Stamm zurück, wusste aber, dass sie mit all den Klamotten über dem Arm unmöglich zur Gänze verborgen sein konnte.

Wie peinlich. Was mache ich da überhaupt?

Valerie atmete tief durch, dann trat sie entschlossen hervor.

Yanek hatte sich in der Zwischenzeit das Handtuch um die Hüften geschlungen. Als sie näherkam, sah er auf und nickte ihr zu.

Da sein Gesichtsausdruck zur Abwechslung freundlich

aussah, setzte Valerie ein Lächeln auf. »Guten Morgen. Dein Biorhythmus ist wohl auch noch nicht darauf eingestellt, dass die Schulferien begonnen haben und du eigentlich ausschlafen könntest. Wie spät ist es eigentlich?«

Sie konnte regelrecht beobachten, wie sich seine Miene verschloss. »Sechs dreißig oder so«, murmelte er und wandte sich ab.

Was ist sein Problem? Ist ihm nicht klar, dass sich an diesem ungewöhnlichen Ort alle ein wenig Mühe geben müssen? Das ist ja keine Hotelanlage, in der man für sich bleibt.

Valerie dachte gar nicht daran, ihn mit seinem Verhalten durchkommen zu lassen. Durch Kim hatte sie es außerdem gelernt, sich mit Gelassenheit zu wehren.

»Ist noch heißes Wasser übrig? In welchem Verhältnis muss man das Bachwasser damit mischen, um eine angenehme Temperatur zu erreichen?«, fragte sie, obwohl eindeutig war, dass er hinter der Wand verschwinden wollte, um sich anzuziehen. Sie sah die Gänsehaut auf seinen noch nassen Armen, fand aber, er durfte es zur Strafe ruhig ein wenig ungemütlich haben.

Ihr selbst war mittlerweile nicht mehr ganz so kalt. Offensichtlich war ihr Kreislauf dabei, endlich in Schwung zu kommen.

Seine dunklen Augen wanderten ihren Körper hinab, was sie dazu brachte, sich zu verspannen und das Atmen einzustellen.

»Ich hatte kaltes Wasser«, antwortete er.

»Selbstverständlich. Kein Warmduscher«, zog sie ihn auf. Ein herablassendes Grinsen huschte über sein Gesicht.

»Das Ding ist ziemlich schwer«, sagte er und machte sich daran, den Holzbehälter vom Haken zu heben.

Denkt er etwa, Frauen wären ohne ihn völlig hilflos?

»Das schaffe ich schon, lass dich nicht aufhalten.«

»Warum füllst du den nicht mit Wasser in der Temperatur, die dir angenehm erscheint, während ich mich anziehe? Dann bist du beschäftigt und glotzt mir nicht wieder auf den Hintern.« Er trat vor sie und blickte mit erhobener Augenbraue auf sie herab.

Valerie schoss Blut in die Wangen. »Ich war nur … Ich habe nicht …« Obwohl er derjenige mit freiem Oberkörper war, fühlte sie sich plötzlich nackt. Sie wünschte, sie wäre geschminkt und in Klamotten, die ihr mehr Selbstsicherheit verliehen als der Pyjama.

Er drückte ihr den Wasserbehälter in die Hand. »Ich hänge ihn dir dann wieder auf.« Er verschwand hinter der Holzwand.

Sie wand sich innerlich. Dieses Armdrücken in Sachen Gelassenheit hatte eindeutig er gewonnen.

Und sie hatte sich blamiert bis auf die Knochen.

Vollpfosten!

Valerie blies in den Herd. Irgendwie musste dieses verdammte Feuer doch dazu zu bringen sein, stabil zu brennen. Hier wurde ihr erst bewusst, dass sie sich die grundlegendsten Fähigkeiten zum Überleben nie angeeignet hatte. Bisher hatte sie sich keine Gedanken darüber gemacht, wie man ein Frühstück ohne Kühlschrank, Elektroherd und Toaster zubereitete. Und jetzt konnte sie nicht einmal auf YouTube

nach einem Tutorial suchen, das erklärte, wie dieser verdammte Herd in den Griff zu bekommen war.

Im Küchenschrank hatte sie unter anderem einen Laib
Brot, einen Napf Butter, Salz und ein Körbchen voller Eier
gefunden und versuchte nun, für die Kinder Rührei zu braten.

»Dauert es noch lange?«, fragte Kim genervt, was Valerie
ihr nicht verdenken konnte. Ihre Tochter hatte seit der Zugfahrt nichts mehr gegessen und musste am Verhungern sein.
Kein Wunder also, dass sie früh aufgewacht war.

»Warum isst du nicht ein Stück Brot, bis ich mit dem
Feuer zurande komme, Schatz?«

»Wie schwer kann das schon sein?«

»Jetzt beginnt es ja langsam besser zu brennen.«

»Wären wir zu Hause geblieben …«

»Ich weiß«, unterbrach Valerie ihre Tochter und rückte
die Pfanne zurecht, in der schon ein Butterstück lag.

»Das ist alles so assi!« Mit angewiderter Miene griff sich
Kim eine Scheibe Brot und biss hinein. Ihr Magen knurrte
vernehmlich.

»Ich weiß, dass du dich ärgerst, aber ich würde mich sehr
freuen, wenn du unserem Experiment trotzdem eine Chance
gibst. Von dem netten Mädchen in deinem Alter habe ich dir
doch erzählt. Sie scheint sich wohlzufühlen. Warum unter-
hältst du dich heute nicht mal mit ihr?« Die Butter zerfloss,
und Valerie begann, die Eier in die Pfanne zu schlagen.

»Weil ich nicht mit Nerds rede, die es hier gut finden?«,
antwortete Kim mit vollem Mund. »Ich schwöre: Sobald ich
eine Möglichkeit finde, zurück zum Bahnhof zu kommen,
bin ich weg.«

Valerie seufzte und vermischte die Eimasse mit der Gabel.

»Was gibt's zu mampfen?«, fragte Benno, der nun auch die Leiter heruntergeklettert kam.

»Eier«, erwiderte Valerie.

»Und was sonst noch? Hast du Schokoflocken?«

»Nein, du Blödmann!«, antwortete Kim. »Sie hat keine Schokoflocken! Sie hat nur Eier, die den Hühner-Mamis da draußen weggenommen wurden.«

Benno fuhr sich durch die vom Schlafen verwuschelten Haare. »Eier sind langweilig.«

»Ich habe eine Idee. Passt ihr hier mal ein bisschen auf! Ich glaube, hinter der Hütte habe ich ein paar Töpfe mit Kräutern gesehen, mit denen ich das Ganze aufpeppen kann.«

»Willst du uns vergiften?«

Valerie ignorierte Kims Entrüstung und verschwand ins Freie.

Die Sonne stand jetzt etwas höher am Himmel und hatte an Kraft gewonnen. Und auch das Dorf schien langsam zum Leben zu erwachen. Ein paar Hennen liefen mit wippenden Köpfen zwischen den Bäumen umher. Zwei Häuschen weiter saß der Vater des Jungen, mit dem sich Benno angefreundet hatte, vor der Tür auf einem Baumstumpf und trank aus einer Tasse. Er winkte ihr zu. Im Garten wischte Peter die Tische und Stühle trocken.

»Morgen!«, rief Valerie den Männern zu, dann umrundete sie die Hütte und sah nach den Kräutertöpfchen. In einiger Entfernung stand der Hühnerstall, um den sich eine größere Gruppe braunes Federvieh scharte. Der weiße Hahn in der Mitte reckte den Kopf und krähte. Ringsum erstreckte sich bis zum Bach eine Wiese mit Streuobstbäumen. Der Tau glitzerte an den Grashalmen wie Milliarden von Glasperlen und brach das Sonnenlicht in allen Farben des Regenbogens.

Valerie verspürte den Drang, ihr Handy zu holen und ein Foto für Instagram aufzunehmen, bis ihr erneut bewusst wurde, dass sie hier nichts hochladen konnte. An diesem Ort konnte man den schönen Anblick nur genießen und war nicht in der Lage, ihn auch zu archivieren. Dass sie nicht einmal eine Nachricht an ihre Eltern oder engsten Freundinnen schicken konnte, irritierte sie zunehmend.

Sie fand Töpfchen mit Petersilie und Schnittlauch, aus denen sie ein paar Stängel pflückte.

Wieder krähte der Hahn.

Das ist schon alles sehr idyllisch hier!

Sie streckte sich und sog die herrliche Morgenluft tief in ihre Lungen. Es roch nach Harz, gemischt mit dem etwas beißenden Geruch des Hühnerstalls. Er erinnerte sie irgendwie an … Rauch?

Da hat wohl jemand etwas Falsches angezündet.

In diesem Augenblick fiel ihr ein, dass sie das Rührei auf dem Herd stehen hatte. Kümmerten sich die Kinder etwa nicht darum? Schnell lief sie wieder zur Vorderseite der Hütte, wo sie beinahe mit Benno zusammenstieß, der die heftig rauchende Pfanne vor sich hertrug. Den Stiel hatte er mit einem Handtuch umwickelt. »Mann, das stinkt!« Er stellte sie auf den Boden.

Das Rührei war schwarz und qualmte wie wild.

»Wieso habt ihr denn nicht besser aufgepasst?«, fragte Valerie.

»Keine Ahnung. Ich dachte, Kim macht das. Was essen wir dann jetzt? Meinst du, wir könnten bei Jutta doch Frühstücksflocken bekommen?«

»Ich kann mir nicht vorstellen, dass sie welche hier haben.« Valerie seufzte. Wie sollte sie ohne warmes fließendes Wasser und eine ordentliche Stahlwolle die verdammte Pfanne sauber bekommen? Solange sie nicht ausgekühlt war, konnte sie das Ding nicht in die Hand nehmen. Vielleicht versuchte sie es später mit Sand aus dem Bach.

»Wir essen Butterbrot«, sagte sie und betrat die Hütte. Rauch füllte den Wohnraum.

»Kim, geh doch bitte vor die Tür! Das ist nicht gesund, den ganzen Qualm einzuatmen!« Schnell öffnete sie die beiden kleinen Fenster.

»Jetzt machst du dir plötzlich Sorgen um mein Wohlbefinden?«

»Ich mache mir andauernd Sorgen um dein Wohlbefinden«, antwortete sie um Geduld bemüht und stieg die Leiter zu den Betten hinauf, um auch dort frische Luft hereinzulassen.

Als sie wieder hinuntergeklettert kam, stand Kim noch immer mit demonstrativ vor der Brust verschränkten Armen mitten im Zimmer. »Ich hungere seit gestern Mittag«, beschwerte sie sich.

»Das ist nicht meine Schuld. Du hättest zur Mahlzeit mitkommen oder den Braten später kalt essen können.« Valerie deutete zum Tisch, wo noch Kims Portion vom Vorabend stand. »Warum isst du ihn nicht mit ein wenig Brot? Geh dazu raus an die frische Luft!«

»Ich esse doch keinen Braten zum Frühstück.«

»Dann lass es.« Valerie schnappte sich ein Handtuch und wirbelte es im Kreis, um den Abzug des Rauches zu beschleunigen.

»Mama, ich habe echt auch Hunger«, quengelte Benno zur Tür herein. »Kann ich den Braten haben?«

»Wieso, du Klops?«, kam von Kim. »Du hattest dein Stück schon gestern. Das ist meines. Nur weil ich es jetzt nicht auf nüchternen Magen will, heißt das nicht, dass ich darauf verzichte. Und selbst wenn, gehört es dann trotzdem nicht automatisch dir.«

»Sag nicht immer Klops zu mir!« Benno klang beleidigt. »Und ich kann sehr wohl den Braten essen. Nachdem du ihn gestern nicht gewollt hast, fallen die Besitzansprüche an die Allgemeinheit.« Er wollte zum Tisch gehen, Kim packte ihn jedoch am T-Shirt und hielt ihn zurück.

»Lass sofort los!«

»Kinder, bitte! Es ist noch früh morgens, und wir wollen nicht das ganze Dorf aufwecken. Seid ein wenig leiser! Die Fenster sind ja alle sperrangelweit offen.«

»Wie viele unserer Grundrechte willst du eigentlich noch beschneiden?«, fauchte Kim. »Jetzt verbietest du uns den Mund? Was kommt als Nächstes?«

Valerie musste wieder einmal ihren Ärger hinunterschlucken, um einigermaßen ruhig antworten zu können. »Dort steht der Braten, da das Brot. Im Küchenschrank ist Marmelade. Trinkwasser gibt es draußen beim Brunnen. Ihr seid alt genug, euch selbst zu versorgen. Ich mache einen Spaziergang.« Die Situation stresste sie, und wenn sie sich nicht in einen Streit verwickeln lassen wollte, musste sie schleunigst aus dieser Hütte.

Kim und Benno sahen sie ein wenig verunsichert an. Kims Hand löste sich aus dem T-Shirt ihres Bruders.

»Komm schon, Mama«, sagte Benno und umarmte Valerie. »Wir hören auf. Bitte mach uns Frühstück!«

»Ihr schafft das allein«, erwiderte sie und wuschelte ihm durch die Haare. Schnell griff sie nach einer Brotscheibe und trat ins Freie. Da der Rauch wieder aus der Hütte abgezogen war, schloss sie demonstrativ die Tür hinter sich. Ihre Kinder durften ruhig merken, dass sie jetzt für sich sein wollte.

Sie bückte sich nach der Pfanne, um sie ein wenig aus dem Weg zu räumen.

»Na? Schlechte Stimmung?«

Valerie sah hoch. Alice stand am geöffneten Fenster der Hütte nebenan.

»Tut mir sehr leid, wenn wir dich geweckt haben.«

»Ich war längst wach. Möchtest du auf einen Kaffee reinkommen? Ist zwar nur löslicher, aber immerhin. Vor ihren Kindern Flüchtenden gebe ich immer Asyl.«

»Sehr gern.«

Alice' Hütte sah ein wenig anders aus als Valeries. Hier herrschte nicht die Farbe Grün vor, sondern Rot. Das eingezogene Stockwerk unter dem Dach gab es nicht, dafür befand sich auf der einen Seite des Raumes ein Hochbett. Darunter stand ein Schreibtisch, der von ein paar Büchern, Leuchtstiften, Post-its und einem Notizbuch bedeckt war.

Man konnte erkennen, dass Alice nicht gerade die Ordnungsliebendste war, denn ihre Klamotten hingen über allen Stühlen, das Geschirr stapelte sich, und zwei Paar Schuhe lagen auf dem Boden.

»Gut, dass man nicht mehr als eine Tasche Gepäck mitbringen sollte, sonst sähe es hier drin noch viel schlimmer aus«, erriet sie Valeries Gedanken. »Ich und mein Chaos!« Sie füllte den Kessel aus einer Wasserkanne und setzte ihn auf den Herd. »Hast du eine schwere Zeit mit den Kindern?«

Valerie lehnte sich gegen das Fensterbrett, sodass ihr die Sonne angenehm auf den Rücken scheinen konnte, und sie schluckte den Bissen Brot, den sie gerade gekaut hatte. »Ach, ich würde sagen: ganz normal. Wie es eben mit zwei Teenagern manchmal zugeht. Sie sind sechzehn und dreizehn. Da darf man wohl nicht allzu viel Harmonie erwarten.«

»Stimmt. Ich erinnere mich noch gut an die Zeit, als meine Töchter so alt waren. Da mutierten sie zu Monstern. Aber das geht vorbei, keine Sorge!« Sie löffelte Kaffeepulver in zwei Tassen.

»Im Grunde weiß ich das, aber ...« Valerie brach ab.

Alice drehte sich zu ihr um.

»Na ja, ich bin nicht ganz unschuldig daran, dass unser Zusammenleben so unrund läuft.«

»Kann ich mir nicht vorstellen. Möchtest du erzählen?«

Mit Alice zu reden, hatte sich seit der ersten Minute gut angefühlt. Diese Frau war geradeheraus und lustig. Valerie spürte, dass sie einen Draht zueinander hatten. »Wir waren in unserer Familie ein super Viererteam, aber vor sieben Jahren ist ganz plötzlich mein Mann gestorben, und das hat natürlich viel verändert.« Valerie legte die Brotscheibe neben sich auf der Fensterbank ab.

»Das tut mir sehr leid.«

Der Wasserkessel begann leise zu fauchen.

»Die erste Zeit war schwer. Die Kinder waren ja noch relativ klein. Aber natürlich hat uns der Verlust eng zusammengeschweißt. Wir waren lange eine unfassbar starke Einheit. Bis ich vor drei Jahren den Entschluss gefasst habe, wieder zu arbeiten. Mein Mann hat uns zwar einigermaßen gut versorgt zurückgelassen, aber, als die Kinder größer wurden, wurde es doch knapp mit dem Geld. Und außerdem habe ich es vermisst, als Grafikerin zu arbeiten. Ich möchte mir da noch mal was aufbauen.«

Als wollte er zur Dramaturgie des Gesprächs beitragen, krähte draußen der Hahn lang gezogen.

»Das ist doch nur verständlich. So sehr kann man in seiner Mutterrolle gar nicht aufgehen, als dass sie einen auf ewig ausfüllt. Wir Frauen tendieren dann dazu, ein schlechtes Gewissen zu haben, aber das ist absolut überflüssig. Männer würden nie so denken. Sie ziehen einfach ihr Ding durch.«

Valerie fuhr sich mit der Hand über den Nacken. »Da hast du natürlich recht, und dennoch habe ich das Gefühl, ich habe mich dabei zu sehr auf mich fokussiert. Wenn der andere Elternteil noch da ist, treten die Probleme in der Form wahrscheinlich gar nicht auf, weil man sich zu zweit kümmert und abwechseln kann. Aber das war ja bei mir nicht der Fall. Die Kinder haben nur mich.«

Der Kessel pfiff. Alice nahm ihn vom Herd und goss Wasser in die Tassen. In der Hütte begann es nach Kaffee zu duften.

»Komm, lass uns auf den Stufen in der Sonne sitzen«, schlug sie vor und reichte Valerie einen der Becher. »Kannst du die Sorgen, die du dir machst, besser beschreiben?«

»Na ja, wenn Benno und Kim vor dem Computer herumlungern, weiß ich, dass sie nicht verloren gehen oder verunglücken. Sie sind in meiner Nähe. Und deshalb habe ich es versäumt, darauf zu achten, wie viel Zeit sie wirklich vor den Bildschirmen hocken. Mittlerweile machen sie kaum noch etwas anderes, wenn sie zu Hause sind.«

Sie traten hinaus und nahmen Platz.

Valerie ließ sich den Dampf aus der Tasse ins Gesicht steigen. »Bennos Welt besteht hauptsächlich aus Computerspielen und YouTube-Videos. Und bei Kim weiß ich nicht einmal genau, was sie online so treibt, aber sie hat den ganzen Tag das Handy vor der Nase.«

»Klingt nach zwei völlig normalen Teenagern.« Alice lachte.

»Wir unterhalten uns viel zu wenig miteinander. Vor allem Kim ist komplett auf Distanz gegangen. Ich weiß kaum noch, was sie interessiert oder bewegt.«

Alice nickte. »Ich verstehe deine Sorgen, und ich will sie nicht kleinreden. Aber bitte glaub mir, dass sich das für mich alles absolut nicht ungewöhnlich anhört. Ich konnte mit meinen Töchtern in dem Alter auch überhaupt nicht reden. Und ich kenne das genauso von meinen Schülerinnen. Mädchen wie Jungs.« Alice zog sich das Gummi aus dem Zopf und schüttelte die Haare über ihre Schultern.

»Hm. Vermutlich mache ich mir zu viele Gedanken, das kann schon sein. Aber ich dachte, ich probiere es mal mit drei Wochen hier im Dorf, damit sich was ändert. Vielleicht war das Ganze jedoch ein Fehler.« Valerie sah zu ihrer Hütte, in der die Kinder vermutlich bereits den Braten und das Brot verputzt hatten.

Alice schüttelte den Kopf. »Ich finde die Idee gut. Hier sind wir alle gezwungen, anders zu funktionieren als im Alltag. Das wird auch bei den Kindern irgendwas in Gang setzen. Ihr seid ja gerade erst angekommen. Gib der Sache ein wenig Zeit!«

4

Sie hatten ihre Becher leer getrunken, die Beine ausgestreckt und ließen sich nun die Sonne ins Gesicht scheinen. Auf Valeries Zunge lag der unangenehme Nachgeschmack des Instantkaffees. Auch wenn sie noch keine vierundzwanzig Stunden hier war, vermisste sie zumindest schon einmal ihren Espressoautomaten schmerzlich. Wie abhängig sie sich doch von all diesen Dingen gemacht hatte.

Alice strich sich die Haare hinter die Ohren. »Früher habe ich immer gedacht, meine Töchter müssten ihre Jugend ähnlich verbringen wie ich. Im Turnverein aktiv sein, die Schule ernst nehmen, abends ein bisschen zu viel vor der Glotze sitzen, ab einem gewissen Alter am Wochenende ausgehen und irgendwann einen Freund mit nach Hause bringen. Aber so ist es nicht gelaufen. Sie benutzen Fitness-Apps, lernen mithilfe von YouTube-Videos und streamen Serien. Auch vieles vom Sozialleben spielt sich heute online ab. Selbst das Dating. Ich fürchte, das müssen wir akzeptieren. Die Welt hat sich sehr verändert, seit wir jung waren.«

»Hm.« Im Prinzip wusste sie das alles ja. Sie selbst sah ebenfalls ständig auf ihr Handy, und dass sie es im Augenblick nicht benutzen konnte, machte auch sie nervös. Das Leben war heute nun einmal so. Aber durfte man es als Mutter einfach dabei belassen, obwohl man kein gutes Gefühl hatte? War das nicht nur eine billige Ausrede dafür, die Kinder zu vernachlässigen?

»Bist du Single, seit du Witwe geworden bist?«, fragte Alice. Aus der Rabatte neben dem Eingang zupfte sie einen Stiel Lavendel, zerrieb ihn zwischen den Fingern und roch daran.

»Mehr oder weniger«, antwortete Valerie. »In der ersten Zeit nach dem Tod meines Mannes war ich nicht bereit für was Neues. Ein paar Jahre später hatte ich dann eine lose Beziehung mit einem Nachbarn. Seit ich in den Beruf zurückgekehrt bin, liegt der Fokus aber darauf, meine kleine Grafikfirma voranzubringen. Ich arbeite von zu Hause aus und komme auch nicht so viel unter Menschen.«

»Und das mit dem Nachbarn ist vorbei?«

»Das war nie was Ernstes.« Valerie hatte sich in Tom nicht verliebt und er sich auch nicht in sie. Im Grunde hatte sie sich in seiner Gegenwart immer ein wenig gelangweilt. Zuerst war es schön gewesen, jemanden zu haben, mit dem sie sich hin und wieder verabreden konnte. Doch auch das hatte irgendwann nicht mehr gereicht.

»Und hättest du gern wieder eine richtige Beziehung?«

»Ach, na ja. Ich bin zweiundvierzig, nicht hundert. Natürlich habe ich Sehnsüchte. Aber wenn ich daran denke, wie viel Zeit es kostet, auszugehen, jemanden kennenzulernen und ihm näherzukommen, verschiebe ich das Ganze besser auf später, wenn die Kinder noch selbstständiger geworden sind.« Valerie grinste etwas unbehaglich. Dies war nicht gerade ihr Lieblingsthema, denn tief in ihr schlummerte die Angst, dass der Zug für sie längst abgefahren war.

»Schon zweiundvierzig? Ich finde, du siehst jünger aus. Ich mag deine Frisur. Wie oft habe ich darüber nachgedacht, mir die Haare kurz schneiden zu lassen und nicht mehr zu färben, aber ich denke, mir steht das nicht so gut wie dir. Und meine grauen Strähnen sind auch nicht schimmernd silbergrau so wie deine, sondern sehen eher angeschimmelt aus.«

Valerie lachte. »Danke.« Insgeheim fragte sie sich, ob Alice die Komplimente ehrlich meinte. Die Wienerin trug Permanent Make-up, hatte vermutlich aufgespritzte Lippen, eine straffe Augenpartie, gepolsterte Wangenknochen und glänzendes tiefbraunes Haar. Alles an ihr erzählte vom Versuch, die Jugend festzuhalten. Selbst die eng geschnittenen Jeans und das mit Kussmündern bedruckte Shirt. Wie wahrscheinlich war es also, dass sie Valeries Ich-stehe-zu-meinem-Alter-Look wirklich schön fand? »Normalerweise bin ich geschminkt, damit die grauen Haare nicht bieder wirken.«

»Das hast du gar nicht nötig.«

»Und du?«, lenkte Valerie das Gespräch zurück auf das ursprüngliche Thema, weil sie nicht recht wusste, wie sie auf die Freundlichkeiten reagieren sollte. Um sie einfach dankbar anzunehmen, fühlte sie sich im Augenblick, so ungewohnt wenig zurechtgemacht, nicht selbstbewusst genug. »Du hast gestern durchblicken lassen, dass du auch Single bist?«

»Aber nicht unbedingt freiwillig. Ich bin schon seit einiger Zeit geschieden und hätte wirklich nichts gegen einen neuen Typen an meiner Seite. Doch bisher hat es einfach noch nicht so richtig geklappt. Was sich auf den Dating-Plattformen da so herumtreibt ... Ganz schön viel zweite oder dritte Wahl.«

Valerie hob die Augenbrauen.

»Womit wir wieder beim Thema wären: So funktioniert unsere Welt heute. Du wischst nach links oder rechts, anstatt dich an einer Bar mit jemandem zu unterhalten. Hast du Online-Dating auch schon probiert?«

Ein Huhn stolzierte an ihnen vorbei und beäugte sie aufmerksam. Es hatte wohl mitbekommen, dass Valerie vorhin ein Stück Brot gegessen hatte und schien zu überlegen, wie es gefahrlos an die Krümel gelangen konnte.

»Nein.«

»Im Prinzip funktionieren diese Apps wie Versandhauskataloge. Auf der Basis einiger weniger Fotos und einer kurzen Beschreibung, die meist von Euphemismen oder tatsächlichen Lügen nur so strotzt, musst du entscheiden, ob du dir die Ware zur Anprobe kommen lässt.«

Valerie lachte.

»Im Grunde ist es wie bei diesem Wish-Shopping, wo sich das ›traumhafte Seidenkleid‹ als Billigfake entpuppt. Der ›durchtrainierte Immobilienfachmann‹ ist in Wahrheit ein Hausmeister mit Bierplauze, der zehn Jahre alte Bilder eingestellt hat.«

»Aber ist das Dating über eine App nicht gerade deshalb so problematisch, weil es nur ums Äußere geht? Attraktivität ist doch viel mehr als nur eine gute Figur und ein schönes Gesicht. Denk nur mal an diesen französischen Schauspieler. Wie heißt der noch gleich? Vincent Cassel. Den würde man auf Tinder vermutlich wegswipen …«

Alice nickte heftig. »Und dann erlebst du seine Wahnsinnsausstrahlung in einem Film und wünschst ihn dir nach der ersten Szene nur mehr in dein Bett.« Sie gluckste. »Du hast recht. Dating-Apps machen uns nur noch oberflächlicher, als wir schon sind.«

»Gut, dass Tinder und Männer hier keine Rolle spielen«, fasste Valerie grinsend zusammen.

»Da gebe ich dir recht. Ich bin zwar durchaus mit der Hoffnung hergekommen, in der Wildnis jemanden kennenzulernen. Aber der einzige interessante Kerl ist ja schon vergeben.« Sie deutete auf Yaneks und Stellas Hütte.

Als Valerie auf diese Weise an die kurze Begegnung am Morgen erinnert wurde, stieg das heiße Gefühl der Scham wieder in ihr auf. Tür und Fenster der Hütte waren geschlossen und von den beiden Bewohnern war nichts zu sehen, was sie nicht bedauerte. Weder hatte sie Lust darauf, dauernd über die Blamage nachdenken zu müssen, noch mit Yaneks irritierendem Benehmen konfrontiert zu sein.

Dann habe ich eben einen Moment zu lange hingeschaut. Na und? Jeder andere würde das höflich übergehen.

»Guten Morgen!«

Valeries Blick löste sich von Yaneks Hütte. Von der gegenüberliegenden Seite des Dorfes kam der Vater des Jungen auf sie zu.

»Fantastisches Wetter heute, oder?«, bemerkte er.

Fieberhaft überlegte sie, wie der Mann hieß, aber es fiel ihr beim besten Willen nicht mehr ein.

»Hallo, Jo«, sagte Alice und half Valerie damit aus der Verlegenheit.

»Schon ein wenig eingelebt?«

»Das wäre zu viel gesagt«, antwortete ihm Valerie. »Der

Ofen macht mir noch Probleme und … na ja, die Kinder genauso.«

Er winkte gelassen ab. »Mein Toni war zuerst auch nicht gerade begeistert. Aber jetzt nach einer Woche findet er es richtig gut, dass wir hier sind. Falls du Hilfe mit dem Ofen brauchst, sag Bescheid.«

»Danke, das ist lieb. Ein Feuer habe ich mittlerweile hinbekommen.« Sie deutete auf die Pfanne mit dem verkohlten Rührei vor ihrer Tür.

Jo lachte. »Das ist Alice am ersten Tag auch passiert.«

Die Wienerin nickte. »So ein Herd ist eine echte Herausforderung, wenn man Induktion gewohnt ist.«

Valerie fiel auf, dass Jos Blick auf Alice ruhte. Es wirkte, als würde er darauf warten, dass sie weitersprach, was sie jedoch nicht tat. Nach einigen Sekunden trat er von einem Bein aufs andere und räusperte sich. »Dann gehe ich jetzt mal zum Waschplatz. Wir sehen uns sicher später.«

»Er strickt«, flüsterte Alice, als er außer Hörweite war.

»Was?«

»Bei schönem Wetter sitzt er gern vor seiner Hütte und strickt einen Pullover. Mit Zopfmuster.«

»Okay. Ungewöhnlich. Aber irgendwie auch cool.«

Alice schürzte die Lippen. »Also, ich weiß nicht. Cool finde ich an Jo wirklich überhaupt nichts. Er ist zu klein, hat rausgewachsene Federn in irgendeiner undefinierbaren Haarfarbe, mag keinen Sport … Und diese ganze Einfühlsamer-Vater-Nummer ist schon ein bisschen weichgespült.«

»Mir ist er sympathisch.«

»Eher so Hündchen-sympathisch, oder?«

Valerie schüttelte den Kopf, musste jedoch lachen. »Ich glaube, du gefällst ihm.«

»Was? Wieso das denn?«, fragte Alice aufgeschreckt.

»Keine Ahnung. Ich kann mich natürlich auch irren. Aber gestern beim Abendessen hatte ich bereits den Eindruck und jetzt gerade wieder. Es ist die Art, wie er dich anschaut.«

Alice' Augenbrauen und Stirn bewegten sich nur minimal, als sie entrüstet antwortete: »Er ist vielleicht ganz süß. Aber entschuldige mal, Männer wie den verspeise ich doch zum Frühstück. Ich brauche einen echten Kerl!«

Valerie saß am Tisch in der Hütte und zeichnete. Bei einem kurzen Spaziergang hatte sie am Waldrand Lupinen gepflückt und skizzierte nun eine der Blüten in ihren Block. Sie hatte sich darauf gefreut, hier Zeit dafür zu finden. In ihrem Berufsalltag hatte sie viel zu wenig Gelegenheit, in Ruhe Details zu studieren und zu Papier zu bringen. Das war schade, denn durch diese Übung bekam man ein geschultes Auge und entwickelte neue Ideen. Während ihres Studiums hatte sie viel gezeichnet, aber irgendwie war sie dann davon abgekommen. Jetzt fühlte es sich richtiggehend ungelenk an, wie sie die Struktur der Blüte zu Papier brachte.

Durch die geöffnete Tür hörte sie die drei jüngsten Dorfbewohner lachen. Sie spielten irgendein Spiel, in dem es wohl darum ging, rund um den Brunnen zu rennen. Das blinde Mädchen stand den anderen beiden Kindern in Sachen Geschwindigkeit in nichts nach.

Mittlerweile war die Temperatur gestiegen, und angenehme Wärme strömte von draußen herein. Offensichtlich war der Hochsommer auch in die Wälder des Salzkammerguts zurückgekehrt. Die Sonnenstrahlen ließen die Balken der Hütte immer wieder knacken und ächzen.

Valerie blätterte gerade die Seite im Zeichenblock um, weil sie eine neue Skizze beginnen wollte, da erschien Benno. Sie hatte ihn vor einiger Zeit losgeschickt, um das Dorf zu erkunden.

»Na, Schatz? Schon alles gesehen?«, fragte sie ihn. Reflexartig sah sie auf ihrem Handy nach der Uhrzeit.

»M-hm.«

»Bist du auch über die kleine Brücke auf die andere Seite des Baches gegangen und hast dich dort umgeschaut?«

»Alles gesehen. Ehrlich, ich finde es langweilig hier.« Benno ließ sich seufzend auf den Stuhl neben ihr fallen. »Wenn ich wenigstens vloggen könnte. Aber so? Was soll ich denn die ganze Zeit tun? Es gibt wirklich rein gar nichts Spannendes.«

»Was macht Toni?«

»Ein paar Erwachsene misten den Ziegenstall aus, und da hilft er mit. Aber das ist mir zu anstrengend.« Benno bewegte sich allgemein nicht gern. Wenn eine Tätigkeit jedoch nach Arbeit aussah, kam sie für ihn in der Regel gleich gar nicht mehr in Frage.

»Warum baust du nicht einen Staudamm am Bach?«, schlug Valerie vor. »Wir können das auch zusammen machen, wenn du willst.« Sie klappte den Zeichenblock zu.

»Ich bin dreizehn, Mama. Nicht acht.« Er ließ seinen Kopf auf die Tischplatte sinken.

Sie strich ihm durch die dunkelblonden Haare. »Für Stau-dämme ist man nie zu alt.«

»Ehrlich, Mama, ich weiß, du machst so was gern, aber für mich ist das nichts. Schon seit Jahren nicht mehr.«

Sie lachte in sich hinein.

Glaubt er ernsthaft, ich hätte solche Aktivitäten früher immer für mich selbst vorgeschlagen?

»Wenn es irgendein Lifehack wäre, den ich aufnehmen könnte, wäre es was anderes. Wie man mit einem kleinen Wasserrad gebaut aus Alltagsgegenständen Strom gewinnt, oder so. Aber einen Staudamm einfach nur bauen, damit da ein Staudamm steht? Wozu denn? Und mein Handy hat jetzt nur noch acht Prozent. Ich kann vermutlich nicht mal mehr eine Zeitrafferaufnahme filmen.«

Sie drückte einen kleinen Kuss in seinen Nacken. »Wir sind ja auch hier, um wieder zu lernen, Dinge einfach nur zu tun, weil sie Spaß machen. Ganz absichtslos, verstehst du? Nur für uns selbst.«

Er seufzte noch einmal, hob den Kopf und sah sie mit traurigen Augen an. »Ich weiß, dir bedeutet dieser Urlaub was. Bitte sei nicht böse. Eigentlich will ich einfach nur nach Hause. Ich fühle mich hier nicht wohl. Und mir ist sterbens-langweilig.«

»Danke«, ertönte Kims Stimme aus der Dachschräge, wo sie schon den ganzen Vormittag aus Protest im Bett lag. »Endlich sagt der zwergenhafte Fettsack mal was Sinnvolles! Kapierst du es jetzt, Mutter? Wir wollen nicht hier sein!«

Valerie hob den Kopf in Kims Richtung. »Ich möchte nicht, dass du solche Wörter für deinen Bruder verwendest.«

»Zwergenhaft? Okay. Der kleine Fettsack.«

»Kim!«

»Nur weil du ein Klappergestell bist, bin ich noch lange nicht fett!«, rief Benno nach oben. »Wer will schon ein Gespenst sein wie du? Kein Wunder, dass du noch nie einen Freund hattest.«

»Hört jetzt sofort auf!«, machte Valerie der Auseinandersetzung in scharfem Tonfall ein Ende. »Ihr braucht euch nicht gegenseitig zu beleidigen, wenn ihr auf mich wütend seid. Und die Botschaft, dass ihr euch im Augenblick nicht wohlfühlt, ist angekommen. Ihr müsst das nicht alle fünf Minuten sagen. Fakt ist: Wir sind hier und wir bleiben auch. Macht das Beste draus. Ende der Durchsage.«

Benno verschränkte die Arme vor der Brust und schob die Unterlippe vor. Es kam selten vor, dass er schmollte.

»Du kannst mich nicht zwingen, hierzubleiben!« Kims Stimme klang schrill. Ihr Kopf erschien über der Brüstung. Mit wütenden Augen funkelte sie herunter. »Ich bin ein freier Mensch und lasse mir nicht meinen Sommer verpfuschen!«

Valerie sprang auf. Sie hatte genug von diesen endlosen Diskussionen. Das Ganze ging jetzt seit Tagen so. Schon zu Hause hatte es unendlich viel Streit gegeben. »Ja, du bist ein freier Mensch, aber trotzdem kann ich von dir erwarten, dass du einmal etwas für diese Familie tust, auch wenn es dir noch so sehr widerstrebt. Also reiß dich jetzt gefälligst zusammen!« Wie schneidend ihre eigene Stimme klang, missfiel ihr. Sie mochte sich lieber, wenn es ihr gelang, Ruhe zu bewahren.

»Immer scheißt du auf meine Bedürfnisse!«, schrie Kim. »Dich interessiert nur deine Arbeit und was dir gerade in den Kram passt. Du bist echt die schlechteste Mutter der Welt!«

Das saß.

Valerie wusste, dass Kim es nicht so meinte und dass Teenager nun einmal hin und wieder Dinge sagten, die nur den Zweck verfolgten zu verletzen. Aber Kims Aussagen zielten so treffsicher auf ihr schlechtes Gewissen ab, dass es Valerie schwerfiel, sie an sich abprallen zu lassen. Sie konnte nichts dagegen tun, dass ihr die Tränen in die Augen schossen. Weil sie nicht wollte, dass die Kinder ihre heftige Reaktion mitbekamen, beschloss sie, später noch einmal in Ruhe mit ihnen zu reden. Ohne ein weiteres Wort schnappte sie also ihr Handy, verließ zum zweiten Mal an diesem Tag die Hütte und zog die Tür hinter sich zu. Schon im nächsten Moment liefen ihr die Tränen über die Wangen. Auch den anderen Bewohnern wollte sie ihre Gefühle nicht zeigen, also zog sie den Kopf ein, lief um die Hütte und steuerte den Wald an. Neben den bunt bemalten Bienenstöcken bog auch ein Pfad zwischen dicht stehenden Bäumen ins Dickicht. Planlos stolperte sie ihn entlang und fragte sich, wie weit sie wohl gehen musste, um hemmungslos schluchzen zu können, ohne von irgendjemandem gehört zu werden.

Valerie war noch keine Minute von der Lichtung mit dem Dorf entfernt, da lief sie Stella in die Arme.

»Alles in Ordnung?« Die junge Frau musterte sie bestürzt.

Valerie wischte sich über die Wangen. »Nur ein bisschen Ärger … mit den Kindern.« Ihre Stimme klang wackelig und belegt. Sie wollte jetzt wirklich mit niemandem reden, sondern einfach nur ein wenig allein sein und sich abregen. »Danke, nicht so schlimm.«

Sie machte Anstalten, weiterzugehen, doch Stella trat nicht zur Seite. Stattdessen legte sie Valerie eine Hand auf den Arm. »Können wir etwas tun?«

Irritiert über das Wir, sah Valerie auf und blickte direkt in Yaneks Gesicht. Er stand plötzlich hinter Stella.

Valerie winkte ab. »Nein, nein. Es ist nichts Dramatisches. Nur ein alberner Streit.« Sie versuchte zu lachen, was sich aber eher wie ein Grunzen anhörte. Noch einmal wischte sie sich übers Gesicht. Ihr war es äußerst unangenehm, dass die beiden sie so sahen. Sie wirkte bestimmt wie eine verspannte, vollkommen überforderte Mutter.

Stella rückte ihre überdimensionierte Brille zurecht. »Ach, du Arme!« Sie streichelte Valeries Arm. »Das ist wirklich ein Alter, in dem man ganz schön herausgefordert ist von den Kids. Wir kennen das ja zur Genüge aus der Schule.«

Valerie hörte, wie Yanek angestrengt durchatmete. Es klang so ungehalten, dass ihr Blick wieder zu ihm sprang.

Er drehte den Kopf zur Seite und sah zu Boden. Noch deutlicher konnte man es kaum zeigen, an einem Gespräch nicht interessiert zu sein.

Valerie wurde bewusst, wie erbärmlich sie ungeschminkt und verheult sicher aussah. Und anschließend ärgerte sie sich, dass sie sich darüber überhaupt Gedanken machte.

Sie räusperte sich. »Es ist alles in Ordnung. Ich gehe eine kleine Runde, dann ist mein Zorn verraucht.«

»Wir können dich auch begleiten, nicht wahr, Yanek?« Stella stieß ihrem Freund mit dem Ellbogen in die Flanke.

»Ich habe den Eindruck, sie will lieber allein sein«, brummte er wenig beeindruckt.

Valerie ärgerte sich darüber, dass er in der dritten Person von ihr sprach, als würde sie nicht direkt neben ihnen stehen.

Vermutlich kennt er nicht mal meinen Namen, geschweige denn hat er Lust, sich mit meinen Problemen zu belasten.

Stella knuffte ihn erneut.

»Ich werde zum Ziegenstall gehen«, verkündete Valerie. »Ich habe gehört, da wird gearbeitet. So ein bisschen Viehmist zur Seite schaufeln, ist genau das, was ich jetzt brauche. Danke, Stella.« Ohne eine weitere Reaktion abzuwarten, schlug Valerie die Richtung ein, aus der sie gekommen war.

»Sollen wir in der Zwischenzeit nach deinen Kindern sehen?«, rief Stella ihr hinterher.

»Danke, nicht nötig. Die kommen schon zurecht«, antwortete Valerie und winkte.

Als sie sich weiter entfernte, hörte sie Yanek leise etwas zischen.

Mit dem Ziegenstall war das kleine Grüppchen fast fertig, also bat Jutta Valerie stattdessen, Brennnesseln zu pflücken. Zu Mittag wollte sie eine Suppe daraus kochen.

Valerie erhielt einen Weidenkorb und Lederhandschuhe.

»Nimm nur die zarten Blättchen«, bat Jutta. »Wir brauchen eine ziemlich große Menge, denn Brennnesseln fallen im Topf genauso zusammen wie Spinat. Der beste Sammelplatz ist den Bach entlang. Egal, in welche Richtung.«

Valerie wechselte über die Brücke in der Nähe des Hühnerstalls die Uferseite und spazierte dann bachaufwärts am Waschplatz vorbei und tiefer in den Wald hinein.

Nach wie vor drückte es ihr die Kehle zu, wenn sie an ihre Kinder dachte. Was, wenn sich die Situation nicht entspannte? Wie sollte sie das drei Wochen lang aushalten? *Benno und Kim können ganz schön stur sein. Womöglich ist das hier nicht der richtige Weg, uns als Familie wieder zusammenzuschweißen. Wäre es vielleicht doch besser, nachzugeben und abzureisen? Und es mit einem Strandurlaub zu versuchen?*

An einer Stelle, an der die Brennnesseln besonders üppig am Bachufer wucherten, blieb sie stehen, ging in die Hocke und begann die jungen Triebe abzuzupfen.

Das kristallklare Wasser des Baches sprudelte und gluckerte neben ihr über die Steine. Nicht weit entfernt in einer Föhre pfiff ein Vogel.

Valerie atmete tief durch.

Sie würde lange brauchen, um den ganzen Korb zu füllen, aber das war ihr egal. Nichts anderes wollte erledigt werden, sie musste nirgendwo hin und niemand würde sie vermissen. Am wenigsten die Kinder.

Eigentlich hätte sie gern eine Freundin angerufen und sich deren Rat geholt, aber das ging nicht, wie sie beim Checken des Handyempfangs erneut feststellte. Sie musste einfach akzeptieren, dass sie hier komplett von der Außenwelt abgeschnitten war — so ungewohnt sich das auch anfühlen mochte. Dauernd das Telefon in die Hand zu nehmen, war einfach sinnlos.

Hier gab es nur die Natur. Und sie.

Auf einer der Brennnesseln entdeckte Valerie eine

schwarze Raupe mit weißen Punkten und langen Stacheln, die immer im Halbkreis ein Blatt abknabberte. Total unaufhaltsam, als wäre sie ein Roboter mit genau dieser Programmierung. Nichts auf der Welt schien das kleine Wesen davon abbringen zu können, sich methodisch dieses Grünzeug einzuverleiben. Es kannte keine Ablenkung.

Fasziniert sah Valerie eine Weile zu. Dann bemerkte sie, dass sich auf den Pflanzen rundherum ganz viele dieser Würmchen befanden, also zog sie einige Schritte weiter. Dort gab es auch ein etwas höheres Gewächs mit beigen Blütenrispen, die einen starken herb-süßen Duft abgaben. Er überlagerte den Harzgeruch des Waldes und vernebelte Valeries Sinne.

Irgendwann verfiel sie in einen fast meditativen Rhythmus des Pflückens – begleitet von den Geräuschen des Baches und des Waldes: dem Plätschern, den Vogelstimmen und dem Knacken der Bäume. Sie fühlte sich bald ein wenig wie die Raupe, die nicht über den nächsten Biss nachdachte, sondern einfach ein ums andere Mal ihre Beißwerkzeuge in die Blattfasern schlug. Genauso konstant griffen Valeries Finger nach den Brennnesselpflanzen.

Es war eine Wohltat, ausnahmsweise einmal über nichts nachzudenken.

5

»Eigentlich schmecken Brennnesseln gar nicht so übel«, räumte Benno ein. »Ich habe gedacht, die Suppe wird sich im Mund anfühlen, wie wenn man die Pflanze berührt. Aber so ist es überhaupt nicht.« Da der Weg bergauf ging, schnaufte er ein wenig.

»Jutta würde uns doch nichts servieren, das beim Essen wehtut«, antwortete Valerie schmunzelnd.

»Kennst du nicht diese YouTube-Videos, in denen die Leute über glühende Kohlen laufen? Und dann sind sie ganz gehypt, weil sie es geschafft haben. Ich dachte, das mit der Suppe ist vielleicht so was Ähnliches.«

Valerie war es tatsächlich gelungen, Benno nach dem Mittagessen noch einmal zu einem kleinen Spaziergang zu überreden. Um ihn zu etwas Bewegung zu motivieren, hatte sie vorgeschlagen, weiter oben im Gelände nach Handynetz zu suchen. Vermutlich war das nicht der direkteste Weg zu ihrem Ziel, die Kinder von ihren Smartphones wegzubringen. Aber für den Anfang musste sie wohl ein wenig in die Trickkiste greifen. Immerhin wanderte er jetzt mit ihr durch den Wald.

Das wäre doch gelacht, wenn wir die drei Wochen im Dorf nicht durchhalten würden. So schnell gebe ich nicht auf.

Kim hatte sich nicht dazu ermuntern lassen, aus dem Bett

aufzustehen, in dem sie hungrig und ungewaschen lag. Aus schierem Protest starrte sie nur bewegungslos an die Decke. So irritierend das war, so entschlossen war Valerie, die Situation auszuhalten und einfach abzuwarten. Ihre Tochter war ein gesundes Mädchen, also würde der Tatendrang irgendwann siegen. Daran wollte Valerie unbedingt glauben.

»Mein Handy hat nur noch drei Prozent«, jammerte Benno. Er hielt sein Telefon hoch und prüfte, ob endlich die ersehnte Netzanzeige auftauchte. »Hoffentlich kann ich damit zumindest noch meine Kanäle checken. Auf keinen Fall will ich, dass die Follower denken, ich würde auf Kommentare nicht mehr antworten. Du glaubst gar nicht, wie schnell du dann als YouTuber weg vom Fenster bist. Lass es uns dort drüben auf dem Felsen probieren!«

Valerie stellte zerknirscht fest, dass sie keine Ahnung hatte, von welcher Abonnentenzahl ihr Sohn da überhaupt redete. Sie wusste, dass er einen Videokanal hatte, auf den er Clips von seinen Videospielen hochlud, und einen zweiten mit Vlogs aus dem Teenagerleben. Sie musste sich eingestehen, dass sie sich schon sehr lange nicht mehr dafür interessiert hatte, was genau er da eigentlich tat.

»Spielst du noch immer am liebsten *Minecraft*?«, fragte sie vorsichtig. Sie wollte ihn nicht mit dem Kopf darauf stoßen, wie wenig sie von diesem Teil seines Lebens wusste. Er hatte ihr versprochen, nur Spiele zu zocken, die für sein Alter freigegeben waren, und sie hatte immer den Eindruck gehabt, ihm da einigermaßen vertrauen zu können. Also war sie nachlässig geworden und hatte zu wenig nachgefragt.

»Ja, klar. Im Moment nehme ich *Master Builders* auf. Da

bin ich ziemlich gut. Es ist immer wieder lustig, über die Noobs im Spiel zu lachen.«

»Okay …« Mit einem Lächeln versuchte sie zu kaschieren, dass sie kein Wort verstand.

»Das letzte Mal habe ich ein Ei gebaut und gewonnen. Die Leute, die ständig ordinäre Inhalte builden, nerven echt. So viele Penisse auf einem Fleck hast du noch nicht gesehen, Mama. Ich hau dann immer einen Report raus.«

»Was?« Nun war sie doch irritiert.

Benno kletterte auf den Felsen, richtete sich dort auf und hielt das Handy in alle Richtungen. »Wieder nichts. Und das nächste Prozent Akku. So ein Mist! Wie viel hast du noch?«

»Genauso wenig. Was war das eben mit den Penissen, Schatz?«, fragte sie von unten den Felsen hinauf.

»Die Leute bauen in *Minecraft Master Builders* Penisse. Sind halt infantile Idioten. Aber ich melde alle unanständigen Inhalte. Ich möchte dort ein gewisses Niveau.« Seufzend ließ er sich auf dem Stein nieder.

»Das finde ich gut. Und wirst du da im Chat auch von Leuten anzüglich angeschrieben?« Sie zupfte ein wenig Rinde vom rauen Stamm einer Fichte.

»Nein. Mach dir keine Sorgen. Das sind alles Kids wie ich. Da schreibt niemand was in den Chat. Du weißt schon, wir sind eine Generation von Nichtschreibern.«

»Aber du kennst keinen der anderen Mitspieler?«

»Die meisten nicht, nein.« Er steckte das Telefon in die Hosentasche, rieb die Handflächen über die Oberschenkel und holte das Handy dann gleich wieder hervor. Seine Unruhe war deutlich spürbar.

Obwohl Valerie Höhe nicht gern mochte, kletterte sie nun auch auf den Felsen und setzte sich neben ihren Sohn. Vor ihnen erstreckte sich das schmale Tal, in der Ferne sah man die Straße, auf der sie hergefahren waren, und vereinzelte Häuser.

»Wie viele Follower hast du denn aktuell auf deinen Kanälen?« Sie hoffte, das klang nicht nach kompletter Ahnungslosigkeit, sondern eher nach dem Abfragen der neuesten Zahlen.

»Bei den Let's Plays knapp hundertfünfzig. Und bei den Vlogs etwas über dreihundertzwanzig.« Erneut checkte er den Akkustand.

»Was machst du, wenn du einen Kanal abonniert hast und dort ein paar Wochen keine neuen Videos hochgeladen werden?«

»Was meinst du?«

»Folgst du ihnen dann nicht mehr?«

»Doch natürlich. Ich freue mich einfach, wenn irgendwann endlich was Neues online geht.«

»Na siehst du. Genauso wird es bei dir auch sein. Wenn wir in drei Wochen zu Hause sind, machst du ein Video, und deine Follower werden sich freuen, dass du wieder da bist.« Sie legte den Arm um seine Schultern.

»Glaubst du?«

»Ich weiß es.«

Benno lehnte sich gegen sie und seufzte wieder.

Die Nähe zu ihrem Kind tat gut. Um ihr Herz wurde es warm, und sie hatte erstmals seit der Ankunft den Eindruck, sie könnten vielleicht doch ein wenig zusammenwachsen.

Ohne groß nachzudenken, zog sie ihr Handy hervor und schoss ein Selfie von ihnen beiden mit dem Tal als Hintergrund.

»So viel zum Thema medienfreie Zeit«, kommentierte er und hatte damit völlig recht. Tatsächlich hatte sie das Telefon reflexartig hervorgezogen, weil sie den schönen Augenblick festhalten wollte. Es war ihr sogar durch den Kopf gegangen, das Bild an ihre Eltern zu schicken.

»Mir fällt es genauso schwer wie euch, auf das Handy zu verzichten«, gab sie zu. »Ich habe nie gesagt, dass ich den Aufenthalt in der Natur nicht ebenfalls nötig habe.«

»Aber was ist so schlimm daran? Nenn mir nur einen Grund, warum Medienkonsum angeblich so ein Riesenproblem ist.«

Nicht, dass sie diese Diskussion nicht schon unendlich oft geführt hätten. »Zu wenig Bewegung, zu selten frische Luft, kaum andere Interessen, zu viel auf einen Fleck starren«, antwortete sie trotzdem geduldig.

»Und wenn ich gern lesen und deswegen ständig zu Hause hocken würde, dann wäre es in Ordnung?«, bohrte er nach.

»Nein«, antwortete sie, merkte aber selbst, dass das nicht ganz überzeugend klang. »Ein Buch regt zumindest die Fantasie an.«

»Das tut *Minecraft* auch.« Benno rappelte sich auf. »Ich probiere es jetzt noch da oben.« Für die Trägheit, die sie sonst von ihm kannte, kletterte er überraschend geschickt vom Felsen in den steilen Hang und von dort bergaufwärts.

»Pass auf, dass du nicht abrutschst!«, rief sie ihm hinterher. »Stell dich auf keinen Fall nah an einen Abgrund und geh nicht zu weit weg!« Sie blieb sitzen.

Um sie herum ragten Nadelbäume in den Himmel. Direkt vor ihr ließen diese den Blick aufs Tal frei, ansonsten standen sie ziemlich dicht beieinander. Vermutlich war der Fels, auf dem sie saß, vor langer Zeit aus dem Berg gebrochen und dann hierher gekullert. Auf seiner Oberfläche wuchs jede Menge Moos in den unterschiedlichsten Grüntönen. Nach dem Regen war es noch so vollgesogen, dass sie spürte, wie Feuchtigkeit durch die Hose drang. Und als sie mit den Fingern über die unendlich weichen Polster strich, fühlte sie die Nässe deutlich. Langsam glitt ihre Hand weiter. Abgestützt am Felsen, lehnte eine Fichte, die ein Sturm entwurzelt hatte. Ein Sonnenstrahl traf direkt auf den Stamm und ließ die Harztropfen golden glänzen. Sie widerstand dem Impuls, ein Foto davon aufzunehmen, brach stattdessen ein kleines Stück der klebrigen Substanz ab und schnupperte daran. Scharfe, zitronige und holzige Aromen stiegen ihr in die Nase.

Sie konnte wirklich verstehen, dass Benno der kalte Medienentzug zu schaffen machte. Ihr ging es ähnlich. Niemals hätte sie damit gerechnet, dass sie sich ohne Handy genauso unwohl fühlen würde wie ihre Kinder.

»Shit, jetzt ist mein Akku ganz tot«, hörte sie Benno aus nicht allzu großer Entfernung fluchen. »Das kommt von der ständigen Netzsuche. Das saugt alle Energie aus dem Ding.«

Kurz darauf erschien er wieder zwischen den Bäumen. »Und wenn wir doch nach Hause fahren? Ich meine, wir haben hier ja nun alles gesehen und erlebt, wie es sich so ohne Strom und fließendes Wasser anfühlt. Mega-Erfahrung! Aber jetzt kommt ja nichts Neues mehr und wir können abreisen, findest du nicht auch?« Seine Haare klebten verschwitzt am Kopf, und er sah so unfassbar kindlich aus, wie er sie mit großen Augen flehend ansah, dass er es beinahe schaffte, sie wieder ins Wanken zu bringen.

Die schon etwas schräg stehenden Sonnenstrahlen spendeten ungebremst ihre sommerliche Kraft. Also legte Valerie ihren für den Abend im Freien mitgebrachten Pullover auf die Brunnenbrüstung, bevor sie der jungen Niederländerin half, die auf dem Dorfplatz aufgebaute Tafel mit Blumen zu schmücken. Aus dem Garten holten sie Glockenblumen, Kapuzinerkresse sowie einige Zweige Wildrosen und drapierten sie in drei von Jutta bereitgestellten Vasen. Dazwischen standen achtzehn Gläser und Karaffen mit frisch gepumptem Wasser, in dem allerlei Kräuter ihr Aroma entfalteten.

Lieke lief barfuß, und Valerie fragte sich, ob es ihr wirklich nichts ausmachte, so über den unebenen Dorfplatz oder sogar die spitzen Steinchen auf dem Gartenweg zu gehen.

»Bist du zu Hause auch ständig ohne Schuhe unterwegs?«, erkundigte sie sich, während sie die Ranken der Kapuzinerkresse um eine Vase wickelte.

»Sehr oft. Das ist gut für den ganzen Körper«, antwortete Lieke in fließendem Deutsch mit sympathischem niederländischem Akzent. »Ich mag es, den Boden zu spüren und zu wissen, ob er kalt oder warm, feucht oder trocken ist. Mit Schuhen bin ich zu wenig mit der Erde verbunden.«

»Das kann ich nachvollziehen, aber in den Münchener

Straßen würde ich mich barfuß nicht wohlfühlen. Wahrscheinlich schneidet man sich da ruckzuck die Sohlen an Scherben auf. Oder tritt in irgendetwas Unappetitliches.«

Lieke rümpfte die sommersprossige Nase und schüttelte den Kopf. »In der Stadt trage ich auch meist Schuhe.«

Nach und nach trudelten die Dorfbewohner zum Abendessen ein und nahmen an der Tafel Platz. Peter schleppte gemeinsam mit dem Engländer einen riesigen Topf aus dem Haus. Jutta ging nebenher und trug eine Schüssel mit geriebenem Käse. Dahinter folgten die drei Grundschulkinder mit Tellern und Besteck.

»Was gibt es denn Feines?«, erkundigte sich Jo, als die Speisen auf den Tisch gestellt wurden.

»Ravioli mit Giersch-Füllung«, antwortete Jutta.

»Giersch? Das Unkraut?«, fragte Alice verblüfft. Sie hatte ein buntes Sommerkleid angezogen, das in der Sonne strahlte und ihr ausgezeichnet stand.

Valerie wunderte sich über dieses Kleidungsstück, denn eigentlich war ihnen empfohlen worden, nur praktische, bequeme Klamotten mitzubringen. Etwas Schickeres einzupacken, war ihr also gar nicht in den Sinn gekommen. Ihr Koffer war mit Hosen aus Funktionsmaterial, T-Shirts und Fleecepullovern gefüllt gewesen, wovon sie eben auch jetzt etwas trug: graue Wandercargos mit pinkfarbenem Oberteil.

»Unkraut oder Wildgemüse – je nachdem, wie man es sehen will.« Peter lachte. »Wer fehlt denn noch? Yanek?«

»Der wird gleich da sein«, antwortete Stella.

»Und deine Tochter, Valerie.«

Natürlich hatte sie Kim aufgefordert, am Abendessen teilzunehmen, dann jedoch vergeblich auf eine Reaktion gewartet. Am Nachmittag hatte Jutta einen Teller voll Butterkekse vorbeigebracht, von denen mittlerweile kein Krümelchen mehr übrig war. Kim würde also nicht verhungern. Und so hatte Valerie ohne weitere Diskussion die Hütte verlassen. Eine von ihnen beiden würde früher oder später nachgeben müssen. Und das würde nicht sie sein.

»Kim fühlt sich nach wie vor nicht ganz wohl und liegt im Bett. Vielleicht kommt sie morgen«, erklärte sie daher und erntete dafür einen mitfühlenden Blick von Stella.

»Oh, wie schön, es scheint ihr besser zu gehen«, stellte Jutta fest und deutete auf Valeries Hütte, aus der in diesem Augenblick Kim trat.

Dünn, wie sie war, von Kopf bis Fuß in Schwarz und nach dem Tag im Bett leichenblass, sah sie nicht gerade wie das blühende Leben aus. Obwohl sie bisher nur die Leute kannte, die auf der Fahrt hierher in Peters Wagen gesessen hatten, stellte sie sich weder vor, noch grüßte sie. Ohne ein Wort setzte sie sich so weit wie möglich von ihrer Mutter und ihrem Bruder entfernt auf den freien Platz neben Stella.

»Das ist Kim«, sagte Valerie und versuchte sich für das unhöfliche Verhalten ihrer Tochter nicht zu schämen. Die meisten hier hatten eigene Kinder oder beruflich mit ihnen zu tun. Also würden sie es schon verstehen, hoffte sie.

Kim wurde begrüßt und neugierig gemustert.

»Das ist Holly. Sie ist auch sechzehn Jahre alt.« Jutta zeigte auf das englische Mädchen, das sich von Kims versteinerter Miene nicht davon abhalten ließ, weiterzulächeln. »Super,

dass du da bist! Ich kann dringend Verstärkung brauchen.«
Sie deutete vage in Richtung der Kinder.

Jetzt stellt Kim sicher gleich klar, dass sie auf keinen Fall baby-sitten wird.

Doch ihre Tochter schwieg. Sie sah nur einen winzigen Augenblick lang auf, dann zog sie wieder den Kopf ein. Sie wirkte fast ein wenig schüchtern. Valerie überlegte, was in Kim wohl gerade vorging. So kannte sie ihre Tochter gar nicht.

Das Verteilen der Nudeln begann. Bis alle versorgt waren, dauerte es eine Weile. Geschäftiges Tellerklappern erfüllte den Dorfplatz.

»Kostet und sagt mir, woran euch der Giersch geschmacklich erinnert«, sagte Jutta dann. »Hier habe ich auch noch ein paar rohe Blätter. Die haben ein anderes Aroma.«

Als alle zu essen begannen, tauchte Yanek zwischen den Hütten auf. »Bitte entschuldigt die Verspätung.« Er steuerte zuerst Stella an, bemerkte dann wohl, dass dort wegen Kim kein Platz mehr für ihn war. Also änderte er die Richtung. Valerie sah, dass ein iPhone aus seiner Hosentasche ragte.

Offensichtlich ging es ihm wie ihr. Obwohl der Akku ihres Telefons jeden Augenblick ersterben würde, schaffte sie es nicht, es einfach in der Hütte liegen zu lassen, und trug es sinnloserweise trotzdem mit sich herum.

Yanek setzte sich auf den letzten freien Platz – den neben Valerie.

Während sie Käse über ihre Nudeln streute und den ersten Bissen umständlich auf die Gabel spießte, spürte sie Yaneks Nähe überdeutlich. Die ihm zugewandten Nervenfasern in ihrem Körper spielten verrückt und ließen sie ganz unruhig werden. Und das war ihr alles andere als recht. Krampfhaft versuchte sie, ihre Aufmerksamkeit auf etwas anderes zu lenken.

»Das schmeckt nach Spinat«, stellte Alice fest. Sie griff nach einem der frischen Blättchen und kaute darauf herum. »Und das nach Petersilie.«

»Total köstlich«, bestätigte Jo. Sein Blick hing an Alice' Lippen, während sie sich die nächste Teigtasche in den Mund schob.

Rund um den Tisch ertönten genüssliche Laute.

Tatsächlich war dieses Gericht, wie auch schon die Brennnesselsuppe zu Mittag und das Breitwegerichgemüse am Vorabend, ein wahrer Gaumenschmaus. Jutta kochte hervorragend, und Valerie nahm sich vor, ihr in den kommenden Wochen möglichst oft in der Küche zu helfen. Wer wollte da noch Pak Choi, Wasserkastanie, Kochbanane oder anderes ausgefallenes Gemüse, wenn man mit den einfachsten Zutaten aus dem Wald etwas derart Köstliches zaubern konnte? Diese Kräuter boten eine herrliche Mischung an Geschmacksrichtungen.

»Geht es besser?«

Als sie den Kopf drehte, sah sie direkt in Yaneks dunkle Augen. Natürlich waren sie nicht schwarz, wie man von ein paar Schritten Entfernung aus meinen konnte, sondern braun. Irgendetwas zwischen Walnuss- und Ebenholz. Und sie ließen ihr Herz einen Schlag aussetzen und dann viel zu schnell weiterpumpen.

Einen Moment lang wusste sie nicht, was er meinte, bis

ihr einfiel, dass er mitbekommen hatte, wie sie geweint hatte.

»Ja, klar, danke. Das war nichts.« Sie machte eine wegwerfende Handbewegung. »Einfach ein mieser Augenblick.« Sie wandte sich wieder ab.

Die anderen redeten über verschiedene Pflanzen, die man wider Erwarten essen konnte. Guus berichtete von einem Salat aus Weidenblättern, den man ihm einmal auf einer Reise serviert hatte.

»Wie hast du es geschafft, dass deine Tochter zum Essen gekommen ist?«, holte Yanek Valeries Aufmerksamkeit zu ihm zurück.

»Der Hunger hat sie wohl aus dem Bett getrieben. Wenn ich versucht hätte, sie dazu zu überreden, wäre sicher das Gegenteil eingetreten.«

Er lachte.

Valeries Blick heftete sich auf seinen linken Schneidezahn, der ein klein wenig schräg stand und die sonst perfekte Reihe störte.

»Hauptsache, sie isst.«

Valerie musste sich zwingen, Yanek nicht länger anzustarren. Seine markante Nase, der Teint und die dichten schwarzen Haare übten eine unglaubliche Faszination auf sie aus. Sie wandte den Blick ab und konzentrierte sich auf die anderen.

Wieder einmal war es Stella, die das Wort ergriffen hatte: »Ich finde, wenn Hühner gackern, klingt es immer so, als würden sie eine Frage stellen. *Gah? Gah?* Vielleicht sind sie die philosophischsten Wesen des Planeten, und wir haben davon keinen blassen Schimmer. Ich bin auch definitiv der Meinung, dass die Weibchen viel reflektierter sind als die Männchen. Wenn ein Hahn kräht, posaunt er einfach nur eine Message raus.«

»Wie bei den Menschen«, warf Alice ein. »Hochgebildete Frauen hängen an ihre fundierten Sätze ein unsicheres Oder, während komplett ahnungslose Typen irgendeinen selbst zusammengereimten Unsinn als Wahrheit präsentieren. Wir sind keinen Schritt weiter als Juttas und Peters Hühner und haben im Feminismus noch so viel zu tun.«

Jo applaudierte.

»Aber sollten wir uns als Feministinnen nicht gerade gegen den Vergleich mit Tieren wehren?«, warf Kim ein.

Valerie hob überrascht die Augenbrauen. Sie hatte nicht erwartet, dass sich ihre Tochter an irgendeinem Gespräch beteiligen würde.

Und seit wann ist sie Feministin? So etwas habe ich sie noch nie sagen hören.

»Genau«, pflichtete ihr Holly bei. »Zu behaupten, Frauen müssten sich um die Pflege des Nachwuchses kümmern, weil das bei Tieren ja auch so ist, wird im Feminismus abgelehnt.«

»Mein Beispiel sollte ja eher demonstrieren, dass sich Männer ähnlich aufführen wie Hähne«, antwortete Alice.

»Na, vielen Dank«, brummte Yanek.

Die Wienerin saß Valerie gegenüber und warf ihr nun einen vielsagenden Blick zu.

»Hach, es wäre so spannend, mit Schulklassen herzukommen! Was die Kids hier alles lernen könnten«, schwärmte

Stella. »Wenn sie nur eure süßen Ziegenkinder auf den Arm nehmen, würde sie das für immer verändern. Mein Herz ist absolut geschmolzen vorhin. Wie weich das Fell ist! Und wie entzückend sie mit ihren kleinen rosa Zungen am Finger nuckeln! Das würde das eingefrorenste Schülerherz zum Schmelzen bringen.« Ihre Stimme überschlug sich fast vor Enthusiasmus.

»Schüler*innenherz«, verbesserte Kim und klang jetzt wieder genauso schlecht gelaunt, wie Valerie sie in den letzten Tagen erlebt hatte.

Stella kicherte und schob ihre Brille zurecht. »Ach, stimmt! Wenn ich Schülerherz sage, klingt das so, als hätte ich nur männliche Schüler mit eingefrorenen Herzen. Aber das ist natürlich nicht so.«

»Ich finde, Jugendliche haben sehr selten eingefrorene Herzen«, kommentierte Jo. »Die haben doch eher wir Erwachsenen.«

Valerie fing einen weiteren Blick von Alice auf. Fast unmerklich deutete die Wienerin mit dem Kinn auf Yanek. Also griff Valerie quer über den Tisch nach der Wasserkaraffe, um verstohlen zu ihm schauen zu können.

Er hatte seinen Teller leer gegessen, die Arme vor der Brust verschränkt und stierte ins Leere. Zwischen seinen Augenbrauen waren zwei tiefe Furchen erschienen, die sich bis weit in die Stirn hinauf zogen. Die Freundlichkeit, mit der er sich vorhin nach Kim erkundigt hatte, war vollkommen aus seinem Gesicht verschwunden.

Hat er etwa ein Problem mit dem Feminismus? Vielleicht ist er eher konservativ. Aber muss er als Lehrer nicht weltoffener sein?

Die Nacht senkte sich über den Wald, und die Bäume rings um das Dorf verwandelten sich in schwarze Silhouetten, aus denen ab und zu ein Käuzchenruf ertönte. Auf dem Tisch flackerten jetzt Bienenwachskerzen in Gusseisen-Laternen. Die Leute saßen beieinander und unterhielten sich. Reihum erzählten sie von ihren Leben und Zielen. Hoch über ihnen prangte der Himmel voller Sterne – so zahlreich, wie man sie in der Stadt nie zu sehen bekam.

Valerie hatte von ihrer Selbstständigkeit als Grafikerin berichtet und von den Plänen, größere Firmen an Land zu ziehen, mit denen sie langfristigere Verträge abschließen konnte. Sie schilderte, wie sie sich auf Illustrationen für Websites und Werbematerialien spezialisiert hatte und wie sehr sie sich freute, hier im Urlaub Gelegenheit zum freien Zeichnen zu finden.

Peter hatte Kim dazu gebracht, noch ein wenig sitzen zu bleiben. Und er entlockte ihr auch die Informationen, in welche Klasse sie im Herbst kommen würde und dass sie keine Ahnung hatte, was sie später einmal werden wollte.

Nun fragte er: »Möchte noch jemand ein wenig erzählen? Yanek, du vielleicht? Wir sind neugierig, welche Fächer du unterrichtest.«

»Ich wette Sport und eine Sprache«, warf Alice ein.

»Ja, definitiv Sport«, pflichtete Benno ihr bei. »Aber ich glaube eher Physik oder Chemie als zweites Fach.«

Yanek presste kurz die Lippen aufeinander. »Also eigentlich möchte ich nicht so gern über meinen Beruf sprechen.«

»Aber natürlich«, beeilte sich Jutta zu sagen. »Es ist der erste Urlaubstag.«

Wie schlimm kann es sein, zwei Sätze zu sagen? Sogar meine mürrische Kim hat das geschafft.

Peter stand auf und holte die Gitarre, die er vorhin an einen der Obstbäume gelehnt hatte. »Wie wäre es mit ein bisschen Musik? Pippa, willst du dir ein Lied wünschen? Es sollte nur nicht zu aktuell sein. Ich wohne schon ziemlich lange hier im Wald ohne Radio und Fernsehen.«

Die kleine Engländerin legte den Finger an die Nase und überlegte. »Kennst du vielleicht die Beatles?«

Peter schmunzelte. »Ja, die kenne ich.« Er stimmte *Yellow Submarine* an. Seine Stimme war kratzig, aber erstaunlich sonor.

Über die Lichtung strich nun kühlere Luft aus dem Wald, die Gänsehaut über Valeries Arme wandern ließ. Also stand sie auf, um ihren Pullover von der Brunnenbrüstung zu holen.

Alice erhob sich ebenfalls. »Was denken wir nun über diesen Yanek?«, flüsterte sie. »Irgendwas stimmt doch mit dem nicht.«

Valerie zog sich den Sweater über den Kopf. »Habe ich auch schon überlegt.«

»Der kriegt doch jedes Mal die Krise, wenn seine Freundin nur den Mund aufmacht. Das spricht Bände. So ein Macho! Hätte wohl gern ein stilles, gefälliges Mädchen an seiner Seite.«

Sie lehnten sich nebeneinander an den Brunnen und sahen zum Tisch hinüber.

Valerie strich sich die Haare zurecht, die durch das Überziehen des Pullovers in Unordnung gekommen waren. »Ich nehme mal an, es war ihre Idee, herzukommen, und er wollte das nicht. Im Auto hat er irgendeine Bemerkung fallen lassen, die danach klang. Ich weiß nicht mehr genau.«

»Wenn er nicht so heiß wäre, würde man ihm sein bockiges Verhalten nie durchgehen lassen. Diese Welt ist ungerecht. Die Schönen müssen sich lächerlich wenig anstrengen, um akzeptiert zu werden.«

»Also ich finde so ein Benehmen unmöglich, egal wie gut man aussieht.«

Alice rückte noch näher und tuschelte: »Ach, komm schon, dieser Yanek ist doch trotzdem unfassbar sexy.«

»Nein, finde ich überhaupt nicht.«

»Meine ungarische Freundin sagt ja immer, wenn man guten Sex haben möchte, soll man die Finger von den attraktiven Kerlen lassen. Die Unscheinbaren sind die wahren Granaten im Bett, weil sie es gewöhnt sind, sich mehr anstrengen zu müssen. Lach nicht! Das ist eine echte Lebensweisheit.«

Mit Alice wird es in den nächsten Wochen wenigstens nicht langweilig.

Die beiden Frauen kehrten an den Tisch zurück.

Nach und nach begannen alle mitzusingen, als Peter *Yesterday* anstimmte. Die verschiedenen Stimmen vermischten sich, ergänzten einander und klangen zusammen überraschend harmonisch. Paul McCartneys Worte legten sich über den Dorfplatz wie eine Decke, die sich um die Gemeinschaft hüllte.

Zum ersten Mal seit ihrer Ankunft hatte Valerie das Gefühl, sich wirklich zu entspannen.

6

In der zweiten Nacht schlief Valerie wie ein Stein und wachte erst auf, als die Sonne schon zu hoch stand, um direkt durch die Fenster zu scheinen. Irgendwer klopfte an die Hüttentür, also kletterte sie eilig die Leiter hinab. Flüchtig fuhr sie sich mit den Fingern durch die Haare, dann öffnete sie.

»Guten Morgen.« Jutta reichte ihr einen Korb mit frisch gebackenen Brötchen, Käse, ein paar Eiern, einer Flasche Milch und einem Gläschen mit Kakaopulver.

»Benno wird jubeln, wenn ich ihm den zubereite.«

»Wie du dir wahrscheinlich denken kannst, ist das Ziegenmilch. Sie schmeckt ein bisschen süßer als Kuhmilch, also den Kakao nur mäßig zuckern. Heute wird es heiß, deshalb gehe ich nachher mit den Kindern zum Baden an den Weiher. Vielleicht wollen deine zwei ja mitkommen. Und Peter bricht in etwa einer Stunde mit den Erwachsenen zum Schwammerlsuchen auf, wenn du Lust hast.«

Kaum hatte sich Valerie bedankt und die Tür geschlossen, ertönte Kims Stimme von oben: »Ich trinke ganz sicher keine Milch, die aus einem Ziegeneuter kommt!«

»Was glaubst du denn, woher Kuhmilch kommt? Etwa nicht aus einem Euter?« Valerie war nach dieser Nacht viel zu gut gelaunt, um sich gleich wieder durch Kims Gemecker die Stimmung verderben zu lassen.

»Die Supermarktmilch ist aber gesäubert und keimfrei. Außerdem trinke ich den Ziegenbabys auf keinen Fall ihre Nahrung weg.«

»Dann eben nicht. Keiner zwingt dich. Wir können uns auch Pfefferminze holen und einen Tee aufbrühen.«

Valerie schlüpfte in Socken und begann anschließend damit, das Frühstück vorzubereiten. Eigentlich fand sie, dass sie das zusammen erledigen sollten, aber im Augenblick war es wohl klüger, sich und den Kindern nicht auch noch diese Diskussion zuzumuten. »Benno, bist du wach? Hast du mitbekommen, dass ihr heute zum Baden gehen könnt?«

Er grunzte.

»Als ob irgendjemand das möchte«, entrüstete sich Kim erneut.

»Dann komm mit den Erwachsenen zum Pilzesuchen.«

»Geht's noch?! Da bleibe ich lieber im Bett.«

»Wie du willst. Aber nur so als kleiner Tipp: Die Zeit vergeht schneller, wenn man etwas unternimmt. Drei Wochen in dieser Hütte könnten sich ein wenig in die Länge ziehen, wenn du nur rumliegst.«

Kim lachte freudlos. »Hast du gehört, Benno? Sie denkt noch immer, dass wir hierbleiben.«

»Da es zu dieser Jahreszeit viele Eierschwammerl oder, wie ihr in Deutschland sagt, Pfifferlinge gibt, würde ich vorschlagen, wir konzentrieren uns auf die«, meinte Peter. »Es waren schon etliche internationale Gäste hier, deshalb weiß ich, dass sie *chanterelles* auf Englisch heißen. Aber auf Niederländisch? Keine Ahnung.«

»*Cantharellen*«, erwiderte Guus. Seine roten Dreadlocks hatte er mit einem Bandana zurückgebunden, und zu seinen Badeshorts trug er ein Hawaiihemd.

»Gut. Habt ihr alle vor Augen, wie sie aussehen?«

»Gelb«, kam von irgendwem.

»Richtig. Eierschwammerl sind gelb. Geht die Farbe mehr ins Orange, ist es wahrscheinlich der schwach giftige Falsche Pfifferling, der auch auf der Unterseite ein wenig anders aussieht, denn er hat keine Leisten, die sich den Stiel hinunterziehen, sondern Lamellen. Bitte schneidet die Schwammerl mit dem Messer ab und klopft Erde und Nadeln ab, bevor ihr sie in eure Körbe legt. Das macht das Putzen später einfacher.«

»Und wenn ich den Pilz nicht richtig bestimme und doch einen giftigen sammle?«, fragte Stella. Sie schob die Brille zurecht. In Kombination mit den hochgebundenen Haaren wirkten die Augengläser streng, aber dies schien ihr Stil zu sein. Und irgendwie fand Valerie die Konsequenz beeindruckend, mit der Stella ihn verfolgte.

»Wir schauen nachher jeden einzelnen Pilz gemeinsam an. Also keine Sorge. Hier ist ein gutes Gebiet. Ihr könnt in alle Richtungen ausschwärmen. Wir treffen uns so ungefähr in eineinhalb Stunden wieder an dieser Stelle.«

Valeries Hand tastete automatisch die Hosentaschen ab, aber dann fiel ihr ein, dass sie das Telefon an diesem Tag in der Hütte hatte liegen lassen. Der Akku war mittlerweile leer. Auch wenn sie seit der Zugfahrt kein Netz mehr gehabt hatte, fühlte sie sich erst jetzt so richtig unvollständig.

»Ich habe keine Uhr dabei«, stellte Stella fest. »Yanek, wie spät ist es?« Sie hob seine Hand, um die Armbanduhr zu prüfen.

Peter winkte ab. »Kommt einfach zurück, wenn ihr denkt, dass neunzig Minuten vergangen sind. Ihr werdet sehen, eure inneren Uhren funktionieren einwandfrei. Ich suche in der Zwischenzeit Kräuter, mit denen wir die Eierschwammerl würzen können.« Er hatte eine Messingsichel dabei, die er nun vom Riemen seines Rucksacks losmachte.

Zögerlich setzten sie sich in Bewegung. Ein paar der Leute bogen nach rechts ab.

»Los, wir gehen da lang«, schlug Alice Valerie vor und deutete in die entgegengesetzte Richtung.

»Ist es okay, wenn ich mitkomme?«, fragte Jo.

Lieke und Guus schlossen sich ihnen ebenfalls an.

Valerie warf einen Blick über ihre Schulter, um zu sehen, was Yanek tat. Sie beobachtete, wie er mit seiner Freundin den etwas steileren Hang anvisierte.

Rasch wandte sie sich ab.

»Gefällt es euch bei uns in Österreich?«, fragte Jo die Niederländer.

Die beiden hatten am Abend zuvor berichtet, dass sie immer wieder Gelegenheitsjobs annahmen, um dann mit dem Geld auf Reisen zu gehen. Bevor sie hierhergekommen waren, hatte Lieke in Amsterdam in einem Eine-Welt-Laden als Verkäuferin gearbeitet und Guus in einer Bar gekellnert.

»Außer diesem Wald haben wir noch nicht viel von Österreich gesehen«, antwortete Guus. »Wir sind keine getriebenen Reisenden, die eine Menge in kurzer Zeit abhaken möchten, sondern verweilen gern länger an einem Ort.

Wir sind schon einige Wochen hier und bleiben volle drei Monate.«

»Und welches Land hat euch bisher am meisten fasziniert?«, fragte Jo weiter.

Guus spielte kurz mit der Zunge an seinem Lippenpiercing, dann antwortete er: »Wir wollen eigentlich gar nicht fasziniert werden, sondern einfach nur sein. Wir bereisen die Länder nicht, wir halten uns in ihnen auf.«

Alice grinste Valerie verstohlen an.

»Und nach welchen Kriterien sucht ihr die Ziele aus?«, blieb Jo interessiert.

»Das macht Guus«, erwiderte Lieke. Als sie ein wenig mit ihren bloßen Füßen über den Waldboden scharrte, versanken diese im dichten Netz alter Lärchennadeln.

»Moment mal«, mischte sich Alice ein. »Ihr entscheidet das nicht zusammen?« Sie blockierte mit auf die Taille gestützten Händen den schmalen Weg, sodass niemand weitergehen konnte. Ungläubig sah sie zwischen den beiden Niederländern hin und her.

»Mir ist es egal und Guus ist besser in Geografie«, antwortete Lieke.

»Aber hast du persönlich denn keine Wunschziele?«

Lieke sah unsicher zu Guus. Dann meinte sie: »Na ja. Ich möchte gern nach Amerika. Irgendwann einmal.«

Als Guus abrupt den Kopf zu ihr umwandte, hüpften seine Dreadlocks. »*Echt waar? Dat meen je niet!*«, erwiderte er verblüfft.

Lieke zuckte mit den Schultern. »Ich weiß, du denkst, es ist das Land der Schurken, aber mich interessiert es trotzdem. Die Naturparks. Die Reservate … und Los Angeles. Das will ich schon sehen, seit ich ein kleines Mädchen war.«

Das Paar sah sich schweigend an.

Dann sagte Guus zum Rest der Gruppe: »Geht mal vor, wir kommen gleich nach.« Er nahm seine Freundin zur Seite.

Als sich die anderen in Bewegung setzten, hörte Valerie, wie er auf Niederländisch mit Lieke sprach.

»Da kam gerade wohl einiges zutage«, kommentierte Jo. »Tut mir ja richtig leid, dass ich damit angefangen habe. Eigentlich wollte ich nur ein wenig mit ihnen plaudern.«

»Ich hatte ja schon eine Ahnung, dass der gar nicht so aufgeschlossen ist, wie er tut«, antwortete Alice und wirkte zufrieden. »Amerika scheint auf jeden Fall ein rotes Tuch für ihn zu sein.«

Die drei ließen die mittlerweile heftig diskutierenden Niederländer zurück und stapften weiter in den dichter werdenden Wald hinein. Sie richteten ihre Blicke auf den Boden. Es gab etliche Pilze, aber keine Pfifferlinge oder andere Sorten, die Valerie kannte.

»Und wieder einmal hat sich für mich bestätigt, was ich schon immer wusste«, murmelte Alice. »Auch die progressivsten jungen Leute haben veraltete Rollenbilder im Kopf. Da können die noch so öko sein, barfuß laufen und aus den Fesseln der Gesellschaft ausbrechen. Am Ende sind da doch noch Schranken im Hirn. Er bestimmt, wohin gefahren wird, und sie macht alles mit.«

»Das stelle ich auch immer wieder fest«, erwiderte Jo. »Ich arbeite ja in einer Bank, und ihr würdet nicht glauben, was manche jungen Leute dort so von sich geben. Gerade neulich hat mich eine Kundin gefragt, ob ich ihr irgendwie dabei helfen kann, auf dem gemeinsamen Konto zu verschleiern, dass sie mehr verdient als ihr Freund. Das würde ihn kränken.«

Alice ließ einen Unmutslaut hören. »Nicht zu fassen!«

Valerie kroch unter ein paar niederhängenden Zweigen ins Dickicht. Bemüht, keinen Ast abzubrechen, schlüpfte sie zwischen den eng stehenden Bäumen hindurch. Zuerst sah sie einen großen Pilz mit bräunlicher Kappe und rotem Fuß. Aber ein Stückchen weiter leuchtete tatsächlich der erste Pfifferling aus der Erde.

Da ist ja noch einer!

Und dort!

Und dann bemerkte Valerie, dass sie vor einem ganzen Meer gelber Pilze stand. »Leute, ich habe welche!«, rief sie.

»Prima! Wir auch«, kam die Antwort von Alice.

Valerie kramte das Taschenmesser hervor, ging in die Hocke und begann, ihre Beute vorsichtig einzusammeln. Ein angenehm fruchtiger Geruch stieg ihr in die Nase. Bei jedem Stück, das sie in ihren Korb legte, breitete sich größere Freude in ihr aus. Zu wissen, dass sie gerade für ihre nächste Mahlzeit sorgte, war ein zutiefst befriedigendes Gefühl. Und je weiter sie in das Dickicht kroch, desto mehr Pfifferlinge sah sie. Im Nu hatte sich ihr Korb gut gefüllt, und dennoch brachte sie es nicht übers Herz, die Prachtstücke stehen zu lassen.

»Valerie? Bist du irgendwo?«, hörte sie Alice irgendwann aus einiger Entfernung rufen.

»Hier! Es gibt jede Menge. Himmel, dort drüben – die

habe ich ja noch gar nicht gesehen!« Immer wieder kratzte ein Ast den Arm entlang oder die Nadeln stachen durch die Hose bis in die Knie und Schienbeine. Es war so schwül, dass ihr T-Shirt und Haare bald an der Haut klebten, aber das alles spürte sie kaum. Die Sammelwut hatte sie gepackt.

Als die Gruppe wieder zusammenkam, führte Peter sie zurück zum Bach, an dessen Ufer sie aus gesammeltem Totholz ein Feuer machten.

»Ist das im Wald nicht verboten?«, fragte Stella.

»Wenn man die Erlaubnis des Waldbesitzers hat, nicht«, antwortete Peter.

»Und haben wir die?«

Falls Stellas naseweise Art ihn nervte, ließ Peter es sich nicht anmerken. »Ja, weil der Waldbesitzer ich bin.« Er lächelte gutmütig. »Mach dir nicht so viele Sorgen, Madel!«

Bis sich die Flammen in eine anständige Glut verwandelten, säuberten sie gemeinsam die Pilze, schnitten von Peter mitgebrachte Zwiebeln klein und zupften die Blättchen von der Schafgarbe und dem Sauerampfer, die er gesammelt hatte.

»Ihr werdet sehen, das gibt einen wunderbar würzigen Geschmack.«

An seinem Rucksack war eine riesige Pfanne gebunden gewesen, die er jetzt auf einigen Steinen über der Feuerstelle hochbockte. Dann zauberte er noch Butter, Salz und Reis hervor. Mit geübten Handbewegungen briet er zuerst die Zwiebeln mit den Pfifferlingen an, die er zur Seite stellte, um den Reis in Wasser aus dem Bach zu kochen. Als dieser die Flüssigkeit aufgesaugt hatte, würzte er mit Salz und Kräutern. Anschließend fügte er die Pilze wieder hinzu.

Jeder hatte eine Trinkflasche, eine Gabel und einen kleinen Blechnapf dabei, aus dem nun gegessen werden konnte.

Hungrig vertilgte Valerie ihre Portion.

Alles, was sie hier erlebte, war von Einfachheit geprägt und doch so intensiv, dass es sie mühelos ausfüllen konnte. Plötzlich empfand sie es als großes Abenteuer, im Wald auf einem Baumstumpf zu sitzen und die Geschmacksnuancen einer Speise wahrzunehmen. Die Menschen um sie herum kannte sie kaum, und dennoch fühlte sie sich geborgen. Zumindest für den Moment verstummten ihre Sorgen. Sie war ganz eins mit dem Augenblick.

Als sie gegessen und aufgeräumt hatten, schlug Peter der Gruppe eine kleine Mittagspause vor. Plaudernd saßen sie beieinander und genossen die Kühle am Bachufer. Ein paar von ihnen hatten die Schuhe ausgezogen und badeten ihre Füße im frischen Wasser.

Valerie fühlte sich so übervoll mit Eindrücken, dass sie sich ein Stück entfernte. Am liebsten wollte sie ein wenig allein sein und ihren Gedanken nachhängen. An einer sonnenbeschienenen Stelle, wo der Boden zwischen den Bäumen von weichen dunkelgrünen Graspolstern überzogen war, setzte sie sich hin. Leise hörte sie die Stimmen der anderen, aber schnell gelang es ihr, daneben auch die Geräusche des Waldes wahrzunehmen: das Knarren der Äste, das Klopfen von Insekten im Holz, das Summen von Wildbienen, die Stimmen der Vögel und das Rattern eines Spechtes.

Irgendwann streckte sie sich im Gras aus. Tief ein- und

ausatmend schaute sie in die sich im Wind wiegenden Baumwipfel. Ab und zu zog ein Wölkchen vorbei, ansonsten spannte sich der Himmel tiefblau über das Salzkammergut.

»Wunderschön hier!«

Valerie schreckte hoch. Ruckartig setzte sie sich auf.

»Oje. Tut mir leid. Ich wusste nicht, dass du schläfst. Ich dachte, du hast einfach nur die Augen zu und sinnierst vor dich hin.« Yanek kam näher.

Mehr als seine Silhouette konnte sie nicht ausmachen, denn das helle Licht ließ sie blinzeln.

»Brechen wir schon auf?«, erkundigte sie sich und gähnte verhalten.

Er ging mit zwei Meter Abstand in die Hocke. »Nein, es ist noch Zeit.«

Einen Moment lang fragte sie sich, ob sie träumte. Sein plötzliches Auftauchen und dieser freundliche Tonfall irritierten sie.

Erst als die Sonne sie nicht mehr so stark blendete, konnte sie ihn richtig anschauen. Man merkte ihm überhaupt nicht an, dass sie bereits einen halben Tag im Wald unterwegs waren. Er wirkte sauber und frisch. Überhaupt nicht so verschwitzt und schmutzig, wie sie sich selbst fühlte.

Unsicher fuhr sie sich durch die Haare. Ein trockenes Blatt, das ihr wohl zwischen den Strähnen gesteckt hatte, löste sich und segelte an ihrem Gesicht vorbei. Welches Bild sie abgab, konnte sie nur erahnen. Unter Yaneks Blick fühlte sie sich ziemlich entblößt und verletzlich.

Warum mustert er mich so?

»Hör mal, ich ...« Er brach ab, ließ sich auf den Boden plumpsen und stützte die Arme auf den Knien ab. »Wegen gestern. Ich wollte mich bei dir entschuldigen.«

Sie versuchte zu erraten, was er meinte.

»Es war mir im Nachhinein peinlich, wie ich mich beim Waschplatz verhalten habe.«

Die Hitze schoss ihr ins Gesicht.

»Mir ist klar, dass du nicht gegafft hast, als ich unter der Dusche stand. Es war unangebracht, dir so etwas zu unterstellen. Und ich weiß nicht, warum ich das gesagt habe. Tut mir echt leid.«

Diese Entschuldigung kam so unerwartet, dass sie Valerie völlig überrumpelte. Schlagartig war ihr Mund trocken. »Aber ich habe doch gegafft«, murmelte sie.

Er lachte.

»Nein, also ich meine, ich habe geschaut, ohne dich wirklich zu sehen. Es war früh morgens, ich hatte nicht ordentlich geschlafen und habe gestarrt ... Aber ohne dich in deiner Nacktheit irgendwie absichtlich stören zu wollen.«

Himmel hilf!

Sein Gesichtsausdruck blieb offen und freundlich. Das Lächeln ließ Fältchen um seine Augen erscheinen.

Valerie studierte seine Miene mit Misstrauen.

»So etwas habe ich mir schon gedacht, und deshalb wollte ich mich bei dir entschuldigen.« Er begann am Gras zwischen seinen Füßen zu zupfen. »Wie gesagt: Mir war das danach echt unangenehm.«

»Mir war mein Verhalten auch unangenehm«, gab sie zu.

Er strich mit dem Handrücken sein Kinn entlang. Da er

unrasiert war, hörte man ein knisterndes Geräusch. »Auf keinen Fall will ich, dass du jetzt jedes Mal, wenn du zum Waschplatz gehst, denkst: Hoffentlich ist dieser furchtbare Typ nicht wieder da.«

»Das denke ich nicht.« Sie stellte fest, wie sehr es sie beeindruckte, dass er auf sie zugekommen war.

Vielleicht ist er als Lehrer daran gewöhnt, sein Verhalten zu reflektieren und Missstimmungen aus dem Weg zu räumen?

Er griff nach einem kleinen Ast und fing an, ihn in Stückchen zu brechen.

Valerie wusste nicht, ob er darauf wartete, dass sie noch etwas sagte, aber irgendwie fiel ihr nichts Sinnvolles ein. Ihr Kopf war wie leer gefegt. Da ihr das Schweigen jedoch zunehmend unangenehm wurde, tat sie so, als müsste sie ihre Wanderstiefel neu binden. Bedächtig zog sie jeden Zentimeter der Schnürsenkel zurecht. Dabei spürte sie ihr Herz pochen.

Nach einiger Zeit sagte er: »Gut, dann gehe ich und lasse dich weiterdösen.« Er erhob sich.

Sie wusste, dass sie jetzt keine Ruhe mehr finden würde. »Ich komme mit zu den anderen«, verkündete sie. So elegant und mühelos wie ihm wollte ihr das Aufstehen jedoch nicht gelingen. Ihr Kniegelenk knackste.

Er streckte ihr eine Hand entgegen.

Unsinnigerweise stierte sie diese ein paar Momente lang an, bevor sie seine Finger ergriff.

Er zog sie hoch.

Schweigend kehrten sie zur Gruppe zurück.

Valerie konnte an nichts anderes mehr denken als an ihre Hand, die er gerade berührt hatte.

Auf dem Heimweg löcherte Stella Peter wieder mit Fragen.

»Wir Gäste zahlen ja unseren Aufenthalt bei euch. Und von diesem Geld lebt ihr, oder? Jutta und du, meine ich.«

»Ihr selbst lebt davon. Wir kaufen das Essen ein, reparieren die Hütten, besorgen Saatgut und Ausrüstung.« Peter antwortete bereitwillig und gut gelaunt wie immer.

Valerie fand Stellas Wissensdurst zunehmend anstrengend. Noch dazu, weil die junge Frau mit ihrer etwas zu lauten Lehrerinnenstimme sprach und damit ziemlich viel Raum einnahm.

Die restliche Gruppe trottete schweigend den Pfad entlang.

»Aber wir zahlen ja sicher mehr, als das alles kostet. Was passiert mit dem Rest?«

Valerie fand diese Frage schrecklich indiskret. Ganz automatisch blickte sie über ihre Schulter zu Yanek. Offensichtlich schien er von dem Gespräch aber gar nichts mitzubekommen.

»Welcher Rest?« Peter lachte.

»Ernsthaft? Aber der Aufenthalt bei euch ist ja nicht gerade billig.«

Bitte, hör endlich auf! Es ist doch völlig legitim, dass Jutta und Peter etwas verdienen.

»Kostet ja auch alles eine Menge. Aber wir werden satt. Ihr werdet satt. Die Tiere auch. Passt also«, antwortete Peter, noch immer die Geduld in Person. »Wenn was übrig bleibt, wollen wir vielleicht einmal ordentliche Solarduschen oder eine kleine biologische Kläranlage installieren.«

»Also bleibt doch was übrig …?«

Valerie tat so, als brauchte sie ihre Trinkflasche, nestelte am Rucksack herum und ließ die Gruppe an sich vorbeiziehen. Sie wollte das Gespräch nicht weiter mitanhören müssen.

Alice blieb neben ihr stehen und wartete ebenfalls ab, bis sich ein wenig Abstand zu den anderen gebildet hatte.

»Sie geht dir auf den Keks, stimmt's?«, fragte sie.

Valerie nickte und nahm einen Schluck Wasser.

Dann setzten sie sich wieder in Bewegung.

Stella schien das Interesse an Peter verloren zu haben, denn sie ging mittlerweile neben Yanek her und redete leise auf ihn ein.

Valerie gelang es kaum, woanders hinzusehen. Auch wenn sie sich alles andere als wohl dabei fühlte, die beiden zu beobachten, wurde ihr Blick wie magisch von dem Paar angezogen. So konnte ihr auch nicht entgehen, wie Stella nach Yaneks Hand griff, als Lieke und Guus Arm in Arm zu ihnen aufschlossen. Und sie sah deutlich, dass Yanek seiner Freundin die Hand sofort wieder entzog.

»Ups«, machte Alice, die wohl dasselbe mitverfolgt hatte. »Was war das denn?« Sie kicherte. »Vielleicht neigt er zu schwitzigen Händen.«

Tut er nicht.

Valeries eigene Hand kribbelte plötzlich.

»Was ist mit den beiden?« Alice war wieder einmal in den Flüsterton verfallen. »Möglicherweise ist auch nur an ihm etwas faul … Und sie steht drauf.«

»Was könnte an ihm faul sein?« Dass sie eigentlich gar nicht scharf auf dieses Gespräch war, merkte Valerie erst, als sie den Satz bereits ausgesprochen hatte.

»Dazu habe ich noch keine Theorie. Doch irgendwas stimmt nicht mit ihm.«

»Hm, weiß nicht. Klar, er ist schon manchmal ein bisschen komisch. Aber dann auch wieder ganz nett.«

»Glaub mir, der ist nicht nett. Ich wette mit dir um einen Weißen Spritzer bei mir in Wien, dass er ein böser Junge ist. So ein richtiger Bad Guy.«

7

Als Valerie zurück ins Dorf kam, saß Kim mit Holly unter dem Kirschbaum vor der Hütte der Briten. Der Anblick ihrer Tochter, wie sie ganz offen und herzlich lachte, war so ungewöhnlich, dass Valerie kurz innehielt und die Szene aus einiger Entfernung beobachtete. Die beiden redeten in einer Vertrautheit miteinander, wie nur Teenager sie so schnell entwickeln konnten. Offensichtlich hatten sie ein Gesprächsthema gefunden, über das sie sich amüsierten. Valerie nahm an, es ging um Jungs. Denn die beiden Mädchen warfen einander Blicke zu, danach prusteten sie immer wieder los. Während sich Holly dabei eine Strähne ihrer langen Haare um den Finger wickelte, zupfte Kim am Riss in ihrer schwarzen Jeans.

Kann es wirklich wahr sein, dass die entzückende Holly meine Tochter in so kurzer Zeit geknackt hat?

Valerie hoffte inständig, die Dinge würden sich nun langsam zum Guten wenden.

Um die beiden nicht zu stören, vermied sie es, auf dem Weg zum Gemüsegarten den Dorfplatz zu queren. Stattdessen wählte sie die Strecke an der Rückseite der Hütten vorbei.

Einige wollten sich nun zum Unkrautjäten auf dem Acker treffen. Nach der Wanderung hätte Valerie gern geduscht.

Es herrschten hochsommerliche Temperaturen, und sie schwitzte. Wahrscheinlich müffelte sie längst wie ein Stinktier. Aber sie musste sich wohl damit abfinden, hier einfach nicht so oft die Gelegenheit für Körperpflege zu haben wie zu Hause.

Vor dem Jagdhaus traf sie auf Jutta, die eine Schubkarre schob. »Valerie, sei doch so gut und hol aus der Küche noch ein paar Schüsseln, damit wir etwas fürs Abendessen ernten können.«

Also stieg sie die Treppe hinauf, betrat das Haus über die Holzveranda und durchschritt den Flur. Da die Türen immer offen standen, hatten sich ein paar Fliegen ins Innere verirrt, die nun im Wohnraum im Kreis flogen. Wie kleine Maschinen surrten sie dabei im ständig gleichen Rhythmus. Ab und zu stieß eine von ihnen gegen eine Scheibe.

Die Temperatur und die Ruhe im Haus waren so überaus angenehm, dass Valerie sich aufs Sofa fallen ließ. Die ungewohnte Umgebung, die viele frische Luft und Bewegung hatten sie müde gemacht, und sie wollte einen Moment lang Energie tanken. Die Fenster waren klein, also lag das Zimmer im Vergleich zur gleißenden Sonne draußen in nur schummrigem Licht.

Valerie sah sich um. So konventionell das Jagdhaus außen mit seinem dunklen Holz wirkte, so sehr überraschte sein Inneres. An ein für die Region typisches Landhaus erinnerten höchstens die Geweihe an der Wand. Aber selbst die waren zweckentfremdet, denn an ihren Enden baumelten verschiedene Gegenstände wie eine Lupe, ein Strohhut und ein bunter Seidenschal. Unter einem besonders prachtvollen

Hirschgeweih hing eine Tafel mit der Aufschrift *Expecto Patronum!* Und über ein Gamsgeweih hatte jemand geringelte Kindersocken gestülpt.

Der Raum war voll von bunten Stoffen, abstrakten Bildern und aus Recyclingmaterialien gestalteten Dekorationsgegenständen. In jedem Winkel gab es etwas anderes zu bestaunen. Der Kerzenleuchter neben dem Eingang bestand zum Beispiel aus grünen langhalsigen Weinflaschen und das Kamingitter aus zusammengeschweißten Heugabeln. Das alles verlieh Juttas und Peters Heim unglaublich viel Charme.

Valerie legte den Kopf auf die Lehne des Sofas und genoss die einzigartige Atmosphäre des Raumes.

Ich sollte mir daheim mit der Gestaltung der Zimmer auch wieder mehr Mühe geben.

Plötzlich hörte sie Schritte auf der Treppe vor dem Haus.

»Drei Minuten und nicht länger«, war Yaneks Stimme von der Veranda zu vernehmen.

»Jetzt entspann dich mal! Es heißt, wir können jederzeit überall hingehen und sollen uns wie zu Hause fühlen«, antwortete Stella. »Nichts anderes tun wir.«

Die beiden hatten das Haus betreten und befanden sich nun im Flur.

In der Erwartung, dass sie gleich in den Wohnraum kommen würden, richtete Valerie sich auf.

»Drei Minuten!«, wiederholte Yanek. Und dann murmelte er etwas, das so klang wie: »Ist in Ordnung.«

Oder hatte er »Nicht in Ordnung« gesagt?

Durch die Tür sah Valerie, wie das Paar in dem kleinen Raum gegenüber verschwand. Jutta hatte ihr am ersten

Abend gezeigt, dass sich darin zwei Bücherregale befanden, aus denen man sich bedienen durfte. Ansonsten gab es dort noch einen Schreibtisch und ein paar Schränkchen. Insgesamt war es eine unorganisierte, überladende Kammer mit kaum einem Zentimeter freier Fläche. Jutta und Peter nannten sie »Arbeitszimmer«, obwohl sich ihre Arbeit ja eigentlich eher draußen abspielte.

»Was für ein Chaos«, sagte Stella. »Wer kann da denn bitte den Durchblick behalten?«

Valerie hörte, wie eine Schublade geöffnet wurde. Mit gerunzelter Stirn starrte sie in die Richtung, aus der nun Papierrascheln zu vernehmen war.

»Hier«, kam von Stella. »Probierst du?« Die beiden sprachen leise, also musste sich Valerie anstrengen, um überhaupt etwas zu verstehen.

Sie vernahm das Geräusch eines Schlüssels, der in einem Schloss gedreht wurde, dann ächzte eine Holztür.

»Na, was haben wir denn da?«, brummte Yanek.

Was zur Hölle tun die beiden? Stöbern die etwa in den Schränken?

»Was hast du gefunden?«, fragte Stella.

»Langwaffen«, sagte Yanek und klang dabei völlig emotionslos.

Metall klickte.

Valeries Herz setzte vor Schreck einen Schlag aus.

Hier gibt es Waffen?

Gut, es ist ein Jagdhaus.

Aber was haben die beiden damit zu schaffen?

»Sieh dir das an«, sagte Stella.

Wieder Papierrascheln, dann Stille.

Valerie überlegte, ob sie hinübergehen sollte. Ihr Puls raste.

»Na ja«, hörte sie Yanek sagen.

Valerie erhob sich.

Ich frage jetzt, was das soll!

Sie trat zur Wohnraumtür und durchquerte den Flur. Der alte Holzboden knarrte unter jedem ihrer Schritte.

Als sie mit gestrafften Schultern das kleine Arbeitszimmer betrat, stand Stella vor Yanek, hatte ihre Arme um seinen Nacken geschlungen und küsste ihn auf den Hals.

Valerie hatte mit allem gerechnet, nur damit nicht. Ihr Magen krampfte sich zusammen. »Entschuldigt«, stieß sie hervor.

Verwirrt sah sie sich um. Keine offenen Türen oder Schubladen. Im Schrankschloss steckte nicht einmal ein Schlüssel. Die Papiere auf dem Schreibtisch bildeten unordentliche Stapel, sahen aber nicht zerwühlt aus.

»Ich ... äh«, stammelte sie. »Ich wollte nicht so reinplatzen.«

»Ist doch kein Problem«, antwortete Stella. »Wir sollten hier nicht rumknutschen.« Sie lachte und rückte ihre Brille zurecht. »Komm schon, Yanek! Nimm den Thriller, und dann gehen wir.«

Er griff stumm nach dem Buch *Lautlos* von Frank Schätzing, das auf einem der Papierstapel lag.

Valeries Blick wanderte erneut prüfend durchs Zimmer. Sie hatte die Situation völlig falsch eingeschätzt, und das war ihr peinlich. Wieder einmal.

»Wolltest du dir auch ein Buch aussuchen?«, erkundigte sich Stella fröhlich.

Valerie musste kurz überlegen, warum sie überhaupt ins Haus gekommen war. »Nein, ich hole Schüsseln fürs geerntete Gemüse.« Sie deutete mit dem Finger in Richtung Küche.

Stella und Yanek gingen an ihr vorbei.

In dem Moment, in dem sich Valerie umdrehte, um ratlos zu verfolgen, wie die beiden das Haus verließen, wandte sich auch Yanek um. Ihre Blicke trafen sich, und als sie in seine Augen sah, meinte sie, Ärger darin aufflackern zu sehen.

Valerie hatte im Gemüsegarten geholfen und sich dann endlich eine erfrischende Dusche gegönnt. Nun kehrte sie zurück in die Hütte und wäre fast über einen von Kims Schuhen gestolpert. Ihre Tochter hatte Klamotten über den gesamten Boden verstreut. Auf dem Tisch lagen Bennos Badesachen. Ein Stück der nassen Bermudas berührte Valeries Zeichenblock, und das Papier schlug bereits Wellen.

Sie seufzte und begann ein wenig aufzuräumen. Erst nach einigen Handgriffen bemerkte sie, dass Kim auf dem Bett saß.

»Hallo, Schatz, hattest du einen schönen Tag?«

»Du brauchst meine Sachen nicht wegzupacken, die ziehe ich noch einmal an.«

»So fallen wir drüber, wenn wir nachts raus müssen. Warum hängen wir sie nicht an die Luft? Dann sind sie morgen wieder frisch.«

Kim stieß ein ungeduldiges Stöhnen aus.

»Wie war es denn mit Holly? Habt ihr euch gut unterhalten?«

Kim antwortete nicht.

»Ich finde sie sehr nett.« Valerie legte ihren Zeichenblock zum Trocknen auf das Fensterbrett.

»Spionierst du mir nach?«

Valerie hielt beim Aufräumen inne und sah nach oben. »Also komm schon, natürlich nicht! Als ich von der Wanderung zurückgekehrt bin, habe ich gesehen, dass ihr zusammen unter dem Kirschbaum sitzt.«

»Und deswegen denkst du, ich will jetzt hierbleiben?«

»Ich freue mich nur, wenn du Spaß hast.«

Kim stieß Luft aus und ließ sich aufs Bett zurückfallen, sodass ihre Mutter sie von unten nicht mehr sehen konnte.

Valerie spürte einen Stich im Herzen. Aber sie versuchte sich zu sagen, dass Kims Verweigerung eines richtigen Gespräches nichts mit ihr zu tun hatte. Irgendwann würde sich ihr Kind wieder öffnen, und bis dahin musste sie einfach geduldig abwarten. Mehr, als regelmäßig ihr Interesse zu signalisieren, konnte sie im Augenblick nicht tun.

Nach dem Tag voller Aktivitäten saßen alle etwas müde beim Abendessen, und die meisten verabschiedeten sich danach rasch. Benno streunte mit Toni und den jüngeren Kindern noch ein wenig ums Dorf, während Kim wieder einmal im Bett lag und auf die Holzbalken starrte. Durch das Fenster konnte Valerie Alice am Schreibtisch sitzen sehen. Sie war in eines der Bücher für die Doktorarbeit vertieft. Also kauerte Valerie allein vor ihrer Tür auf den Stufen und trank Tee aus frisch gepflückten Salbeiblättchen. Zuerst fühlte sie sich seelisch nicht ganz im Gleichgewicht. Sie wollte zwar durchaus ein bisschen für sich sein, wusste jedoch nichts so richtig mit sich anzufangen. Zu Hause hätte sie in einer Situation wie dieser ihr Handy gecheckt, wäre auf Social Media gegangen, um dort herumzuscrollen, oder sie hätte mit einer Freundin telefoniert. Aber hier konnte sie nur hocken und sich umsehen, was ihr zuerst nicht recht ergiebig erschien. Bis sie bemerkte, dass der Himmel nach dem Untergehen der Sonne von einem Blassrosa überzogen war. Sie konnte sich gar nicht daran sattsehen, wie malerisch sich die dunklen Baumspitzen vor diesem Hintergrund ausnahmen.

Ab und zu hörte sie leise die Kinderstimmen aus dem Gemüsegarten. Aber da war noch mehr: Eine der Ziegen meckerte der Bach rauschte in einiger Entfernung und ein Käuzchen rief. Valerie nahm diese Geräusche ganz deutlich wahr, lauschte ihnen nach und ließ sich vom abendlichen Rhythmus der Natur verzaubern.

Irgendwann war sie so versunken, dass sie fürchterlich erschrak, als die Tür der Hütte nebenan aufflog und den Blick auf Yanek freigab.

»Ich sage dir was: Mir ist egal, ob du das so haben willst. Es ist absurd!« Man hörte beherrschten Ärger in seiner Stimme, und genauso wirkte auch seine Körpersprache, als er aus der Hütte trat.

»Ich habe dich nicht gebeten, mitzukommen!«, hörte man Stella rufen. »Aber jetzt bist du nun mal da.«

Yanek winkte nur ab, was seine Freundin vermutlich in

der Hütte gar nicht sehen konnte, sagte »Ich muss telefonieren« und stapfte Richtung Wald.

Valerie wusste, dass es ihr nicht guttat, diesem Mann gesteigerte Aufmerksamkeit zu schenken. Aber sie schaffte es einfach nicht, ihn zu ignorieren. Irgendetwas an ihm zog sie auf verquere Weise völlig in seinen Bann. Sie fand ihn anziehend, gleichzeitig weckte er aber auch ihr Misstrauen. Damit brachte er sie vollkommen durcheinander.

Ohne sich bewusst dafür zu entscheiden, sprang sie auf und folgte ihm mit einigem Abstand.

Wie kann er hier telefonieren?

Dass sie eigentlich auch neugierig war, worum sich der Streit mit Stella drehte, wollte sie sich nicht eingestehen. Stattdessen fragte sie sich, ob Yanek ihr vielleicht die Möglichkeit verschaffen konnte, bei ihren Eltern nachzufragen, ob alles in Ordnung war.

Er durchschritt den kleinen Wald mit der Waschstelle, folgte von dort einem Pfad, bog dann irgendwann ab und stieg einen Weg den Berg hinauf.

Bald war Valerie erschöpft, und die Füße taten ihr weh, denn sie trug nur Flip-Flops. Abrupt blieb sie stehen.

Was tue ich da eigentlich schon wieder?

Yanek musste doch denken, sie sei völlig verrückt, wenn er merkte, dass sie ihm folgte. Warum fragte sie ihn nicht einfach, wo und wie sie telefonieren konnte, sobald er ins Dorf zurückkam?

Gerade, als sie kehrtmachen wollte, hörte sie seine Stimme von etwas weiter oben im Hang: »Hallo? Hörst du mich? Hier ist kaum Empfang … Wie geht es dir?«

Auch wenn sie ihn im Dämmerlicht nicht sehen konnte, wandte sie den Kopf in seine Richtung.

»Das mit der Solar-Powerbank funktioniert, aber das Dorf ist in einem absoluten Funkloch. Ich versuche, dich trotzdem so oft wie möglich anzurufen.« Seine Stimme klang verändert – weich und liebevoll, wie Valerie ihn noch nie hatte sprechen hören.

»Ich wäre so gern bei dir.«

Was zur Hölle?

»Wenn ich dich nur in den Arm nehmen könnte.«

Wieso nur war Valerie ihm gefolgt? Das musste sie sich wirklich nicht länger anhören. Jetzt wusste sie ja, wo es Netz gab, und vielleicht konnte sie diese Solar-Powerbank einmal für eine Stunde ausleihen.

Den Kindern muss ich das nicht unbedingt auf die Nase binden, sonst hängen die am Ende nur noch hier rum.

Sie wollte zum Dorf zurückkehren, doch schon nach wenigen Schritten verlor sie in ihren Flip-Flops den Halt, knickte um und fiel über ihre eigenen Füße.

Aufstöhnend bleib sie liegen. Durch ihren Knöchel fuhr ein so stechender Schmerz, dass sie sich auf die Lippe biss.

Sie musste dringend hier weg, bevor Yanek sein Telefonat beendet hatte, also versuchte sie sich möglichst schnell aufzurappeln.

Zu spät.

Er stand bereits vor ihr und blickte auf sie herab.

»Ich wollte gerade ...« Sie zeigte in irgendeine Richtung – nicht in die, wo er telefoniert hatte. »... Beeren pflücken.« Ihr war selbst nicht klar, warum sie nicht die Wahrheit sagte.

Ebenso gut hätte sie zugeben können, dass sie sich gefragt hatte, wo es hier Handynetz gab.

»Im Dunkeln und in Flip-Flops?«, fragte er verblüfft. Dass sie auch bereits eine Pyjamahose trug, überging er.

Es wurde von Minute zu Minute düsterer. Yaneks schwarze Haare verschmolzen zusehends mit der Umgebung. Er steckte das Handy ein. »Ich habe dort oben telefoniert, als ich einen Schrei gehört habe.«

»Ich habe nicht geschrien«, informierte sie ihn. Sie schämte sich und versuchte, das unangenehme Gefühl mit Ärger zu überspielen.

Zum zweiten Mal an diesem Tag streckte er ihr die Hand entgegen.

»Danke, es geht schon«, erwiderte sie und vermied es, ihn anzusehen. Ihr war klar, dass er die Beerengeschichte nicht auch nur ansatzweise glaubte.

Als sie beim Aufstehen den Fuß belastete, stach wieder dieser Schmerz durch ihren Knöchel und ließ sie straucheln.

»Hast du dir was eingetreten?«

»Nein, es ist das Gelenk. Aber es geht schon.«

Er ging in die Hocke und wollte nach ihrem Fuß greifen.

Natürlich konnte er nichts dafür, dass sie ihm gefolgt war, die falschen Schuhe anhatte und ausgerutscht war. Dennoch fuhr sie ihn an: »Ich komme zurecht. Du kannst in Ruhe telefonieren. Oder zu deiner Freundin zurückgehen. Warum hast du überhaupt Netz? Nirgendwo gibt es hier Netz!«

»Doch, da oben schon. Habe ich gestern entdeckt.«

Benno und ich haben selbst nach langem Suchen keines gefunden.

Es muss Yanek also ein riesiges Bedürfnis gewesen sein, diese Frau anzurufen. Er ist wahrscheinlich ewig durch den Wald marschiert.

»Darf ich mir den Knöchel einmal ansehen?«, fragte er.

Als Lehrer war das für ihn bestimmt nicht die erste Verletzung dieser Art. Vermutlich kannte er sich ein wenig damit aus, und es war tatsächlich schlau, ihn einen Blick drauf werfen zu lassen. Also streckte sie ihm den Fuß entgegen.

Während er ihn am Gelenk sanft hin und her bewegte, musterte sie sein Gesicht. Auch wenn er ihr nicht wirklich nahe kam, spürte sie seine Anwesenheit mit jeder Faser ihres Körpers.

»Mit Flip-Flops im Wald … das kann nur euch Deutschen einfallen«, murmelte er. »Tut das weh?«

»Ein bisschen. Ich bin aus Bayern, und da gibt es schon auch ein paar Berge.«

»Und wenn ich so mache?«

»Nein. Ehrlich, es geht schon«, log sie. Seine Finger auf ihrem Bein brachten sie völlig aus dem Konzept. Durch den Stoff der Pyjamahose konnte sie die Wärme seiner Hand fühlen.

»Und das?«

Sie sog die Luft ein. »Ja. Das tut weh.«

»Also, ich bin natürlich kein Arzt, aber ich vermute, dass nichts gebrochen ist. Wahrscheinlich eine Verstauchung. Im allerschlimmsten Fall ist was mit dem Band.« Vorsichtig stellte er den Fuß zurück auf den Waldboden.

»Klingt ja beruhigend.«

»Ich bringe dich jetzt zu deiner Hütte, und da wickelst du ihn am besten in nasse Tücher. Zur Kühlung. Vielleicht kann Nora noch einen Blick darauf werfen.« Die Engländerin arbeitete als Krankenschwester in einer Ambulanz, also war das sicher ein guter Vorschlag.

Yanek kam ein wenig näher, legte sich Valeries Arm um die Schultern, umfasste sie an der Taille und zog sie hoch. Ihr Gewicht, dessen sie sich plötzlich überdeutlich bewusst wurde, schien ihm keine große Mühe zu bereiten.

Umständlich schlüpfte sie wieder in den Flip-Flop. Dann probierte sie einen Schritt zu gehen, zuckte dabei aber vor Schmerz zusammen.

»Häng dich ruhig voll auf mich drauf«, riet er ihr.

Seine Hand lag auf ihren Rippen schräg unter ihrer Brust, was ihr Herz zum Hämmern brachte.

Meine Güte, hoffentlich merkt er nichts!

Sie versuchte sich zu beruhigen und sich mit der Flanke nicht allzu sehr an ihn zu pressen, denn mit dieser Nähe konnte sie überhaupt nicht umgehen. Ihn so intensiv zu spüren, seine Körperwärme zu fühlen, ihn zu riechen – auf all das reagierte sie viel zu heftig. Aufregung, Scham und Schmerzen fuhren in ihr derart wild Karussell, dass sie nur noch flach atmen konnte.

»Tut es so weh?«, fragte er besorgt. »Soll ich dich tragen?«

Das war endgültig zu viel für Valerie. Sie wollte und konnte nicht zulassen, dass dieser Mann eine solche Wirkung auf sie ausübte. Mit aller Kraft würde sie sich dagegenstemmen! Also konzentrierte sie sich auf den Zorn, das einzige Gefühl, dem sie sich momentan gewachsen fühlte.

Der hält sich eindeutig für unwiderstehlich mit seinen Stimmungsschwankungen. Mal mürrisch, dann unfassbar nett. Was soll das Ganze? Wie nennt man noch gleich diese Menschen, die immer denken, die eigenen Befindlichkeiten seien die wichtigsten?

»Also es geht mich ja nichts an«, begann sie in schroffem Tonfall, »aber findest du es wirklich richtig, wie du mit der armen Stella umgehst?«

»Was?« Der Themenwechsel schien ihn zu überrumpeln.

»Sie ist so jung und … engagiert!« Sich aufzuregen, tat überraschend gut.

Yanek schwieg, was Valeries Missstimmung verstärkte, denn im Grunde war ihr klar, dass sie einfach die Klappe halten sollte.

»Kurz bevor ich ausgerutscht bin, musste ich leider ein paar Sätze deines Telefonats mithören.« Die Einmischung in fremde Angelegenheiten fühlte sich an wie ein sperriger Bissen. Sie wusste nicht, wie sie weiterreden sollte.

Yanek öffnete einige Male den Mund, klappte ihn dann jedoch immer wieder zu und antwortete nicht.

»Ist doch wahr«, grummelte sie schließlich.

Mittlerweile war es so dunkel im Wald, dass man kaum mehr den Pfad sehen konnte.

Er blieb stehen, nestelte sein Handy aus der Hosentasche, schaltete die Taschenlampe ein und drückte es ihr in die freie Hand. Dann umgriff er sie erneut und setzte den für ihn sicher sehr mühsamen Weg fort. »Wie geht es jetzt mit dem Fuß?«, fragte er.

»Er pocht.«

Anschließend schwiegen sie.

Dass er ihre Aussagen einfach ignoriert hatte, ärgerte sie noch mehr. Denn so musste sie mit der Peinlichkeit zurechtkommen, eine Grenzüberschreitung begangen zu haben. Sie nahm ihm übel, wie sie sich nun fühlen musste.

Sie versuchte sich auf das Humpeln zu konzentrieren und Yanek neben sich mit aller Macht auszublenden.

Überall um sie herum raschelte und knackte es. Ein paarmal wandte sie den Kopf, weil ein Geräusch ihr einen Schrecken einjagte. Wäre er nicht bei ihr gewesen, hätte sie sich vermutlich gefürchtet, denn sie hatte keine Ahnung, welche Gefahren der Wald in der Nacht bereithielt. Gab es hier vielleicht Wildschweine?

Als sie endlich das kleine Waldstück erreichten, in dem sich der Waschplatz befand, war Yanek komplett nass geschwitzt, weil er so viel ihres Gewichts übernommen hatte. Sie spürte, wie die Muskeln seines Armes, mit dem er sie umfing, mittlerweile steinhart geworden waren.

»Gleich haben wir es geschafft. Gut, dass ich in der Nähe war. Nicht auszudenken, du würdest allein dort oben im Wald hocken und nicht hochkommen. Wer weiß, wann wir dich gefunden hätten.«

Als sie die Hütte betraten, saß Kim am Tisch und starrte im schummrigen Licht dreier Kerzen vor sich hin.

Yanek half Valerie, sich auf einen Stuhl zu setzen. Dann richtete er sich auf und ließ die Schultern kreisen.

»Danke, dass du mich nach Hause gebracht hast«, sagte sie.

»Was ist los?«, fragte Kim.

Valerie winkte ab. »Ach, nichts Schlimmes, nur ein wenig den Fuß verknackst.«

Yanek sah sich um. »Schlaft ihr dort oben? Da wirst du nicht rauf- und schon gar nicht wieder runterkommen.«

»Doch, klar.« Sie wusste, dass er recht hatte, aber sie wollte unbedingt, dass er so schnell wie möglich ging. Seine Anwesenheit machte sie einfach zu nervös.

»Sie ist zwar ungeschickt, aber die Leiter schafft sie«, erklärte Kim.

»Welches ist dein Bett? Ich hole die Matratze herunter. Dann kannst du heute Nacht hier auf dem Boden schlafen.« Noch bevor sie antworten konnte, war er dabei, die Leiter hinaufzuklettern.

»Ganz links«, sagte Valerie. Er trug enge schwarze Jeans, und sie konnte gar nichts dagegen tun, dass sich ihr Blick auf sein Hinterteil heftete. Als sie spürte, dass Kim sie musterte, riss sie ihre Augen jedoch los und begann, stattdessen ihren Knöchel zu inspizieren. Von außen fühlte er sich normal an. Wenn sie ihn ein wenig hin und her bewegte, tat es weh.

Yanek manövrierte ihre Matratze ins Erdgeschoss.

»Kim, kannst du zu Jutta und Peter gehen und nach einer schmerzstillenden Creme für deine Mutter fragen?«, bat er.

»Ehrlich, ich komme schon zurecht. Vielen Dank für die Hilfe«, sagte Valerie. Es war ihr unangenehm, wie nett und hilfsbereit er sich verhielt.

Er stützte seine Hände auf die Tischplatte vor Kim, die nicht geantwortet oder sich auch nur gerührt hatte. »Kim? Jetzt gleich, bitte.« Er sprach freundlich, aber bestimmt.

Kim stand auf und verließ die Hütte.

8

Auch Nora hatte den Eindruck, dass es sich nicht um eine Fraktur, sondern eher um eine Verstauchung des Sprunggelenks handelte. Am nächsten Tag tat es auch schon nicht mehr ganz so weh. Trotzdem war Valerie froh, nicht über die Leiter klettern zu müssen. Als Peter ihr am Vorabend Holzkrücken vorbeigebracht hatte, war ihr das übertrieben vorgekommen. Doch als sie nun schwerfällig zum Waschplatz humpelte, wurde ihr klar, dass sie es ohne diese Hilfe nicht einmal bis vor die Tür geschafft hätte. Sie brauchte eine halbe Ewigkeit, bis sie wieder bei der Hütte ankam. Ächzend setzte sie sich auf die Stufen vors Haus, um ein wenig auszuruhen. Sie versuchte inständig, nicht über die unüberlegte Flip-Flop-Aktion nachzudenken, die jetzt diese Konsequenzen nach sich zog. Hier im Wald so eingeschränkt zu sein, war alles andere als ideal.

Das Dorf erwachte erst langsam. Noch lag diese einzigartige morgendliche Trägheit über der kleinen Siedlung. Jo saß vor seiner Hütte und strickte, aus den offenen Fenstern des Jagdhauses drang Geschirrgeklapper, und jemand hatte die Hühner schon aus dem Stall gelassen. Sie stolzierten zwischen den Häuschen auf und ab. Mal pickten sie nach etwas, dann scharrten sie in der Erde. Immer wieder hörte man den Hahn krähen.

Als Valerie aufs Neue ihren Knöchel inspizierte, erinnerte sie sich an die Wunde am Bein ihres Vaters. Dass sie nicht in der Lage war, sich nach seinem Befinden zu erkundigen, war eine ungewohnte Situation. Sonst rief sie einfach an, sobald sie an ihre Eltern dachte. Oder sie fuhr vorbei und sah nach dem Rechten. Jetzt musste sie mit ihren Sorgen zurechtkommen und auch den Gedanken ertragen, dass etwas mit ihnen sein konnte und sie nichts davon erfuhr. Ihr fiel ein, wie sie als Siebzehnjährige einen ganzen Sommer mit Interrail in Europa unterwegs gewesen war. Damals hatte sie auf Reisen auch kaum in Kontakt mit der Familie gestanden. Erstaunlich, wie schlecht sie jetzt damit zurechtkam.

Ich muss Yanek unbedingt bitten, mir diese Powerbank zu leihen!

Es beruhigte sie zu wissen, dass es diese Möglichkeit gab, und die Sorge in ihrer Brust machte Platz für andere Gefühle. Leider waren es ausgerechnet die Peinlichkeiten des Vorabends, die als Erstes hochdrängten. Betreten sah sie zu Yaneks Hütte hinüber. Warum nur war sie ihm gefolgt? Sie konnte sich nicht erinnern, wann sie zuletzt etwas so Impulsives und Unvernünftiges getan hatte.

Um diesen Typen mache ich ab sofort einen Riesenbogen. Der tut mir nicht gut!

Sie spürte, wie ihr allein schon diese Affirmation half, sich wohler in ihrer Haut zu fühlen. Sie atmete tief durch und besah erneut den Fuß. Als sie ihn vorsichtig hin und her drehte, meinte sie plötzlich, Yaneks Finger wieder zu spüren. Bei der Erinnerung an diese Berührung rieselten Schauer durch ihren Körper. Ins Leere starrend, strich sie sich über die Flanke, wo seine Hand während des gesamten Weges zum Dorf gelegen hatte.

»Guten Morgen!«

Valerie wandte erschrocken den Kopf.

Jutta und Peter kamen über den Dorfplatz auf sie zu. Er trug eine Sonnenliege und sie einen Stapel bunter Kissen.

»Wie geht es unserer Patientin? Schon besser?«, fragte Jutta.

»Ich habe den Eindruck, es tut weniger weh, aber dafür ist das Gelenk etwas steif.«

Peter klappte den Liegestuhl vor Valeries Hütte auf. »Da kannst du dich heute ausruhen und trotzdem am Geschehen teilnehmen. Ich befestige dir noch ein Tuch als Sonnensegel zwischen Dach und Apfelbaum. Es wird wieder ein heißer Tag.«

Jutta drapierte die Kissen auf die Liege, dann holte sie ein Fläschchen aus der Tasche ihrer Jeans. »Wenn es dir recht ist, mache ich dir einen Arnika-Wickel. Der hilft toll gegen Verstauchungen.«

»Danke! Ihr kümmert euch wirklich rührend um mich.«

»Das ist doch selbstverständlich. Wir wollen ja, dass du schnell wieder auf den Beinen bist«, antwortete Peter. »Ich suche gleich nach einem geeigneten Segel. Jutta, ich schaue bei den Tischtüchern, oder was meinst du?«

Seine Frau nickte. »Darf ich in deine Hütte gehen, um eine Schüssel und Handtücher zu holen«, richtete sie sich wieder an Valerie.

»Klar, aber bitte nicht erschrecken, es sieht ein bisschen wild aus, weil Yanek mir die Matratze unten hingelegt hat.«

Yanek.

Valerie ignorierte das Flattern in ihrer Brust und hievte sich in den Liegestuhl.

Rundherum bedient zu werden, kam ihr komisch vor.

Ärgerlich, dass mir das passiert ist. Jetzt muss ich die Kinder schon wieder sich selbst überlassen.

Jo hatte sich erhoben und kam nun von seiner Hütte zu ihr herüber. »Wie geht es dem Fuß?«

»So mittel, danke. Es hat sich wohl schon herumgesprochen?«

»Dein Sohn war gestern noch einmal kurz bei uns und hat erzählt, dass du in Flip-Flops nachts Beeren suchen wolltest.«

Sie spürte Hitze in ihre Wangen steigen.

»Hinter dem Haus der Briten sind massenhaft Himbeeren«, informierte er sie.

»Okay. Fürs nächste Mal weiß ich es jetzt, danke.«

Jutta trat aus Valeries Hütte. »Jo, füllst du mir bitte diese Schüssel mit Wasser? Mal sehen. Der Knöchel sieht nicht so schlimm aus.«

Über die Umstände, wie es passiert war, verlor Jutta kein Wort, während sie etwas vom Inhalt des Fläschchens mit dem von Jo gebrachten Brunnenwasser vermengte, eines der Handtücher mit der Mischung tränkte und es anschließend um das Gelenk wickelte. »Wir lassen das jetzt nicht ewig drauf, weil die Tinktur sonst eventuell zu scharf für die Haut wird. Aber ein Weilchen. Und dann versuchst du das Bein, so gut es geht, zu schonen. Bleib einfach sitzen und genieß das Sommerwetter!«

»Ich werde es probieren. Zwischendurch mache ich vielleicht mal Frühstück für die Kinder«, antwortete Valerie.

»Nein, meine Liebe! Ich bringe euch was rüber. Du sollst jetzt das Bein hochlegen«, erwiderte Jutta bestimmt.

»Die beiden können doch genauso gut zu uns zum Frühstücken kommen«, mischte sich Jo ein. »Wir sind mittlerweile Profis im Machen von Palatschinken. Was kann ich dir denn bringen? Kaffee oder Tee? Marmelade- oder Käsebrot? Oder isst du auch gern Palatschinken?«

»Kaffee und Marmeladebrot wären großartig. Tausend Dank, ihr seid wirklich lieb.« Sie schluckte gegen den Kloß in ihrem Hals an. Es war unfassbar lange her, dass man sich so um sie gekümmert hatte.

Ständig schaute jemand bei Valerie vorbei, unterhielt sich ein wenig mit ihr und zeigte sich besorgt. Zerknirscht gab sie immer wieder die Geschichte mit der Beerensuche zum Besten.

Am späteren Vormittag gesellte sich Stella zu ihr. Sie brachte Sonnenmilch und einen Hut. »Auch unter dem Segel solltest du aufpassen. Die UV-Strahlen gehen locker durch den Baumwollstoff. Kann ich dir vielleicht noch ein Buch bringen?«

Valerie musste sofort an die Szene im Arbeitszimmer denken.

Stella wohl auch, denn sie biss sich auf die Lippe und sagte: »Hör mal, das gestern hat sicher ganz schön komisch gewirkt. Yanek und ich …«

Valerie erinnerte sich an ihren Vorsatz, sich nicht mehr

hineinziehen zu lassen. »Schon gut«, winkte sie ab. »Wir haben alle mal irgendwo rumgeknutscht.«

Stella klappte den Deckel der Sonnenmilch wiederholt auf und zu. »Ja … genau. Wir dachten, wir wären allein. Du weißt schon … junges Glück. Wie läuft es mit den Kindern?«

»Die stromern herum. Im Augenblick herrscht Frieden.« Sie versuchte zu lachen.

»Ich habe mir gedacht, ich könnte vielleicht heute was mit ihnen unternehmen. Wandern gehen. Damit du dich ausruhen kannst.«

Valerie wunderte sich, wie wenig Ahnung Stella von Teenagern hatte. Aber der Wille zu helfen war sympathisch. Erneut stellte Valerie fest, dass sie die junge Frau mochte, obwohl sie sie insgeheim eigentlich lieber ablehnen wollte. »Nicht nötig. Sie haben sich mit Toni und Holly angefreundet. Mit denen sind sie unterwegs.«

»Okay, aber wenn ich irgendwas tun kann, sag Bescheid.«

In diesem Augenblick kam Yanek aus der Hütte. »Ich gehe wieder zum Telefonieren«, informierte er seine Freundin. »Gestern wurde ich unterbrochen.«

Valerie sah ein hauchdünnes Grinsen über sein Gesicht huschen, bevor er sich abwandte. Das ärgerte sie, obwohl sie zugeben musste, dass er ihr gegenüber im Grunde überhaupt nichts falsch gemacht hatte. Aber war es nicht oft so, dass man es Leuten übelnahm, wenn sie dabei Zeuge wurden, wie man sich selbst zum Affen machte?

Stella zeigte keine Reaktion auf Yaneks Ankündigung.

Weiß sie, dass er eine andere anruft, oder hat sie keine Ahnung?

Und schon nervte es Valerie, wieder über etwas nachgedacht zu haben, das sie nichts anging und von dem sie sich eigentlich distanzieren wollte. Sie versuchte sich aufs Wesentliche zu konzentrieren. »Ich müsste meine Eltern anrufen. Denkst du, er kann mir mal diese Solar-Powerbank borgen?«, fragte sie.

»Das macht er bestimmt.«

Wieder spürte Valerie ein Kribbeln in der Magengegend. Sie hasste es, dass sie es nicht ansatzweise schaffte, ihm gegenüber gleichgültig zu bleiben.

»Gut«, meinte Stella nach kurzem Schweigen. »Dann gehe ich jetzt mal zu den anderen rüber.« Sie deutete auf das Grüppchen, das Pflaumen vom Baum vor der Hütte der Niederländer erntete. Jutta wollte Zwetschgenknödel kochen und Kuchen backen.

Guus war den Stamm hochgeklettert und hing nun an einem Ast, der sich durch sein Gewicht gefährlich neigte. Benno und Toni klaubten die Früchte von den Zweigen, die sie nun besser erreichen konnten. Zu ihren Füßen befanden sich zwei Holzsteigen, aus denen je ein Berg saftig lila glänzender Pflaumen lugte. Sie waren so auf den Punkt gereift, dass der Kern mühelos herausglitt, wenn man sie zwischen den Fingern zusammenquetschte. Beim Kosten einer Frucht war Valerie ein süßer Duft in die Nase gestiegen. Nun nahm sie jedoch einen krautig-warmen Geruch wahr, also schaute sie sich um.

Peter hatte seine Sense geholt und mähte. An manchen Stellen rund um die Hütten war das Gras schon ziemlich hochgewachsen. Wenn die Hühner dort herumspazierten, verschwanden sie zwischen den dicht stehenden Halmen. Mit fließenden Bewegungen hieb Peter diese nun um. Der ganze Dorfplatz füllte sich mit einem Geruch, der in Valerie ein herrliches Sommergefühl hervorrief. Kraftvoll einatmend rutschte sie tiefer in die Kissen.

Vielleicht war das mit dem Fuß sogar ein Glücksfall? Hier sitzen und entspannen zu müssen, tut mir gut. Ich war die ersten Tage im Dorf viel zu nervös.

Fest entschlossen, das Gute an der Situation zu erkennen, sah sie sich weiter um. Vor dem Haus bastelten Jutta und Alice mit den Kindern Blütenkränze. Holly und Kim pflückten dafür Material. Immer wieder tauchten sie mit Wildblumensträußen auf den Armen auf. Valerie freute sich, welch guten Effekt die Umgebung auf Kim hatte. Sie konnte sich gar nicht daran sattsehen, wie aufgeweckt ihre Tochter wirkte. Schließlich fiel ihr auf, wie selten sie Kim sonst lachen hörte.

Es war später Nachmittag geworden. Nachdem sich Valerie damit beschäftigt hatte, die Blüte einer Glockenblume in ihr Skizzenbuch zu zeichnen, döste sie nun in der drückenden Hitze vor sich hin. Nichts zu tun, wirkte genauso erschöpfend wie die körperliche Aktivität der Tage zuvor.

Als sie die Augen aufschlug, hielt Alice ihr ein Glas Wasser vor die Nase, in dem eine aufgeschnittene Pflaume und einige Kräuter schwammen. »Trink! Heute ist es heiß«, sagte die Wienerin und ließ sich auf dem Fußteil der Sonnenliege nieder. Nachdenklich besah sie sich Valeries Knöchel. »Ärgerlich, dass dir das passiert ist.«

Valerie trank von dem aromatisierten Wasser. Die kühle Flüssigkeit tat gut.

»Aber jetzt erzähl!«, forderte Alice sie auf.

»Was soll ich erzählen?«

»Beerenpflücken? Ernsthaft? Glaubt dir kein Mensch. Was wolltest du wirklich nachts im Wald?«

Valerie räusperte sich umständlich. »Ich habe mitbekommen, dass Yanek dort oben telefoniert. Und da ich mir Sorgen um meinen Vater mache, dachte ich, es wäre eine gute Idee, rauszufinden, wo man Empfang hat und wie er sein Handy lädt.«

»Und warum hast du ihn nicht einfach danach gefragt?«

Um etwas Zeit zu gewinnen, trank Valerie wieder ein paar Schlucke. »Keine Ahnung«, murmelte sie dann ins Glas.

»Und mit wem hat er telefoniert? Hast du das wenigstens mitbekommen?«

»Ich habe nicht so genau hingehört. Und es war nur ein kurzes Gespräch. Dann bin ich gestürzt, und er ist mir zu Hilfe gekommen.«

Alice ließ einen Laut hören. »Gerettet von unserem Bad Guy. Wenn das nicht der Stoff ist, aus dem Liebesgeschichten gemacht sind.«

In Valeries Brust verkrampfte es sich. »Hallo? Er ist vergeben, und ich bin nicht interessiert.« Sie angelte mit dem Finger nach der Pflaume im Glas, um Alice nicht anschauen zu müssen. »Und davon abgesehen, ist das nicht ein bisschen überholt? In den Zwanzigern unseres Jahrhunderts will man doch eher eine Story, in der sich die Frau selbst rettet ...«

Alice unterbrach sie. »Und statt des Machos einen einfühlsamen Waschlappen? Ausgewrungen, bis kein Tropfen Männlichkeit mehr in ihm ist.«

Valerie musste lachen. »Ich hätte es anders formuliert, aber so in die Richtung, ja.«

Die Wienerin schüttelte vehement den Kopf. »Machen wir uns nichts vor, so funktionieren die Frauen unserer Generation nicht.«

»Tun wir nicht?« Valerie war bereits aufgefallen, dass Alice zwar auf Feminismus pochte, wenn es um andere ging, jedoch schnell in althergebrachte Geschlechterrollen zurückfiel, sobald es um sie selbst ging.

»Es mag sein, dass wir in unseren Köpfen schon weiter sind, aber unsere Herzen und unsere Vaginen wurden in einer ganz anderen Zeit sozialisiert. In der Kindheit wurden wir alle durch Väter geprägt, die sich niemals schwach, sondern immer nur maskulin zeigen durften und sich rücksichtslos auf die Karriere konzentriert haben. Ohne es zu wollen, fahren wir deshalb auf den dominanten Männertypus ab, obwohl er uns nicht guttut. Karrieretypen, Selbstbewusstsein und Führung finden wir sexy. Und falls du mir nicht glaubst, denk an den Erfolg von *Fifty Shades* und *365 Tage*.«

Auf die Schnelle wusste Valerie gar nicht, was sie von diesen Ausführungen halten sollte. Also schwieg sie mit gerunzelter Stirn.

»Ich will dir ein Beispiel geben: Vor einiger Zeit habe ich mich mit einem jüngeren Amerikaner getroffen. Er war unreif, hatte ein aufgeblasenes Ego und brachte mich oft genug zum Heulen. Aber ich habe Monate gebraucht, um das zu beenden. Er hat einfach immer wieder aufs Neue die richti-

gen Knöpfe bei mir gedrückt. Er war riesig und muskelbe-
packt – jemand, von dem man sich beschützt und geführt
fühlt. Und er benutzte von der ersten Minute an völlig
selbstverständlich verniedlichende Kosenamen wie *Babe*
oder *Princess*. Und damit war es schon um mich geschehen.
Vaterkomplex trifft auf bösen Jungen.«

Valerie kaute grüblerisch die Pflaume.

»Du siehst skeptisch aus«, meinte Alice. »Entspann die
Stirn – das gibt Falten!«

»Deine Theorie ist neu für mich. Ich bin noch dabei, sie
zu verarbeiten.«

»Fällt dir denn gar nichts ein, was sie belegt? Kein Hinweis
darauf, dass die mittlerweile überholte und als toxisch be-
zeichnete Männlichkeit insgeheim doch was mit dir macht?
Eine kleine Vorliebe für Vampire? Latin Lover? Oder ein
väterlicher Freund, der dir die Welt erklärt? Nichts?«

»Na ja, ich mag Uniformen«, gab Valerie zu, nachdem sie
kurz überlegt hatte. »Zählt das?«

Alice klatschte begeistert in die Hände. »Und ob das zählt!
Ein Klassiker.«

»Aber das heißt nicht, dass ich mir einen Offizier oder Pi-
loten an meine Seite wünsche.«

»Nö, überhaupt nicht. Wer möchte so was schon.«

Valerie lachte, dann wurde sie jedoch wieder nachdenklich. »Denkst du, unsere Töchter ticken da anders?«, fragte
sie.

»Zumindest sind sie mit einer ganz anderen Generation
Väter groß geworden. Sie wurden von ihnen gewickelt, be-
spielt, geknuddelt, vergöttert, haben ihre Papas heulen und

verzweifelt gesehen – das sind neue Voraussetzungen. Weißt du, ich sage ja nicht, dass unsere alten Herren Unmenschen waren. Aber unnahbarer waren sie in der Regel schon.«

Valerie musste daran denken, wie sie vor einiger Zeit eine Bemerkung hatte fallen lassen, nachdem sie an Bennos Geburtstag einen Superheldenfilm angesehen hatten. »Also dieser unberechenbare, fiese Loki ist irgendwie viel faszinierender als Thor, der immer das Richtige tut«, hatte sie gesagt. Das war bei Kim gar nicht gut angekommen. Lag es daran, dass ihre Tochter ein anderes Männerbild hatte? Und auf andere Typen stand?

»Weißt du was, ich denke, an deiner Theorie ist schon was Wahres dran. Kim muss zwar schon relativ lange ohne Vater auskommen, aber die prägenden Jahre war er wirklich für sie da. Er ist sogar für ein paar Monate in Elternzeit gegangen. Und wenn ich irgendwelche Schauspieler im Fernsehen kommentiere, ernte ich immer einen Blick, als würde ich kompletten Schwachsinn reden.«

Die Wienerin strich sich zufrieden die Haare zurück. »Siehst du! Die alte Alice weiß eben doch, wovon sie redet.« Sie tätschelte Valeries gesundes Bein. »Woran ist der Vater deiner Kinder eigentlich gestorben? War es Krebs?«

»Er hatte einen Unfall.«

»Das tut mir sehr leid«, antwortete Alice und sah zu den Zweigen des Apfelbaumes hinauf.

Valerie hatte mitbekommen, wie Toni mit seinem Vater im Jagdhaus verschwunden war, um Jutta beim Kochen zu helfen. Weil von Benno jedoch seit einiger Zeit jede Spur fehlte, bat sie Alice, mal nach ihm zu sehen.

Nun kam die Wienerin zurück und erstattete Bericht. »Also, ich will dich ja nicht beunruhigen, aber dein Sohn ist bei diesem Holzstapel neben dem Carport … Und Yanek lässt ihn mit der Axt üben.«

Valerie fuhr in ihrer Liege hoch. »Bitte was?«

»Benno hackt Holz. Soll ich ihm sagen, dass dir das nicht recht ist?«

Nach dem Tag im Liegestuhl fühlte sich Valerie ziemlich eingerostet und hatte Mühe beim Aufstehen. »Ich werde selbst nachsehen.«

Er kann doch einen Dreizehnjährigen keine Axt benutzen lassen! Dem erzähle ich was.

Mittlerweile hatte sie schon eine ganze Reihe an Charaktereigenschaften gesammelt, die Yanek beschrieben. Zum Teil widersprachen sie sich und verwirrten sie. Aber Verantwortungslosigkeit war bisher nicht dabei gewesen. Die hätte sie ihm nicht zugetraut.

Vorsichtig belastete sie ihr Bein, dann setzte sie sich mit Hilfe der Krücken in Bewegung.

»Kann ich mitkommen?«, fragte Alice. »Ich würde gern sehen, wie du Kleinholz aus dem Macho-Baumstamm machst. Du wirkst schon so angriffslustig.«

»Was, wenn Benno sich mit der Axt verletzt?«, regte sich Valerie auf. »Sich ins Bein hackt? Hier im Wald – Ewigkeiten von der nächsten Notaufnahme entfernt? Und so etwas ist Lehrer!«

»Finde ich auch unmöglich.«

Im Schneckentempo wanderten sie an Alice' und Jos Hütten vorbei, dann hatten sie endlich Sicht auf die Stelle, wo der Hackklotz stand.

»Warte!«, sagte Yanek gerade zu Benno. »Deine dominante Hand sollte oben sein. Du bist doch Rechtshänder, oder? Also andersrum. Genau so. Und jetzt lässt du zwischen den Händen ein wenig Abstand, so wie ich es dir vorhin gezeigt habe.«

Benno schob seine Finger auf dem Stiel der Axt zurecht.

»Wenn du gleich schwingst, rutscht die Rechte zur Linken.«

In diesem Augenblick entdeckte Benno Valerie. »Hallo, Mama, ich hacke Holz!« Er strahlte übers ganze Gesicht. »Schau mal zu!«

Er wollte die Axt gerade hochschwingen, da rief Yanek: »Stopp!«, und hielt Bennos Arm fest.

»Was ist? Meine rechte Hand ist doch oben.«

»Wir hacken niemals drauf los, ohne uns hundertprozentig zu konzentrieren. Du achtest gerade mehr auf deine Mutter als auf dich selbst, die Axt und das Holz.«

Valerie konnte förmlich spüren, wie eine Welle der Erleichterung durch ihren Körper lief, als sie realisierte, dass ihr Sohn hier gut aufgehoben war.

»Sorry, falscher Alarm«, murmelte Alice.

»Also noch einmal von vorn«, sagte Yanek. »Zuerst prüfen, ob sich niemand im Gefahrenbereich befindet.« Er trat ein paar Schritte zurück. »Aufstellung, Beine auseinander, Handhaltung kontrollieren und Holzstück nicht aus den Augen lassen. Atmen. Lockerer Schwung.«

Benno holte aus und ließ die Axt auf das Holz niederfallen. Mühelos konnte die Klinge die Fasern spalten.

»Hast du das gesehen, Mama?«, rief Benno. Es war unmöglich zu überhören, wie stolz er auf sich war. »Ausgerechnet ich habe die Kraft zum Holzhacken.«

»Große Klasse!« Valerie humpelte ein wenig näher.

»Aus dir wird noch ein richtiger Holzfäller«, sagte Alice.

»Ich hätte nie gedacht, dass ich das kann«, jubelte Benno.

Yanek klopfte ihm auf die Schulter. »Erstens bist du ganz schön stark für dein Alter, und außerdem ist es eine Frage der Technik. Und die beherrschst du ja jetzt. Sammelst du mal die Holzstücke in den Korb und bringst ihn hinein in die Küche?«

Ohne zu zögern, bückte sich Benno und tat, wie ihm geheißen. Valerie hatte ihn schon seit Ewigkeiten nicht mehr so engagiert gesehen.

Yanek hängte die Axt auf einen Haken, der hoch oben am Carportpfosten montiert war. »Und Benno, du versprichst mir, dass du dir niemals allein die Axt holst. Entweder ich oder ein anderer Erwachsener muss dabei sein. Ich verlasse mich auf dich.«

»Schon klar.«

»Hand drauf!«

Benno schlug ein.

Seit der Ankunft war Yanek ein Dreitagebart gewachsen. Die schwarzen Schatten auf seinen Wangen hoben die unglaubliche Wirkung seiner dunklen Augen noch stärker hervor, fand Valerie.

»Sag mal, Mama, wie alt bist du?«, holte Benno seine Mutter aus ihren Gedanken. »Fünfzig?«

»Wie bitte?«, fragte sie entrüstet. »Ich bin doch nicht fünfzig!«

»Ich kann mich erinnern, dass wir deinen vierzigsten Geburtstag größer gefeiert haben. Und das ist extrem lang her.« Alice kicherte.

»Ich bin zweiundvierzig, Benno.«

»Alles klar. Er wollte nämlich wissen, wie alt du bist.«

Valeries Blick schnellte zu Yanek, der reglos mit den Händen in den Hosentaschen dastand und zu Boden schaute.

Wenigstens passiert mal etwas, was ihm ein wenig peinlich sein kann. Muss ja nicht immer ich diejenige sein, die sich blamiert.

»Und, Benno? Hast du Yanek auch gefragt, wie alt er ist?«, hörte sie Alice fragen.

»Ich bin fünfundvierzig«, antwortete Yanek und legte zwei Scheite zurück auf den Stapel.

»Kann ich auch Hackstunden bei dir nehmen?«, bat Alice. Ihre Stimme klang plötzlich verändert.

»Wenn du willst«, erwiderte er.

»Ich denke, das würde mir Spaß machen. Du scheinst ein guter Lehrer zu sein.«

Irgendwie hörte sich das auf merkwürdige Art anzüglich an. Unbehaglich verlagerte Valerie ihr Gewicht auf das andere Bein und wurde für diese Unachtsamkeit sofort mit einem Schmerz im Knöchel bestraft.

Wahrscheinlich zuckte sie zusammen, denn Yanek, der gerade ein paar Holzstücke aufhob und sie zu den anderen in den Korb warf, drehte den Kopf zu ihr. »Alles in Ordnung? Willst du dich ein wenig hinsetzen?« Er deutete auf den Hackklotz.

Valeries Blick traf direkt auf den seinen, und sie hatte das Gefühl, als würde ihr Magen zuerst hochkatapultiert und dann ein Stück weit absacken.

Sie straffte die Schultern. »Ich gehe besser zurück zu meinem Liegestuhl.«

9

Peter hatte den Liegestuhl zur Feuerstelle getragen, bei der sich alle zum Gemüsegrillen treffen wollten. Von dieser Position aus konnte Valerie das Treiben im Dorf noch besser verfolgen. Die Niederländer saßen im Schneidersitz vor ihrer Hütte auf dem Boden. Holly und Kim hatten sich zu ihnen gesellt. Valerie freute sich ungemein darüber. Konnte es wirklich sein, dass sich die Kinder hier eingelebt hatten? Nach dem Hacken war Benno mit dem Korb voll Feuerholz im Haus verschwunden und nicht wieder aufgetaucht, daher nahm Valerie an, dass er bei den Essensvorbereitungen half. Es wirkte wirklich so, als ob es ihrem Nachwuchs hier mittlerweile gefiel.

Ein Quietschen lenkte Valeries Aufmerksamkeit auf die andere Seite des Dorfplatzes. Jo zog die kleineren Kinder im Leiterwagen umher, wofür sie eigentlich schon zu alt waren – dennoch kreischten sie vor Begeisterung und feuerten ihn kräftig an. Am lautesten fielen Emilias Kommandos aus, die, obwohl sie ja nicht sehen konnte, einen exakten Lageplan im Kopf zu haben schien.

Valerie versuchte, die Eindrücke in sich aufzusaugen. Die Atmosphäre strotzte vor jener positiven Energie, die sie zu Hause oft vermisste.

Eigentlich war sie entschlossen, diese durch nichts und niemanden mehr stören zu lassen. Aber ihr Blick landete automatisch immer wieder bei einer ganz speziellen Hütte. Zuerst war Yanek erneut mit dem Telefon in der Hand im Wald verschwunden. Stella saß in der Zwischenzeit auf den Stufen und las. Etwas später hängte sie auf einer Schnur, die sie zwischen die Bäume gespannt hatte, drei T-Shirts zum Auslüften auf. Zwei davon gehörten wohl ihr selbst, eines eindeutig ihm. Bei seiner Rückkehr redete Yanek mit Stella. Irgendetwas brachte sie dazu, die Hand auf den Mund zu legen und dann in Tränen auszubrechen. Als sie in die Hütte stürmte, folgte er ihr.

Valerie konnte gar nichts gegen die Missklänge tun, die diese Beobachtungen in ihrer Brust auslösten. Sie schaffte es weder sich abzuwenden noch unbeteiligt zu bleiben. Etwas in ihr wollte ihr weismachen, dass es sie interessieren sollte, wenn sich Stella und Yanek stritten. Sie überlegte, ob es um die Telefonate im Wald ging.

Anschließend tat sich für einige Zeit gar nichts. Sooft Valerie auch mit allerlei Spekulationen im Kopf zur Hütte hinübersah, die Tür blieb geschlossen.

Erst als Peter dabei war, ein Feuer zu entfachen, und schon einige Leute im Kreis saßen und darauf warteten, dass es mit dem Grillen losging, trat Yanek aus der Hütte. Sein Gesicht war ernst, als er zur Gruppe herüberkam. »Siehst du irgendeine Möglichkeit, Stella noch heute zu ihrem Wagen zu bringen?«, fragte er Peter. »Oder leihst du mir das Auto und ich fahre damit selbst bis zur Straße? Sie muss dringend nach Liezen.«

»Oje, das klingt nicht gut. Natürlich mache ich das, aber dann am besten jetzt sofort, im Dunkeln habe ich auf der

Strecke durch den Wald schon einmal ein Reh angefahren. Sie soll schnell zusammenpacken und mich dann beim Auto treffen. Jo, übernimmst du bitte das Feuermachen?«

»Sie ist gleich fertig.« Yanek verschwand wieder.

Die ganze Gruppe sah ihm nach.

Alice, die eigentlich auf der anderen Seite gesessen hatte, sprang auf und kam zu Valerie herüber. »Der Haussegen hängt schief. Ein bisschen länger hätte ich den zweien vielleicht noch gegeben, aber richtig überrascht bin ich nicht. Das hier ist sicher eine Belastungsprobe für ein Paar, das ohnehin schon Schwierigkeiten hat.« Sie beschrieb mit dem Finger einen Kreis, der das gesamte Dorf einschloss. »Hast du mitbekommen, was los ist?«

»Er war wieder im Wald, um zu telefonieren, und danach hat es eine Auseinandersetzung gegeben. Sie wirkte auf jeden Fall sehr aufgebracht«, flüsterte Valerie.

In diesem Augenblick kam Stella aus der Hütte. Ihre Augen waren rot und verschwollen.

Yanek folgte ihr und wirkte ziemlich betreten. Er trug ihre Tasche in der einen Hand, ihr gelber Regenmantel hing über dem anderen Arm. Im Vorbeigehen zog er noch ihre T-Shirts von der Leine und stopfte sie in die Tasche.

»Du musst nicht mitkommen«, sagte sie zu ihm, als sie die Feuerstelle fast erreicht hatten. »Peter bringt mich doch zum Auto. Bleib einfach da!« Ihre Stimme klang belegt.

»Hey, Stella. Was ist passiert?«, erkundigte sich Jo.

Valerie gefiel, wie er rundheraus fragte, worauf alle zu wissen brannten, und es dabei schaffte, freundschaftlich interessiert und nicht sensationsgierig zu klingen.

»Ich … Meine …« Stella brach wieder in Tränen aus und legte die Finger vors Gesicht.

»Entschuldige, ich wollte nicht …« Jo wirkte bestürzt.

»Komm! Peter wartet«, meinte Yanek mit sanfter Stimme. Er verfrachtete den Regenmantel auf den anderen Arm und legte ihr die frei gewordene Hand auf den Rücken.

»Seltsame Vibes«, kommentierte Alice, als die beiden ums Haus verschwunden waren.

»Ich glaube, etwas ist mit ihrer Beziehung nicht in Ordnung«, steuerte nun auch Lieke bei. »Sie schauen sich nie liebevoll an.«

»Das kann man kaum übersehen«, erwiderte Alice. »Und keiner hat sie je dabei beobachtet, wie sie sich zumindest ein Küsschen gegeben hätten.«

»Ähm … Ich habe gesehen, wie sie geknutscht haben«, berichtete Valerie.

Alice sah sie vorwurfsvoll an. »Was!? Und das erzählst du mir nicht?«

»Also, Leute, ich weiß nicht, ob es besonders nett ist, wenn wir so über die zwei sprechen. Es geht uns doch nichts an«, mischte sich Jo ein.

Valerie war dankbar für seinen Einwurf, denn sie hatte schon bereut, dass ihr der Satz herausgerutscht war. Auf keinen Fall hätte sie ihre Beobachtung genauer schildern wollen.

Alice jedoch schien das anders zu sehen. »Sei nicht so ein Moralapostel! Wir haben doch nur freundliches Interesse an den beiden.«

»Das ist sehr lieb von euch.«

Alle Köpfe fuhren herum.

Yanek war um die Hausecke zurückgekommen und nahm auf einem der freien Sitzgelegenheiten am Feuer Platz. »Wenn ihr es genau wissen wollt: Stellas Mutter hatte einen Zusammenbruch, und es ist unklar, ob es nicht ein Herzinfarkt war.«

Während die anderen ihr Bedauern ausdrückten, stieß Alice Valerie mit dem Ellbogen an und formte lautlos mit den Lippen: »Wer's glaubt ...!«

Auch wenn ihr Fuß sich gut erholt hatte, blieb Valerie am nächsten Tag zu Hause, als die Dorfbewohner zu einer Waldtour aufbrachen. Es sollten Beeren fürs große Marmeladeneinkochen gesammelt werden, und das erschien ihr noch zu anstrengend für den Knöchel.

Als sie hörte, dass ihre Kinder bereitwillig an der Wanderung teilnehmen wollten, trieb es ihr vor Glück beinahe die Tränen in die Augen. Kim beschwerte sich nicht einmal, als sie gebeten wurde, einen Rucksack voll Blechkannen für die Beeren zu tragen. Valerie wusste allerdings auch, wie unberechenbar die Launen ihrer Tochter sein konnten, deswegen versuchte sie sich nicht zu früh zu freuen.

Zumindest liegt sie nicht mehr im Bett.

Träge schlenderte Valerie durch das verlassene Dorf, was ihr an diesem Tag wieder ohne Krücken gelang. Sie passte gut auf, keine abrupten Drehungen mit dem Fuß zu vollführen und ihn nicht zu lange zu belasten. Doch sie hatte den Eindruck, je mehr sie ihn vorsichtig bewegte, desto normaler fühlte er sich an.

Zuerst besuchte sie die Ziegen. Vor allem die zutraulichen Kitze hatten es ihr angetan. Sie sprangen neugierig um sie herum und ließen sich gern das Fell kraulen. Später umrundete sie das Dorf und bewunderte abermals die unzähligen kleinen Details an den Hütten. Auf der Behausung der Niederländer hing ein Schild mit dem Spruch: *Ich habe mir versprochen, viel mehr Dinge zu tun, die mich glücklich machen!* Darunter hatten Lieke und Guus auf einem Holzbalken eine Tonscherbe abgelegt, die sie offensichtlich als Aschenbecher benutzten, denn darin lag ein halb gerauchter Joint. Daneben lehnte das Mosaik eines Baumes aus Keramik und Glasscherben in Grün- und Brauntönen. Auf dem Rahmen stand: *Danke für die großartigen Wochen! Viki und Jakob.* Der Himmel über dem Mosaikbaum war aus Spiegelstückchen geklebt, also kippte Valerie das Kunstwerk, um hineinsehen zu können. Ihre Reflexion war aufgesplittert und wirkte deshalb merkwürdig bizarr, aber sie erkannte, wie braun sie in den vergangenen Tagen geworden war.

Erschreckend alt sehe ich ungeschminkt aus. Nur noch graue Haare und Falten.

Mit den Fingerkuppen strich sie sich unter den Augen entlang und dachte an Alice, bei der sich die Haut an dieser Stelle spannte.

Schluss damit! Ich habe mich entschlossen, das Altern anzunehmen und zu mögen. Und dabei bleibt es auch.

Sie spazierte weiter. Neben dem Häuschen der Briten gab es eine Vogeltränke, die von den kleinen gefiederten Gesellen ausgiebig genutzt wurde. Also setzte sich Valerie unter den Kirschbaum und beobachtete das Treiben. Sie erkannte den Gimpel mit der leuchtend rotorange gefärbten Brust und der schwarzen Kappe. Völlig unbekannt war ihr jedoch ein grünlicher Vogel mit überkreuztem Schnabel. Erst als sie überlegte, wie gern sie seinen Namen gegoogelt hätte, fiel ihr auf, dass sie an diesem Tag nun zum ersten Mal an ihr Handy dachte. Es lag nach wie vor ungeladen im Schrank. Es nicht dauernd bei sich zu tragen, empfand sie mittlerweile als befreiend. Und so erfreute sie sich einfach an den Vögeln, ohne mehr über sie zu wissen.

Zwischen der Hütte, die den Gemüsegärten am nächsten stand, und dem Hauptgebäude gab es ein Gewächshaus, in das Valerie etwas später hineinlugte. Die Dachfenster waren geöffnet, dennoch staute sich Hitze darin. Vermutlich tat das den Tomaten und Paprikas gut. Valerie kostete eine der leuchtend roten Kirschtomaten und war überrascht, wie viel Aroma sich auf ihrer Zunge entfaltete. Sie konnte so viele unterschiedliche Nuancen herausschmecken, dass sie schon glaubte, es müsse sich um eine besonders ausgefallene Sorte handeln. Dann wurde ihr aber klar, dass das ausgeprägte Geschmackserlebnis wohl eher an ihren geschärften Sinnen lag. Als sie am Heu schnupperte, das Peter nach dem Mähen aufgehäuft hatte, empfand sie auch diesen Geruch ungewohnt intensiv.

»Ihr wisst ja gar nicht, wie gut ihr es habt«, sagte Valerie zu einem braunen Huhn, das an ihr vorbeispazierte. »Ihr lebt im Paradies.«

Und ein Paradies ist es nicht deshalb, weil es hier alles gibt, was man sich nur erträumen kann, sondern weil man hier plötzlich nur mehr das will, was es gibt.

Später am Tag wurde die Hitze drückend. Valerie fragte sich, wie lange die Wandergruppe unterwegs sein würde. Sie hatten ein Picknick dabei und würden bestimmt wieder irgendwo eine ausgedehnte Rast einlegen. Es konnte also gut sein, dass sie erst am Nachmittag zurückkehrten. Valerie beschloss deshalb, auch noch den Waldweiher zu erkunden. Benno und Toni waren ja bereits mit Jutta zum Baden dort gewesen und hatten begeistert berichtet. Daher machte sie sich mit ihrem Zeichenblock und ein paar Stiften ausgerüstet auf den Weg.

Nicht weit vom Dorf entfernt gab es ein in den Bach mündendes Rinnsal. Wenn man diesem folgte, erreichte man nach einiger Zeit eine Ansammlung von Weiden, die einen Tümpel mit erstaunlich klarem Wasser umkränzten.

Valerie zog die Schuhe aus, nahm auf einem etwas größeren Stein Platz und hängte die Füße ins kühle Nass.

Das wird meinem Knöchel sicher guttun.

Auf der gegenüberliegenden Weiherseite hatte Peter einen Steg gebaut. Darauf lagen, von irgendjemandem liegen gelassen, ein Handtuch und ein Buch.

Die Frische des Wassers kletterte ihre Beine hoch. Valerie schloss die Augen, um die belebende Empfindung noch besser genießen zu können. Die Hitze der Sonnenstrahlen auf ihrem Kopf und die Kühle des Tümpels trafen sich irgendwo in ihrer Brust und sorgten dort für ein Gefühl der Ausgeglichenheit.

So in sich versunken, begann Valerie die Vielzahl an Geräuschen um sie herum wahrzunehmen: das gleichmäßige Gluckern der den Weiher speisenden Quelle, das Rauschen des leichten Luftzuges in den Bäumen, die Rufe einer Taube und das Quaken aus dem Wasser.

Lächelnd öffnete sie die Augen und hielt nach der Kröte Ausschau. Am Rand des Tümpels stand Schilf, und die Wasseroberfläche war von Wasserlinsen bedeckt. Bald machte Valerie darin die Amphibie aus, die sich immer wieder rhythmisch aufblies. Bei genauerer Betrachtung sah sie gelbe Augen und braun gestreifte Beine. Das Tier kam ihr vor wie das wundersamste, außergewöhnlichste Wesen, das sie je gesehen hatte.

Nachdem sie eine Zeit lang dagesessen und die fast unwirkliche Stimmung am Weiher in sich aufgesogen hatte, beschloss sie, sich in die Hängematte zu legen, die zwischen zwei Baumstämme gespannt war. Auf dem Weg dorthin pflückte sie den Wedel eines Farnes, um ihn abzeichnen zu können. Sie mochte die gefiederte Struktur der Blätter und die kleinen Sporenknöpfchen auf deren Unterseite.

Gebettet in die Hängematte, begann sie mit schnellen Bleistiftstrichen die fraktalen Formen zu skizzieren. Dann schraffierte sie die Oberflächen, studierte dabei genau, wie Licht und Schatten jede Wölbung hervortreten ließen, und bemühte sich, möglichst alle auch noch so kleinen Details zu erfassen. Während sie emsig vor sich hin zeichnete, landete eine Libelle mit grünem Kopf auf dem Farn. Valerie versuchte sich nicht zu bewegen, um sie nicht gleich wieder zu verscheuchen. Das Insekt bewegte sachte die schillernden durchsichtigen Flügel und schien Valerie mit seinen großen Facettenaugen anzuschauen.

Die Welt ist voller Wunder, wir haben ganz verlernt, sie zu sehen.

Plötzlich wurde die idyllische Ruhe durch ein Platschen durchbrochen. Valeries Kopf fuhr herum. Jemand war in den Weiher gesprungen, tauchte drei Züge, um dann kehrtzumachen, sich am Steg in den Stütz zu heben und herauszuklettern.

Schon bevor er wieder aufgetaucht war, wusste Valerie, dass die Gestalt unter Wasser Yanek war. Mit angehaltenem Atem lugte sie über den Rand der Hängematte.

Er gab Prustgeräusche von sich, die darauf schließen ließen, wie kalt ihm im Wasser war. Tropfen perlten aus seinen Haaren, übers Gesicht und den ganzen Körper hinunter.

Wie kann man nur so unfassbar gut aussehen?

Valeries Herz klopfte hart gegen ihren Brustkorb.

Ich werde nicht hier liegen und ihn anstarren!

»Hallo, Yanek!«

Nun war er derjenige, der erschrocken herumfuhr.

Die Libelle hob ab und flog Richtung Schilf.

Umständlich kletterte sie aus der Hängematte, dabei fielen die Stifte und der Zeichenblock zu Boden, und sie musste sich bücken, um sie aufzuheben. »Bist du gar nicht beim Beerenpflücken?«

Yanek setzte sich auf das Handtuch. »Nein, ich bin schon den ganzen Tag hier am Wasser. Ich wollte heute lieber in der Nähe der Stelle mit Handyempfang bleiben, um Stella anzurufen.«

»Und? Wie geht es ihrer Mutter?« Valerie hoffte, sie klang nicht so skeptisch, wie sie sich insgeheim fühlte. Sie wusste nach wie vor nicht, was sie denken sollte. Hatte Alice recht, und die Sache mit dem Herzinfarkt war gelogen? Aber welchen Grund konnte es geben, über so etwas die Unwahrheit zu sagen?

»Ich habe sie noch nicht erreicht. Gerade hat sich wieder nur die Mailbox gemeldet.«

Valerie betrat den Steg. »Sag mal, kann ich mir deine Powerbank mal ausleihen, wenn du sie gerade nicht brauchst? Ich würde gern bei meinen Eltern nachfragen, ob alles okay ist.«

»Sicher. Du kannst aber auch mein Telefon nehmen, falls du die Nummer auswendig weißt.« Er hielt ihr sein iPhone hin. »Der Code zum Entsperren ist 8700. Schaffst du den Weg schon mit deinem Knöchel?« Sein Blick glitt über ihren Körper hinunter bis zum Fuß, was Valerie eine Gänsehaut über den Rücken laufen ließ.

»Heute lieber noch nicht. Es ist viel besser, aber ich will das Gelenk schonen.«

»Ist bestimmt eine gute Idee.« Er legte das Handy wieder neben sich. »Du zeichnest?«, fragte er und deutete auf den Block, den sie sich an die Brust drückte.

»Nur so zur Übung.«

»Darf ich mal sehen?«

Sie ging neben ihm in die Hocke. »Es sind nur ein paar ganz einfache Skizzen. Früher habe ich viel gezeichnet, aber in den letzten Jahren fast gar nicht mehr. Ich muss erst wieder reinfinden.«

Er trocknete die Finger ab, dann blätterte er durch die Seiten. »Wow.«

»Na ja, ich vermute, bei euch in der Schule gibt es Kunstlehrer, die wesentlich talentierter sind. Und wahrscheinlich auch begabten Nachwuchs. Dagegen ist das nichts. Aber es hilft mir, Dinge wieder genauer anzuschauen. Ihr Wesen besser zu erfassen.«

Yanek schwieg.

Sie musterte jedes Detail seines Gesichtes.

Vermutlich spürte er, dass ihre Augen auf ihm ruhten, denn er wandte den Kopf und sah sie nun ebenfalls an.

Valerie zwang sich, sich nicht sofort abzuwenden. Sie wollte ihn um keinen Preis spüren lassen, wie sehr er sie aus dem Konzept brachte.

Nach einem Moment, der ihr wie eine Ewigkeit vorkam, senkte er den Blick. Dann klappte er den Zeichenblock zu und gab ihn ihr zurück. »Tolle Arbeiten.« Er klang nicht überzeugt von dem, was er da sagte.

»Hm. Na ja.« Sie wollte aufstehen.

Ich brauche kein Lob von ihm.

»Valerie, warte!« Er griff nach ihrem Arm und hielt sie zurück.

Wieder sahen sie einander in die Augen. Dieses Mal jedoch war etwas anders. Sie hatte das Gefühl, aus seinen Pupillen sprühe Feuer und versenge sie. Das Blut schoss ihr so hart in die Lenden, dass ihr die Luft wegblieb.

Automatisch wanderte ihr Blick zu seinen Lippen, denn plötzlich war sie voller Verlangen, diese zu spüren.

Absurd, dachte sie noch, und dann ging alles ganz schnell.

Er beugte sich zu ihr, griff mit seiner Hand in ihren Nacken und küsste sie. Als sie seinen Mund auf ihrem spürte, glaubte sie, ihr Unterleib müsse zerspringen.

Doch schon war der Moment vorüber, und er zog sich zurück.

Irritiert schlug sie die Augen auf. Jede Faser ihres Körpers brüllte frustriert nach mehr.

Mit Verlangen im Blick sah Yanek sie an.

Ohne nachzudenken, kam sie auf ihn zu und presste ihre Lippen auf seine. Sofort öffneten sich diese, und sie spürte seine Zunge nach ihrer tasten. Das Gefühl war so überwältigend, dass Valerie auch noch die letzte Distanz zwischen ihren Körpern überwinden wollte.

Als sie zu ihm rutschte, fuhr jedoch ein Schmerz durch ihren Knöchel, der sie wie ein Schlag ins Gesicht in die Realität zurückholte.

Was zum Teufel mache ich da?

Bin ich von allen guten Geistern verlassen?

Ich küsse ausgerechnet ihn?

Eilig brachte sie so viel Abstand zwischen Yanek und sie, wie es im Knien auf die Schnelle möglich war.

»Ich muss ...«, sie deutete Richtung Dorf. »Sie werden sicher gleich zurückkommen.«

»Warte!« Er presste die Lippen aufeinander, sah aufs Wasser, atmete hörbar durch und blickte ihr dann wieder in die Augen. »Wir sollten darüber reden.«

»Was gibt es schon zu reden? Du bist mit Stella zusammen!« Wie sie ihn mit so einer Selbstverständlichkeit hatte küssen können, brachte sie auf. So schnell wie möglich stand sie auf.

»Ich bin Single«, sagte er.

Sie starrte ihn an.

Sie sind getrennt? Also war das mit dem Zusammenbruch der Mutter doch nur vorgeschoben? Warum schwindelt man wegen so etwas?

»Der Kuss war ein Fehler. Tut mir leid. Ich weiß nicht, was ich mir dabei gedacht habe.« Sie wandte sich ab.

Er folgte ihr, hielt aber Abstand und berührte sie nicht. »Bitte geh nicht! Ich versichere dir, dass es wahr ist. Ich bin völlig ungebunden.«

In ihrem Kopf wirbelten die Gedanken. Sie wollte so gern bleiben, ahnte aber, dass es keine gute Idee war, der Anziehungskraft nachzugeben. Von Anfang an hatte sie das Gefühl gehabt, Yanek nicht richtig einordnen zu können.

Und was am schwersten wog: Sie vertraute ihm nicht.

10

Die Wandergruppe war nun seit über einer Stunde zurück, und von Kim fehlte nach wie vor jede Spur. Valerie spürte, wie ihr der Schweiß ausbrach, obwohl sie eigentlich fröstelte. »Was genau hat sie zu dir gesagt?«, fragte sie ihren Sohn. Um ihm klarzumachen, dass sie jetzt eine exakte Auskunft wollte, hatte sie ihm die Hände auf die Schultern gelegt.

»Das, was ich dir schon erzählt habe. Dass wir vorgehen sollen und sie nachkommt. Ich dachte, sie muss mal. Und wir waren ja nicht mehr weit vom Dorf entfernt.«

Sie wandte sich ab und fuhr sich mit eiskalten Händen übers Gesicht. Nervös ging sie auf und ab. Langsam, aber sicher hielt sie es nicht mehr aus, tatenlos auf ihre Tochter zu warten.

Jutta und Peter standen mit ihnen neben dem Brunnen.

»Ich würde mir keine allzu großen Sorgen machen. Es ist ja noch nicht so viel Zeit vergangen, und sie ist kein kleines Mädchen mehr«, meinte Jutta nun. »Wahrscheinlich erkundet sie die Umgebung und ist gar nicht weit weg.«

»Ich kann mir beim besten Willen nicht vorstellen, dass sich Kim für die Umgebung interessiert. Dass sie überhaupt mit wandern gegangen ist, hat mich schon stutzig gemacht«, antwortete Valerie. Sie kaute auf ihrer Unterlippe. »Wie war sie denn tagsüber drauf?«

»Normal«, erwiderte Benno. »Hat mich angemotzt – aber nicht so oft. Sie war fast die ganze Zeit mit Holly zusammen und ich mit Toni.«

»Die Mädchen haben sich immer ein wenig abseits der Gruppe gehalten«, bestätigte Peter.

In diesem Augenblick kam Alice herbeigeeilt – dicht gefolgt von den Engländern. »Holly ist auch verschwunden. Alex und Nora machen sich große Sorgen.«

»Holly ist zwar mit uns bis fast zum Dorf gegangen, wollte aber noch einmal umkehren und Kim entgegengehen, die etwas zurückgefallen war«, berichtete Nora. Sie warf einen nervösen Blick Richtung Wald. »Seither haben wir sie nicht mehr gesehen.«

»Ich schätze, es ist ungefähr halb sechs«, sagte Peter. »Wir warten eine weitere Stunde. Wenn die Mädchen bis dann noch nicht heimgekommen sind, suchen wir sie. Einverstanden?«

Sie hörte die Stimmen der anderen immer wieder aus unterschiedlichen Entfernungen rings ums Dorf »Kim« und »Holly« rufen. Erschütterndere Laute als diese hätte Valerie sich nicht vorstellen können, denn sie hämmerten ihr ins Hirn, dass ihr Kind bereits drei Stunden lang vermisst wurde. Seit nun auch die anderen begonnen hatten, die Situation ernst zu nehmen, und die Suchaktion lief, hatte sie das Gefühl, schlecht Luft zu bekommen. Die Angst presste ihre Brust zusammen. Sich still hinzusetzen, war ihr unmöglich, also zog sie auf dem Dorfplatz ihre Kreise und nahm dabei nichts wahr außer den Rufen der Suchenden im Wald. Sie spürte nicht einmal die Schmerzen im Fuß.

Da er nach der ungeschickten Bewegung auf dem Steg wieder mehr Probleme machte, hatten die anderen sie davon überzeugt, dass sie gemeinsam mit Benno und Toni bei den kleineren Kindern im Dorf blieb. Außerdem musste ja auch irgendjemand hier sein, falls die Mädchen auftauchten.

Die Jungs saßen mit Emilia und Hollys Geschwistern im Garten und stellten ihnen mit Engelsgeduld Quizfragen. Ab und zu kam Benno zu Valerie herüber, nahm sie in den Arm und sagte etwas wie: »Du wirst sehen, Mama, die anderen finden sie. Sicher sitzen sie irgendwo und führen diese unglaublich langweiligen Mädchengespräche.«

»Ganz bestimmt«, antwortete Valerie, denn sie wollte Benno nicht mit ihrer markerschütternden Angst belasten. Zu fürchten, sie hätte ihre Tochter bereits für immer verloren, fühlte sich an, als würde man ihr die Eingeweide aus dem Körper reißen. Immer wieder versuchte sie, die Panik zurückzudrängen.

Es gibt keinen Grund zur Annahme, dass etwas Schlimmes passiert ist. Ich sollte nicht vom Horrorszenario ausgehen, sondern von einer ganz simplen Erklärung.

Sie machte kehrt und umrundete den Dorfplatz in die andere Richtung. Ihr Blick fiel auf das Schild, das an Alice' Hütte hing: *Wo immer du bist, sei ganz dort!*

Der Spruch entfachte in diesem Augenblick ihre Wut. Denn er erinnerte sie daran, dass sie sich nie in dieser Situation befinden würde, wenn sie sich nicht dazu entschlossen hätte, ihren Urlaub an einem Ort so fernab der Zivilisation zu verbringen. Bei Handyempfang hätte sie ihre Tochter längst angerufen und wüsste, wo sie steckte. Wenn sie oder

Holly gestürzt war, könnte Valerie zu ihnen. Und, falls nötig, medizinische Hilfe anfordern. Aber jetzt blieb sie darauf angewiesen, dass eine kleine Gruppe von Leuten ohne nennenswerte Ausrüstung den Wald durchkämmte und nach den Mädchen suchte.

Wenn Kim irgendetwas zugestoßen ist, bin ich schuld!

Es schnürte ihr so sehr die Kehle zu, dass sie das Gefühl hatte, flach und schnell atmen zu müssen. Weil ihr klar war, dass sie hyperventilierte, ließ sie sich auf der Bank unter dem Kirschbaum vor der Hütte der Briten nieder und versuchte sich abzulenken. Zuerst wollte ihr nichts einfallen, was ihr Gehirn auch nur ein paar Sekunden beschäftigt hielt. Doch irgendwann landeten ihre Gedanken beim Weiher und dem, was dort vorgefallen war. Selbst wenn es im Augenblick kaum etwas gab, das sie unwichtiger fand als diese unseligen Küsse, zwang sie sich, an Yaneks Lippen auf ihrem Mund und seine Hand in ihrem Nacken zu denken. Aber jener Moment erschien ihr jetzt, als wäre er nie geschehen. Ihr Herz und ihr Körper waren betäubt von Sorge und Angst.

Valeries ineinanderliegende Finger verkrampften sich, und die Nägel gruben sich in ihre Handflächen. Denn auch Yanek suchte in diesen Minuten nach Kim und Holly.

Valerie hatte sich auf der Matratze zusammengerollt, die nach wie vor neben dem Tisch in ihrer Hütte lag. Sie hörte Benno oben in seinem Bett unter dem Dach gleichmäßig atmen, ansonsten herrschte absolute Stille. Im Augenblick knackte auch keiner der Holzbalken, und nicht einmal der Ruf eines Käuzchens oder eines anderen nachtaktiven Tieres war zu vernehmen. Die Lautlosigkeit fühlte sich so hoffnungslos an, dass sich Valerie an das leise Atmen ihres Sohnes klammerte, als wäre es der letzte Strohhalm, der sie vor dem Untergehen bewahrte.

Sobald die Nacht die Dunkelheit in den Wald gebracht hatte, war der Suchtrupp ins Dorf zurückgekehrt. Von den Mädchen fehlte nach wie vor jede Spur. Nachdem sie sich gestärkt und wärmer angezogen hatten, waren die meisten dann noch einmal mit Lampen losgezogen.

Währenddessen hatte Valerie bei Hollys Mutter auf dem Brunnenrand gesessen. Sie hatten versucht, sich gegenseitig davon zu überzeugen, dass nach wie vor kein Grund zur echten Sorge herrschte. Beide taten so, als würden sie das wirklich glauben. Vielleicht hatte Nora noch nicht denselben Grad an Verzweiflung erreicht wie Valerie. Zumindest wirkte sie tatsächlich einigermaßen zuversichtlich.

Ab und zu fiel Valeries Blick auf Alice' Hütte. Die Wienerin saß darin bei Kerzenlicht und las in ihren Büchern. Eigentlich nahm Valerie es ihr ein wenig übel, sich nicht länger an der Suche zu beteiligen. Aber sie rief sich immer wieder in Erinnerung, wie unvernünftig es wäre, wenn Alice total erschöpft im Dunkeln herumwanderte.

Benno schien zu spüren, wie schlecht es seiner Mutter ging, und sah es wohl als seine Aufgabe, sie zu trösten. Auf ständig neue Art beteuerte er, dass Kim bestimmt bald auftauchen würde. Dass sie vermutlich irgendwo bockte und Valerie absichtlich einen Schrecken einjagen wollte, damit sie abreisten.

Das wollte Valerie nur zu gern glauben. Und dennoch

blieb das Gefühl in ihrer Brust vernichtend. Sie würde nicht weiterleben können und daran zerbrechen, wenn Kim etwas zugestoßen war. Und sie war von dem Gefühl durchdrungen, dass sie schon bald die schreckliche Gewissheit darüber haben würde.

Später, als der Trupp die Suche für diese Nacht endgültig abbrechen musste, brachte Jutta Valerie Melissentee zur Beruhigung.

Peter versicherte Valerie, dass sie sich in wenigen Stunden im Morgengrauen wieder auf den Weg machen würden. »Bis dahin passiert Kim und Holly nichts«, sagte er. »Die Nacht ist lau, und in unseren Wäldern gibt es keine Gefahren. Bestimmt haben sie sich nur verirrt und schlafen jetzt auf dem weichen Waldboden. Morgen finden wir sie unbeschadet! Oder sie kommen bei einem Haus an, und die Bewohner wissen, wo unsere kleine Siedlung liegt.« Peter beteuerte, die Nachbarn in allen Himmelsrichtungen zu kennen.

Aber der Gedanke, dass ihr sechzehnjähriges Kind irgendwo allein im Wald lag, Angst hatte und fror, wirkte auf Valerie alles andere als beruhigend. Als Benno endlich eingeschlafen war, hatte sie sich auf der Matratze eingerollt und geweint, bis sie völlig leer war. Und nun lag sie da und lauschte nach den Atemgeräuschen ihres Sohnes.

Sie wusste, dass sie nicht würde schlafen können, deshalb stand sie schließlich wieder auf, hüllte sich in eine Strickjacke, entzündete die Kerzen und setzte sich an den Tisch. Ohne groß darüber nachzudenken, zog sie das Tischtuch zur Seite und begann, die Holzmaserung der Tischoberfläche ins Skizzenbuch zu zeichnen. Sie musste sich jetzt irgendwie beschäftigen. In bedächtigen Strichen zog sie längliche Linien über das Blatt.

Das Klopfen an der Tür war so leise, dass sie es zunächst nicht als solches wahrnahm. Erst als es sich wiederholte, erhob sie sich und öffnete die Tür.

Draußen stand Yanek. In der Hand hielt er eine Lampe, die sie blendete und blinzeln ließ. Er schaltete sie aus. »Ich wollte dir nur sagen, dass ich zwei Stunden Pause mache, dann aber weitersuche.«

»Du warst bis jetzt unterwegs? Ich dachte, ihr seid längst zurück.«

»Ich bin noch einmal allein losgezogen. Wie geht es dir?«

Valerie wollte antworten, brachte aber kein Wort heraus. Stattdessen schossen ihr die Tränen in die Augen.

»Darf ich reinkommen?«, hörte sie Yanek sagen.

Sie trat zur Seite, obwohl sie nicht wusste, ob ihr seine Gesellschaft überhaupt recht war. Aber eigentlich spielte gar nichts mehr eine Rolle. Sie wollte nur, dass ihr Kind wieder auftauchte. Schwindelig vor Müdigkeit und Sorge sah sie zu, irgendwie den Tisch zu erreichen und sich dort auf eine Sitzgelegenheit plumpsen zu lassen. Dann konnte sie nur mehr das Gesicht in die Hände legen und weinen.

Sie hörte, wie sich Yanek einen Stuhl heranzog. Er berührte sie nicht, aber sie konnte seine Nähe spüren.

»Ich bin mir sehr sicher, dass die Mädchen zusammen sind, Valerie«, sagte er. »Ist doch unwahrscheinlich, dass sie unabhängig voneinander wegbleiben. Sich beide verletzt haben.« Seine Stimme klang ganz weich, und er sprach leise.

Sie fuhr sich mit dem Ärmel über die Augen und schniefte.

»Sie sind zu zweit, und es geht ihnen gut.«

Diese Dinge hatte sie sich in den letzten Stunden unendlich oft vorgesagt, es aber kaum geschafft, daran zu glauben. Doch genau das von Yanek mit seiner sonoren, ruhigen Stimme noch einmal zu hören, tat gut. Sie schaffte es tatsächlich, ein kleines Stückchen tiefer zu atmen.

»Von den rund zweihundertdreißig in Österreich als vermisst gemeldeten Jugendlichen im letzten Jahr ist die überwiegende Mehrheit innerhalb kurzer Zeit wieder aufgetaucht. Unbeschadet.«

Sie sah ihn durch den Tränenschleier hindurch an. Haare, Bart, Brauen und Augen verschmolzen zu dunklen Flecken. »Woher weißt du das so genau?«

»Ich habe einen Bericht darüber gelesen. Du wirst sehen, das wird bei Kim und Holly auch so sein.«

Sie nickte, was sie unendlich viel Kraft kostete. Aber die Angst wollte nicht nachlassen. Ihr Magen blieb ein harter Ball, die Kehle eng, und ihr Puls ging schnell. Darauf zu achten, nicht jeden Augenblick wieder mit dem Hyperventilieren anzufangen, strengte sie an.

Yanek stand auf, holte die Kanne und schenkte ihr ein Glas Wasser ein. »Trink ein paar Schlucke.«

Sie tat einfach, was er sagte, obwohl sie keinen Durst verspürte.

Er setzte sich wieder neben sie. »Erzähl mir, was dir durch den Kopf geht.«

Sie drehte das Glas zwischen den Händen hin und her. »Ich mache mir schreckliche Vorwürfe«, sagte sie dann mit zittriger Stimme. »Ich halte es für möglich, dass Kim und

Holly abgehauen sind. Kim wollte nicht hierher. Sie hat die ersten Tage dauernd davon geredet, dass sie unbedingt nach Hause möchte. Vermutlich war es falsch von mir, darauf zu bestehen, dass wir die drei Wochen durchziehen. Und jetzt hat sie möglicherweise versucht, auf eigene Faust zum Bahnhof in Bad Aussee zu gelangen.« Neue Tränen kullerten ihre Wange hinab.

»Gemeinsam mit Holly? Das ist doch eher unwahrscheinlich. Holly hat auf mich den Eindruck gemacht, als würde sie sich hier wohlfühlen. Und deine Tochter mittlerweile genauso.« Einen Moment lang dachte Valerie, Yanek würde nach ihrer Hand greifen wollen. Doch wenn es so war, überlegte er es sich anders und platzierte sie zwischen ihnen auf der Tischplatte.

»Kim macht gerade eine schwierige Phase durch. Im Augenblick traue ich ihr alles zu.« Da sie nichts gegessen hatte und übernächtigt war, begann Valerie zu zittern. Also zog sie die Jacke enger um sich.

Yanek stand erneut kurz auf, um das offene Fenster zu schließen. »Teenager in dem Alter vermitteln manchmal den Eindruck, als wären sie emotional abgebrüht. Aber Kim ist nicht der Typ Mädchen, der wegläuft. Und ihr seid auch nicht die Art Familie, in der so etwas passiert. Genauso wenig die Engländer. Glaub mir, ich weiß, wovon ich rede. Außerdem leben rund drei Viertel der Jugendlichen, die tatsächlich ausbüxen, in Betreuungseinrichtungen. Bei denen, die behütet aufwachsen, kommt das viel seltener vor, als du wahrscheinlich glaubst.«

Während er gesprochen hatte, waren ihre Finger eher unbewusst zum Bleistift gewandert, und sie hatte begonnen, in ihrer Zeichnung herumzuschraffieren. »Habt ihr in der Schule denn oft solche Fälle?«, fragte sie.

Er strich sich mit der Hand übers Kinn. »Wie gesagt: Ich habe einen Bericht darüber gelesen.« Erst jetzt bemerkte sie, wie müde er aussah.

Sie schwiegen eine Zeit lang. Valerie starrte auf den Zeichenblock vor sich und klammerte sich an das Gefühl der langsam aufkommenden Erleichterung. Der Aufruhr in ihrem Innern kam etwas zur Ruhe, und das war das Beste, was sie seit vielen Stunden gespürt hatte.

»Hast du nachgesehen, ob ihr Handy da ist?«, fragte Yanek irgendwann. »Wenn die Mädchen wirklich ausgerissen sind, würden sie doch auf jeden Fall zumindest die Telefone mitnehmen, oder?«

Valerie hob den Kopf.

Er hat recht! Falls das eine geplante Aktion war, hat sie ihr Handy dabei, um es unten im Tal irgendwo aufzuladen und dann ihre Freundinnen anzurufen.

Suchend sah sie sich in der Hütte um. Auf dem Bord neben dem Eingang lag nur ihr eigenes und das von Benno.

»Soll ich oben nachsehen?«, bot Yanek an.

Sie nickte.

Während er die Leiter hinaufkletterte, warf sie einen Blick auf Kims Sachen im Schrank. Alles, bis auf die Kleidung, die sie an diesem Tag angezogen hatte, war noch da.

»Oben ist nichts«, vermeldete Yanek, als er wieder herabstieg.

»Aber hier!« Erleichtert hielt sie Kims Handy hoch, das sie eben unter einem Berg Schmutzwäsche hervorgezogen hatte.

Kim ist nicht weggelaufen!

Yanek hatte recht. Es war höchst unwahrscheinlich, dass beide Mädchen irgendwo verletzt im Wald lagen. Wäre einer von ihnen etwas passiert, hätte die andere längst Hilfe geholt. Valerie konnte sich zwar nach wie vor nicht vorstellen, wo die zwei abgeblieben waren, aber ein plausibles Horrorszenario fiel ihr auch nicht mehr ein.

Sie atmete durch und lächelte Yanek dankbar an. In den letzten Stunden hatte er sich als echter Freund erwiesen.

Er lächelte zurück, woraufhin sie ein wenig unmotiviert voreinanderstanden. Immer wieder sahen sie sich in die Augen, um dann jedes Mal den Blick rasch abzuwenden.

»Du wirst vermutlich nicht schlafen können, oder?«, fragte Yanek schließlich.

»Nein.«

Er nickte.

»Wenn mit dem eigenen Kind etwas nicht in Ordnung ist, fühlt es sich so an, als würde dir jemand das Herz rausreißen, dir gleichzeitig ununterbrochen in den Magen boxen und dir Eis in die Bauchhöhle füllen.«

»Ich weiß«, antwortete Yanek. »Meine Tochter hat gerade Liebeskummer und leidet fürchterlich. Ich halte es kaum aus, in diesem Moment nicht bei ihr sein zu können. Darum renne ich immer wieder zu dieser Stelle mit Handyempfang, um sie zumindest anzurufen.«

Verblüfft starrte Valerie ihn an.

Ganz kurz berührte er ihre Schulter. »Versuch dich auszuruhen!« Dann öffnete er die Tür und verließ die Hütte.

Als der Morgen graute, saß Valerie in die Bettdecke gehüllt auf den Stufen vor ihrer Hütte und starrte ins Leere. Vor etwa einer halben Stunde waren fast alle Erwachsenen wieder zum Suchen losgezogen. Am liebsten wäre sie ebenfalls mitgegangen, denn ihrem Knöchel ging es gut und sie hielt es kaum noch aus, hier untätig herumzusitzen. Yanek und Peter hatten aber dafür plädiert, dass sie bei der Hütte die Stellung hielt.

Ab und zu krähte der Hahn in die Stille hinein und hinderte Valerie stets aufs Neue daran, einzunicken. Richtig geschlafen hatte sie die ganze Nacht nicht. Mittlerweile war sie so erschöpft, dass sich ihr Hirn immer wieder ausschaltete, sie Momente lang an gar nichts dachte und einfach nur ins Leere starrte. Seit ihr Mann gestorben war, hatte sie sich nicht mehr so gefühlt, und es überraschte sie, überhaupt noch einmal in ihrem Leben in die Lage einer derartigen Verzweiflung gekommen zu sein. Nachdem sie sich damals langsam erholt hatte, war sie fälschlicherweise davon ausgegangen, dass sie nie wieder so etwas würde aushalten müssen. Dass sie ihr Soll an Trauer und Angst längst abgedient hatte. Und genauso wie vor sieben Jahren stellte sie fest, welch große Rolle auch Wut in ihrem Gefühlsspektrum spielte.

Ja, ich bin wütend auf Kim! Wie kann sie mir so etwas nur antun?

Und doch gab es eine noch schlimmere Vorstellung als die, dass Kim ihr diese schrecklichen Gefühle absichtlich zugefügt haben könnte. Aber dieser Gedanke war so furchtbar, dass Valerie vor ihm zurückschreckte.

Ausgelaugt legte sie den Kopf am Türrahmen ab und wartete.

Aus irgendeinem Grund hatte Valerie geglaubt, dass Yanek die Mädchen finden würde. Sie hatte ein paarmal Bilder vor Augen gehabt, wie er ihr Kim zurückbringen würde. Tatsächlich passierte jedoch etwas völlig anderes: Valerie nickte vor der Tür kauernd ein und wurde davon geweckt, dass sich ihre Tochter vorbeidrängte.

»Du siehst aus wie der Tod auf Socken«, kommentierte Kim, als Valerie hochschreckte.

Einen Moment lang war sie sich nicht sicher, ob sie träumte. Doch dann sprang Valerie auf und folgte ihrer Tochter in die Hütte. »Kim!«, war das Einzige, was sie hervorbrachte.

Kim ließ sich auf einen Stuhl plumpsen und trat sich die völlig verdreckten DocMartens von den Füßen. Fichtennadeln, Blätter und eingetrockneter Schlamm verteilten sich auf dem Boden.

»Wo warst du?«, fragte Valerie.

»Im Wald.«

Valerie hatte die ganze Zeit geahnt, dass sie sich über Kim ärgern würde. Und genauso kam es nun auch. Erleichterung konnte gar nicht richtig aufkommen. »Seit gestern Abend suchen wir dich. Du hast das ganze Dorf in Aufregung versetzt. Komm mir jetzt also nicht mit einsilbigen Mistantworten! Wo bist du gewesen? Und ist Holly okay?«

»Wir waren in einem Hochsitz, und es geht ihr gut. Mach nicht so ein Drama draus. Was hast du denn geglaubt? Dass uns der Blitz getroffen hat? Oder wir von einem Wolf gefressen worden sind? Was gibt's zum Frühstück?« Kim tat so, als wäre das Gespräch damit beendet, denn sie wandte sich ab.

Valerie wusste, dass sie sich jetzt beherrschen sollte. Sie würde nur an ihr Kind herankommen, wenn sie ruhig blieb. Aber nach all der Aufregung schaffte sie das einfach nicht. »Schau mich gefälligst an!«, keifte sie. »Tu jetzt bloß nicht so, als wäre es keine große Sache, wenn du den halben Nachmittag und eine ganze Nacht im Wald verschwindest!«

Bennos Kopf erschien oben an der Brüstung.

»Meine Güte, jetzt eskalier deshalb doch nicht gleich«, antwortete Kim. »Holly und ich haben geredet und darüber nicht richtig mitbekommen, dass es dunkel wird. Und da wir dachten, nachts im Wald herumzulaufen, ist zu gefährlich, sind wir im Hochsitz geblieben und haben dort geschlafen. Wäre es dir lieber gewesen, wir hätten in der Finsternis versucht, ins Dorf zurückzukommen? Und uns dabei den Fuß verletzt, so wie du?«

Valerie schluckte. Das, was ihre Tochter da sagte, klang erstaunlich vernünftig.

»Wo war denn dieser Hochsitz? Habt ihr nichts von der Aufregung mitbekommen? Vom Rufen? Die anderen waren stundenlang unterwegs, um euch zu suchen. Yanek war fast die ganze Nacht auf den Beinen.«

Benno hörte schweigend zu.

»Ein paarmal war uns, als hätten wir was gehört. Aber wir

dachten, ihr sitzt wieder zusammen, und wir hören euch singen.«

Valerie sah sie fassungslos an. »Sag mal, ist dir nicht klar, dass ich außer mir bin vor Sorge, wenn du einfach nicht mehr auftauchst?« Sie kämpfte mit den Tränen.

»Meine Güte, ich bin sechzehn. Und wir waren zu zweit. Wer kann schon ahnen, dass du gleich wieder einen Aufstand machst? Ich dachte, du schläfst, und ich bin zurück, bevor du aufwachst. Wer kann denn ahnen, dass du wie ein Zombie vor der Tür hockst. Hätten wir Handyempfang ...«

Valerie war klar, dass sie es nun endlich auf sich beruhen lassen sollte. Wenn sie ausgeschlafen war und Kim einen guten Moment hatte, würden sie vielleicht besprechen können, wie sich die Nacht für sie angefühlt hatte. Aber sie schaffte es noch immer nicht, sich zurückzunehmen. »Dein Egoismus ist zum Kotzen, Kim!«

»Tja, dann war es ja sicher schön für dich, mal eine Zeit lang Ruhe von mir zu haben«, antwortete Kim ruhig und stand auf.

»Wenn du es schon nicht geschafft hast, deine Plauderstunde mit Holly hierher ins Dorf zu verlegen, damit wir Eltern nicht umkommen vor Sorge, könntest du dich jetzt wenigstens entschuldigen.«

Kim sah sie mit hasserfüllten Augen an. »Ich bin kein Baby mehr. Du musst nicht rund um die Uhr wissen, wo ich bin. Leb damit!« Sie stieg die Leiter hinauf.

»Dieses Gespräch ist noch nicht zu Ende!«

Aber Kim verschwand ohne ein weiteres Wort hinter der Brüstung.

»Ich will, dass du dich bei den anderen entschuldigst! Und dich dafür bedankst, dass sie sich die Nacht für euch um die Ohren geschlagen haben!«

Schweigen von Kim.

»Komm augenblicklich wieder runter und hilf mir, die anderen zu finden! Wir werden sie nicht weiter nach euch suchen lassen, wenn ihr längst zurück seid.«

Keine Reaktion.

»Ich helfe dir, Mama«, sagte Benno.

Sobald sie den anderen Entwarnung hatte geben können, verschlief Valerie zutiefst erschöpft den ganzen Vormittag. Wie ein Stein lag sie auf der Matratze und bekam nicht mit, wie ihre Kinder die Hütte verließen. Als sie munter wurde, war sie allein.

Gähnend streckte sie sich. Zuerst brauchte sie einen Moment, bis sie wieder wusste, was in den letzten vierundzwanzig Stunden alles passiert war. Sie fühlte sich zwar ein bisschen erholter als am Morgen, aber nach wie vor emotional ausgezehrt.

Hauptsache, die Mädchen sind zurück und es ist ihnen nichts zugestoßen. Das muss ich mir immer wieder bewusst machen. Alles andere ist nebensächlich.

Sie stand auf und prüfte ihren Knöchel. Er ließ sich schmerzfrei belasten. Dann sah sie aus dem Fenster. Ein paar Hühner liefen umher, und die hochstehende Sonne schickte ihre Strahlen durch die Kronen der Obstbäume. Pippa kam zum Brunnen, bediente den Pumpenschwengel und füllte einen Wasserkrug.

Erst nach ein paar Augenblicken entdeckte Valerie, dass ihre Tochter unterm Kirschbaum saß. Wie immer trug sie schwarze Klamotten, und ihre Haare verdeckten einen Großteil ihres Gesichtes. Aber sie unterhielt sich erstaunlich angeregt. Und zwar mit Yanek. Ihre Miene wirkte dabei weder genervt noch verschlossen.

Hat sie etwa meinen Rat befolgt, sich bei ihm zu bedanken und zu entschuldigen?

Sie zögerte kurz, dann öffnete sie die Tür und trat ins Freie. Sommerliche Wärme schlug ihr entgegen. Sie fuhr sich übers Gesicht, zupfte die Haare zurecht und ging anschließend hinüber zum Kirschbaum.

Sie hatte noch nicht einmal den Brunnen erreicht, da stand Kim auf. »Ich sehe mal nach Holly«, sagte sie zu Yanek.

Er nickte.

»Danke«, nuschelte sie noch. Dann ging sie zur Tür der Briten, klopfte und trat ein.

»Du siehst erholter aus«, sagte Yanek zu Valerie. »Wie geht es dir?«

Sein Anblick traf Valerie mitten ins Herz. In der vergangenen Nacht war es taub gewesen, aber jetzt reagierte es stärker auf Yanek denn je. Sie wusste nun, dass er ein Fels in der Brandung sein konnte. Bedingungslos war er für sie da gewesen. Dieses Wissen ließ eine Flut an Gefühlen durch sie strömen. Emotionen, die sie völlig überforderten.

Auch wenn der Platz neben ihm jetzt frei war, wollte sie sich nicht setzen. Also blieb sie befangen vor ihm stehen. »Noch benommen«, antwortete sie. »Fühlt sich ein bisschen so an, als hätte ich einen Kater.« Sie lächelte unsicher.

»Soll ich dir einen Kaffee machen?«

Sie schüttelte mühsam den Kopf. Eigentlich wäre sie am liebsten davongerannt, denn an diesem Mittag war sie all den Emotionen, die Yanek in ihr auslöste, einfach nicht gewachsen. Aber sie wollte auf keinen Fall unfreundlich zu ihm sein. »Danke, Yanek. Du hast ohnehin schon so viel getan. Ich weiß das wirklich zu schätzen. Wo du ja selbst gerade eine Menge um die Ohren hast. Mit Stella …« Sie hatte die ganze Zeit nicht mehr daran gedacht, aber plötzlich fiel ihr wieder ein, dass er ihr von seiner Tochter erzählt hatte. Sie war zu panisch gewesen, um bisher darauf zu reagieren. Also fügte sie rasch hinzu: »Und mit deiner Tochter! Hast du heute schon mit ihr gesprochen? Geht es ihr besser? Du warst doch bestimmt wieder da oben, um mit ihr zu telefonieren …« Sie merkte, dass sie schnell und hektisch sprach, also verstummte sie. Die Tatsache, dass es seine Tochter war, die er da immer anrief, hatte sie noch gar nicht richtig verdaut.

Vielleicht fand er es merkwürdig, dass sie stand und er saß. Denn er rieb sich mit den Händen über die Oberschenkel und erhob sich dann. »Nein, aber ich werde sie gleich mal anrufen. Kommst du mit? Dann kannst du versuchen, deine Eltern zu erreichen.«

Im Augenblick fühlte es sich falsch an, weitere Gefälligkeiten von ihm anzunehmen.

Wir haben uns geküsst und tun so, als sei das nie passiert.

»Ich … ähm … danke. Vielleicht kann ich mir später deine Powerbank leihen? Ich sehe jetzt besser mal nach den Kindern.«

»Kim ist bei Holly. Benno und Toni üben vor dem Haus auf Stelzen zu gehen. Alles ist in Ordnung.«

Sie sah unschlüssig in Richtung Jagdhaus und danach wieder zu ihm.

Seine Augen ruhten auf ihr und schienen sie etwas fragen zu wollen. »Hör mal …«, begann er nach einer kleinen Pause.

»Nun«, beeilte sie sich zu sagen und tat so, als hätte sie nicht mitbekommen, dass er gerade zu sprechen begonnen hatte. »Dann mache ich besser die Runde und bedanke mich noch mal bei allen für die Hilfe.« Zögerlich wandte sie sich ab.

»Valerie?«

»Ja?«

»Ist alles in Ordnung?«

»Na klar.«

11

Nach der dramatischen Nacht mit der Suchaktion legte sich an diesem Nachmittag Trägheit über das Dorf. Keiner hatte nach den wenigen Stunden Schlaf Energie für große Aktivitäten in der Hitze. Einige machten sich zum Weiher auf, aber Valerie hatte keine Lust auf Baden. Die Aufregungen hatten sie erschöpft und verwirrt zurückgelassen. Sie brauchte jetzt Ruhe. Deshalb saß sie auch nicht vor der Hütte oder im Garten des Jagdhauses, sondern hatte sich hinter ihr kleines Häuschen zurückgezogen. Dort saß sie nun und zeichnete die verschiedenen Gräser, die rund um sie wuchsen. Immer wieder hob sie den Kopf und beobachtete die Hühner, lauschte nach den Geräuschen des Baches oder sah in den blauen Himmel hinauf. Gedankenfetzen kamen und gingen. Dabei schickten sie die unterschiedlichsten Gefühle durch ihre Brust. Aber Valerie war nicht bereit, einem davon größeren Raum zu geben.

Sie pflückte einen längeren Halm, an dessen Spitzen kleine herzförmige Ähren hingen, die bei jeder Bewegung erbebten. Ganz genau nahm sie alle Details unter die Lupe und versuchte, die Pflanze in lockeren Strichen aufs Papier zu bringen. Es faszinierte sie, wie unterschiedlich die Gräser aussahen. Ohne Mühe hätte sie ihren Block allein mit den zahlreichen Grasarten füllen können. Sie fand, dass sie sich im Alltag viel zu wenig Zeit für all die kleinen Mysterien dieser Welt nahm. Andächtig strich sie über den Halm, roch daran und steckte sich dann sogar ein Stückchen davon in den Mund, um die Bitterstoffe zu schmecken. Sie überlegte, warum die Ziegen wohl so dermaßen auf das herbe Zeug abfuhren.

»Mama?« Kims Stimme riss sie aus den Gedanken. »Was machst du?«

Valerie stutzte. Sie konnte sich nicht erinnern, wann Kim sie so etwas zuletzt gefragt hatte. »Ich zeichne ein bisschen.« Sie fummelte das Stückchen Gras von ihrer Zunge.

Kim stellte sich neben sie und sah auf das Zeichenblatt. »Den Halm da?«

Jetzt kommt gleich: Wie unnötig, hast du kein Leben, Mutter?

»Ist schön geworden.«

Valerie sah verblüfft auf.

Das Gesicht ihrer Tochter war nicht mehr so blass wie bei der Ankunft. Die viele Zeit an der frischen Luft hatte ihre Haut leicht getönt, was ihr hervorragend stand. »Yanek hat mir seinen Solar-Charger geliehen. Und mir beschrieben, wo diese Stelle im Wald mit Empfang ist. Ich wollte dir nur sagen, dass ich da mit Holly hingehe. Ich rufe bei Anja an und erkundige mich, wie ihre Ferien so sind. Und Holly möchte sich auch bei ihrer besten Freundin melden. Dann kommen wir wieder zurück.«

Verdattert nickte Valerie.

»Soll ich bei Oma und Opa nachfragen, ob alles in Ordnung ist?«

»Das wäre großartig.«

Kim wollte schon gehen, da rief Valerie sie noch einmal zurück.

»Schatz?«

Ihre Tochter blieb stehen und wandte sich um.

Valerie sprang auf, lief zu ihr und schloss sie in ihre Arme. Der vertraute Geruch von Kims Haaren traf sie mitten ins Herz. Sacht strich sie ihr über den Kopf.

Kim klopfte ihr auf die Schulter, wie man es tat, um jemanden zu beruhigen.

Valerie ließ Kim los, fuhr ihr aber noch einmal über die Haare. »Danke.«

Kims Miene blieb unverändert offen, aber sie brummte: »M-hm.«

»Yanek hat bei dieser ganzen Suchaktion eine außerordentlich gute Figur gemacht«, sagte Alice. »Er hat das Kommando übernommen, eingeteilt, wer wohin ausschwärmen soll, bestimmt, wo wir uns zur Berichterstattung treffen, und so weiter.«

Valerie schwenkte ihre Beine im Bachwasser hin und her. Sie saßen auf der Holzbrücke, die das Dorf mit einem kleinen Maisfeld verband. »Ich weiß gar nicht, wie ich euch allen danken soll. Ihm ganz besonders. Er hat sogar in der Nacht noch weitergesucht.« Yaneks Hilfsbereitschaft hatte sie überwältigt, sorgte jetzt im Nachhinein jedoch auch für unangenehme Gefühle. Es kam Valerie so vor, als würde sie ihm nun etwas schulden.

Alice grinste. »Du weißt schon – ein starker Retter ist nun mal genau mein Typ.«

Valerie wischte mit den Fingern ein paar Steinchen von der Brücke. Mit einem prasselnden Geräusch durchschlugen sie die Wasseroberfläche. »Aber Jo hat doch auch engagiert mitgeholfen. Hollys Mutter hat mir erzählt, dass er angeblich sogar eine Felswand hinaufgestiegen ist, weil es oben eine kleine Höhle gibt.«

»Warum fängst du immer wieder mit Jo an? Gefällt er dir?«, fragte Alice.

Valerie hörte am Tonfall, dass die Bemerkung nicht ernst gemeint war. Offensichtlich konnte sich Alice einfach nicht vorstellen, dass jemand Jo richtig gut fand.

Und das, wo er doch ein so aufrichtiger und netter Mensch ist.

»Ich mag ihn«, beteuerte Valerie.

»Wie du jeden hier magst, ich weiß. Geht mir ähnlich. Aber so heiß wie Yanek ist er nun mal nicht.«

Valerie schwieg. Sie wusste, dass sie kein Recht dazu hatte, aber Alice' Worte machten sie eifersüchtig. Es gefiel ihr nicht, wenn irgendjemand im Dorf etwas für Yanek empfand. Gleichzeitig war ihr jedoch auch bewusst, wie absurd das eigentlich war. Hatte sie nicht erst vierundzwanzig Stunden zuvor entschieden, sich von ihm fernzuhalten?

Alice pflückte einen Schachtelhalm, der in ihrer Reichweite am Bachufer stand, zerlegte ihn in seine einzelnen Etagen und warf sie dann nacheinander aufs Wasser.

»Bei der Suchaktion waren Yanek und ich die meiste Zeit in einem Team, und da gab es immer wieder diese Momente zwischen uns – wenn du verstehst, was ich meine ...«

Valerie musterte Alice' Gesicht.

»Einmal hat er mich an der Hüfte umfasst, damit ich nicht

ausrutsche, und mir dabei tief in die Augen gesehen. Ein anderes Mal hat er meine Hand genommen und länger gehalten, als es für das Klettern über den umgefallenen Baumstamm nötig gewesen wäre. Solche Momente.«

Valerie spürte einen Stich in der Brust.

Wenige Stunden nach dem Steg hat er also mit Alice geflirtet?!

Von Beginn an war da dieses eher unbestimmte Gefühl gewesen, dass sie Yanek nicht einschätzen konnte. Das belauschte Telefongespräch, dann die Tatsache, dass er eigentlich nur seine Tochter anrief – ständig hatte sie ihre Meinung über ihn geändert. Und was war mit den Küssen auf dem Steg und der letzten Nacht gewesen, in der er sich so freundschaftlich und fürsorglich verhalten hatte? Was sollte sie nun darüber denken, wenn sie hörte, es hätte Schwingungen zwischen Alice und ihm gegeben? Dass er ein netter Kerl war, der nichts anbrennen ließ?

Soll ich ihr von den Küssen erzählen, damit sie weiß, woran sie ist?

Sie wusste, dass es wahrscheinlich das Fairste wäre, mit offenen Karten zu spielen, aber etwas in ihr wehrte sich dagegen, über die Ereignisse am Weiher zu sprechen. Vermutlich, weil der Augenblick sie, zumindest solange er gedauert hatte, komplett verzaubert hatte. Yanek hatte ihren Körper und ihre Gefühle wachgeküsst. Es war ewig her, dass so etwas zuletzt passiert war. Deshalb wollte sie das Erlebnis wie einen kleinen Schatz in ihrem Herzen bewahren. Auch wenn sie sich am liebsten selbst belügen und sich sagen wollte, dass Yanek nicht diese starke Wirkung auf sie hatte.

»Machos ziehen mich an wie das Licht die Motten«, fuhr Alice fort. »Und irgendwie scheinen sie umgekehrt auch auf mich zu stehen. Es ist immer dasselbe.« Sie zuckte mit den Schultern.

Am nächsten Vormittag trafen sich alle auf dem kleinen Kartoffelacker zum Arbeiten. Da Peter und Jutta eine rein biologische Landwirtschaft betrieben, verzichteten sie natürlich auch darauf, das Gemüse gegen Insekten zu spritzen. Deshalb mussten die Kartoffelpflanzen regelmäßig auf Käfer und deren Eier untersucht werden.

»Ich kann es nicht fassen, wie wunderschön diese Insekten aussehen«, schwärmte Lieke, als Jutta ihnen zeigte, worauf sie achten sollten.

Die Kartoffelkäfer waren leuchtend gelb und hatten zehn dunkle Streifen auf den Flügeln. Und die orangefarbenen Eier sahen aus wie Kaviar. Eklig fand Valerie sie nicht, aber in Begeisterungsstürme über die Schönheit der Fauna verfiel sie trotzdem nicht, als sie zwischen den Pflanzen auf den Erdschollen kniete, sorgfältig jedes Blatt untersuchte und die Beute in einem Glas sammelte. Faszinierend war für sie eher, wie sehr man sich darüber freute, tatsächlich mal einen der Schädlinge zu entdecken. »Ich habe einen!«, wurde dann stolz verkündet, und man erntete damit Worte der Anerkennung, als handle es sich um ein großes Verdienst. Valerie liebte es, wie viel Bedeutung die Kleinigkeiten hier im Dorf bekamen.

Irgendwann musste sie aufstehen, um ihren Rücken durchzustrecken und das Blut wieder durch die Beine zirkulieren zu lassen. Ganz automatisch wanderte ihr Blick zu Yanek, der einige Pflanzreihen weiter mit einer Harke Unkraut aus der Erde zog. Er hatte das T-Shirt ausgezogen, und

Valerie schaffte es Momente lang nicht, wegzusehen. Ihr gefiel alles an ihm: die bullige Statur, die Farbe seines Teints, wie er sich bewegte und genauso die paar Kilos, die er an Bauch und Hüften zu viel hatte. Das Gesamtbild war einfach stimmig.

Resolut wandte sie sich ab.

In diesem Moment hörte sie Yanek lachen. Seit Stella abgereist war, taute er spürbar auf. Er beteiligte sich an Unterhaltungen, und die Phasen, in denen er missmutig vor sich hin starrte, schien er so gut wie gar nicht mehr zu durchleben. Valerie wollte zu gern wissen, was genau zwischen Stella und ihm vorgefallen war, aber sie würde sich eher die Zunge abbeißen, als ihn danach zu fragen.

Ich konzentriere mich nur noch auf die Kinder!

Als sie Alice' Kichern vernahm, drehte sie sich doch wieder um.

Yanek warf mit einer Handvoll trockener Erde nach der Wienerin, was diese amüsiert »Na warte!« drohen ließ.

Wie heftig das unangenehme Gefühl in ihrer Magengrube ausfiel, überraschte und ärgerte Valerie. Eigentlich war sie doch erwachsen genug, sich nicht willenlos einer sinnlosen Schwärmerei hinzugeben. Dieser Mann war nicht der Richtige für sie. Selbst wenn sie sich irgendwann tatsächlich auf einen Urlaubsflirt einlassen würde, wollte sie diesen mit jemandem erleben, der ihr nichts als gute Gefühle bescherte. Sie brauchte unkomplizierte Menschen um sich herum.

Irgendwann fiel ihr auf, dass Jo zwischen den Kartoffelpflanzen kauerte und ebenfalls mit griesgrämiger Miene zu Alice und Yanek hinübersah.

Valerie nahm ihr Käferglas, ging die Pflanzreihe entlang und kniete sich in Jos Nähe. »Und? Schon viele Schädlinge gesichtet?«

»Nur einen, der nicht in mein Glas passt«, antwortete er.

Valerie lachte und folgte Jos Blick zu Yanek und Alice, die jetzt nebeneinanderstanden und sich unterhielten.

»Ich weiß, ich sollte das nicht sagen, weil wir hier ja so etwas wie eine Familie sind, aber der Typ nervt kolossal«, beschwerte sich Jo. »Ich meine, muss er wirklich sein T-Shirt ausziehen? Rennen die Salzburger immer so durch die Gegend? Wir Grazer jedenfalls nicht.« Ihm schien selbst aufzufallen, dass er sich ziemlich kläglich anhörte, denn er grinste. »Ach, mich stört einfach, dass Alice mich konsequent übersieht. Aber im Grunde verstehe ich es ja. Yanek sieht gut aus und ist ein netter Kerl.«

»Du siehst auch gut aus und bist ein netter Kerl«, entgegnete Valerie wahrheitsgemäß.

»Eigentlich finde ich das auch«, antwortete er. »Aber was hilft mir das, solange sie es nicht bemerkt?«

Die Hitze der letzten Tage hatte die Erde auf dem Acker so ausgetrocknet, dass Valerie nach Beendigung der Arbeiten das Gefühl hatte, der Staub würde ihr am ganzen Körper kleben. Die anderen machten sich auf den Weg zu einem Bad im Weiher, aber Valerie scheute sich davor, mitzukommen. Sie wollte weder Yanek in Badeshorts sehen noch Alice, wie sie ihn umgarnte. Stattdessen brauchte sie Ruhe. Das ganze Gefühlschaos war ihr einfach zu viel.

Sie beschloss, stattdessen zum Waschplatz zu gehen und

dort im Holzzuber ein entspannendes Bad zu nehmen. Von Jutta hatte sie ein kleines Säckchen voll getrockneter Lavendel-, Melissen- und Lindenblüten bekommen, das wunderbar duftete.

Es dauerte eine ganze Weile, bis Valerie genug Wasser aus dem Bach geschöpft und auf dem Ofen erhitzt hatte. Aber schließlich konnte sie aus ihrer verschwitzten Kleidung steigen und unter einem wohligen Aufseufzen ins Wasser gleiten. An der Wand, die die Holzwanne abschirmte, hatte sie das bereitliegende Schildchen *Mir reicht's! Ich geh baden!* aufgehängt.

Nun lehnte sie sich zurück und schloss die Augen. Das warme Wasser auf ihrer Haut und der betörende Geruch um sie herum fühlten sich an wie eine innige Umarmung, in der sie versinken konnte.

Genau so will ich mich eigentlich im Urlaub fühlen.

Wenn ich doch wenigstens mit jemandem über meine übertriebene Schwärmerei für Yanek sprechen könnte. Normalerweise würde ich eine Freundin treffen und mit ihr darüber lachen. Oder zumindest am Telefon darüber quatschen, um die Dinge wieder ins rechte Licht zu rücken.

Ich darf mich von Yaneks Gegenwart einfach nicht so aus dem Konzept bringen lassen. Als Holly und Kim verschwunden waren, wurden Nora und ich so großartig unterstützt. Der Vorfall hat uns als Gemeinschaft zusammengeschweißt. Ich will nicht, dass das Gefühl der Geborgenheit und Freundschaft in der Gruppe durch meine alberne Verliebtheit gestört wird.

Sie versuchte sich klarzumachen, dass nichts Schlimmes geschehen war. Niemand war durch die Küsse am Weiher zu

Schaden gekommen. Ihr ging es gut, und ihm ja ganz offensichtlich ebenso. Wenn sie jetzt einfach auf Distanz blieb, würde sich alles schnell wieder normalisieren.

Valerie öffnete die Augen und ließ ihre Finger durch die schwimmenden Blüten gleiten. Durch diese Bewegung tanzten sie auf der Wasseroberfläche im Kreis. Sie tauchte noch einmal tiefer ins Wasser und drängte die aufdringlichen Gedanken, die sich so penetrant mit Yanek beschäftigen wollten, vehement zurück. Besser, sie lauschte in Ruhe den Waldgeräuschen. Dem Plätschern des Baches, den Vogelstimmen und dem Knacken der Fichtenzapfen in der Sonne. Deshalb war sie hergekommen – um die Natur mit allen Sinnen zu genießen. Und davon würde sie sich nicht mehr ablenken lassen.

»Deine Zeichnungen sind großartig!« Jutta blätterte durch Valeries Block. »Wie viele unterschiedliche Talente die Leute mitbringen, die bei uns Urlaub machen!«

»Danke schön. Es sind nur schnelle Skizzen. Nichts Besonderes.« Warum es so schwer war, Komplimente anzunehmen und nicht ständig den Impuls zu verspüren, die eigenen Leistungen kleinzureden, würde Valerie nie verstehen. Wäre Alice jetzt dabei, würde sie wahrscheinlich etwas darüber sagen, dass sich so nur Frauen verhielten, weil man ihnen beigebracht hatte, sich in Bescheidenheit zu üben.

»Hier dieser Föhrenzapfen! So wenige Striche, und doch ist jedes Detail erfasst.« Jutta nippte an ihrer Tasse mit Instantkaffee. »Hättest du nicht Lust, irgendwas fürs Dorf zu zeichnen? Ich finde es so schön, wenn unsere Besucherinnen und Besucher Erinnerungen hierlassen.«

Sie saßen im Blumengarten beim Jagdhaus und aßen mit Beerenmarmelade bestrichenes frisch gebackenes Brot.

»Also ich weiß nicht, ob meine Skizzen gut genug sind, um sie an die Wand zu hängen«, antwortete Valerie. »So im Block wirken sie ja vielleicht ganz nett, aber ob sie tatsächlich dekorativ genug sind …?«

»Ohne Druck. Wenn du etwas gezeichnet hast, das du aus der Hand geben möchtest und von dem du dir vorstellen kannst, dass es aufgehängt wird, dann freue ich mich. Wenn nicht, ist es natürlich auch kein Problem. Ich für meinen Teil finde sie alle wunderschön.«

»Ich schaue mal, was ich produziere, und wir reden gegen Ende des Aufenthaltes noch einmal.«

Jutta nickte. Ihre türkisen Ohrringe baumelten heftig hin und her. »Jo hat sicher nichts dagegen, wenn du mal in seine Hütte schaust, um einen Eindruck zu bekommen, was dort hinpassen würde. Für die Wand neben dem Eingang könnten wir etwas brauchen. In dem Häuschen haben wir alle Möbel aus recycelten Teilen hergestellt. Der Tisch ist eine alte Werkbank, die Hocker waren mal Kisten, und das Regal sind hochkant aneinandergeschraubte Schubladen einer ausrangierten Kommode.«

»Was ihr mit den Hütten geleistet habt, ist wirklich ganz außergewöhnlich. So kreativ!«

»Die Winter sind lang, da haben wir viel Zeit. Mein Lieblingshäuschen ist das von Yanek. Dort gibt es ein romantisches Himmelbett. Wir geben es immer den Liebespaaren.«

Valerie bemühte sich, diese Information völlig gelassen aufzunehmen. Statt ihren Gedanken zu erlauben, zum Bewohner dieser Hütte zu wandern, besah sie sich die Sonnenblumen im Beet.

Jutta nahm ein Stückchen Brot und bestrich es mit Butter und Marmelade. »Willst du noch eines?«

»Gern. Schmeckt himmlisch. Nicht so süß wie die Marmeladen, die es zu kaufen gibt.«

»Die für die Lebensmittelindustrie gezüchteten Beeren haben auch nie das Aroma wie die aus dem Wald. Im Arbeitszimmer liegt ein Sachbuch darüber, wenn es dich interessiert.«

Vermutlich war Valerie höchstens zwei, drei Sekunden unaufmerksam, aber die reichten, um sie wieder abdriften zu lassen. Dass sie daran dachte, wie sie Yanek und Stella im Arbeitszimmer überrascht hatte, merkte sie erst an den unangenehmen Gefühlen, die in ihr hochkrochen. Doch dann war es bereits zu spät. Vor ihrem geistigen Auge war längst das Bild der beiden in Umarmung vor dem Bücherregal aufgetaucht.

»Sag mal, Jutta, darf ich dich was fragen?«, begann sie zögerlich. »Das klingt jetzt vielleicht seltsam, aber habt ihr im Haus Waffen?«

»Peters Vater war Jäger. Und seine Gewehre stehen noch in einem Schrank. Falls du dir wegen der Kinder Sorgen machst: Die Flinten sind natürlich gut weggesperrt, und der Schlüssel ist versteckt.«

Valeries Blick glitt von Juttas Gesicht quer durch den Garten und über den Dorfplatz hinüber zur Hütte der Niederländer, vor der Yanek mit Lieke, Guus und Alice im Schatten saß und Karten spielte.

Was, zum Henker, wollten sie im Arbeitszimmer?

Nach dem Abendessen blieb die Dorfgemeinschaft wieder beisammen und sang. Peter hatte seine Gitarre geholt und begleitete die Lieder, die reihum gewünscht wurden.

Valerie saß bei den Engländern, wofür sie sich ganz bewusst entschieden hatte, weil ihr nicht nach Alice' Gesellschaft war. Nora und Alex redeten nicht viel, das fand sie an diesem Abend angenehm.

Doch dann wünschte Nora sich *Hero* von Enrique Iglesias. »Ich weiß, es ist kitschig, aber das war unser Hochzeitssong. Wenn du den spielen kannst?«

Peter konnte, und Alex forderte seine Frau zum Tanzen auf. Wie sie sich im flackernden Schein der Kerzen aneinanderschmiegten und zur Melodie wiegten, berührte Valeries Herz. Plötzlich fühlte sie sich einsam.

Zu spät merkte sie, dass Yanek von seinem Sitzplatz aufgestanden war und sich auf den frei gewordenen Stuhl neben sie setzte.

Sie versuchte zu ignorieren, wie sich ihr Puls beschleunigte, und verschränkte die Arme vor der Brust.

»Ist dir kalt?«, fragte Yanek. Er hatte die Ellbogen auf seinen Knien abgestützt und sich zu ihr gebeugt.

Sie schüttelte den Kopf.

Wie er ihr Gesicht musterte, fühlte sich an wie eine Berührung. Hartnäckig sah sie zu den Engländern hinüber.

»Alles in Ordnung?«

»Ja, klar.«

Wie komme ich eigentlich auf die Idee, man würde es in einem Dorf wie diesem schaffen, zu irgendwem auf Abstand zu gehen?

»Kim und Benno scheint es hier jetzt gut zu gefallen.«

Sie wandte den Kopf. Benno und Toni saßen am Brunnenrand und versuchten, kleine Steinchen in eine Schüssel zu werfen, die einige Meter von ihnen entfernt stand. Wann immer einer traf, durfte er vom Popcorn essen, das Jutta für sie in einer Pfanne zubereitet hatte. Kim und Holly hatten sich wie schon so oft auf die Bank unter dem Kirschbaum zurückgezogen und schienen jede Menge Gesprächsstoff zu haben.

Wieder nickte Valerie. Irgendwie hatte sie den Verdacht, dass Yanek nicht ganz unschuldig an Kims Stimmungswandel war. Seit er mit ihrer Tochter geredet hatte, benahm sie sich ihr gegenüber viel umgänglicher.

»Danke noch einmal, dass du mir so geholfen hast«, sagte sie. Ihre Stimme hörte sich rau an.

»Ist ja selbstverständlich.«

Nun sah sie ihn doch an. Ihre Blicke verhakten sich ineinander. Die Kerzenflammen spiegelten sich in seinen Augen.

Ihr Mund wurde trocken.

»Valerie, welches Lied wünschst du dir?«, fragte Peter in diesem Moment. »Du hast bisher noch gar keinen Vorschlag gemacht.«

»Kannst du etwas von Ed Sheeran?«, schlug sie vor, weil ihr auf die Schnelle nichts anderes einfiel. Ihre Tochter hörte gern seine Lieder.

Peter stimmte *Kiss Me* an.

»Settle down with me. Cover me up. Cuddle me in. Lie down with me. And hold me in your arms«, sangen vor allem Kim und Holly lauthals mit.

Das Blut rauschte in Valeries Ohren, und auch wenn sie stur geradeaus sah, spürte sie Yanek neben sich.

Ich muss hier weg.

Als sie sich erheben wollte, sagte er so leise, dass nur sie es hören konnte: »Es tut mir leid, dass ich dich geküsst habe.«

Wieder wandte sie den Kopf und sah ihn an.

»Ich wollte nicht, dass du dich unwohl fühlst.«

Sie schluckte angestrengt.

Er richtete sich ein wenig auf. »Hast du Lust, mit mir zu tanzen? Einfach freundschaftlich ... als Dorfkollegen?« Er lächelte.

Sie wünschte sich in diesem Moment nichts sehnlicher, als von Yanek berührt zu werden. Seine Hand auf ihrer Hüfte. Sein Atem an ihrer Wange. Sie wollte seine Nähe so sehr, dass ihr Körper schmerzte.

»Besser nicht«, presste sie hervor, stand auf und brachte Abstand zwischen sich und ihn.

12

Eines der Highlights während des Urlaubs im Dorf war eine Übernachtung mitten im Wald, bei der man das Wild beobachten konnte. Also packten sie am späteren Nachmittag des nächsten Tages wärmere Klamotten, Decken und Proviant in Rucksäcke. Anschließend machten sie sich auf den Weg den Berg hinauf. Nur Jutta blieb mit den jüngeren Kindern im Dorf, wo sie ebenfalls unter freiem Himmel schlafen würden.

Der Aufstieg dauerte ein paar Stunden, dann hatten sie eine Anhöhe knapp unter der Waldgrenze erreicht, wo Peter das Lager aufschlagen wollte.

Valerie setzte den Rucksack ab, dehnte den Rücken in alle Richtungen und sah sich um. Vor ihnen erstreckte sich eine beeindruckende Aussicht. Die karstigen Alpengipfel zeichneten sich, von der schon schräg stehenden Sonne beleuchtet, fein ziseliert vom tiefblauen Himmel ab. Darunter zogen sich die Wälder in satten Grüntönen über die Hänge. Tief unten im Tal konnte man die Seen des Salzkammergutes erkennen, während hoch oben ein Bussard in der Luft segelte. Diese atemberaubende Kulisse wurde vom Duft des wilden Thymians unterstrichen, der aus der sonnengewärmten Wiese aufstieg.

Österreich hat noch so viel unberührte Natur zu bieten. Was für ein Freiheitsgefühl das doch beschert.

Sie begannen, die auf die Rucksäcke verteilten Lebens-mittel auszupacken. Jede Menge selbst gemachte Aufstriche, gekochte Eier, Tomaten, Paprika, Butter und Brot wurden auf einer Decke im borstigen Berggras drapiert.

Valerie ließ sich auf einem Stein neben einer Fichte nie-der, benutzte den Stamm als Lehne und streckte die Beine aus. Sie fühlte sich wohlig erschöpft vom Wandern.

Selig sah sie zuerst zu Benno, der sich auf dem abschüssi-gen Boden ausgestreckt hatte und in den Himmel schaute. Aufgrund seines Übergewichtes fiel ihm der Kraftakt des Bergsteigens sicher nicht leicht, aber er hatte ihn ohne zu murren bewältigt. Mittlerweile schien er alle Eindrücke re-gelrecht in sich aufzusaugen. Von seinem Computer hatte er schon seit ein paar Tagen nicht mehr gesprochen.

Dann wanderte Valeries Blick weiter zu Kim. Ihre Toch-ter hatte sich die schwarzen Haare hochgebunden, sodass man ihr Gesicht mit den strahlenden grauen Augen aus-nahmsweise gut sehen konnte. Sie saß bei Holly und trank in großen Schlucken aus ihrer Wasserflasche. Die Wangen glühten rosig von der Anstrengung.

Zu gern hätte Valerie ihre Kinder jetzt um sich gehabt und mit ihnen über all das gesprochen, was es rundherum zu entdecken gab. Früher hatten sie immer an ihren Lippen ge-hangen und ihre Nähe gesucht. Dass sie sich langsam abna-belten, war nur natürlich, tat aber trotzdem oft genug weh. Wie sehr Kim in Hollys Gegenwart ein völlig anderer Mensch zu sein schien, machte Valerie zusätzlich zu schaf-fen. Mit dem englischen Mädchen quasselte und lachte Kim ununterbrochen. So ausgeglichen wirkte sie sonst selten.

Ich sollte mich freuen, dass es ihr gut geht und sie sich wohlfühlt. Sogar die Pläne, nach Hause zu fahren, sind vom Tisch.

»Kann ich mich zu dir setzen?«, fragte Alice.

»Natürlich.«

Die Wienerin ließ sich auf einem Graspolster nieder. »Irgendwie habe ich den Eindruck, du gehst mir aus dem Weg.«

Oje, so offensichtlich ist das?

»Entschuldige. Ich musste erst einmal die Sache mit Kim verdauen. Das war ein echter Schock für mich. Da war mir nicht so nach Reden.«

»Verstehe. Aber jetzt scheint es deiner Kleinen ja gut zu gehen, oder? Schön, dass sie eine Freundin gefunden hat.«

Valerie nickte.

Yaneks Stimme ließ beide Frauen den Blick von den Mädchen abwenden.

»Kennt ihr Jägerbrot?«, fragte er Benno und Toni. »Das hat mir mein österreichischer Opa gezeigt. Er war als junger Mann im Krieg, und da hat er das gegessen.« Er zog ein Schweizer Messer aus der Hosentasche. »Seht mal hier, das ist die Silberdistel. Da könnt ihr den fleischigen Boden unter der Blüte herausschneiden. Kostet mal.« Er reichte ihnen die weiße Scheibe. »Wonach schmeckt das?«

»Als Lehrer macht er schon eine ziemlich gute Figur«, kommentierte Alice im Flüsterton.

Benno wirkte skeptisch, biss aber ein kleines Stück ab. »Gemüse«, antwortete er dann.

»Ja, aber welches Gemüse?«, mischte sich Peter ein.

Benno schüttelte den Kopf. »Weiß nicht. Mama, probier du mal!«

Valerie wollte sich aufrappeln, doch Yanek kam schon zu ihr herüber und reichte ihr das Distelfleisch.

Als sich ihre Finger berührten, versuchte sie zu ignorieren, wie überdeutlich sie den kurzen Hautkontakt spürte.

Sie kaute. »Schmeckt wie Artischocke«, stellte sie fest. »Was eigentlich ja logisch ist, denn die Artischocke ist ja auch eine Distel, oder?« Sie vermied es, Yanek ins Gesicht zu blicken – so wie sie es schon den ganzen Tag lang getan hatte. Auch beim Wandern war sie auf Abstand geblieben.

»Kann ich mir noch so ein Jägerbrot rausschneiden?«, bat Benno.

Sie spürte, wie sich ihre Muskeln am ganzen Körper entspannten, als Yanek sich entfernte, um ihrem Sohn das Messer zu geben. »Die Silberdistel steht, glaube ich, mittlerweile unter Naturschutz, also bitte nur noch eine, ja?«

»Ich habe eine neue Theorie über ihn«, tuschelte Alice. »Willst du sie hören?«

Am liebsten hätte Valerie Nein gesagt. Sie wollte sich nicht dauernd fühlen wie ein Teenager im Gefühlschaos.

»Hast du schon mal was vom Bechdel-Test gehört?«, fragte Valerie, statt eine Antwort zu geben.

»Nein, was soll das sein?«

»Wären wir beide die Protagonistinnen in einem Film, bin ich mir nicht sicher, ob wir ihn bestehen würden. Mithilfe dieses Tests wird geprüft, ob sich die weiblichen Figuren stereotyp verhalten.«

Alice lachte. »Was? Wir doch nicht! Wie funktioniert das?«

»Drei Fragen werden gestellt: Gibt es in dem Film mindestens zwei Frauenrollen?«

»Positiv. Dich und mich. Und dann sind da noch die anderen.« Alice deutete zur Gruppe hinüber.

»Frage zwei: Sprechen die Frauen miteinander?«, fuhr Valerie fort.

»Ich verstehe nicht ganz, worauf du hinauswillst. Natürlich sprechen wir miteinander.«

»Frage drei: Unterhalten sich die Frauen auch mal über etwas anderes als Männer?« Valerie verdrehte die Augen.

Alice kicherte. »Hallo? Haben wir nicht gerade vorhin über deine Tochter geredet?«

Valerie begann, ihre Wanderstiefel aufzuschnüren.

»Willst du mir etwa damit sagen, dass du dir meine Schwärmereien für unseren Sexiest-Dorfbewohner-Alive nicht länger anhören möchtest?«

»Er bekommt definitiv zu viel Aufmerksamkeit. Und ich hätte nichts dagegen, wenn wir uns mal einem anderen Thema zuwenden.«

»Das ist aber schade, denn gerade wollte ich mit dir darüber reden, wie wenig er offensichtlich unter der Trennung von Stella leidet.«

Valerie hob den Kopf und sah Yanek im Gespräch mit Peter strahlend lächeln.

Das Picknick war aufgegessen und die Reste wieder verstaut. Der Abend begann sich langsam über die Berge zu senken. Die Sonne stand nun zwischen den Gipfeln und verlor von Minute zu Minute an Kraft.

Valerie schlüpfte in ihre Jacke.

»Am besten, ihr legt eure Decken bereit«, sagte Peter.

»Denn wenn wir nachher zurückkommen, ist es dunkel.« Er rupfte ein wenig trockenes Gras aus und warf es in die Luft. »Ideal. Das Wild wird uns noch nicht gewittert haben, weil der Wind unseren Geruch in die andere Richtung trägt. Wir gehen jetzt zu einem Platz, von dem aus man gut beobachten kann. Bitte versucht leise zu sein. Tut euch dann zu zweit oder zu dritt zusammen, denn ich habe nicht für jeden ein eigenes Fernglas.«

Valerie sah sich um. Dass eines ihrer Kinder mit ihr ein Team bilden wollte, hielt sie für unwahrscheinlich.

Vielleicht kann ich mich Lieke und Guus anschließen? Oder mit Jo ein Fernglas teilen?

Kaum hatte sie den Gedanken zu Ende gedacht, holte Yanek zu ihr auf und spazierte neben ihr her, ohne etwas zu sagen.

Er ist einfach ein Dorfbewohner. Wie die anderen auch. Und es gibt keinen Grund, mich nicht völlig normal zu verhalten.

Ich bleibe gelassen und ruhig.

Ein- und ausatmen.

Sie hasste es, dass ihre Nerven jedes Mal verrücktspielten, wenn er auch nur in ihre Nähe kam. Nie hätte sie erwartet, in ihrem Alter so auf einen Mann zu reagieren.

Er tippte ihr auf den Arm.

Ohne es kontrollieren zu können, zuckte sie zurück. Sofort tat ihr diese Reaktion leid.

Als sie hochsah, deutete Yanek Richtung Berge.

Sie drehte sich um und bemerkte, dass die Sonne gerade hinter den Gipfeln unterging. Der Himmel hatte sich dort leuchtend orange verfärbt. Die Schlierenwolken, die sich über den Horizont zogen, schienen das letzte Licht aufzufangen und strahlten gelb.

Valerie blieb stehen und ließ den Anblick auf sich wirken.

»Wunderschön«, wollte sie flüstern, doch da realisierte sie, dass Yanek nicht mehr neben ihr stand.

Valerie kauerte mit Peter und Jo zwischen ein paar kleineren Fichtenbäumchen und starrte auf die Wiese am Hang jenseits einer kleinen Senke.

Ruhe hatte sich über die Gruppe gelegt. Alle versuchten sich so wenig wie möglich zu bewegen, und hingen schweigend ihren Gedanken nach. Man hörte den Wind rauschen, ständig knackte es, und hin und wieder schrie ein Waldkäuzchen. In der voranschreitenden Dämmerung veränderten sich sukzessive die Farben. Das saftige Grün der Wiese wurde olivfarben, die Bäume grau und die Bereiche unter den Ästen immer schwärzer.

Valerie hätte es nicht für möglich gehalten, aber es war spannend, die Umgebung zu beobachten. Bei jedem Knistern scannten ihre Augen das im Halbdunkel liegende Dickicht. Von Peter hatte sie erfahren, dass bald die Brunftzeit der Rehe stattfinden würde. In dieser Periode tauchte das Wild oft auch schon bei Tageslicht auf. Jetzt waren die Tiere jedoch noch nicht so aktiv.

Valerie blickte zu Benno hinüber. Zusammen mit Toni lag er auf dem Bauch halb unter einer Latschenkiefer und sah durch Peters Wärmesichtgerät, als wäre er ein auf der Lauer liegender Spion.

Sie schmunzelte. Ihr Blick wanderte weiter zu Kim und

Holly. Unglaublich, dass ihr Plan wirklich aufgegangen war. Sie hatte sich gewünscht, dass ihre Kinder nicht ständig auf irgendeinen Bildschirm starrten. Dank Toni und Holly ließen sie sich nun tatsächlich auf das Abenteuer ein und waren bereit, hier Dinge auszuprobieren, die bei jungen Leuten bestimmt nicht als besonders angesagt galten.

Plötzlich ging ein kleiner Ruck durch die Gruppe. Alle, die gerade ein Fernglas in der Hand hielten, hoben es vor die Augen, und es wurde auf die Wiese gedeutet.

Tatsächlich. Einige Gämsen waren aus dem Dickicht getreten und ästen. Geschickt bewegten sie sich auf dem steilen Hang vorwärts. Dann sprangen zwischen den Bäumen zwei kleinere Tiere hervor und tollten um die größeren herum, die kaum von ihnen Notiz zu nehmen schienen.

Jo reichte Valerie das Fernglas. Durch die Linsen konnte sie trotz der bereits schlechten Lichtverhältnisse die nach hinten gebogenen Hörner gut sehen und studieren, wie sich die Tiere über die Wiese bewegten. Fasziniert beobachtete sie das Rudel.

Als sie das Fernglas an Peter weitergegeben hatte, fiel ihr Blick auf Yanek, der neben Lieke saß und ihr gerade sachte die Jacke hochzog, die ihr die Schulter hinuntergerutscht war.

Valerie hatte Filzmatte und Decke ein bisschen abseits der Gruppe, geschützt von den tiefer hängenden Zweigen einer Fichte, platziert. Der Gedanke, unter völlig freiem Himmel zu schlafen, war ihr irgendwie unangenehm.

Fröstelnd zog sie ihre Jacke am Hals enger, denn so warm

es bei der Ankunft am Berg noch gewesen war, so stark waren die Temperaturen mittlerweile gefallen. Sie sehnte sich nach der Geborgenheit der Hütte, war aber entschlossen, auch diesem Abenteuer in der Natur eine Chance zu geben. Schließlich hatte sie in ihrer Kindheit gern im Freien geschlafen.

Warum übernachten wir eigentlich nie in unserem Gärtchen? Die Sommernächte in München sind ab und zu lau genug. Wenn man immer nur im Haus bleibt, verliert man total den Bezug zur Umwelt.

Müde horchte sie nach den Geräuschen. Das Knacken der Fichte kannte sie schon, aber was die Ursache des merkwürdigen Krächzens war, blieb ihr ein Rätsel. War das ein Vogel?

»Valerie? Bist du noch wach?«

»Ja.« Sie hatte das Gefühl, ihr Herz würde einfach stehen bleiben.

»Wo bist du?«

»Hier unter dem Baum.«

Der Mond war noch nicht aufgegangen, aber zumindest konnte sie Yaneks Silhouette, die sich in der Dunkelheit näherte, ausmachen. Er setzte sich mit etwas Abstand neben sie, dann hörte sie ihn mit seiner Decke rascheln.

Sie presste die Lippen aufeinander. Der erfreute Luftsprung, den ihr Innerstes gerade vollführt hatte, war ihr gar nicht recht.

»Ich will dich nicht stören«, flüsterte er. »Aber mir geht da etwas durch den Kopf, und ich werde wohl nicht einschlafen, solange ich das nicht geklärt habe.«

Unfähig, sich zu bewegen, lag sie da.

»Kann ich kurz mit dir reden?«, flüsterte er, als sie nicht antwortete.

»Okay ...«

Er räusperte sich umständlich. Dann folgte eine Pause, bevor er schließlich fragte: »Denkst du, ich tu dir was?«

Ein Auflachen drängte ihre Kehle hoch und entlud sich als wackeliger, erstickter Laut. »Was? Wie kommst du denn darauf?«

»Keine Ahnung. Als ich dich gefragt habe, ob du mit mir tanzt, hast du irgendwie verschreckt gewirkt, und heute bist du bei einer kleinen Berührung zusammengezuckt. Habe ich dir was getan? Bin ich dir zu nahe getreten? Gut, da war der Kuss, aber ... na ja, ich hatte schon den Eindruck, der wäre auf beiderseitigem Einverständnis geschehen. Oder liege ich da falsch?«

Ich habe Angst vor den Gefühlen, die du in mir auslöst. Ist das so schwer zu verstehen?

»Nein, natürlich nicht.«

»Der Kuss ist nicht mit deinem Einverständnis geschehen?«

»Nein, du liegst nicht falsch, meinte ich. Selbstverständlich war er einvernehmlich.«

Hoffentlich würde er jetzt wieder gehen. Ihr Herz pochte so heftig, dass sie glaubte, schlecht Luft zu bekommen.

»Was ist es dann? Du gehst mir aus dem Weg. Das bilde ich mir doch nicht ein.«

»Nein«, antwortete sie zögerlich.

»Nein, du gehst mir nicht aus dem Weg, oder nein, das bilde ich mir nicht ein?«

Wie dieses Gespräch verlief, fühlte sich genauso an wie die meisten Interaktionen mit ihm. Irritierend.

Da sie unmöglich mit ihm weiterreden konnte, solange sie lag, rappelte sie sich auf und rutschte aus ihrem Unterschlupf hervor, bis sie ihm gegenübersaß. Ein paarmal öffnete sie den Mund, um etwas zu sagen, aber ihr fiel nichts Passendes ein. Unendlich viele Gedanken wirbelten durch ihren Kopf.

Warum kann ich nicht einfach Freundschaft für ihn empfinden? Wie für Jo.

Er hat so hilfsbereit nach Kim gesucht und es nicht verdient, dass ich ihm aus dem Weg gehe. Und als ich ausgerutscht bin, hat er mich quasi aus dem Wald getragen. Wie soll ich ihm bloß erklären, warum ich mich so komisch verhalte?

Ihr Schweigen dauerte ihm wohl zu lange. »Ich mag dich, Valerie. Du weißt, dass du mir gefällst. Wie sehr, hast du, denke ich, gemerkt. Ich muss einfach wissen, was ich falsch gemacht habe.«

»Ich mag dich auch, aber …«, begann sie. Ihr Herz jubelte über seine Worte, doch ihr Kopf sperrte sich dagegen. Sie atmete durch und schaute zum Sternenhimmel hinauf. »Ich kann dich schwer einschätzen.« Sie betrachtete wieder seine dunkle Gestalt und überlegte, wie sie am besten fortfahren sollte.

»Das verstehe ich«, antwortete er so leise, dass sie es kaum hören konnte. »Wahrscheinlich ginge es mir ähnlich, wenn ich mich hier kennengelernt hätte.« Es verstrichen ein paar Momente, bis er fortfuhr: »Ich wünschte, ich könnte etwas tun, damit sich das ändert.«

Valeries Hirn fühlte sich an, als wäre alles durcheinander-geraten und ineinander verschlungen – wie ein Haufen Spa-ghetti. Wonach sollte sie ihn zuerst fragen? Welche Beden-ken lieber für sich behalten? Sie knetete ihre Hände, denn plötzlich waren sie eiskalt. »Was habt ihr da im Arbeitszim-mer gemacht, Yanek?«

Sie wartete ein bisschen, aber er schwieg.

»Stella und du, meine ich, bevor ich dazugekommen bin.«

»Ich ...« Er brach ab.

»Ihr habt dort nach Waffen gesucht, glaube ich. Und ich verstehe nicht, warum. Das passt nicht ins Bild, das ich von euch habe.«

»Wir haben nicht nach Waffen gesucht«, antwortete er.

Sie wartete auf eine Erklärung.

Doch er schwieg beharrlich.

Also sagte sie: »Du hast mich gefragt, warum ich mich verhalte, wie ich mich verhalte. Jetzt weißt du's. Daher würde ich vorschlagen, wir legen uns jetzt schlafen.«

»Die Situation hat einen völlig falschen Eindruck hinter-lassen.«

Ärger kroch in ihr hoch. Warum hatte er sich unbedingt unterhalten wollen, wenn er dann doch nur wieder kryp-tisch antwortete. »Ist okay. Gute Nacht.« Sie begann, um-ständlich wieder auf den Platz unter den Fichtenzweigen zu robben und die Decke um sich zu schlingen.

»Ich versichere dir, dass wir nichts Unrechtes getan haben.«

Als ob er es zugeben würde, wenn es anders wäre.

»Würdest du mir das bitte glauben?«

»Hm«, machte sie. Der Unmut, der während des Gespräches in ihr aufgekommen war, half ihr wunderbar dabei, eine Schutzmauer um sich zu errichten. Günstig war auch, dass sie Yanek nicht sah, denn sie wusste, dass ein Blick in diese Augen sie schneller aus dem Gleichgewicht gebracht hätte als ein Erdbeben einen Jenga-Turm.

»Kann ich dich um etwas bitten?«, fragte er dann.

»Bitten kann man alles.«

»Hör in dich hinein, Valerie. Du kennst mich schon ein bisschen. Denkst du wirklich, ich würde bei Jutta und Peter nach Waffen suchen?«

Nervös zupfte sie am Grasbüschel unter ihrer Hand. Sie wusste nicht, was sie antworten sollte. Eigentlich glaubte sie das tatsächlich nicht, aber sie konnte sich so einiges an seiner Person nicht erklären. Und das war nicht gerade die optimale Voraussetzung dafür, jemandem sein Vertrauen zu schenken.

»Valerie?«

»Weißt du, welchen Begriff hier schon mal jemand für dich benutzt hat? Bad Guy.«

Sie vernahm sein angestrengtes Durchatmen. »Sehr charmant. Ob man mir so einen Spitznamen auch geben würde, wenn ich blond und blauäugig wäre? Und Thomas heißen würde?«

Valerie erschrak. Dass er das so verstehen könnte, hatte sie überhaupt nicht bedacht. »Es geht darum, wie du dich Frauen gegenüber verhältst«, erklärte sie schnell.

»Wie ein Türkenmacho?« Er klang nicht gerade erfreut.

»Findest du es gut, das Gespräch jetzt auf diese Ebene zu

ziehen?«, entgegnete sie, musste sich aber eingestehen, dass sie durchaus schon einmal Gedanken gehabt hatte, die in diese Richtung gingen.

Er seufzte. »Du sagst, du magst mich. Und ich denke, ich habe dir bereits ein paarmal meine guten Absichten bewiesen und mich wie ein Freund verhalten, oder nicht? Ich will dafür sicher nichts zurück. Aber ich fände es fair, wenn du in dich hineinhörst und mir sagst, ob du tatsächlich so über mich denkst. Falls die Antwort Ja ist und du mich für einen miesen Kerl hältst, stehe ich auf und lasse dich in Ruhe.«

Sie schloss die Augen und beobachtete, welche Gefühle in ihr aufkamen. Da war eine Menge. Vieles undefiniert. Das meiste verwirrte sie. All das schaufelte sie jetzt beiseite, damit ihre Menschenkenntnis ungestört zu ihr sprechen konnte.

Plötzlich wurde es ruhig in ihr, denn die Stimme, die sie ununterbrochen zur Vorsicht mahnte, war nicht mehr zu hören.

Sie hob den Kopf und sah ihn in der Dunkelheit an. »Ich halte dich nicht für einen miesen Kerl.«

13

»Meine Onkel und Tanten, Cousins und Cousinen sind in Istanbul und ich fühle mich dort verwurzelt«, sagte Yanek. »Aber zu Hause bin ich in Salzburg und in Österreich, da gibt es keinen Zweifel.«

Sie lagen in ihre Decken gehüllt nebeneinander und sahen in den Himmel hinauf. Die Nachtluft auf dem Berg war so klar, dass sich ein funkelndes Sternenzelt über sie spannte. Man konnte die Milchstraße sehen, und je länger man einen der hellen Punkte fixierte, desto mehr Sterne zeichneten sich rundherum ab und verdeutlichten dadurch die Ausmaße des Universums. Wie eng rückten Bayern und Österreich im Vergleich dazu doch zusammen. Oder auch dieser Berg und Istanbul.

»Ich finde es faszinierend, in zwei Kulturen zu Hause zu sein«, antwortete Valerie und betrachtete den Großen Wagen – die einzige Sternenformation, die sie kannte.

Yanek und sie unterhielten sich bereits seit einer Weile. Beide hatten schon mehrmals gegähnt, und trotzdem schien keiner von ihnen schlafen zu wollen.

Ich hätte nicht gedacht, dass es mir so leichtfällt, mit ihm zu plaudern. Es kostet überhaupt keine Mühe, das Gespräch am Laufen zu halten.

»Es ist schön«, antwortete er. »Aber natürlich auch kompliziert. Vor allem als Kind und Teenager mochte ich es nicht wirklich. Da ich sehr türkisch aussehe, war die Abstammung immer Thema in meinem Leben. Ich konnte einfach nie sagen: So, jetzt will ich mich einmal nicht damit auseinandersetzen. Ich hatte keine Wahl.«

Der Windhauch, der ständig um den Berg strich, war mittlerweile ziemlich kühl geworden, also zog sie die Decke etwas enger um den Hals. »Das verstehe ich.«

»Es fängt mit der Kleinigkeit an, dass ich dauernd über meinen Istanbuler Vater rede, aber wirklich selten über meine blonde, blauäugige Salzburger Mutter. Obwohl es zu ihr eigentlich viel mehr zu sagen gibt, denn sie ist charismatisch und energiegeladen. Mein Vater hingegen ein Couch-Potato.«

Valerie lachte, dann sagte sie: »Ich bin froh, dass du mir das alles erzählst. Bisher war mir überhaupt nicht bewusst, wie es sich anfühlen muss, wenn man andauernd gefragt wird, woher man kommt. Auch wenn wohlwollendes Interesse dahintersteht. Es ist rassistisch. Und man macht diesen Fehler allzu leicht. Entschuldige, dass ich danach gefragt habe.«

»Himmel, nein! So war das nicht gemeint. Wir unterhalten uns ja schon seit einiger Zeit über Persönliches. Was anderes ist es, wenn die Leute fragen, woher ich komme, bevor sie auch nur meinen Namen oder sonst etwas über mich wissen. Beim Bäcker oder an der Bushaltestelle – in extra langsamem, einfachem Deutsch. Gern mit Verben im Infinitiv. Und wenn sie die Antwort ›aus Salzburg‹ dann nicht akzeptieren: ›Nein, woher kommen Sie wirklich?‹ oder ›Wo liegen Ihre Wurzeln?‹ Als wären das keine ziemlich privaten Fragen.«

Sie erinnerte sich daran, dass sie, unmittelbar nachdem sie ihn kennengelernt hatte, darüber nachgedacht hatte, ob er wohl gut Deutsch sprach, und schämte sich jetzt dafür. Gerade vorhin hatte sie überlegt, wie türkisch geprägt sein Leben tatsächlich war, aber sich danach zu erkundigen, kam ihr nun abscheulich vor. Sie hasste es, sich selbst dabei zu ertappen, in Schubladen zu denken. Sie wandte den Kopf und musterte ihn grüblerisch. Seine Gesichtszüge oder die Farbe seiner Haare und Augen konnte sie im Dunkeln nicht richtig erkennen. Dafür fiel die österreichische Färbung seiner Sprache stärker auf als sonst.

Wie rassistisch ich manchmal denke und handle, obwohl ich doch eigentlich das Gegenteil einer Rassistin bin!

»Dass es oft verwirrend für die Leute ist, habe ich früher vor allem dann gemerkt, wenn ich mit meiner Tochter unterwegs war«, erzählte Yanek weiter. »Ihre Mutter ist ganz hellblond, und zusammen mit den Genen meiner Mutter hat sich das wohl durchgesetzt. Wenn ich Jasmin vom Kindergarten oder von der Schule abgeholt habe, hat das einige Male bei Pädagoginnen, die mich nicht kannten, zur Irritation geführt. Eine Erzieherin war einmal so misstrauisch, dass sie, glaube ich, nahe dran war, bei der Polizeidienststelle anzurufen.«

»Um Himmels willen! Das muss echt ganz fürchterlich für dich gewesen sein! Das tut mir leid«, sagte Valerie bestürzt.

»Ich bin das gewohnt. Salzburg ist halt doch eine Provinzstadt. Bei uns erscheint den Leuten schnell etwas fremd. Und Fremdes macht Angst – das ist nun mal so.«

Valerie war beeindruckt, wie abgeklärt Yanek mit diesem Thema umging. Er wirkte nicht verbittert, auch wenn er vermutlich ausreichend schlechte Erfahrungen gesammelt hatte.

»Wie läuft es in der Schule? Gab es Situationen mit Eltern oder Kindern, die du so nicht erlebt hättest, wenn du optisch mehr deiner Mutter ähneln würdest?«

Sie hörte Yanek durchatmen. Offensichtlich hatte sie da einen wunden Punkt angesprochen. Sofort bekam sie ein schlechtes Gewissen und verspürte den Impuls, zurückzurudern.

Aber da antwortete er mit ruhiger Stimme: »In der Arbeit klappt es gut. Das Verhalten der Kolleginnen und Kollegen ist einwandfrei. Und im Umgang mit den unterschiedlichen Menschen unserer Stadt können mein Aussehen und meine Sprachkenntnisse ja von Vorteil sein ... Manchmal ist es gut, wenn jemand keine Ahnung davon hat, dass sogar mein Vater österreichischer lebt als jeder Lederhosenträger.«

Valerie fand das alles unglaublich spannend. Yanek war gleichzeitig fremd und vertraut. Er war anders und doch auch wieder nicht. Das fand sie sehr anziehend.

»Was ist mit dir?«, fragte er. »Bist du gebürtige Münchnerin?«

»Ich komme aus Nürnberg.« Sie atmete ein. »Mein Mann stammte aus München.«

Und jetzt die Frage nach der Scheidung.

»Lebt ihr getrennt?«

Sie atmete aus. »Er ist vor sieben Jahren tödlich verunglückt.« Wenn Valerie diese Antwort gab, konnte sie hören, wie ihre Stimme verändert klang und sich plötzlich leiernd anhörte. Wie ein Kasten, dem jemand durch das Drehen einer Kurbel die ewig gleiche Melodie abrang. Sie wusste, dass sie komisch sprach, hatte aber keine Ahnung, was sie dagegen tun konnte.

»Das tut mir sehr leid, Valerie«, sagte er. Die meisten bekamen ebenfalls eine andere Stimme, wenn sie auf die Information reagierten. Oft antworteten sie besonders sanft oder leise und ein wenig gekünstelt.

Sie hatte dieses kurze Gespräch über ihren Mann schon unzählige Male geführt und war längst in der Lage, darüber zu reden, ohne auch nur das Geringste zu fühlen. Aber jetzt war irgendetwas anders. Sie merkte, dass direkt unter der Oberfläche eine Vielzahl an Emotionen schlummerten und nur darauf warteten, hervorquellen zu dürfen.

»Schon okay«, antwortete sie verunsichert.

Sie drehte den Kopf erneut zu Yanek. Im diffusen Licht wirkten seine Augen wie schwarze Löcher.

»Der Tod eines geliebten Menschen ist nie okay«, sagte er.

»Stimmt, das war er auch lange Zeit überhaupt nicht. Aber es sind mittlerweile genug Jahre vergangen ...«

Sie sah, dass er nickte. »Was ist mit deinem Mann passiert?«, fragte er. Viele drückten ihr Beileid aus, wenn sie davon erfuhren, dass sie Witwe war. Dann wechselten sie das Thema. Es passte zu Yanek, dass er sich jedoch dem Gespräch stellte.

Vielleicht lag es an ihrer Müdigkeit oder an der bereits

vergangenen Zeit im Dorf, dass Valerie auch tatsächlich danach zumute war, darüber zu reden.

Oder es liegt an ihm.

Das Herzklopfen hatte sich mittlerweile gelegt. Doch sie empfand Wärme in ihrer Brust, weil er hier einen halben Meter neben ihr lag, und sie nahm wahr, dass er die Mauern, die sie in den letzten Jahren um sich errichtet hatte, zum Bröckeln brachte. Er war fähig, ihre Schale zu knacken und ihr unter die Haut zu gehen. So wie in seiner Gegenwart hatte sie sich schon sehr lange nicht mehr gefühlt. Ihre emotionalen Kanäle standen offen, was schön war, ihr gleichzeitig aber auch Angst machte.

Sie wickelte sich aus der Decke und fuhr sich mit den Händen durch die Haare. »Mein Mann hatte einen Motorradunfall. Nach allem, was man weiß, war er wohl einfach viel zu schnell unterwegs.« Sie sah in der Dunkelheit in die Richtung, in der ihre Kinder lagen und schliefen.

»Das ist schrecklich.«

»Ja, ist es. Dass Benno und Kim ohne Vater aufwachsen müssen. Und dass ich meinen Mann verloren habe. Und dass er nur vierzig Jahre alt wurde, obwohl er noch so viel vorhatte.«

Sie spürte, wie Yanek nach ihrer kalten Hand tastete und sich seine Finger warm um die ihren schlossen. »Du hast nach seinem Tod sicher eine fürchterliche Zeit durchgemacht.«

»Neben der unfassbaren Trauer war da so wahnsinnig viel Wut in mir. Ich habe ihn hunderte Male gebeten, auf das bescheuerte Motorrad zu verzichten. Wegen der Kinder! Aber er hat immer nur über mich gelacht und meine Sorgen nicht ernst genommen. Ihm würde schon nichts passieren.« Sie schluckte. So nah an ihren damaligen Gefühlen war sie schon lange nicht mehr gewesen.

Yanek schwieg, fuhr jedoch unaufhörlich ganz sacht mit seinem Daumen über ihren Handrücken.

»Als er tot war, wollte ich einfach nur trauern können. Aber die Wut auf ihn war so präsent und hätte mich beinahe verrückt werden lassen. Ich weiß nicht, was mit mir passiert wäre, wenn die Kinder nicht gewesen wären.«

Ohne dass Yanek etwas erwiderte, war seine Betroffenheit greifbar. Also schob sie hinterher: »Es ist viel Zeit vergangen. Irgendwann habe ich gelernt, damit umzugehen.«

»Ich weiß gar nicht, was ich sagen soll«, antwortete er. »Es tut mir unglaublich leid, dass du das durchmachen musstest.«

»Danke.«

Er fuhr sich mit der freien Hand übers Kinn. Sie sah die Bewegung im Zwielicht und hörte den mittlerweile dicht gewachsenen Bart knistern.

»Ich würde dich jetzt so gern in den Arm nehmen«, sagte er leise.

Sie spürte den Widerhall der unendlich großen Schmerzen von damals durch ihre Seele wabern. Gleichzeitig aber auch das warme Gefühl des Trostes durch Yaneks Gegenwart. Es tat gut, dass er sich für die schlimmste Zeit in ihrem Leben interessierte, sich nicht vor den damit verbundenen Emotionen fürchtete und sie sogar zu verstehen schien. Er strahlte eine unerschütterliche Stärke aus, und das war genau das, was sie in diesem Moment brauchte: sich anlehnen zu können und Geborgenheit zu spüren. Also erwiderte sie:

»Und ich würde jetzt gern von dir in den Arm genommen werden.«

Ihr Puls beschleunigte sich.

Yanek schälte sich halb aus der Decke und hievte sich ganz nah an sie heran. Dann zog er sie an sich.

Valerie schmiegte ihren Oberkörper an seine breite Brust und legte das Kinn auf seine Schulter. Er roch nach der Blütenseife vom Waschplatz im Dorf und nach dem Gras, auf dem er die ganze Zeit gelegen hatte.

»Es ist wirklich lange her«, murmelte sie noch einmal.

Sie spürte, wie er nickte und dann seine Hand auf ihren Rücken legte. Seine Körperwärme drang durch die Jacke und den Pulli bis an Valeries Haut und schickte einen Schauer ihre Wirbelsäule entlang. Sie hörte sich selbst aufseufzen, anschließend rutschte sie noch ein wenig an ihn heran und legte ihre Wange an seine. Sie war so ausgehungert nach der Nähe eines Mannes, dass sie am liebsten in Yanek hineingekrochen wäre. Sein Bart strich über ihre Haut, als er seinen Kopf neigte, und sein Atem kitzelte ihr Ohr. Der traurige Druck, der bis eben noch ihre Brust ausgefüllt hatte, wich einem Vibrieren, das sich im Nu in ihrem gesamten Körper ausbreitete.

Yaneks Hand wanderte langsam weiter und legte sich um ihren Hinterkopf, wo er die Finger in ihren Haaren vergrub. Ganz automatisch fand daraufhin auch die ihre den Weg hinauf zu seinem Nacken und fuhr dort durch den Haaransatz.

Sein Brustkorb hob sich an ihrem, als er tief einatmete. »Valerie ... ich ...«

Das Beben in ihrem Inneren schien seine Stimme aufzunehmen und sich durch seine tiefe Tonlage zu verstärken. Das Blut rauschte jetzt durch ihre Adern, und sie konnte an nichts anderes mehr denken als an Yaneks Körper an ihrem. Der Wunsch, sich in dieser Nähe immer weiter zu verlieren, wuchs, bis er alle anderen Gedanken vertrieben hatte.

Als sie spürte, wie seine Lippen ihre Wange streiften, zog sich ihr Unterleib zusammen. Ihr Verlangen nach mehr schwoll so rasch an, dass sie den Kopf drehte und mit ihrem Mund den seinen berührte. Seit der ersten Minute hatte dieser Mann sie um den Verstand gebracht. Dagegen kam sie nicht an, und es war ihr in diesem Moment auch völlig egal, ob die Bedenken zurückkehren würden. Der Wunsch danach, ihn zu küssen, war lauter als alles andere.

Doch Yanek wich zurück und musterte ihr Gesicht. Sie sah das Licht des mittlerweile aufgegangenen Mondes in seinen Augen glänzen.

Die Distanz, die er zwischen sie gebracht hatte, erschien ihr beinahe unerträglich. Sie wollte mit jeder Faser ihres Körpers, dass es ihm jetzt genauso ging wie ihr – dass auch er nicht anders konnte.

Enttäuscht ließ sie die Hände sinken.

»Bist du dir sicher?«, flüsterte er. »Ich will nicht wieder etwas tun, was dich verstört.«

Statt ihm zu antworten, packte sie ihn am Kragen der Jacke, zog ihn an sich und presste ihren Mund auf seinen.

Das genügte, um ihn seine Zurückhaltung aufgeben zu lassen, denn er öffnete sofort die Lippen und küsste sie. Seine Zunge umspielte weich die ihre. Er legte seine Hand so an ihre Wange, dass die Fingerspitzen die zarte Haut an ihrem Hals berührten. Schauer jagten über ihren Körper.

Valerie schlang ihre Arme um seinen Nacken und presste sich noch enger an ihn. Yanek so nahe zu sein, erregte sie. Ihr Atem ging schnell, und ihr Herz raste.

Er öffnete ihre Jacke ein kleines Stück. Als er seinen Mund über ihre Kehle hinunterwandern ließ und dann mit der Zunge quälend langsam ihr Schlüsselbein entlangstrich, sog sie tief die Luft ein.

Sie hörte ihn mit den Decken rascheln, anschließend zog er sie auf seinen Schoß. Sie konnte spüren, dass er sie genauso begehrte wie sie ihn. Diese Gewissheit stachelte sie noch mehr an, also saugte sie begehrlich an seiner Unterlippe.

Er atmete gepresst aus, als sie ihre Hände unter seinen Pullover gleiten ließ.

Doch dann griff er nach ihren Handgelenken. »Ich wünschte, wir könnten weitermachen. Aber dort drüben liegen deine Kinder.«

Helligkeit weckte sie, also blinzelte sie verschlafen. Die Sonne ging gerade hinter den Bergspitzen auf und schickte die ersten wärmenden Strahlen auf ihre ausgekühlten Wangen. Valerie war nicht klar gewesen, dass es im August in den Bergen nachts so eiskalt wurde.

Neben ihr lag Yanek. Auch er hatte sich tief in die dicke Wolldecke gemummelt. Nur sein Gesicht lugte hervor. Sie beobachtete, wie sich sein Brustkorb langsam und gleichmäßig hob und senkte.

Valeries Blick wanderte weiter zu seinem Bart und dann zu seinen Lippen. Kaum war er dort angekommen, zuckte ein Blitz durch ihren Unterleib, der sie schlagartig hellwach werden ließ. Die Bilder der vergangenen Nacht waren mit so einer Wucht zurückgekehrt, dass sie die Luft anhielt. Sie meinte, Yaneks Küsse wieder auf der Haut zu spüren. Wie seine Wange die ihre berührte. Sein Mund über ihren Hals strich. Wie seine Hände sie an der Taille packten und sein rauer Atem an ihr Ohr drang.

Ihr Verlangen nach Yanek war im Morgengrauen immer noch überwältigend. Und dennoch war jetzt etwas anders. Die Dunkelheit hatte sie alles um sich herum vergessen lassen, was nun allmählich wieder in ihr Bewusstsein drang. Nachts hätte sie ohne zu zögern mit Yanek geschlafen, wenn sie allein gewesen wären. Doch nun meldete sich erneut die Angst, sich restlos zu verlieren, denn sie fühlte sich in ihrer Verliebtheit viel zu verwundbar.

Also zwang sie sich, den Blick von ihm zu lösen, und sah stattdessen zur Sonne, die es mittlerweile geschafft hatte, zur Hälfte hinter den Bergen aufzutauchen. Ein orangefarbener Strahlenkranz fiel bis weit ins Tal hinab, und die karstigen Silhouetten der Gipfel zeichneten sich wie im Schattentheater scharf gegen den Himmel ab.

Valerie richtete sich auf, um besser beobachten zu können, wie alles um sie herum nach und nach immer heller wurde. Die Tautropfen auf den Gräsern begannen zu glitzern, und die Welt bekam von Minute zu Minute sattere Farben. Der Fichtenast, unter dem Valerie halb lag, verwandelte sich vom schwarzen Baldachin in ein grünes Nadeldach.

Und in Yaneks Bart waren irgendwann auch wieder deutlich die Silberfäden zu erkennen. Während sie abermals seine Züge betrachtete, wurde ihr aufs Neue bewusst, wie groß die Gefahr war, verletzt zu werden, wenn sie ihren Gefühlen nachgab. Sie kannte ihn kaum. Und selbst wenn seine einfühlsame, fürsorgliche Art sie von den Füßen riss, gab es auch einiges, was gegen ihn sprach: Sie hatte ihn launisch und verschlossen erlebt. Darauf, was zwischen Stella und ihm vorgefallen war, konnte sie sich keinen Reim machen. Er flirtete offensichtlich auch mit Alice. Und die Sache mit dem Arbeitszimmer gab ihr noch immer Rätsel auf.

Vielleicht wäre das alles bei einem Urlaubsflirt egal, wenn ich ein kleines bisschen mehr Erfahrung mit diesen Dingen hätte. Aber es ist zu lange her. Ich habe keine Ahnung, wie man sein Herz schützt und einfach nur den Moment genießt.

Hinter Yanek bewegte sich etwas, also sah sie zum Schlafplatz der restlichen Gruppe hinüber, wo Peter bereits mit seinem Rucksack hantierte. Dort und da begann sich auch von den anderen jemand zu rühren. Alice setzte sich auf und streckte ausgiebig ihre Glieder.

Valerie überkam ein schlechtes Gewissen. Die Wienerin hatte mehrmals betont, wie sehr sie sich für Yanek interessierte. Und dennoch hatte Valerie keine Rücksicht darauf genommen. Plötzlich konnte sie nicht mehr nachvollziehen, wie sie sich nachts so hatte gehen lassen können. Bei Tageslicht betrachtet, sprach alles gegen einen Flirt mit Yanek.

Suchend sah sie sich nach ihren Kindern um. Benno lag direkt neben Toni und schlief noch. Kim konnte sie nirgendwo entdecken.

Die beiden haben Yanek zusammen mit Stella erlebt. Wie sehr würde es sie verwirren, wenn sie wüssten, dass ich ihn so kurz nach ihrer Abreise bereits zweimal geküsst habe?

Unbehaglich rutschte sie auf der Filzmatte hin und her. Noch einmal suchten ihre Augen die gesamte Umgebung nach Kim ab.

»Guten Morgen«, hörte sie Yanek sagen. Er gähnte und fuhr sich mit beiden Händen übers Gesicht. »Unfassbar, wie tief man schläft, wenn man die ganze Zeit Bergluft einatmet.«

Dass sie nicht recht wusste, wie sie sich nun verhalten sollte, machte sie genauso nervös wie die Tatsache, dass sie Kim nirgendwo entdecken konnte.

»Gut geschlafen?«, fragte er.

Eigentlich war sie lange nicht zur Ruhe gekommen, nachdem sie sich hingelegt hatten. Sie war zu aufgewühlt gewesen. Dennoch nickte sie.

»Was für ein Panorama!« Yanek stützte sich auf seine Ellbogen und schaute in die Gegend. Die Sonne war mittlerweile ganz aufgegangen und stand gleißend hell am Himmel. Die Berge ringsum sahen aus, als wären sie zum Greifen nahe. »Stimmt was nicht?« Er hatte wohl bemerkt, dass sie der Aussicht nur sehr kurz Beachtung geschenkt und dann wieder mit gerunzelter Stirn hinüber zur Gruppe geblickt hatte.

»Kim ist nicht da. Aber bestimmt liegt sie mit Holly irgendwo hinter einer Latsche. Mir steckt einfach noch der Schreck von vor ein paar Tagen in den Knochen.«

Yanek setzte sich nun auch auf. »Das verstehe ich.« Er

schaute ihr mit einer Intensität in die Augen, die ihr Gänsehaut bescherte. All die Intimitäten der vergangenen Nacht schienen in diesem Blick mitzuschwingen.

Hilflos wandte sie sich ab.

»Wenn wir sie suchen, bist du die uncoole Helikoptermutter. Und ich wieder der sexistische Türke, der Mädchen nicht zutraut, auf sich selbst aufzupassen.« Er lachte.

»Hat sie das zu dir gesagt?«, fragte sie erschrocken.

»Türke nicht. Sexistisch schon.«

Valerie verdrehte die Augen und schüttelte den Kopf. »Tut mir leid.«

Er winkte ab. »Überhaupt nicht schlimm. Wir hatten danach ein sehr gutes Gespräch, in dem sie sich dafür bedankt hat, dass ich nach ihr gesucht habe.«

Sie musste daran denken, wie sie die beiden zusammen unter dem Kirschbaum gesehen hatte. Dieser Anblick hatte ihr gefallen, denn er hatte ihr vorgegaukelt, nicht mehr mit allen Schwierigkeiten in ihrem Leben völlig allein dazustehen.

Erneut scannte Valerie die Umgebung ab.

Yanek rutschte ein wenig näher und griff nach ihrer Hand. »Mach dir keine Sorgen. Die Mädchen sind bestimmt nicht weit weg. Wahrscheinlich haben sie sich bis spät in die Nacht unterhalten und schlafen jetzt tief und fest.«

Sie nickte. Dann schaute sie auf ihre von seinen umschlossenen Finger. Seit sieben Jahren hatte niemand mehr ihre Hand genommen, wenn sie sich gesorgt hatte. Keiner war da gewesen, der mit ein paar tröstenden Worten alltägliche Probleme, wie sie mit Kindern und Teenagern nun einmal vorkamen, ins rechte Licht gerückt hätte. Ein Fels in der Brandung, wie Yanek einer war, tat unfassbar gut. Und genau deshalb war sie so verletzlich: Sie brauchte viel mehr als ein bisschen körperliche Zuwendung und Spaß.

Es ergibt überhaupt keinen Sinn, mir einzureden, er könnte mir so etwas wie Sicherheit bieten.

Sie entzog ihm ihre Hand.

Er schaute sie fragend an.

»Es tut mir leid, aber letzte Nacht ... das war sehr schön. Doch ich würde es gern dabei belassen«, beantwortete sie seinen Blick nach einigen Momenten des unangenehmen Schweigens.

Eine seiner Augenbrauen hob sich leicht.

Als Valerie überlegte, was sie noch sagen konnte, fiel ihr auf, dass Alice zu ihnen herüberschaute. Sie wollte nicht, dass die Wienerin den Inhalt dieser Unterhaltung mitbekam, also senkte sie die Stimme. »Tut mir leid.«

Es überraschte sie, wie gekränkt er wirkte. Auf seiner Stirn erschienen Furchen, und seine Lippen wurden schmal.

»Können wir bitte einfach nur Freunde sein?« fragte sie zaghaft.

»In Ordnung«, sagte er, stand auf und legte seine Decke zusammen.

»Ehrlich, es tut mir leid. Es war ein schwacher Moment. Ich war aufgewühlt, weil wir über den Unfall meines Mannes geredet haben. Ich hätte nicht ...«

Er unterbrach sie: »Es ist schon okay.«

»Du siehst aber nicht aus, als wäre es okay.«

Als er grinste, erschien ein herablassender Zug um seinen

Mund. »Was willst du von mir hören, Valerie? Du machst einen Rückzieher. Zum zweiten Mal. Und ich antworte, dass es okay ist. Was sonst soll ich denn bitte sagen?«

Darauf wusste sie keine Antwort. Stumm fixierte sie seinen Rücken, als er, die Decke unter den Arm geklemmt, hinüber zur Gruppe stapfte.

14

Jutta wollte auch noch Preiselbeeren einkochen. Also machte sich Valerie mit ein paar anderen vor dem Bergfrühstück an die Arbeit. Sie hockten zwischen den Stauden und pflückten die ersten leuchtend roten Beeren dieses Jahres. Alpendohlen segelten über ihre Köpfe hinweg und schienen sie genau zu beobachten. Besonders interessiert zeigten sie sich an Guus' rotem Schopf, über dem sie wiederholt kreisten. Ihre schrillen Rufe mischten sich in die Unterhaltung zwischen Alice und Yanek.

»Meine Freundin aus Oberösterreich hat einmal frühmorgens bei der Fahrt zur Arbeit ein Reh angefahren«, erzählte die Wienerin. »Es hat noch gelebt und schrecklich gelitten. Also hat sie die Polizisten, die zur Unfallstelle gekommen sind, angefleht, das arme Tier zu erschießen. Du weißt schon, die haben ja immer eine Walther am Gürtel.«

»Glock«, erwiderte Yanek.

»Was?«

»Die österreichische Polizei benutzt Pistolen der Firma Glock«, antwortete er.

»Egal. Und stell dir vor, die haben gesagt, sie dürfen das nicht. Sie mussten warten, bis der Jäger kam und das arme Geschöpf erlöste.«

»M-hm«, machte Yanek.

»Wie schräg ist das bitte? Da tragen die Bullen eine Waffe, und dann ist es ihnen nicht einmal erlaubt, sie sinnvoll einzusetzen. Ich meine, wirklich jeder würde unterschreiben, dass es moralisch richtig ist, ein Tier nicht unnötig lange leiden zu lassen.«

»Das ist absurd«, kommentierte auch Guus. »Da sieht man wieder einmal, wie unsinnig viele Gesetze sind.«

Yanek schien Stauden mit hohem Ertrag entdeckt zu haben, denn er pflückte eifrig.

In Valeries Napf kullerten erst etwa zehn Beeren umher. Statt sich zu konzentrieren, schwirrten ihr die Gedanken durch den Kopf.

Was geht in Yanek vor? Welche Bedeutung hat es für ihn, wenn er sagt, er mag mich?

Energisch drehte sie sich weg. Es war wirklich am besten, dass Yanek und sie einfach Freunde blieben. Und wenn Alice ihn so ansah wie gerade eben, konnte es Valerie auch egal sein, ob Yanek jetzt beleidigt war.

»Benno, weißt du, wo Kim steckt?«

»Nein, ich habe sie seit gestern Nacht nicht mehr gesehen. Eigentlich nur bei der Wildbeobachtung.«

Das darf doch nicht wahr sein! Jetzt ist sie schon wieder verschwunden.

»Toni und ich haben übrigens vorhin Trittspuren entdeckt, und Peter meint, die sind von Gämsen. Willst du die mal sehen?« Seine Augen leuchteten begeistert. Das kannte sie sonst nur von ihm, wenn er von einem Computerspiel redete.

»Vielleicht später, Schatz. Lass mich erst Kim finden.«

Bennos Miene verfinsterte sich. »Na klar.«

»Danach sehe ich mir die Spuren an, okay?«

Ihr Sohn drehte sich weg.

»Komm schon. Was ist los? Du bist doch jetzt nicht eingeschnappt?«

Er wandte sich ihr wieder zu. Sein Gesicht war schmaler geworden und irgendwie wirkten seine Züge dadurch erwachsener. »Alles in Ordnung«, erwiderte er, aber sie konnte sehen, dass es nicht stimmte.

Sie legte ihre Hände auf seine Schultern. »Was ist los?«

Er seufzte genervt. »Immer dreht sich alles nur um Kim.«

»Aber nein, Schatz. Ich mache mir einfach Sorgen, weil ich sie nirgendwo sehen kann.«

»Nicht nur jetzt. Es ist doch nie anders. Kim. Kim. Kim. Zu Hause und seit wir hier sind sowieso. Was mit mir ist, interessiert dich überhaupt nicht.«

Valerie wollte diesen Vorwurf sofort abstreiten und öffnete den Mund. Doch dann klappte sie ihn zu, weil ihr klar wurde, dass er nicht ganz unrecht hatte. Benno war so ein unkomplizierter Junge, dass sie sich nie viel um ihn hatte kümmern müssen. Schon als Kleinkind war er ein Meister darin gewesen, sich allein zu beschäftigen. In der Schule hatte er kaum Hilfe gebraucht. Und auch jetzt als Teenager war er beinahe bedürfnislos und gern allein in seinem Zimmer. Nur sein Übergewicht und der übertriebene Medienkonsum bereiteten ihr Sorge. Wegen Kim hingegen herrschte ständig Aufregung. Als Baby hatte sie die Nächte durchgebrüllt und im Kindergartenalter war sie ständig krank gewesen. Für sie war das System Schule eine Herausforderung.

Nach dem Tod des Vaters hatte sie sich jahrelang an ihre Mutter geklammert. Und mit der Pubertät war es erst richtig schwierig geworden.

»Du hast recht«, sagte Valerie geknickt. »Ich mache wahrscheinlich wirklich den Eindruck, als wäre Kim mir wichtiger. Aber so ist es nicht! Du bedeutest mir natürlich genauso viel.« Sie streichelte Benno über die Wange. »Ich habe zwei Lieblingsmenschen. Und du bist einer davon. Ich liebe dich unendlich – und ich hoffe, du weißt das. Wenn ich dir das zu selten zeige, tut es mir unglaublich leid.«

Benno umarmte sie. »Ich habe dich auch lieb.«

»Danke, dass du mich darauf aufmerksam machst, wie wenig ich mich auf dich konzentriere. Es war unbedingt nötig, das mal zu hören.« Während sie das sagte, spürte sie einen Stich in der Brust. Also drückte sie ihren Sohn noch fester an sich.

Ich muss es einfach schaffen, eine bessere Mutter zu sein.

»Zeigst du mir die Tierspuren? Ich würde sie gern sehen.«

Er machte sich aus der Umarmung los. »Später. Jetzt suchen wir erst mal Kim. Was sagen Hollys Eltern?«

»Wohin gehst du? Es gibt doch gleich Frühstück.« Yanek zog gerade einen dicken Ast unter einem Baum hervor. Vermutlich wollte er daraus eine Sitzgelegenheit bauen wie schon vorhin aus zwei größeren Steinen.

»Ich suche nach wie vor Kim. Holly ist auch nicht da. Alex und Nora scheint das kaum zu beunruhigen. Aber mir behagt das nicht. Warum entfernen sich die Mädchen ständig so weit von der Gruppe?«

Yanek richtete sich auf. »Mach dir nicht so viele Sorgen. Sie liegen bestimmt irgendwo und schlafen. Falls sie nach dem Frühstück noch immer nicht aufgetaucht sind, suchen wir sie alle zusammen.«

»Hier oben auf dem Berg kann so viel passieren. Was, wenn sie abgestürzt sind?« Valerie merkte, wie sie schon wieder panisch wurde. Dabei handelte es sich wohl eher nur um eine von Kims Trotzaktionen, mit der sie ihre Unabhängigkeit beweisen wollte.

»Sie sind nicht abgestürzt, Valerie. Ich bin mir sicher, du kannst ganz entspannt frühstücken.« Er sah sie mit diesem typischen Yanek-Blick an, der so unfassbar viel Ruhe und Sicherheit transportierte, gleichzeitig aber auch ihr Herz zum Stolpern brachte.

Im Augenblick wollte sie sich jedoch auf keinen Fall von ihm aus dem Konzept bringen lassen, also wandte sie sich zum Gehen. »Erzähl mir nicht, du würdest deine Tochter nicht suchen wollen, wenn du nicht weißt, wo sie ist«, grummelte sie noch, dann stapfte sie zwischen den Bäumen hindurch.

Yanek kam ihr nach. »Warte, Valerie!«

Sie blieb stehen und drehte sich um. Mit hochgezogenen Augenbrauen sah sie ihn an.

Er sah zur Seite und schien zu überlegen.

»Was ist los?«

»Den Mädchen geht es gut.«

»Dein Versuch, mich zu beruhigen, in allen Ehren, aber ich fühle mich erst wohl, wenn ich weiß, wo Kim ist.«

Warum ist es ihm so wichtig, mich aufzuhalten?

Sie hielt es kaum aus, wie knapp er vor ihr stand und wie direkt er ihr ins Gesicht sah, also trat sie ein Stück zurück. »Wenn du mich jetzt entschuldigen würdest.« Damit drehte sie sich um. In schnellem Tempo schritt sie auf dem Weg vorwärts, auf dem sie auch schon den Abend zuvor zur Lichtung gegangen waren, und rief ein paarmal nach ihrer Tochter. Mit Benno hatte sie vereinbart, dass sie hier nach den Mädchen Ausschau hielt, während er sich auf der anderen Seite des Schlafplatzes ein wenig umsehen wollte. Er hatte versprochen, dabei in der Nähe der Gruppe zu bleiben.

Ich kann es einfach nicht glauben, dass ich den halben Urlaub damit verbringe, mich um Kim zu sorgen. Wie gedankenlos kann eine Sechzehnjährige denn sein?

Aufgebracht trat sie aus dem Fichtenwäldchen und sah über die Wiese, auf der sie am Tag zuvor das Wild beobachtet hatten. Im grellen Sonnenlicht wirkte sie vollkommen anders. Jetzt konnte man kleine Pfade ausmachen, auf denen die Tiere die Lichtung wohl immer querten. Dort und da wiegten sich Grasbüschel im Luftzug, ansonsten wuchsen fast ausschließlich großblättrige Pflanzen, die das Wild offensichtlich verschmähte.

Valerie hörte den Bergwind in den Wipfeln rauschen, ab und zu pfiff ein Vogel. Abgesehen davon herrschte eine Ruhe, die nicht zu ihrer Aufgewühltheit passen wollte. So weit oben in den Alpen schienen Ärger und Sorgen nicht vorgesehen zu sein. Angestrengt atmete sie durch und fixierte dabei den Fichtenzapfen, der vor ihrer Schuhspitze im Gras lag.

Ein Kichern ließ sie hochschrecken.

Noch bevor sie die paar Schritte bergauf getan hatte, die notwendig waren, um in die Kuhle zu sehen, in der die Mädchen lagen, wurde Valerie klar, dass sie sich wieder einmal umsonst aufgeregt hatte. Sie hatten sich weder verirrt noch waren sie abgestürzt. Es waren einfach zwei Teenager, die sich nicht vorstellen konnten, dass man sich sorgte, wenn jede Spur von ihnen fehlte.

Sie war hin- und hergerissen, ob sie sich heimlich zurückziehen oder Kim und Holly ins Gewissen reden sollte. Unentschlossen zog sie sich hinter die Fichten zurück und stieg dort ein paar Meter den Hang hinauf.

Als sie die Mädchen schließlich sah, dachte sie zuerst, die Szene falsch zu interpretieren. Sie blinzelte und starrte dann angestrengt zu ihnen hinüber. Die beiden lagen eng umschlungen. Kims Hand steckte unter Hollys Pullover, während Hollys in diesem Augenblick an Kims Körper entlang tiefer glitt und unter der Decke verschwand. Und dann küssten die Mädchen einander. Auf den Mund. Mit Zunge.

Valerie brauchte mehrere Momente lang, um zu verstehen, was sie da gerade sah. Es war irritierend. Gleichzeitig war da aber das Gefühl, dass die Puzzleteile an ihren Platz rutschten und wie durch Zauberhand endlich zueinander passten.

Ihnen weiter zuzuschauen, kam nicht in Frage, also wandte sich Valerie ab. Rasch lief sie den Pfad zurück. Die Gedanken wirbelten durch ihren Kopf und machten sie schwindelig.

Exakt an der Stelle, wo sie Yanek stehen gelassen hatte,

saß er auf einem Baumstumpf und schien auf sie zu warten. Als sie sich näherte, stand er auf.

»Ich … Sie …«, stammelte Valerie. Sie fühlte sich plötzlich hilflos. Über ihre Schulter deutend, blieb sie stehen.

Yanek nickte.

Um sich zu sammeln, schloss sie die Augen und atmete ein paarmal tief durch. »Ich habe Kim und Holly gefunden. Sie sind am Rand der Lichtung. Es ist alles in Ordnung.«

»Das freut mich, Valerie.«

Obwohl es in dem Waldstück noch kühl war, schlüpfte sie aus ihrer Jacke, denn sie fühlte sich beengt. »Du hast es gewusst? Dass Kim und Holly …?«

Er nickte wieder. »Sie hat es mir am Morgen nach ihrem Verschwinden erzählt.«

Valerie versetzte es einen Stich. Kim hatte sich einem Mann anvertraut, den sie kaum kannte, aber nicht ihr. War ihr Verhältnis tatsächlich so schlecht?

Yanek schien ihre Gedanken zu erraten. »Oft ist es leichter, mit jemandem zu reden, der einem nicht nahesteht. Mit jemandem, dessen Meinung eigentlich nicht zählt.«

»Warum hast du mir nichts gesagt? Ich bin ihre Mutter!«

»Ich dachte, es wäre besser, sie hat die Gelegenheit, in Ruhe mit dir darüber zu sprechen, sobald sie so weit ist. Findest du wirklich, ich hätte mich einmischen sollen?«

Sie starrte ihn an, dann schüttelte sie den Kopf. Er hatte recht. Natürlich durfte er Kims Vertrauen nicht enttäuschen. Wie furchtbar, wenn er zu ihr gelaufen wäre und alles ausgeplaudert hätte.

Kraftlos ließ sie sich auf den Baumstumpf sinken. Ihre

Knie fühlten sich plötzlich zittrig an. »Meine Tochter ist sechzehn Jahre alt, und ich habe diese Möglichkeit noch nie auch nur annähernd in Betracht gezogen ... Eigentlich dachte ich immer, ich wäre offen und tolerant, und trotzdem habe ich mich niemals gefragt, ob eines meiner Kinder vielleicht anders liebt als ich.« Fassungslos schüttelte sie den Kopf. »Was für eine Mutter bin ich eigentlich? Wie konnte ich nur so blind sein?«

Er klappte den Mund auf, um etwas zu sagen, aber sie war noch nicht fertig.

»Ich dachte, sie ist trotzig und pubertär. Will nicht mit mir über Jungs reden, weil sie mich peinlich findet. Zieht sich an wie ein Zombie, um mich zu ärgern. Dabei hat das alles überhaupt nichts mit mir zu tun. Sie ist auf der Suche nach ihrer Identität, und ich war ihr nicht die geringste Hilfe. Im Gegenteil! Ich habe es vermasselt.« Eine Träne sickerte aus ihrem Augenwinkel.

Yanek ging vor ihr in die Hocke. »Das glaube ich nicht«, erwiderte er sanft. »Du hast ja ...«

»Doch!«, unterbrach sie ihn. »Statt zu spüren, was sie braucht, war ich völlig unfähig.« Ärgerlich wischte sie sich über die Wangen. »Benno hat mich heute auch schon darauf hingewiesen, was für eine miserable Mutter ich bin. Nur weil er keine Probleme macht, ignoriere ich ihn die ganze Zeit.«

Nach einem Augenblick der Stille fragte Yanek: »Darf ich jetzt auch einmal was sagen?«

Sie zuckte mit den Schultern. Was gab es da noch groß hinzuzufügen? Er kannte sie als Familie kaum, auf welcher Grundlage wollte er sich also eine Meinung bilden?

»Ist die Sexualität unserer Kinder nicht etwas, was wirklich gar nichts mit uns zu tun hat und uns im Grunde auch nichts angeht? Wir begleiten sie intensiv durch die ersten zwei Jahrzehnte ihres Lebens. Doch sobald es um Liebesbeziehungen geht, bleiben wir immer außen vor, egal ob sie hetero oder queer sind. Klar, wir sind für sie da, wenn sie uns brauchen, aber die eigentliche Reise machen sie ohne uns.«

Nachdenklich sah sie in sein Gesicht, ließ ihren Blick über seine Augen, seine Brauen, den Haaransatz, die Schläfen, die Wangen, den Bart und den Mund gleiten, ohne ihn wirklich zu sehen. Stattdessen lauschte sie seinen Worten nach, die durchaus eine tröstende Wirkung auf sie hatten. Sie erinnerte sich an ihre eigenen ersten Gehversuche in Sachen Liebe und Sexualität. Daran, dass sie sich eher die Zunge abgebissen hätte, als diese Themen mit ihrer Mutter zu besprechen – ganz egal wie gut sie sonst über alles miteinander reden konnten.

Nach einiger Zeit fügte Yanek hinzu: »Kim ist jung, aber ihr ist völlig klar, auf wen sie steht. Mit der offenen, toleranten Einstellung, die du ihr vorgelebt hast, hast du mehr für sie getan, als du ahnst. Denn ganz offensichtlich hat sie das Gefühl, sie darf sein, wer sie ist. Sie kann sich frei entfalten. Und das ist es doch, was eine gute Mutter ausmacht.«

Sie schluckte schwer, denn erneut drängten Tränen in ihr hoch. Dieses Mal nicht aus Ärger, sondern weil Yaneks Worte sie rührten. Sie wusste, dass er recht hatte. Vor Kurzem hatte sie eine Dokumentation über einen jungen Sportler gesehen, der jahrelang versucht hatte, mit Frauen sein Glück zu finden. Er war in einer homophoben Umgebung groß geworden und konnte sich ewig nicht einmal selbst eingestehen, dass er auf Männer stand. Dabei durchlitt er Höllenqualen.

»Danke«, flüsterte sie erstickt.

»Wofür denn? Ich sage nur das Offensichtliche.« Er lächelte.

Am liebsten hätte sie ihn umarmt. Dafür, dass er erneut für sie da war, sie tröstete und erdete. Aber ihr war völlig klar, dass sie das nicht durfte, nachdem sie ihn an diesem Morgen wieder zurückgewiesen hatte.

Vielleicht war das ein riesengroßer Fehler?!

»Wie fühlst du dich?«, fragte er.

»Verwirrt.« Sie lachte unsicher. »Ich habe wirklich kein Problem damit, wenn die Kinder andere Beziehungen führen. Aber ich war einfach nicht darauf vorbereitet, meine Tochter heute Morgen in Hollys Armen zu sehen.«

»Das ist doch nur verständlich. Immer wenn wir bemerken, dass unsere Kinder in einer Sache anders ticken als wir selbst, brauchen wir einen Augenblick, um damit zurechtzukommen.« Während des ganzen Gesprächs hatte er sie nicht berührt, aber jetzt griff er kurz nach ihrer Hand, drückte sie und ließ sie anschließend sofort wieder los.

»Danke«, sagte sie erneut – nun jedoch mit klarer Stimme. Dabei blickte sie ihm in die Augen. »Ohne dich wäre ich gerade ziemlich verloren.«

Er hielt ihren Blick einen Moment fest, dann sah er weg und richtete sich auf.

15

Kim und Holly stießen erst gegen Ende des Frühstücks wieder zur Gruppe. Valerie sah die geröteten Wangen und die leuchtenden Augen ihrer Tochter. Noch am Tag zuvor hätte sie geglaubt, dieses Strahlen läge am Urlaub im Wald und an der vielen frischen Luft, aber jetzt wusste sie es besser. Sie konnte die Blicke, die zwischen den Mädchen hin- und herflogen, nun deuten und glaubte zu wissen, wie es Kim gerade ging. Sie erinnerte sich gut an damals, als sie das erste Mal verliebt gewesen war und Sex gehabt hatte. Das waren jetzt aufwühlende Zeiten für ihre Tochter, und sie wollte so gern für sie da sein. Am liebsten wäre sie gleich zu ihr gelaufen, um ihr zu sagen, dass sie sie auf jede nur erdenkliche Weise unterstützen würde. Sie verspürte den Drang, Kim ihrer Liebe zu versichern. Unbedingt wollte sie ihr anbieten, alle auftauchenden Fragen zu beantworten, und zuzuhören, wenn sie mit jemandem reden wollte. Doch dann wurde ihr bewusst, dass Kim sich ihr ja noch gar nicht anvertraut hatte. Ihr bisheriges Schweigen war kein Zufall. Kim brauchte Zeit. Und als Mutter nicht zu akzeptieren, dass ihr Kind nun das Tempo vorgab, wäre Valerie schrecklich erschienen. Sie würde jetzt unbedingt besonnen bleiben und das Richtige tun. Also lehnte sie sich zurück und trank einen Schluck des tiefroten Malventees.

»Habt ihr gut geschlafen, ihr zwei Hübschen?«, fragte Peter. »Ihr seht ja wunderbar ausgeruht aus.«

Die Mädchen nickten.

Weil sie jetzt jemanden brauchte, der dasselbe wusste wie sie, sah Valerie zu Yanek hinüber.

Im Lächeln, das sie austauschten, lag eine ganze Menge Kommunikation, die nur sie beide verstanden. Auf seltsame Weise fühlte sich das ähnlich intim an wie die Küsse in der Nacht zuvor. Ein intensives Gefühl der Vertrautheit wallte in Valerie auf. Wärme umfloss ihr Herz.

Das zwischen uns ist wie Wasser, das man durch aufgeschichtete Steine aufzuhalten versucht. Irgendwo quellen die Gefühle immer durch, so sehr ich mich auch bemühe, einen Wall zu errichten.

»Kim sieht total anders aus«, riss Benno sie aus ihren Gedanken. »Wir sollten es ihr nicht sagen, weil sie sich dann bestimmt ärgert, aber ich denke, der Urlaub tut ihr gut.« Er grinste.

»Ja, das bleibt unser Geheimnis«, antwortete Valerie leise.

Kim hatte die Haare nach hinten gestrichen, wodurch ihr hübsches Gesicht noch besser zur Geltung kam. Und sie trug einen grasgrünen Pullover von Holly über ihren schwarzen Klamotten. Valerie wurde bewusst, dass sie all das – die düstere Aufmachung ihrer Tochter – tatsächlich falsch eingeordnet hatte. Sie brannte so sehr darauf, mit Kim über alles zu reden.

»Mir tut er übrigens auch gut, Mama. Es war eine super Idee von dir, herzukommen«, holte Benno sie aus ihren Überlegungen.

Valerie sah ihren Sohn erstaunt an. Sie wusste, dass er sich mittlerweile wohlfühlte. Und wie er sich optisch verändert hatte, war ihr ja schon aufgefallen. Doch sie hatte nicht erwartet, dass er das so offen zugeben würde.

»Ich sage nicht, dass ich Zocken und YouTube plötzlich doof finde«, räumte er schnell ein. »Aber es ist auch ganz nett, einmal etwas anderes zu machen. Und Toni ist ein super Freund, den ich nie kennengelernt hätte, wenn wir ans Meer gefahren wären.«

Sie legte den Arm um seine Schultern und drückte ihn an sich. »Ich kann dir überhaupt nicht sagen, wie sehr es mich freut, dass es dir gefällt. Die ersten Tage war ich mir unsicher, ob das hier das Richtige für uns ist.«

Statt einer Antwort zeigte er auf Kim, die neben Holly im Gras saß. Sie löffelten einträchtig das Müsli, das Peter aus Haferflocken, Ziegenmilch und Obststückchen angerührt hatte, und beobachteten dabei die Dohlen, die vom Aufwind getragen durch die Luft segelten.

Valerie nickte.

»Wann war Kim das letzte Mal so friedlich?«, flüsterte Benno. »Noch nie?«

Einige Male war Valerie kurz davor, aktiv ein Gespräch mit Kim zu suchen. Sie hielt es kaum aus, ihre Tochter nicht zu fragen, wie es ihr mit all den neuen Erfahrungen ging. Doch jedes Mal rief sie sich selbst zur Ordnung.

Als sie vom Berg zurückkamen, besuchten sie und Kim zwar zusammen den Waschplatz, dennoch ließ Valerie diese Gelegenheit verstreichen. Statt über die Liebe redeten sie über Juttas Kochkünste. Sie besprachen, was ihnen bisher besonders gut geschmeckt hatte. Dieses an sich eher oberflächliche Gespräch fühlte sich für Valerie jedoch an wie eine Offenbarung. Sie bildete sich ein, es schwänge eine Menge Subtext in der Unterhaltung mit. Und sie waren beide auffällig gut gelaunt. Hieß das an sich nicht schon, dass ihre Mutter-Tochter-Beziehung gewachsen war und sie einander jetzt offener begegneten? Wenn Harmonie herrschte, war das auf jeden Fall die beste Voraussetzung dafür, dass Kim sich Valerie anvertrauen konnte, wann immer sie so weit war.

Als sie zurück zur Hütte gingen, sagte Kim: »Gut, dass wir hier alle gleich Freundschaften geschlossen haben.«

Valerie wurde hellhörig. War jetzt etwa schon der Augenblick gekommen, in dem sich ihre Tochter ihr gegenüber öffnen wollte? Sie beschwor sich, besonders vorsichtig zu sein, um die Chance auf eine Aussprache nicht zu gefährden.

»Da bin ich auch froh. Leute, mit denen die Chemie stimmt, gehören zu einem gelungenen Urlaub unbedingt dazu.«

Kim marschierte vor ihr auf dem kleinen Pfad, also fixierte Valerie gebannt ihren Rücken.

Kim nickte nur und schwieg.

Okay, dann ist das wohl doch nicht der Moment. Auch gut. Wir haben Zeit.

Aber nach etwa einer halben Minute fügte Kim hinzu: »Meinst du, wir können mit den Leuten befreundet bleiben, wenn wir wieder zu Hause sind?«

»Bestimmt! Warum denn nicht?«

»Na ja, es ist schon schwer, den Kontakt aufrechtzuerhalten, wenn man so weit voneinander entfernt wohnt. Toni ist in Graz ... Holly in England. Du bist irgendwie die Einzige, die es nicht so weit hat.«

»Wenn man sich wirklich gern mag, schafft man das schon. Schließlich gibt es Handys und Videotelefonie ... Warum habe ich es nicht so weit? Meine neue Freundin Alice ist doch in Wien.«

Kim blieb abrupt stehen und drehte sich um. In ihren Augen lag jetzt wieder der gewohnte Mutter-wie-wenig-kapierst-du-eigentlich-Ausdruck. »Wieso Alice? Ich rede von Yanek. Und der wohnt in Salzburg, was supernah an München ist. Da kann man sich schon regelmäßig sehen und gemeinsam abhängen.«

Valerie beschloss, Kim maximalen Freiraum zu geben, und konzentrierte sich stattdessen auf Benno. Als Peter fragte, wer Lust hätte, das Baumhaus im Obsthain neu zu streichen, und ihr Sohn sich meldete, bot sie sofort ihre Hilfe an.

»Was hast du dir denn vorgestellt? Soll es genauso werden wie vorher?«, fragte sie.

»Du bist die Grafikdesignerin. Tob dich ruhig aus!«, antwortete Peter. »Ich bringe euch, was ich an Farben hier habe.«

So kam es, dass Benno und Valerie in der Nähe des Baumhauses auf der Wiese saßen und Ideen sammelten.

»Du könntest ein Porträt von Jutta und Peter malen«, schlug Benno vor. »Dann würden sie von da oben auf das Dorf herunterschauen. Oder wir machen aus dem Baumhaus eine kleine Kopie des Jagdhauses – dunkelbraun, mit grünen Fensterläden.«

Um sie herum spazierten Hühner durchs Gras, pickten dort und da nach Insekten, anschließend sah es wieder so aus, als würden sie ihnen mit schief gelegten Köpfen zuhören. Ein eher kleines Federvieh machte einen besonders neugierigen Eindruck und kam nah an Benno heran. Als er versuchte, es zu streicheln, rannte es jedoch aufgeregt gackernd davon.

»Wir könnten auch die anderen Gäste nach Sprichwörtern aus ihrem Land fragen und die dann auf das Baumhaus schreiben«, überlegte Valerie.

»Au ja, das ist gut. Da hätten wir Deutsch, Holländisch, Englisch und Türkisch.«

»Wir sollten auch noch einen Unterschied zwischen Österreichisch und Deutsch machen. Das sind ja zwei völlig verschiedene Sprachen.« Valerie schmunzelte. Manche österreichischen Begriffe hatte sie tatsächlich noch nie gehört. *Rexglas* nannte Jutta die Gläser, in denen sie Gemüse einweckte, und *Obers* die Schlagsahne. Peter redete von einer *Scheibtruhe*, wenn er die Schubkarre meinte. Toni hatte Benno *Pfitschigogerln* vorgeschlagen, eine Art Tischfußball mit Kamm und Münze. Und sie fand es charmant, wie Yanek manche Wörter betonte. Die Satzmelodie klang bei ihm stets weich und melodiös.

Unbewusst wandte sie sich zu den Hütten um, als könnte sie ihn dort irgendwo erblicken, was natürlich nicht der Fall war, denn von ihrer Position aus schauten sie auf die Rückseite der Häuschen von Jo und Alice. Und wenn sie den Kopf noch ein wenig weiter drehte, war da nur das Holzlager mit dem Hackklotz.

Sofort hatte sie das Bild von Yanek vor ihrem geistigen Auge, wie er die Axt hob und auf das Holz niedersausen ließ.

»Ich finde jede Idee gut, Mama«, sagte Benno. »Warum machen wir nicht beides: die Sprüche und die Porträts von Jutta und Peter?«

»Das wäre dann ein ziemliches Monsterprojekt. Aber wenn du es so haben willst, gern.«

»Zuerst brauchen wir Skizzen von den Bildern, die wir übertragen können. Und natürlich die Sprüche.« Bennos Augen leuchteten. Die Unternehmung schien ihn wirklich zu begeistern. »Ich denke, wir müssen mehr Leute sein, denn zu zweit werden wir nie fertig.«

»Ihr sucht noch jemanden für euer Team?« Jo kam von seiner Hütte zu ihnen herüber. Er hatte eine Leiter geschultert. Vor ihm stoben rote Schmetterlinge aus der Wiese, flatterten um ihn herum und ließen sich dann hinter ihm wieder nieder. »Ich würde gern mithelfen, wenn das okay ist.«

Valerie fiel auf, dass sich auch Jo in den letzten Tagen deutlich verändert hatte. Seine Haut war nun gebräunt, wodurch die blauen Augen besser zur Geltung kamen. Und auch die stark ergrauten Haare wirkten belebter. Er schien sich rasiert zu haben, denn Wangen und Kinn waren glatt. Abgesehen von ihm und Peter konnte man bei den anderen männlichen Dorfbewohnern förmlich sehen, wie sie von Tag zu Tag mehr zuwucherten.

»Klar kannst du mitmachen«, erwiderte Benno. »Was ist denn mit Toni?«

»Der hilft Peter gerade mit den Ziegen, aber ich kann mir

gut vorstellen, dass er auch noch kommt. Welche Farben habt ihr denn hier?«

Valerie deutete zum Baumhaus hinüber, unter dem sich die Eimer stapelten. »Peter verwendet die fürs Streichen der Bienenstöcke. Die muss er regelmäßig bepinseln, damit keine Krankheitserreger und Keime durch die Ritzen eindringen können. Das Baumhaus wird also bunt, denn es ist von keiner Farbe besonders viel übrig.«

Benno schilderte, was sie geplant hatten.

»Das wird das beste Baumhaus in den Alpen. Wie wollen wir vorgehen, Projektleiter?«

So genannt zu werden, ließ Benno um mehrere Zentimeter wachsen. »Mama, machst du die Skizzen? Ich gehe inzwischen rum und sammle Sprüche. Und Jo, du könntest ...« Er legte den Kopf schief und überlegte mit an den Mund gelegtem Finger.

»Ich würde mal mit irgendeiner Farbe beginnen, eine Seite zu streichen, wenn du einverstanden bist.«

»Prima! Mama, ich brauche Stift und Papier.« Benno wirkte von Glück beseelt, als er sich aufmachte, um die anderen zu suchen.

»Den Jungs tut die Zeit hier richtig gut«, bemerkte Jo. »Toni ist beinahe ein anderer Mensch. Und Benno macht ebenfalls einen super Eindruck.«

»Absolut. Ich weiß gar nicht, wann er sein Handy oder seinen Computer das letzte Mal erwähnt hat. Und ich selbst bin auch viel entspannter. Es tut gut, nicht ständig den Drang zu verspüren, erreichbar sein und die Kanäle checken zu müssen. Es fühlt sich ein bisschen so an wie ein Sommer in der Kindheit. Einfach in den Tag hineinleben und genießen, was geboten ist.«

Jo lachte. »Stimmt. Hier auf der Wiese riecht es sogar so wie im Sommer damals. Meine Großmutter hatte in der Südsteiermark einen Bauernhof mit Hühnern.« Er wandte sein Gesicht der Sonne zu und atmete tief durch. »Ich habe gedacht, ich würde hier alle möglichen Dinge vermissen, aber im Grunde fehlt mir gar nichts.«

»Mir geht es genauso, seit ich weiß, dass es den Eltern gut geht. Mein Vater hatte eine hartnäckige Wunde am Bein, aber die heilt jetzt zum Glück ab. Die ersten Tage ohne Handy waren hart, doch mittlerweile denke ich sogar darüber nach, alle Social-Media-Apps zu löschen, sobald ich wieder zu Hause bin. Unglaublich, wie lang so ein Tag ist, wenn man keine Zeit mit Klicken und Wischen verschwendet.«

Er nickte. »Ich bin nur auf Twitter. Aber die schlechte Laune, die man sich dort immer holt, wünsche ich mir auch nicht unbedingt zurück. Überhaupt entwickle ich hier ständig die Vision, mein Leben und mein Zuhause auszumisten. Der Minimalismus im Dorf ist sehr inspirierend.«

»Ich mache im Geiste auch ständig Listen, wovon ich mich zu Hause trennen will. Es ist befreiend, so reduziert zu leben. Und selbst wenn man im Alltag vielleicht doch ein bisschen mehr braucht als hier, kann man getrost mit dem Loslassen beginnen. Wenn ich nur darüber nachdenke, wie viele Tassen ich besitze. Hier trinke ich seit eineinhalb Wochen aus derselben.«

Jo nickte heftig. »Bei mir sind es Werkzeuge. Beeindruckend, wie Peter und Jutta offensichtlich mit denselben zehn

Gerätschaften ein ganzes Dorf gebaut haben und nun instand halten. Und ich denke immer, ich bräuchte unbedingt noch diesen Schraubendreher und jenen Schwingschleifer …«

»Und wie erleichternd es ist, nicht jeden Morgen überlegen zu müssen, was man anzieht. Und sich nicht gezwungen zu fühlen, sich zu schminken. Nie hätte ich gedacht, wie befreiend es sein kann, darauf zu verzichten. So paradox es klingt, aber ich habe das Gefühl, ungeschminkt näher an den Menschen dran zu sein. Es ist, als würdet ihr mich alle hier wirklich sehen. Ergibt das irgendeinen Sinn?« Sie lachte.

»Ich verstehe total, was du meinst. In der Bank trage ich Anzüge. Diese Schutzschicht fällt hier weg. Das macht einen verletzlicher, gleichzeitig aber auch authentischer.«

Sie schwiegen eine Weile.

»Ach ja, es gibt doch etwas, was ich wirklich vermisse«, fiel Valerie nach einiger Zeit ein. »Wie viel würde ich mittlerweile für einen richtig guten Kaffee geben! Normalerweise habt ihr Österreicher doch den allerbesten, also war ich auf das schaurige Gesöff hier überhaupt nicht vorbereitet.«

»Ich trinke selten Kaffee. Ab und zu nach dem Essen einen kleinen Mokka.« Jo stützte die Hände in die Hüften und besah sich das Baumhaus. »Die alte Farbe ist so verblichen und rau, ich glaube, da schleifen wir nur grob drüber und sparen uns die Grundierung.«

Während er sich dranmachte, die Leiter zu positionieren und dann Sandpapier von Peter zu holen, fertigte Valerie einige Skizzen. Sie versuchte, Jutta und Peter mit schnellen Strichen im Comicstil zu zeichnen. Dabei überlegte sie, wie sie die beiden so darstellen konnte, dass sie aufs Wesentliche reduziert, aber dennoch gut wiederzuerkennen waren. Bei Jutta mussten es auf jeden Fall das herzliche Lächeln und die schwingenden Ohrringe sein, bei Peter der wohlwollende Blick und die großen Hände.

Valerie war derart vertieft ins Entwerfen, dass sie alles rund um sich herum vergaß. Als sie schließlich hochsah, bemerkte sie, dass Jo längst mit dem Schleifen begonnen hatte. Irgendetwas schien ihn jedoch gerade von seiner Arbeit abzulenken, denn er hatte innegehalten. Also folgte sie seinem Blick zum Hühnerstall und entdeckte Yanek und Alice. Er war gerade damit beschäftigt, den Mist zusammenzukehren, während sie mit einer Bürste und einem Eimer Wasser den Kot von der Hühnerleiter entfernte. Dabei unterhielten sie sich angeregt.

Als Valerie wieder zu Jo schaute, bemerkte sie, dass er die Augenbrauen zusammengezogen hatte.

»Alles okay mit dir?«, fragte Valerie, obwohl sie durchaus erriet, was in ihm vorging.

Vermutlich fühlen wir uns bei diesem Anblick ähnlich. Sehen zu müssen, wie gut Yanek und Alice sich verstehen, kneift in der Magengrube.

»Ja, ja.« Jo begann wieder mit dem Sandpapier über das Holz zu fahren. »Ich beobachte nur die Hühner.«

Valerie schmunzelte.

Er streckte sich, um den Balken, der das Dach trug, zu erreichen. »Wahrscheinlich muss man die Mechanismen der natürlichen Auslese einfach akzeptieren.«

»Was meinst du?«

»Schau Yanek und mich an, dann weißt du, warum sie seit seiner Ankunft um ihn herumschwirrt und mich völlig ignoriert.«

»So ein Unsinn!«, protestierte Valerie.

»Nein, schon okay.« Er deutete mit dem Schleifpapier in Richtung Yanek. »Alphamann.« Anschließend zeigte er auf sich selbst. »Softie.«

»Wer denkt denn in solchen Kategorien? Das ist doch völlig überholt«, antwortete Valerie entrüstet. Natürlich wusste sie aber, dass Jo recht hatte. Genügend Frauen dachten nach wie vor so. Alice zum Beispiel.

»Es ist schon okay«, wiederholte er. »Ich verstehe es ja. Yanek sieht gut aus, und er ist ein lieber Kerl.«

»Findest du?«, platzte es aus ihr heraus, was sie sofort bereute. In diesem Gespräch ging es schließlich nicht um Yaneks Sympathiewerte, sondern darum, wie Jo sich dabei fühlte, Alice mit ihm flirten zu sehen.

Jo nickte.

»Aber du bist doch auch ein lieber Kerl«, erwiderte sie schnell. »Lass dir das von einer guten Freundin sagen: Du bist klug. Und reflektiert. Ein Feminist. Außerdem bist du wirklich attraktiv.«

Er warf ihr über die Schulter ein Lächeln zu. »Danke dir.«

Sie sah wieder zum Hühnerstall hinüber. Alice berührte Yanek gerade am Ellbogen, während sie etwas erzählte. Er schaute sie lachend an. Valerie wusste nur zu gut, dass sie diejenige war, die auf Distanz gegangen war. Und dennoch störte sie sein Interesse an Alice.

Na klar, er hat ja auch, kaum dass Stella weg war, mit mir geflir-

tet. *So scheint er zu ticken. Er mag Frauen und verliert keine Zeit.*
Und gerade weil ich gespürt habe, wie das bei ihm so läuft, habe ich
mich gegen ihn entschieden.

»Weißt du, ich verstehe ja selbst nicht genau, warum Alice
mir so gefällt«, sagte Jo in diesem Moment und sprach damit
exakt das aus, was sie über Yanek dachte. »Im Grunde ist sie
gar nicht unbedingt mein Typ. Ich stehe eigentlich auf Na-
türlichkeit und mag diesen ganzen Schönheitswahn nicht.
Normalerweise fühle ich mich eher zu ruhigen Frauen hin-
gezogen. Aber Alice hat etwas an sich. Wenn sie in der Nähe
ist, gehört ihr meine gesamte Aufmerksamkeit. Und ich
kann nichts dagegen tun. Auch wenn ich mir hundertmal
sage, dass sie eigentlich nicht die Richtige für mich ist.«

Valerie schwieg und sah zu Yanek, der gerade mit der
Schubkarre voll Hühnermist davonmarschierte.

»Danke, dass du dir das alles angehört hast«, sagte Jo. »Hat
gutgetan, darüber zu reden.«

Vor dem Abendessen saß Valerie auf den Stufen vor ihrer
Hütte und arbeitete ein wenig an den Skizzen für das Baumhaus. Immer wieder hatte sie andere Ideen, von denen sie die
meisten bald verwarf. Man würde die Bilder hauptsächlich
von Weitem sehen, also durften sie auf keinen Fall zu klein-
teilig werden. Nachdenklich zog sie den Zettel hervor, auf
den Benno die Sprüche geschrieben hatte, die ebenfalls ein
Gestaltungselement werden sollten.

The future belongs to those who believe in the beauty of their
dreams, hatte Nora beigesteuert. Ihr Mann war für *Accept that*
some days you are the pigeon, and some days you are the statue ge-

wesen, aber das hatte seine Frau nicht gemocht und deshalb für das Zitat von Eleanor Roosevelt plädiert.

Lieke hatte den Satz einer niederländischen Bloggerin beigesteuert: *Ik sluit liever vriendschappen dan grenzen.* Valerie mochte den Gedanken, besser Freundschaften denn Grenzen zu schließen.

Alice hatte den Wiener Ausspruch *Ois hoib so wüd* – alles halb so wild – geliefert und *Frag nicht nach dem Sinn des Lebens, gib ihm einen* war auch noch vorgeschlagen worden.

Valerie mochte jeden Einzelnen dieser Sätze, aber am meisten zog sie das türkische Sprichwort in den Bann, das Yanek für Benno auf den Zettel geschrieben hatte:

Sakla samanı, gelir zamanı.

Darunter stand:

Wörtliche Übersetzung:
  Was am Tage nicht scheint, leuchtet nachts.
  Bedeutung:
  Nichts ist so schlecht, dass es nicht zu irgendwas taugt.

Valerie prüfte jedes Detail an Yaneks Handschrift auf Informationen. Die geraden Buchstaben und die ordentlichen Zeilen.

Sagen die etwas über ihn aus? Wohl nur, dass er Lehrer ist.

Aber da war auch noch die geschwungene Unterlänge des Gs. *Was am Tage nicht scheint, leuchtet nachts.* War das ein versteckter Hinweis auf ihren nächtlichen Kuss? Wollte er ihr damit etwas sagen? Oder hatte er völlig ohne Hintergedanken einfach das Sprichwort auf den Zettel geschrieben, das ihm als Erstes eingefallen war?

Valerie schreckte zusammen, als sich Alice plötzlich neben sie auf die Stufe plumpsen ließ. Reflexartig klappte sie den Zeichenblock zu.

»Falls es dich interessiert: Es geht mir schlecht«, sagte Alice. Wieder trug sie ein Sommerkleid. Sie musste mindestens fünf davon mit ins Dorf gebracht haben. Genauso wie einen Glanzspray für ihre Haare.

»Wieso? Was ist los?«

»Entweder meine Seele oder mein Ego ist angeknackst. Vielleicht auch beides – ich weiß noch nicht so genau. Yanek hat mir zu verstehen gegeben, dass er nicht interessiert ist.«

Valeries Herz machte einen Satz und pumpte dann mit doppelter Geschwindigkeit weiter. Sie hatte schon damit gerechnet, die beiden bald Hand in Hand durchs Dorf spazieren zu sehen.

»Was ist denn passiert? Was hat er gesagt?« Ganz egal, wie neugierig sie gerade wirkte – sie musste unbedingt herausfinden, was vorgefallen war.

Alice zuckte mit den Schultern. »Ich habe ihn gefragt, ob er nach dem Abendessen in meiner Hütte mit mir was trinken will. Du weißt schon, diesen Zirbenschnaps von Peter. Und da hat er gemeint, er trinkt so etwas nicht. Auf meine Frage hin, ob er trotzdem kommen möchte, hat er geantwortet, dass wir doch besser bei der Gruppe bleiben sollten – es wäre ja immer so nett, wenn wir abends alle zusammensitzen. Ich dachte, er versteht vielleicht nicht, was ich andeuten will. Also bin ich konkreter geworden. Und da wurde klar: Er hat kein Interesse an mir.«

Eine Menge widersprüchlicher Gefühle tobte in Valeries Brust. Sie schaute in die Krone des Baumes vor ihrer Hütte hinauf. Die Äpfel hatten mittlerweile rote Bäckchen bekommen. »Bist du sehr enttäuscht?«, fragte sie und versuchte, die Ungeduld, die Alice in ihr erzeugte, zurückzudrängen.

In diesem Augenblick spielte Peter die Melodie von Falcos *Rock Me Amadeus* auf dem Saxofon, um zum Abendessen zu rufen.

Alice sah hinüber zu Yaneks Hütte. »Ach, na ja. Es geht schon. Vermutlich ist es besser so. Irgendetwas ist an dem faul. Ich fresse den da«, sie deutete auf den Reisigbesen, den Valerie nach dem Saubermachen neben den Eingang gelehnt hatte, »wenn der Typ kein unschönes Geheimnis hat.«

16

Valerie hatte Jutta im Kräutergarten beim Ernten von Minze, Melisse und Kamille geholfen. Jetzt trugen sie ihre Ausbeute die schmale Treppe des Hauses zum Dachboden hinauf. Als Jutta die Tür öffnete, schlug ihnen ein Potpourri an Aromen entgegen.

Valerie stellte die Körbe ab und sah sich um. Überall an der hölzernen Dachkonstruktion waren Bündel von Blumen und Kräutern befestigt. Auf ausgebreiteten Tischdecken lagen Blüten und Stängelchen. Die zwei kleinen Fenster in den Dachgiebeln standen offen, waren aber mit feinen Schutznetzen verhängt. Ein Windhauch wehte durch den Raum und vermischte die Gerüche. Begeistert ging Valerie umher, schnupperte an einer Handvoll Lindenblüten und berührte die starr getrockneten Blütenblätter einer Rose. In einem Regal befanden sich große Gläser, in denen die bereits getrockneten Kräuter aufbewahrt wurden. *Bohnenkraut*, *Königskerze* oder *Malve* stand in geschwungenen Buchstaben auf den Etiketten.

»Wunderschön ist es hier«, sagte sie. »Ein Raum für die Sinne.«

Jutta schraubte das Glas mit der Aufschrift *Monarda* auf und ließ Valerie riechen. Ein intensiver Duft nach Oregano und Bergamotte schlug ihr entgegen.

»Das ist Goldmelisse, aus der man den Oswego-Tee macht. Früher hat man Indianernessel dazu gesagt, weil die roten Blütenstände wie ein indigener Kopfschmuck aussehen. Seit dem 18. Jahrhundert gibt es die Pflanze auch in Europa. Sie hilft gegen Husten und Bronchitis«, erklärte Jutta. Dann nahm sie den nächsten Behälter. »Currykraut. Das verwende ich für selbst angesetzten Kräuteressig. Die Winterabende hier sind lang und schenken mir viel Zeit, mich mit alldem zu beschäftigen.«

Valerie verstand Juttas Faszination für Pflanzen immer besser. Allein, sich in diesem Raum mit seinen Gerüchen und Farben aufzuhalten, wirkte wie eine Meditationseinheit. Die intensiven Sinneseindrücke holten sie kompromisslos ins Hier und Jetzt und ließen gute Gefühle durch sie strömen.

»Binden wir aus Minze und Melisse Sträußchen und hängen sie auf. Von der Kamille zupfen wir die Blüten ab und breiten sie zum Trocknen aus. Ich glaube, die Ringelblumen dort drüben sind fertig ausgedörrt, die füllen wir ab.«

Die beiden Frauen knieten sich auf den Boden und begannen mit der Arbeit.

Immer wieder steckte Valerie ihre Nase in die frisch gepflückten Pflanzen und sog die Aromen ein. Sie konnte sich nicht erinnern, Gerüche je zuvor so intensiv wahrgenommen zu haben.

»Wie geht es dir hier bei uns nach der ersten Urlaubshälfte?«, fragte Jutta einige Zeit später.

»Ausgezeichnet. Emotional ist manches in Bewegung, und gleichzeitig bin ich so viel ruhiger geworden. Jetzt weiß ich, wie dringend ich den Aufenthalt hier tatsächlich nötig hatte.« Sie lachte. »Von meinen Kindern ganz zu schweigen.«

»Es tut gut, die eigenen Gedanken klar zu hören, sobald das Gesumme und Gebrumme des Alltags verstummt ist, oder?«

»Hier zu sein, ist fast so etwas wie eine Therapie. Ich konnte schon etliche Knoten lösen.«

»Das freut mich zu hören.«

»Mit den Kindern läuft es sehr gut. Wir sind uns wieder nähergekommen. Ich entwickle aber auch ein besseres Gefühl dafür, wann sie ihre Freiräume brauchen und wann ich in ihren Leben noch eine wichtige Rolle spiele. Zu Hause habe ich mir so wahnsinnig viele Gedanken darüber gemacht, wie ich eine bessere Mutter werden könnte, hatte aber gar kein Gespür mehr dafür, was sie gerade wirklich brauchen. Hier habe ich gelernt, Kim und Benno wieder besser zuzuhören und aufmerksam hinzusehen.«

Valerie begann, die Blütenköpfchen von den Kamillen zu zupfen. Süßlich warme, krautige Düfte stiegen ihr in die Nase.

»Nur als Beispiel: In den letzten Monaten war ich total darauf fixiert, wie ich am besten mit Kims Launen umgehe. Wie ich sie dazu bringe, sich mir gegenüber wieder zu öffnen. Und dabei habe ich überhaupt nicht mitbekommen, was sie eigentlich bewegt. Meine Tochter macht gerade einen wichtigen Schritt in der Identitätsfindung durch, und ich hatte keinen blassen Schimmer davon. Ich dachte immer, es liegt an mir, wenn sie nicht mit mir reden will. In Wirklichkeit braucht sie einfach Zeit, um sich auszuprobieren und selbst zu verstehen.«

Jutta nickte lächelnd, dabei pendelten die türkisen Anhänger an ihren Ohren hin und her. Diese Schmuckstücke schienen stets ihre Fröhlichkeit zu versinnbildlichen. »Unser Sohn wollte in dem Alter auch kaum mit uns reden«, erwiderte sie. »Mit mir noch eher. Aber seinem Vater gegenüber hat er sich völlig verschlossen. Das war sehr schwierig für Peter, denn als Kind drehte sich für Daniel alles nur um seinen Papa.«

Sie haben einen Sohn? Komisch, ich habe mir vorgestellt, sie wären schon immer das zweisame Paar gewesen, das sie jetzt sind.

»Daniel ist bei jedem seiner Sätze buchstäblich explodiert«, erinnerte sich Jutta. »Anderen gegenüber war er viel zugänglicher.«

»Das kommt mir bekannt vor. Kim hatte auch überhaupt kein Problem damit, sich Yanek zu öffnen. Das hat mich im ersten Moment gekränkt. Aber jetzt bin ich einfach nur froh, dass sie mit jemandem reden konnte, da ich im Augenblick dafür eventuell nicht die Richtige bin.« Vor Valerie lag mittlerweile ein größerer Haufen Kamillenblüten, aber sie war so auf das Gespräch und ihre Gedanken konzentriert, dass sie gar nicht mitbekam, was sie eigentlich tat.

»Bei Yanek ist deine Tochter auch bestimmt gut aufgehoben«, antwortete Jutta. »Er ist ein sensibler Mann mit hoher emotionaler Intelligenz.«

Valeries Augenbrauen schoben sich nach oben, und sie sah Jutta überrascht an. Jemanden aussprechen zu hören, was sie insgeheim über ihn dachte, erstaunte sie. Irgendwie hatte sie geglaubt, die Verliebtheit würde ihr eine rosa Brille aufsetzen, und sie hatte ihrem eigenen positiven Urteil misstraut.

»Ich habe beobachtet, wie gut er auf Menschen eingeht«, fuhr Jutta fort. »In Gesprächen bemüht er sich wirklich, Verbindung aufzunehmen. Das gefällt mir sehr an ihm. Ich kann mir gut vorstellen, dass er deiner Tochter voll und ganz zuhört, niemals wegen irgendetwas urteilt und ihr das Gefühl gibt, genau so richtig zu sein, wie sie nun mal ist.«

Gedankenverloren ließ Valerie Kamillenköpfchen durch ihre Finger rieseln. Genauso wie Jutta Yanek beschrieb, hatte sie ihn kennengelernt. Auch sie war sich im Grunde sicher, dass Kim in einem Gespräch mit ihm gut aufgehoben war. Und dennoch regte sich tief in ihrem Unterbewusstsein ein Störgefühl, wenn sie über ihn nachdachte.

»Ich kann Yanek schwer einschätzen. Vor allem als Stella noch hier war, hat er sich oft seltsam verhalten. Grummelig. Ablehnend. Manchmal sogar ein wenig unangenehm.«

Jutta stand auf und hängte die Minzsträußchen an die freien Haken in den Dachbalken. »Ja, er war bestimmt etwas unausgeglichen. Aber das trifft am Anfang auf sehr viele unserer Gäste zu. Die meisten kommen gestresst an und sind zunächst gar nicht richtig sie selbst.«

Ich war zu Beginn auch ganz fahrig und unsicher. Die ersten Tage habe ich geradezu gekämpft. Warum bin ich nie auf die Idee gekommen, dass es Yanek genauso ergangen sein könnte?

»Stella und er haben mich misstrauisch gemacht«, ließ Valerie Jutta weiter an ihren Überlegungen teilhaben. »Nicht, dass es mich was anginge …«

»Ich weiß, was du meinst. Wahrscheinlich haben wir uns alle über die zwei gewundert. Aber Paare strahlen kurz vor der Trennung wohl oft etwas Widersprüchliches aus. Da gibt es so viele gegeneinander ankämpfende Emotionen. Und das haben wir gespürt. Yanek hat mir sofort nach Stellas Abreise zu verstehen gegeben, dass sie nicht mehr zusammen sind. Und ich hatte den Eindruck, es war ihm wichtig, das klarzustellen.«

Valerie begann wieder die Kamillenblüten von den Stielen zu zupfen. Über Yanek nachzudenken, hatte ihren Herzschlag beschleunigt.

»Er beschäftigt dich, nicht wahr?«, fragte Jutta.

Als Valerie hochsah, blickte sie in eine wohlwollende Miene.

»Ich habe bemerkt, wie du ihn anschaust.«

Hitze stieg in Valeries Wangen.

»Und …«, fuhr Jutta fort, »ich habe genauso bemerkt, wie er dich anschaut. Ehrlich gesagt, haben mein Mann und ich eine Wette am Laufen.« Sie lachte. »Peter denkt, ihr werdet erst nach dem Aufenthalt bei uns zueinanderfinden. Aber ich habe fünf Fußmassagen darauf gesetzt, dass es noch hier passiert. Bitte entschuldige! Wir sind unverbesserliche Romantiker und lieben es, wenn Leute sich bei uns ineinander verknallen.«

Da Jutta sie offensichtlich mühelos durchschaute, räusperte sich Valerie und gab zu: »Ich bin ein bisschen verschossen, das stimmt. Aber ich halte Distanz, weil ich denke, es ist besser so.«

»Warum?« Jutta griff in ein in der Nähe des Fensters hängendes Bündel Mädesüß und prüfte, wie trocken es schon war. Eine herbsüße Duftwolke wehte zu Valerie herüber.

Sie dachte daran, dass sie Yanek für einen Frauenhelden

gehalten hatte. Weil sie aus dem belauschten Telefonat die falschen Schlüsse gezogen und den Eindruck gewonnen hatte, er flirte gleich nach Stellas Abreise sowohl mit ihr als auch mit Alice. Sie wusste mittlerweile, wie falsch ihre Annahmen gewesen waren. Aber es gab ja noch mehr Gründe, warum sie sich immer wieder von ihm zurückzog. Vor den Gefühlen, die er in ihr auslöste, fürchtete sie sich. Auf keinen Fall wollte sie erlauben, verletzt zu werden. Und ihr war es wichtig, sich nicht von den Kindern ablenken zu lassen.

»Alice interessiert sich für ihn«, antwortete sie zögerlich.

Jutta kam wieder zu ihr herüber und half ihr, die Kamillenblüten auszubreiten. »Hast du mit ihr über deine Gefühle geredet?«

»Nein.«

»Hast du mit Yanek darüber gesprochen?«

»Nein.«

»Verstehe.«

Valerie schwieg einen Augenblick, dann sagte sie: »Es ist nicht nur das. Yanek hat Geheimnisse, die mich misstrauisch machen. Alice spürt das Gleiche.« Während sie das erzählte, fiel ihr auf, dass sich Alice davon trotzdem nicht hatte abhalten lassen.

»Was meinst du?«

»Ich habe zum Beispiel mitbekommen, dass Yanek und Stella in eurem Arbeitszimmer herumgeschnüffelt haben.« Sie musterte Juttas Gesicht.

Es blieb ganz entspannt. »Warum sollten sie das tun? Bei uns stehen alle Türen offen. Es gibt keinen Winkel, den die Gäste nicht sehen dürften.«

Es fühlte sich völlig falsch an, dieses Gespräch mit Jutta zu führen. Warum nur hatte Yanek ihre Frage, was sie im Arbeitszimmer gesucht hatten, nicht einfach klar und deutlich beantwortet? Dann müsste sie nicht dauernd darüber nachdenken.

»Worüber machst du dir Sorgen?«, fragte Jutta.

»Ich weiß auch nicht. Sie haben irgendetwas gesucht. Und Yanek war an eurem Waffenschrank.«

Jutta schmunzelte. »Der scheint vor allem Männer magisch anzuziehen. Vielleicht hat Peter erwähnt, dass die alten Büchsen dort vergammeln, und dann sind die zwei neugierig geworden.«

»Das hätte Yanek doch einfach sagen können, als ich ihn danach gefragt habe. Aber nein, er ist mir ausgewichen und hat keine richtige Antwort gegeben. Und das finde ich merkwürdig.«

Sie waren fertig mit dem Ausbreiten der Kräuter, also rappelte sich Jutta auf. »Da mir wirklich nichts einfällt, was man in unserem Arbeitszimmer Verdächtiges anstellen könnte, denke ich, du solltest das einfach abhaken.«

Plötzlich kam sich Valerie lächerlich vor. Ein unangenehmes Gefühl der Scham drückte sie, weil sie von der Sache angefangen hatte. Yanek hatte schon so viel für sie und die Kinder getan. Und als Dank steckte sie jede Menge Energie ins Finden von Gründen, warum es besser war, sich von ihm fernzuhalten. Die Arbeitszimmer-Szene, Alice, Yaneks Einstellung Frauen gegenüber, ihre eigene Konzentration auf die Kinder – auf einmal schienen das alles total fadenscheinige Gründe zu sein. Rechtfertigte irgendetwas davon auch nur annähernd ihre Ängste? Nein, denn deren Ursprung lag woanders.

»Vielleicht«, antwortete Valerie, während sie nun ebenfalls aufstand und die Körbe ineinander stapelte, »habe ich dringend nach etwas gesucht, was gegen Yanek spricht.« Sie stockte und tat so, als müsste sie sich die Maiskolben ansehen, die auf einer quer über den Dachboden gespannten Schnur hingen. »Weil ich seit dem Tod meines Mannes zum ersten Mal wieder etwas für jemanden empfinde.« Sie fuhr mit dem Finger über die leuchtend gelbe, noppige Oberfläche eines Kolbens. »Wie sagt ihr noch gleich zu Mais? Kukuruz? … Vielleicht habe ich einfach Bammel. Sich wieder zu verlieben, ist ein großer Schritt. Selbst wenn es nur bei einem Urlaubsflirt bleibt. Aber Yanek macht eine ganze Menge mit meinem Herzen … was seit meinem Mann keiner in dieser Intensität geschafft hat.«

Statt einer Antwort kam Jutta zu ihr herüber und nahm sie in den Arm. Ganz fest drückte sie Valerie an sich und ließ sie längere Zeit nicht los. Dass sie Gefühle einfach respektierte und sie nicht bewertete, gefiel Valerie. Jutta hörte zu und schenkte ihrem Gegenüber all ihre Präsenz, tat aber nie so, als wüsste sie es besser oder wäre dazu fähig, Ratschläge zu erteilen. Und genau das war sehr wohltuend.

»Wollen wir uns Salbei für einen Tee mitnehmen?«, fragte Jutta dann. »Die Nachmittagshitze ist so drückend. Und Salbei kühlt.«

Valerie nickte. »Peter hat schon gesagt, dass der Hahn heute auf eine ganz besondere Weise kräht. Als ob ein Gewitter kommt.«

»Schau nicht so skeptisch!« Jutta zwinkerte. »Er versteht jedes Wort von dem, was dieser cholerische Hahn von sich gibt.«

Sie lachten und machten sich auf den Weg hinunter ins Erdgeschoss.

»So, jetzt kennst du auch mein Kräuterparadies«, meinte Jutta. »Der Ort im Dorf, an dem die besten Gespräche stattfinden.«

Bereits am späteren Nachmittag gab es einen gewittrigen Wolkenbruch, der innerhalb kürzester Zeit das ganze Dorf durchnässte. Alle flüchteten in ihre Hütten.

Benno und Toni hatten in Badehosen am Bach gespielt, nun kamen sie mit den riesigen Blättern der Pestwurz als Regenhüte auf den Köpfen zurückgelaufen.

»Es ist unglaublich«, erzählte ihr Sohn aufgeregt, als Valerie ihm ein Handtuch reichte, in das er seinen klitschnassen Körper hüllte. »Wir haben einen Staudamm gebaut, und dann hat es angefangen zu regnen. Es hat keine fünf Minuten gedauert, bis das ganze Wasser ihn durchbrochen hat.«

Etwas später ging Peter von Hütte zu Hütte und fragte, ob alles in Ordnung sei. Er trug wieder die dunkelgrüne Lodenjacke und den Regenhut, die ihn auch am Bahnhof vor dem Wetter geschützt hatten. »Alle da und trocken?«, fragte er. Dann übergab er ihnen Nudeln und ein Glas selbst gemachter Tomatensoße. *Salsa del Paradiso – Rezept von Nelli und Roberto* stand darauf. An diesem Abend entfiel das gemeinsame Abendessen, damit niemand durchs Unwetter laufen musste.

»Was ist mit Alice?«, erkundigte sich Valerie und streckte den Kopf ein wenig zur Hüttentür hinaus. Dicke Tropfen trafen ihre Stirn »Vielleicht möchte sie zu uns rüberkommen, damit sie nicht ganz allein ist.«

»Sie beschäftigt sich mit ihrer Doktorarbeit und ist dankbar für den ruhigen Abend.«

Valerie sah auch zu Yaneks Hütte hinüber. Aus seinem Schornstein quoll Rauch. Sie fragte sich, ob es ihm etwas ausmachte, für sich zu sein. Womit er die Stunden wohl füllte? Was tat er? Worüber dachte er nach? Landeten seine Überlegungen ebenso oft bei ihr wie ihre bei ihm?

Sie wollte ihm dasselbe anbieten wie Alice.

Doch als sie noch überlegte, wie sie den Vorschlag formulieren sollte, sagte Peter: »Solange es blitzt und donnert, bleibt besser in der Hütte!« Dann eilte er weiter.

Valerie war bewusst, dass sie gerade die Möglichkeit hatte verstreichen lassen, auch einmal etwas Nettes für Yanek zu tun. Sich zur Abwechslung um ihn zu kümmern – nicht immer nur umgekehrt. Mit schlechtem Gewissen schloss sie die Tür.

»Irgendwie finde ich es gemütlich, hier im Warmen und Trockenen zu sein, während draußen der Regen aufs Dach prasselt«, meinte Benno.

Kim stand schon die ganze Zeit am Fenster und sah hinaus. »Habt ihr gesehen, ob Holly zurückgekommen ist? Sie hat sich Yaneks Handy ausgeliehen, um ihrer Oma zum Geburtstag zu gratulieren.«

»Jep. Gleichzeitig mit Toni und mir. Nass bis auf die Knochen.«

Das schien Kim zu beruhigen, denn sie verließ ihren Beobachtungsposten und nahm am Tisch Platz.

Ein Blitz erhellte den düsteren Raum, kurz darauf donnerte es heftig.

Valerie schrak zusammen. »In den Bergen ist das so viel lauter. Kein Wunder, dass die Leute früher geglaubt haben, die Welt geht unter.« Sie öffnete den Schrank, um sich ein Paar dicke Socken herauszuholen. »Und es kühlt sofort stark ab.«

»Findet ihr diese Winterfrau auf der Schranktür nicht auch irgendwie gruselig?«, fragte Kim. »Mir kommt es so vor, als würde sie mich die ganze Zeit anstarren.«

Benno sah in die Richtung, in die seine Schwester deutete. »Ist mir noch gar nicht aufgefallen.«

»Ich finde, sie sieht ein bisschen so aus wie die Schauspielerin Senta Berger, und die mochte ich immer, also gefällt mir das Bild«, erwiderte Valerie. »Aber beobachtet fühle ich mich von ihr schon auch.« Sie lachte.

»Kenne ich nicht«, kam von Kim.

»Sie ist über achtzig.«

»Also in deinem Alter«, kommentierte Kim, wobei Valerie den Schalk in ihren Augen sehen konnte.

»So ungefähr«, antwortete sie.

»Warum stellt man sich überhaupt so einen Schrank ins Zimmer? Was soll das mit den Frauen?«, fragte Benno und setzte sich ebenfalls an den Tisch.

»Das sind die vier Jahreszeiten, du Vollhonk«, erwiderte Kim. »Die sind für Bauern einfach wichtig. Fast so etwas wie ihr Boss, der bestimmt, was sie wann arbeiten.«

Valerie nickte anerkennend.

»Warum man sich allerdings eine griesgrämige Alte hinmalt, verstehe ich auch nicht«, fuhr Kim fort.

»Der Frühling ist ein Kind, der Sommer eine Jugendliche, der Herbst eine Erwachsene und der Winter eben eine Greisin«, erklärte Valerie. »Die Jahreszeiten stehen also für die Lebensabschnitte.«

»Cool, dann bin ich der Frühling«, sagte Benno.

Die Idee, dass sie der Herbst war, gefiel Valerie nicht. Mit zweiundvierzig konnte sie bestenfalls der Hochsommer sein, fand sie. Da wo Gemüse und Früchte reif wurden und die Tage lang und warm waren.

»Spielen wir Stadt-Land-Fluss?«, schlug Benno vor.

»Okay«, überraschte Kim Valerie mit ihrer Antwort. Noch vor zwei Wochen wäre es absolut undenkbar gewesen, dass sich ihre Tochter mit Benno und ihr zusammengesetzt und etwas gespielt hätte. »Aber ich bestimme die Kategorien.«

So kam es, dass sie keine geografischen Bezeichnungen suchten, sondern »Gegenstände hier im Dorf«. Und »Was dich umbringen kann«. Oder »Tatsachen, die du vor diesem Urlaub nicht gewusst hast«.

Die drei lachten viel, und Valerie genoss jede Minute. So sehr nach Familie hatte es sich mit ihren Kindern schon lange nicht mehr angefühlt. Sie hatte das Gefühl, ein Ziel erreicht zu haben, eines, das sie sich vor Beginn der Wochen hier im Dorf gesetzt hatte. Jetzt musste sie es nur noch schaffen, dass sie zu Hause nicht alle sofort wieder in den alten Trott verfielen.

Aber die Befürchtung hege ich eigentlich gar nicht. Wir haben hier Erfahrungen gesammelt und Erkenntnisse gewonnen, die uns keiner mehr nehmen kann.

Als Kim in der Spielkategorie »Was dich umbringen kann« antwortete: »Holly nach der Zeit hier nie wiederzusehen«, hätte Valerie beinahe ihr Vorhaben über Bord geworfen, geduldig zu warten, bis Kim ganz aktiv das Gespräch mit ihr suchte. Sie überlegte, ob diese Aussage eventuell schon so etwas wie der Startschuss für eine Unterhaltung war.

»Das verstehe ich«, sagte sie dann aber nur. »Wir werden alles dransetzen, dass du sie auch nach unserem Urlaub regelmäßig treffen kannst. Vielleicht besucht sie uns bald in München. Oder du fährst in den Herbstferien nach England.«

»Echt, Mama?«, fragte Kim und wirkte verblüfft.

»Ja, warum denn nicht?«

Kim strahlte. »Das wäre der Hammer!«

»Toni und du natürlich genauso.«

»Super! Dann zelte ich mit ihm bei uns im Garten. Wir wollen auch mal im Winter eine Nacht draußen verbringen. So als Survival Training, verstehst du? Peter hat gesagt, man muss einfach als unterste Schicht was aus Wolle anziehen und dann geht das schon.«

Kim verzog das Gesicht. »Das ist aber total kratzig.«

Irgendwann wird der richtige Zeitpunkt für das Gespräch mit Kim da sein.

17

Am nächsten Tag hatte sich die Regenfront wieder verzogen. Es war wesentlich kühler als zuvor, aber die Sonne schien, und die Luft war herrlich klar.

Da sie früh zu Bett gegangen war, wurde Valerie zeitig munter. Also brühte sie sich Pfefferminztee auf, zog eine Jacke über ihren Pyjama und setzte sich vor die Hütte in die Sonne, um die Skizze für das Baumhaus fertigzustellen.

Das Dorf war noch nicht erwacht, und abgesehen vom üblichen Vogelgezwitscher herrschte himmlische Ruhe. Eigentlich war Valerie kein Morgenmensch, aber hier im Wald mochte sie die frühen Stunden des Tages. Ihnen wohnte ein besonderer Zauber inne. Alles schien vor Energie zu vibrieren.

Irgendwann stieg ihr ein köstlicher Duft in die Nase. Nicht der Geruch des löslichen, sondern das volle, intensive Aroma frisch aufgebrühten Kaffees. Sie hob den Kopf und sah Yanek, der mit zwei Tassen auf sie zukam.

»Guten Morgen.«

Sie hob die Hand zum Gruß. Dass sie ungewaschen, mit zerzauster Frisur und im Pyjama hier saß, war ihr zwar bewusst, aber diese Tatsache brachte sie nicht mehr aus dem Gleichgewicht. Mittlerweile war sie es gewohnt, sich nicht hinter bemalten Lippen, sorgfältig gestylten Haaren oder schmeichelnden Klamotten verstecken zu können. Was sie jedoch sehr wohl aus dem Konzept brachte, war Yaneks Lächeln. Ihr Herz reagierte darauf mit hektischer werdenden Schlägen.

»Ich habe türkischen Kaffee gekocht. Möchtest du?«, fragte er und hielt ihr eine der Tassen hin.

Sie schluckte gegen die plötzliche Trockenheit in ihrem Mund an und konnte nicht schnell genug antworten. Daher nahm sie das Getränk stumm entgegen.

»Ohne einen ordentlichen Kaffee kann ich nicht leben. Deshalb hatte ich welchen im Gepäck.«

Sie kostete einen Schluck. Cremig und dickflüssig umspülte das starke Gebräu ihre Zunge, und sie spürte das feingemahlene Pulver, das beim türkischen Kaffee nicht abgefiltert wurde, im Mund.

»Danke, der ist himmlisch.«

Da es sich seltsam anfühlte, wie er vor ihr stand und auf sie herabblickte, rutschte sie zur Seite, damit er sich zu ihr auf die Stufe setzen konnte. Ihn dann so nah neben sich zu spüren, Oberschenkel an Oberschenkel, Arm an Arm, ließ das Adrenalin noch mehr durch ihre Adern rauschen.

»Woran arbeitest du?«, fragte er und zeigte auf den Zeichenblock.

»Das ist der Entwurf fürs Baumhaus«, antwortete sie und musste sich räuspern, weil ihre Stimme plötzlich belegt klang.

»Darf ich?«

Sie reichte ihm die Skizze. Jutta hatte sie in Latzhose dargestellt, Peter im karierten Hemd. Zwischen ihnen standen ein Huhn und eine Ziege. Peter hielt die Sense in der Hand und an seinem Bein rankte eine Erbsenstaude empor. Aus allen Taschen von Juttas Hose quollen Kräuter. Neben ihnen befand sich das Jagdhaus, aus dessen Fenster grinsende Rehe und Hirsche schauten.

Yanek lachte.

»Ich muss die Gesichter noch verbessern«, sagte sie ein bisschen verlegen.

»Es ist großartig, Valerie. Total witzig. Und man erkennt Jutta und Peter auf den ersten Blick.«

»Danke.«

»Du bist richtig, richtig gut.« Er wandte den Kopf und sah ihr in die Augen.

Ihr Herz fuhr Achterbahn.

»Danke«, wiederholte sie.

Sein Blick ließ sie dahinschmelzen, und anders als bisher, wehrte sie sich nicht dagegen. Das Gespräch mit Jutta am Tag zuvor hatte etwas in ihr verändert. Sie versuchte jetzt nicht mehr, sich ununterbrochen vorzubeten, was alles gegen Yanek sprach.

»Schmeckt dir der Kaffee?«, fragte er.

Sie nickte. »Ich habe das so vermisst«, antwortete sie leise und merkte, dass es irgendwie klang, als meinte sie gar nicht unbedingt den Mokka, sondern seine Nähe. Und tatsächlich wünschte sie sich, er würde nicht so schnell wieder aufstehen und gehen. Sie wollte, dass er bei ihr sitzen blieb, sie seine Körperwärme spürte und seiner Stimme lauschen konnte.

Er machte keine Anstalten, sich zu erheben. »Wie läuft es

mit Kim?«, erkundigte er sich nach ein paar Augenblicken des Schweigens. »Habt ihr schon miteinander gesprochen?«

»Wir haben in den vergangenen Tagen wahrscheinlich mehr miteinander geredet als in den letzten beiden Jahren zusammen. Aber die Unterhaltung, die du meinst, hat noch nicht stattgefunden. Ich warte darauf, dass sie von sich aus auf mich zukommt. Auf keinen Fall will ich sie drängen.«

»Du bist eine großartige Mutter. Deine Kinder können sich glücklich schätzen.«

»Ich bin froh, dass du für sie da warst, Yanek. Habe ich dir überhaupt schon genug gedankt? Wann immer wir in den letzten zehn Tagen etwas gebraucht haben, bist du zur Stelle gewesen. Ich weiß gar nicht, wie ich dir das je zurückgeben kann.«

»Ich mache das nicht, weil ich etwas dafür will.«

»So sollte es auch nicht klingen! Ich wollte damit nur sagen, wie gern ich Ähnliches für dich tun würde. Aber es ist nicht sehr wahrscheinlich, dass ich in der zweiten Urlaubshälfte dazu Gelegenheit bekomme ... Ich meine: Hoffentlich gerätst du gar nicht in so eine Lage ...« Sie brach ab.

»Mach dir keine Gedanken«, antwortete er. Der Klang seiner Stimme hatte stets etwas Beruhigendes an sich. Als würde er beim Sprechen immer denken: »Alles wird gut!« Das wirkte wie eine Droge auf Valeries Seele.

Sie musste einfach wieder in seine Augen schauen. Als er sie anlächelte, sah sie zu seinen Lippen. Sie wusste noch zu gut, wie sie sich angefühlt hatten. Wie sie einmal weich, dann hart sein konnten. Wie sie schmeckten.

Er räusperte sich. »Trink den Kaffee aus. Kalt ist er furchtbar.« Er gab ihr den Skizzenblock zurück, stand auf und streckte die Hand aus.

Verwirrt musterte sie seine Finger.

»Die Tasse.«

»Natürlich«, antwortete sie schnell. »Danke für den Kaffee.«

»Gern. Jetzt weißt du ja, wo du welchen findest. Ich denke, ich mache einen kleinen Morgenspaziergang. Die Luft ist heute so gut.« Er wandte sich zum Gehen.

»Yanek?«

Zuerst hielt er nur inne, aber dann drehte er sich wieder zu ihr um.

»Ich habe mir eingeredet, es wäre wegen Alice ... Also zumindest auch wegen ihr.«

Er sah zur Hütte der Wienerin und dann fragend zurück zu Valerie. »Was war wegen Alice?«

»Sie hat mir schon am ersten Tag gesagt, dass du ihr gefällst. Und deshalb habe ich mir gesagt, ich halte mich besser von dir fern, um sie nicht zu verletzen.«

Er strich sich mit der Hand durch die Bartstoppeln. Es war offensichtlich, wie sehr sie ihn mit diesem Thema überrumpelte. Aber einen dezenteren Einstieg in das Gespräch hätte sie jetzt nicht hinbekommen.

»Und da hast du lieber mich verletzt?«, murmelte er.

Sie starrte ihn ungläubig an.

Gekränkte Eitelkeit, okay. Aber alles darüber hinaus?

Er runzelte die Stirn. »Hat Alice irgendwelche Besitzansprüche auf mich, von denen ich nichts weiß? Und werde ich überhaupt nicht gefragt, was ich will?« Nun verzog sich sein Mund zu dem leicht herablassenden Lächeln, das sie schon ein paarmal an ihm beobachtet hatte. Aber dieses Mal sah sie ihm dabei erstmals in die Augen und las darin gänzlich andere Gefühle als abschätzige Gleichgültigkeit: Da war Verärgerung und in erster Linie Enttäuschung.

»Wie gesagt: Ich habe eine ganze Reihe von Gründen gefunden, warum es besser ist, wenn wir uns nicht wieder küssen und stattdessen Freunde sind.« Sie kam sich albern vor, diese Unterhaltung begonnen zu haben. Dass er ihr Kaffee gebracht hatte, war einfach eine nette Geste gewesen. Und jetzt klang es so, als hätte damit etwas nicht gestimmt, weil sie dieses Thema aufgriff.

Er versenkte seine Hände in den Hosentaschen. »Und darf ich erfahren, welche Gründe da so schlagend gegen mich sprechen?«

Sie fuhr sich durch die Haare und heftete ihren Blick an den alten Vogelkäfig mit den Zapfen, der an einer Ecke des Hüttendachs hing und im sanften Wind hin und her schwang. Nach kurzer Überlegung sagte sie: »Ich war in den letzten Jahren fast immer allein. Nicht weil ich das so wollte, sondern weil ich keine Zeit und Energie für den Dating-Zirkus hatte. Die Kinder waren noch ziemlich klein, als mein Mann gestorben ist. Und da habe ich mich emotional eingeigelt. Das ist ja auch ganz bequem.«

Als sie verstummte, um kurz nachzudenken, sagte er ebenfalls nichts.

»Du weißt bestimmt, wie das so ist mit Komfortzonen und wie schwer es manchmal sein kann, sie zu verlassen«, fuhr sie irgendwann fort. »Jemanden kennenzulernen, bedeutet, Wagnisse einzugehen ...«

»Das verstehe ich«, erwiderte er. »Du sollst auch auf keinen Fall etwas tun, was sich nicht hundertprozentig gut und richtig anfühlt.«

Sie stand auf. »Nicht, dass da ein Missverständnis aufkommt. Die Küsse waren wunderschön. Aber es hat mir eben auch Angst eingejagt, plötzlich so viel zu fühlen.«

Der Hahn krähte. Einmal, zweimal und dann noch ein drittes Mal, was die Szene, wie sie da voreinanderstanden, irgendwie absurd erscheinen ließ.

»Und so habe ich mir halt gesagt, dass ich dir nicht vertraue, dass Alice die – sorry, das klingt furchtbar, ich weiß – älteren Rechte auf dich hat und dass ich nicht mag, wie du von Stella zu mir weiterflatterst …«

»Zum Thema Stella«, unterbrach er sie. »Ich will nicht wirklich über sie reden. Aber ich versichere dir, dass mein Herz frei ist. Und dass mit ihr alles in Ordnung und geklärt ist. Das musst du mir bitte glauben.«

»Wir müssen ja auch gar nicht über sie sprechen. Was zwischen euch war, geht mich nichts an. Ich will ja nur damit sagen, dass es einfacher war, Gründe gegen dich zu finden, als mich für etwas Neues zu öffnen.« Sie war stolz, endlich klare und ehrliche Worte gefunden zu haben. Ohne Jutta hätte sie das nicht geschafft. Sie brachte es sogar fertig, jetzt in diese Augen zu schauen, die ihr immer so weiche Knie bescherten.

Aus Yaneks Miene war aller Ärger gewichen. Stattdessen sah er sie mit liebevollem Blick an, und seine Stimme war sanft, als er sagte: »Ist dir je in den Sinn gekommen, dass es für mich auch nicht ganz leicht ist? Ich bin total in dich verliebt, Valerie. Und darauf war ich überhaupt nicht vorbereitet.«

Sie machte den Mund auf, um etwas zu sagen, aber ihr fehlten die Worte. Ihr Herz schlug bis zum Hals hinauf.

In diesem Augenblick kam Peter vom Jagdhaus auf sie zu und durchbrach die Situation. Vermutlich machte er seine Runde durchs Dorf, auf der er die Hühner und Ziegen aus den Ställen ließ, das Gewächshaus öffnete und überall nach dem Rechten sah. »Guten Morgen, ihr zwei Hübschen«, tönte er fröhlich. »Die Regennacht gut überstanden?«

Yanek und Valerie nickten synchron.

Peter verschwand zwischen Jos und Alice' Hütten, um zum Hühnerstall zu gelangen.

Ein paar Momente sahen sie ihm nach.

Dann räusperte sich Yanek. »Gehen wir eine kleine Runde spazieren?«

»Ich habe noch den Pyjama an«, antwortete Valerie. Sie wollte die Gelegenheit haben, ein wenig zu sich zu kommen, um dann das Richtige zu sagen und zu tun.

»Ist doch völlig egal.«

Schweigend gingen sie nebeneinanderher, bis sie das Dorf Richtung Weiher verlassen hatten. Als sie über die kleine Brücke schritten, sagte Yanek: »Wie hoch der Wasserstand jetzt nach dem Regen ist.« Er lehnte sich an die Brüstung und sah auf den schmalen Strom, der rauschend unter ihnen hinwegfloss.

Valerie stellte sich neben ihn, atmete tief durch und schloss die Augen. Sie musste all ihren Mut zusammennehmen, um die Wahrheit auszusprechen. Denn dann gab es kein Zurück mehr – so viel war ihr klar. »Ich bin auch verliebt in dich.« Sie öffnete die Lider und sah ihn an.

Sie beobachtete, wie sich seine Pupillen weiteten und das Dunkelbraun der Iris fast vollständig verdrängten. Seine Mundwinkel hoben sich leicht, er sagte jedoch nichts. Das war aber auch nicht nötig, denn für den Augenblick brauchte es keine Worte mehr.

Sie sahen wieder aufs Wasser. Ihre Hände lagen nebeneinander auf dem hölzernen Brückengeländer. Er spreizte den kleinen Finger ab, bis er den ihren berührte. Sie schob ihn über seinen.

So standen sie eine Zeit lang da. Glücksgefühle strömten in Valeries Herz, bis es zum Überquellen voll war.

Sie hatten den Weiher erreicht und betraten nun den Steg. Auf den Moorgräsern hingen noch jede Menge Tropfen, die in der Sonne in allen Regenbogenfarben schillerten. Die kleinen Teichrosen öffneten ihre leuchtend gelben trichterförmigen Blüten. Eine Kröte quakte im Schilf. Es war, als würde der Tümpel gerade zum Leben erwachen und sich für einen weiteren herrlichen Sommertag bereit machen.

Valeries Augen hefteten sich auf eine Wasserschnecke. Sie nahm sie aber gar nicht richtig wahr, weil sie spürte, wie knapp Yanek an sie herangetreten war. Ihre ihm zugewandte Rückseite kribbelte und pulsierte wie elektrisch.

»Du bist eine tolle Frau«, sagte er leise. »Am liebsten wäre ich dauernd in deiner Nähe. Doch es steht außer Frage, dass ich respektiere, dass es für dich ein großer Schritt ist. Wir brauchen nichts zu überstürzen … Wir müssen gar nichts.«

Sie stellte sich vor, wie er aussah, während er hinter ihr stand und diese Dinge sagte.

»Seit ich ins Dorf gekommen bin«, antwortete sie, »blicke ich morgens nach dem Aufwachen als Erstes aus dem Fenster zu deiner Hütte hinüber. Ich denke unzählige Male am Tag an dich und würde am liebsten meine ganze Zeit mit dir verbringen.« Langsam drehte sie sich zu ihm um.

Er legte ihr eine Hand an die Wange. Mit dem Daumen fuhr er ihr Wangenbein entlang, was einen Schauer über ihren Körper rieseln ließ.

»Es ist sieben Jahre her«, sagte sie. »Ich denke nicht, dass ich irgendwann mehr drüber hinweg sein und weniger Angst haben werde. Ich brauche nur ein bisschen Mut, um Anlauf zu nehmen und zu springen.«

Er sah sie an, als hätte er noch nie etwas Kostbareres gesehen. Dieser Blick ging ihr durch Mark und Bein. Dann legte er auch die zweite Hand an ihr Gesicht. »Ich fange dich auf.«

Valerie hätte es verstanden, wenn Yanek ihr nicht noch einmal hätte näherkommen wollen. Immerhin hatte er schon zweimal erlebt, dass sie zuerst völlig hingerissen mit ihm Zärtlichkeiten austauschte und dann einen Rückzieher machte. Aber er schien ihr dennoch zu vertrauen. Denn er umarmte sie und drückte sie an sich. »Es war wirklich schwer, das nicht tun zu können«, murmelte er dicht an ihrem Ohr. Dann übersäte er ihr Gesicht mit Küssen.

Sie ließ ihre Hände seinen Rücken hinaufwandern und umfasste schließlich seinen Nacken. Ihr ganzer Körper summte unter seinen Berührungen. Wie kleine glühende Sternenschauer durchlief es ihr Innerstes.

Als er seine weichen Lippen auf ihre legte, schmolz sie dahin. Sie zog ihn noch näher und drückte sich an ihn, was sie beide zum Aufseufzen brachte. Gemeinsam wurden auch ihre Atemzüge schneller, während sie sich immer intensiver küssten.

Valerie vergaß alles um sich herum. Sie wusste bald nicht mehr, dass sie in der gleißend hellen Morgensonne auf dem Steg standen. Ihr Universum bestand nur noch aus Yanek. Seinem Geruch, seinem Körper und dem Geschmack seiner Lippen.

Keiner von ihnen drängte nach mehr. Da war nicht dieses gierige Verlangen, das einen viel zu schnell weitertrieb. Für den Augenblick schenkten die Nähe und die Küsse Valerie genug Erfüllung. Und Yanek ging es wohl genauso. Er schien sich voll und ganz auf die kleinen Details des Küssens zu konzentrieren.

Ab und zu wich einer von ihnen ein wenig zurück, aber nur um kurz die Augen zu öffnen, den anderen anzuschauen und zu lächeln.

Wie viel Zeit vergangen war, wusste Valerie nicht, doch irgendwann flüsterte Yanek: »Meinst du, wir sollten langsam zurückgehen?«

Sie nickte benommen.

Er drückte noch einmal seine Lippen auf ihre. »Das war wunderschön. Meine Knie sind ganz weich.«

Dass ausgerechnet ihm, einem Bären von Mann, durch ihre Küsse die Knie weich werden konnten, klang für Valerie absurd. Sie liebte diese Tatsache aber genauso wie den Umstand, dass er voller Gefühle war und sich nicht davor scheute, ihr das zu sagen.

»Meine Knie sind auch weich. Es würde mich nicht wundern, wenn ich wieder einmal stolpere«, sagte sie und deutete auf ihre Flip-Flops.

Er lachte. Dann griff er nach ihrer Hand.

Während sie den Pfad entlangschritten, durchströmten Valerie die süßesten Glücksgefühle. Sie erzeugten ein Lächeln, flossen die Kehle hinab wie Honig, wärmten die Brust, kribbelten durch den Bauch bis in den Schoß und ließen sie schweben. »Ich fühle mich wie ein Teenager«, stellte sie fest.

Er führte ihre Hand zu seinem Mund und drückte einen kleinen Kuss drauf. »Ich mich auch.«

Als sie die Brücke erreichten, ließ er ihre Hand los.

Fragend sah sie hoch.

»Ich vermute, du willst vielleicht nicht gleich Hand in Hand durchs Dorf spazieren«, erklärte er. »Wegen der Kinder zum Beispiel?«

»Oh ... ja. Du hast recht.« Sie war froh, dass zumindest er noch rational denken konnte, denn sie brachte das auf ihrer Wolke sieben nicht zustande.

»Wahrscheinlich ist es einfacher für Kim, wenn sie sich im Augenblick nicht auch noch damit auseinandersetzen muss.«

Sie nickte. »Du bist immerhin so etwas wie eine Vertrauensperson für sie. Und vielleicht denkt sie, sie könnte nicht mehr offen mit dir reden, sobald sie mitbekommt, dass wir ...« Sie wusste nicht recht, wie sie den Satz beenden sollte.

»Zeit miteinander verbringen?«, schlug er vor.

»Genau.«

Sie gingen durch die Wiese auf Valeries Häuschen zu. Dort, wo das Gras höher stand, streifte es ihre Waden und durchnässte die Pyjamahose.

»Würdest du auf ein Wald- und Wiesen-Date mit mir gehen?«, fragte Yanek, als sie auf der Rückseite ihrer Hütte angekommen waren.

Sie schmunzelte. »Wie genau sieht so etwas aus?«

»Wir könnten zu zweit eine kleine Wanderung machen und irgendwo picknicken.«

»Unglaublich gern. Zuerst arbeite ich mit Benno und Jo am Baumhaus, aber am Nachmittag wollten meine Kinder an Peters Schnitzeljagd teilnehmen. Da würde es passen.«

»Gut, dann stehlen wir uns für ein paar Stunden fort.«

»Ich kann es kaum erwarten.«

18

Während Valerie auf der Leiter stand und eine Vorzeichnung ihres Comics auf die frisch gestrichenen Latten malte, schweiften ihre Gedanken ununterbrochen ab. Ganz automatisch landeten sie immer wieder bei Yanek. Ihr Puls schien sich nicht mehr beruhigen zu wollen. Beim Frühstück hatte sie vor Aufregung nur ein paar Happen hinuntergebracht.

»Man sieht dem Bild an, dass du während des Zeichnens dauergelächelt hast«, kommentierte Jo.

Es fiel ihr schwer, nicht sofort mit der Sprache herauszurücken, warum sie kaum mehr zu grinsen aufhören konnte. Am liebsten hätte sie über nichts anderes als Yanek geredet. Es wäre auch bestimmt kein Problem gewesen, ihre Gefühle Jo anzuvertrauen. Denn sie war sich sicher, er würde sich mit ihr freuen. Aber da Benno und Toni auf der Rückseite des Baumhauses gerade die Fensterrahmen strichen, kam ein derartiges Gespräch nicht infrage.

Schweigend arbeitete sie also weiter und hing ihren ganz besonderen Gedanken nach. Von Zeit zu Zeit kletterte sie von der Leiter und prüfte, ob die Proportionen der Zeichnung auch von unten gesehen stimmten.

»Das schaut so geil aus, Mama.« Benno klang begeistert. »Wenn das deine Kunden sehen, rennen sie dir die Tür ein. Die wollen bestimmt so was Witziges für ihre Websites.«

Tatsächlich hatte sie schon darüber nachgedacht, in diese Richtung Werbung zu machen. Vielleicht konnte sie auf Instagram eine Seite einrichten, auf der sie Zeichnungen wie diese hochlud. Mit ein wenig Glück wurden sie geteilt und ihre Grafikfirma dadurch bekannter.

Aber meinen privaten Account lösche ich!

Sie platzte vor Tatendrang und freute sich auf die Projekte, die sie nach dem Urlaub angehen würde. Plötzlich erschien ihr der Job mehr denn je als Möglichkeit, sich kreativ auszuleben.

Jutta wollte zum Mittagessen einen großen Topf vegetarisches Gulasch kochen, und als sich Alice anbot, die Zutaten zu ernten, beschloss Valerie, sie zu begleiten. Irgendwie war es ihr ein Bedürfnis, reinen Tisch zu machen, bevor sie am Nachmittag mit Yanek die erste richtige Verabredung hatte. Und ein ruhiges Gespräch im Gemüsegarten schien dafür eine gute Gelegenheit zu sein.

Alice zog Karotten aus dem Acker, bürstete die Erde ab und legte sie in den Korb.

»Wie geht es dir denn so?«, begann Valerie. »Hast du das mit Yanek schon überwunden?«

Alice verzog das Gesicht und winkte ab. »Ich kann mittlerweile gar nicht mehr richtig verstehen, was ich an dem gefunden habe.«

Valerie klappte das Messer auf.

»Ganz eindeutig fängt man sich mit dem nur Probleme ein.«

Wahrscheinlich muss sie ihn abwerten, damit für sie nach seiner Zurückweisung die Bilanz wieder stimmt.

Valerie ließ die Bemerkung unkommentiert. Sie schnitt Brokkoli ab und legte ihn zu den Karotten.

»Gestern gab es schon wieder so einen seltsamen Moment«, erzählte Alice. »Guus hat ihn gefragt, was er macht, wenn er Schüler oder Schülerinnen mit Hasch erwischt. Da hat er nur einsilbig mit griesgrämiger Miene geantwortet. Kennt man ja schon von ihm. Ein Mann muss seine Stimmungsschwankungen besser im Griff haben.«

»Und warum sollten die nur Frauen ausleben dürfen? Vielleicht wusste er auch einfach nicht, was er sagen soll. Möglicherweise kann er seine persönliche Meinung dazu nur schwer mit seiner Rolle als Lehrer in Einklang bringen.«

»Aber hier im Dorf könnte er doch offen drüber reden.«

Valerie zuckte mit den Schultern.

»Nein, nein, ich sag's dir. Der hat gröbere Baustellen. Das spüre ich im Urin.«

»Du willst also absolut nichts mehr von ihm?«, fragte Valerie und erntete noch mehr Brokkoli.

»Ganz bestimmt nicht!« Alice zog zwei Karotten aus der Erde, deren Spitzen sich umeinandergeschlungen hatten. Sie sahen aus wie ein tanzendes Liebespaar.

»Also würde es dich auch nicht kränken, ihn mit jemand anderem zu sehen ... mit mir zum Beispiel?«

Alice sah hoch. »Ernsthaft?«

»Wir sind uns nähergekommen. Eigentlich schon länger. Zuerst habe ich noch gezögert – auch wegen dir. Aber jetzt möchte ich Zeit mit ihm verbringen.« Allein der Gedanke daran beschleunigte ihren Herzschlag.

Alice ließ sich mitten im Gemüsebeet auf ihren Hosenboden fallen und legte die erdigen Hände auf die Knie. »Er wird dir wehtun.«

Valerie begann es zunehmend zu stören, dass Alice andauernd über Yanek herzog. Schließlich kannte sie ihn gar nicht. Und dass ihre Urteile nicht immer zutreffend waren, merkte man allein daran, wie sie auf Jo reagierte.

»Wenn man sich gerade erst kennenlernt, ist es nie ganz ausgeschlossen, dass man verletzt wird«, antwortete Valerie. »Ich gehe das Risiko ein. Mir war nur wichtig, dass du es zuerst von mir hörst.«

»Danke für deine Rücksichtnahme. Es spricht sehr für dich, dass du dir darüber Gedanken machst, wie es mir geht. Ich komme schon damit klar. Pass aber bitte einfach ein bisschen auf dich auf, okay?«

Peters Schnitzeljagd führte die Gruppe vom Dorf nach Westen, also marschierten Valerie und Yanek in die andere Richtung. Kaum waren sie im etwas dichteren Wald, griff er nach ihrer Hand, zog sie an sich und küsste sie.

»Hallo«, flüsterte er dann.

»Hallo.«

»Ich habe schon gedacht, die anderen brechen überhaupt nie mehr auf. Als Peter seinen Rucksack noch einmal umgepackt hat, habe ich die Krise gekriegt.« Er legte seine Stirn an ihre.

Sie lachte. »Ging mir genauso. Ich habe total darauf hingefiebert, dass sie endlich abhauen.«

Sie fühlte sich leicht und jung, wie sie so neben ihm her durch den Wald spazierte. Nach all den Jahren tat sie endlich einmal etwas nur für sich. »Küss mich noch einmal«, bat sie, als sie schon eine Weile Hand in Hand bergauf gegangen waren.

Das ließ Yanek sich nicht zweimal sagen. Sanft schob er sie an den Stamm einer Kiefer und senkte die Lippen auf ihre.

In Valeries Brust explodierten die Gefühle. Sie fasste den Kragen seines Poloshirts und zog daran, um noch näher zu ihm zu kommen.

Sie hörte ihn geräuschvoll ausatmen, dann stützte er seine Hände links und rechts ihres Kopfes auf den borkigen Stamm, was ein knirschendes Geräusch erzeugte, das in ihren Ohren gellte. Überhaupt arbeiteten ihre Sinne wieder stärker als gewohnt, denn sie roch den an Sauna erinnernden Geruch der Kiefer ganz deutlich, spürte die Struktur des Baumes an ihrem Rücken und die Weichheit des Waldbodens, auf dem sie stand. Yaneks Atemhauch erzeugte Gänsehaut auf ihren Armen, und das Gefühl seiner Zunge an ihrer schickte Empfindungswellen durch ihren Körper, die in ihrem Unterleib in süßem Ziehen endeten.

»Du bist eine unglaublich sinnliche Frau«, flüsterte er, als sie den Kuss beendet hatten. »Und so schön.« Seine Augen glitten über ihr Gesicht. Er fuhr mit seiner Hand durch ihre Haare, ihren Nacken entlang und zog sie dann an seine Brust.

Selig umarmte sie ihn. Nie in ihrem Leben hatte sie sich attraktiver und weiblicher gefühlt als in diesem Augenblick. Völlig ungeschminkt, nach dem Waschen nicht einmal die Frisur in Ordnung gebracht, lag sie in den Armen dieses außergewöhnlichen Mannes und hielt sich für die perfekteste Frau des Universums. In seiner Gegenwart sah sie sich selbst durch seine Augen, und die schienen ihre Falten und die grauen Haare attraktiv und sexy zu finden.

»Und ich bin schon seit der Sekunde, als du in Peters Auto gestiegen bist, völlig hingerissen von dir«, sagte sie.

Es war so einfach, ihm Komplimente zu machen. Es kam ihr wie das Natürlichste der Welt vor.

»Wo warst du nur die letzten vier Jahrzehnte!?«, sagte er und drückte seinen Mund auf ihren Kopf.

Irgendwann kamen sie doch ans Ziel. Sie erreichten die Lichtung, in deren Mitte ein riesiger flacher Fels lag, auf dem man wunderbar ein Picknick machen konnte. »Obagfollana«, also den Herabgefallenen, hatte Peter den Stein genannt.

Yanek packte die von Jutta beigesteuerten Nussstrudelstücke und zwei Flaschen Heidelbeersaft aus, dann kochte er auf dem von Peter geliehenen Bunsenbrenner türkischen Kaffee.

Unterdessen sah Valerie sich um. Die Bäume standen gleich einer grünen Mauer ringsum, und die Waldwiese wirkte wie ein dicker, weicher Teppich, der in einem großen Feld Fingerhutstauden endete. Deren Blüten leuchteten magentafarben in der Sonne.

Aus nächster Nähe ertönte das aufgeregte Krächzen eines Vogels.

»Der findet es wohl nicht besonders gut, dass wir hier sind«, sagte Yanek, und in diesem Augenblick überflog bereits ein braunes Federvieh die Lichtung.

»Ein Eichelhäher«, erkannte Valerie.

»Am Ende des Urlaubs werde ich richtig gut über unsere Flora und Fauna Bescheid wissen.«

»Das heißt also, du unterrichtest nicht Biologie?«

Ich tippe ja noch immer auf Sport und Erdkunde.

Er rührte in dem kleinen Topf, aus dem intensiv nach Kaffee duftender Dampf aufstieg.

Er schüttelte den Kopf. »Hör mal, Valerie, ich …«

»Ich weiß. Du redest im Urlaub nicht gern über deinen Job. Ist okay. Ich bin nur neugierig.«

Sie konnte sich gut vorstellen, wie er vor einer Klasse stand und alle an seinen Lippen hingen. Er war bestimmt unglaublich beliebt.

Er sah vom Kaffee auf. »Vielleicht kommst du bald einmal zu mir nach Salzburg. Und dann erzähle ich dir ausführlich von meiner Arbeit. Du kannst mich dort auch einmal besuchen.«

Verblüfft fixierte sie seinen Hinterkopf, als er sich wieder über die Kochstelle beugte. Er war ein sehr emotionaler Mann, das wusste sie bereits, aber dass er so schnell damit beginnen würde, die Zeit nach dem Urlaub zu planen, überraschte sie dann doch.

»Sehr gern«, antwortete sie. »Vielleicht kommst du auch mal zu mir nach München und siehst dir meinen Arbeitsplatz an. Also den Schreibtisch, meine ich.« Sie lachte.

»Ich bin total neugierig auf deinen Schreibtisch.« Er lehnte sich zu ihr herüber und küsste sie. »Komm, lass uns essen. Ich höre dein Magenknurren bis hierher.«

Es rumpelte tatsächlich vernehmlich aus ihrem Bauch. Und dennoch verspürte sie nicht den geringsten Hunger, so aufgeregt war sie in seiner Nähe.

Er reichte ihr ein Stück Strudel und goss dann den Kaffee in zwei Blechtassen.

»Wie geht es deiner Tochter?«, fragte Valerie. »Hat sie den Liebeskummer schon ein wenig überwunden?«

»Ich glaube, nicht so wirklich, aber sie hat mir verboten, jeden Tag anzurufen. Sie sagt, ich soll mich erst wieder melden, wenn ich zu Hause bin.«

»Wirst du dich daran halten?«

»Natürlich nicht.«

»Verständlich.«

»Iss deine Mehlspeise«, forderte er sie auf, weil sie das Ding bisher nur in der Hand gehalten hatte.

Sie biss hinein. Der mürbe Hefeteig zerfiel auf der Zunge, sodass die saftige Füllung ihr Nussaroma entfalten konnte. »Jutta und Peter sind wirklich herausragende Köche«, bemerkte sie.

»Noch dazu, wo sie ja nur so rudimentäre Küchengerätschaften zur Verfügung haben. Ich stelle es mir gar nicht so einfach vor, in einem Holzofen zu backen. Man bekommt da schwer eine konstante Temperatur hin.«

Die Sonne heizte vom Himmel, also krempelte Valerie die Ärmel ihres Shirts hoch. Am liebsten hätte sie sich weiter ausgezogen. Sie mochte das Gefühl der Sonnenstrahlen auf der bloßen Haut. Aber in Yaneks Gegenwart fühlte sie sich befangen.

Er schien dieselbe Idee zu haben, denn er zog sich mit einer fließenden Bewegung das Oberteil über den Kopf.

Sie hatte ihn im Lauf der Zeit nun schon einige Male mit nacktem Oberkörper, einmal sogar komplett ohne Kleidung gesehen, und doch war nun das letzte Quäntchen Gelassenheit dahin. Dieser Teint, die Muskeln und seine Statur – sie musste sich anstrengen, ihn nicht fasziniert anzustarren. Nervös trank sie einen großen Schluck Kaffee, was sich als keine gute Idee herausstellte, denn sie kippte sich eine Menge Kaffeesud in den Mund.

Yanek legte sich zurück und verschränkte die Hände unter dem Kopf.

Warum fühle ich mich jetzt plötzlich so eingeschüchtert? Habe ich mich nicht eben vorhin noch attraktiv gefühlt?

Zaghaft stellte sie die Tasse ab und platzierte den Strudel daneben. Dann zog sie sich ebenfalls das Shirt aus und legte sich neben ihn.

»Ist dir schon einmal aufgefallen, dass der Himmel hier in den Bergen ein ganz anderes Blau hat als in der Stadt?«, fragte er.

»Ja.« Die Hitze des Steines drang in ihre Haut und entspannte sie. »Und ich finde auch, er ist bei euch in Österreich irgendwie blauer.«

»Über Istanbul ist er wegen des Smogs oft gelblich.«

Weil sie es nicht länger aushielt, ihn nicht anzusehen, drehte sie sich auf die Seite. Sie betrachtete seine eher kleinen Ohren und den Bart, der Teile von Wange und Hals bedeckte. Wie seine Lippen geformt waren. Dann musterte sie das Profil seiner markanten Nase, studierte, wie sie zwischen den dunklen Augenbrauen wurzelte und in die gewölbte Stirn überging. Ihn so genau anschauen zu können, hatte etwas sehr Intimes an sich.

Plötzlich drehte er den Kopf zu ihr. Seine sonst dunkelbraunen Augen wirkten im grellen Sonnenlicht bernstein-farben. »Fühlst du dich wohl?«, fragte er.

»Und wie.« Sie klang etwas heiser.

»Mir geht es auch gut. Danke der Nachfrage.« Er schmun-zelte.

»Tut mir leid. Du hast recht, ich sollte mich genauso er-kundigen, ob bei dir alles passt. Du hast Gleichberechtigung besser drauf als ich … Oder im Grunde stinknormale Höf-lichkeit!«

»War nur Spaß.« Er hob die Hand und fuhr ihren Arm entlang.

Am liebsten hätte sie aufgeseufzt, so stark spürte sie diese Berührung.

Sie streichelte mit den Fingerspitzen über seinen Mund, dann sagte sie: »Wie sehr ich dich will, haut mich um. Ich möchte mit dir schlafen. Und gleichzeitig fühlt es sich gut an, es nicht zu tun. Alles ist so intensiv.«

Er nickte. »Mir geht es genauso. Am liebsten würde ich dir die Kleider vom Leib reißen und dich endlich an mir spü-ren. Aber es ist schön, sich Zeit zu lassen.«

Sie rückte näher an ihn heran und küsste ihn. Sanft sog sie seine Unterlippe zwischen die ihren, strich mit der Zunge darüber. Ihre Hände wanderten zu seiner Brust, wo sie die von der Sonne aufgewärmte Haut streichelte.

Yaneks Atem ging schneller. Er küsste sich zu ihrem Hals und zu den Schlüsselbeinen weiter.

»Irgendwann«, flüsterte sie, »wird der Augenblick da sein. Und bis dahin ist es schon absolut überwältigend, sich nur vorzustellen, wie du dich in mir anfühlen wirst.«

Er atmete gepresst aus, und sie spürte, wie seine Hand an ihrer Taille den Griff verstärkte. Er hob den Kopf und küsste sie drängender als zuvor. Sein Verlangen war so greifbar, dass auch ihre Lust neue Höhen erreichte.

»Verdammt«, hörte sie ihn murmeln. Dann ließ er von ihr ab, zog sie jedoch an sich und schlang die Arme um sie.

Sie legte den Kopf auf seine Brust und hörte sein Herz rasen. Auch das Pochen in ihrem Körper ebbte nur langsam ab, aber irgendwann verwandelte es sich in einen warmen, wohligen Strom aus Zuneigung und Geborgenheit. Seufzend schmiegte sie sich an ihn.

»Ich glaube nicht, dass ich mich schon einmal so gefühlt habe wie mit dir«, sagte er leise. »Irgendwie habe ich den Eindruck, in deiner Nähe total bei mir zu sein.«

Sie empfand dasselbe. Der ständige Zwang, sich um alles Gedanken zu machen, verstummte, wenn sie bei ihm war. Trotz der Aufgeregtheit ruhte sie in ihrer Mitte. Sie musste keine Rolle spielen. »Es ist schön, einmal ganz im Augenblick zu verweilen«, antwortete sie.

»Finde ich auch. Über das ständige Grübeln, was war und was sein wird, vergisst man oft, dass sich das Leben gerade jetzt abspielt.« Er ließ seine Finger durch ihr Haar gleiten und strich es sanft aus ihrer Stirn und hinters Ohr.

»Ich habe einmal ein Interview mit einer Frau gesehen, die durch einen Unfall ihr Gedächtnis verloren hat«, erzählte Valerie. »Sie konnte sich einfach an nichts mehr erinnern, was in den vergangenen zehn Jahren passiert war. Nicht an ihre Kinder oder den Beruf. An keine Weltgeschehnisse oder Erfindungen. Alles, was sie im letzten Jahrzehnt vor dem

Schädel-Hirn-Trauma erlebt hatte, war komplett aus ihrem Kopf gelöscht. Für sie war es, als wäre all das nie passiert. Da wurde mir bewusst, dass mein Leben eben nicht nur aus dem momentanen Augenblick besteht, sondern zu einem großen Teil auch aus den Erinnerungen.« Sie sah zu den Fingerhutblüten hinüber und bedauerte erneut, dass sie in diesem Urlaub keine Fotos machen konnte. Hoffentlich vergaß sie diese wunderbaren Erlebnisse nicht im Laufe der Zeit. Ganz bewusst versuchte sie sich einzuprägen, wie sie hier auf dem warmen Stein in Yaneks Armen lag, die Bergbrise und seine Berührungen an ihrer Haut spürte und seinen Geruch einatmete. Denn in diesem Moment passierte das Leben.

»Das ist eine ganz neue Überlegung für mich, aber du hast vollkommen recht. Ohne das, was wir bisher erfahren haben, funktioniert das Gefühl zu existieren nicht.«

Sie hörte seine Stimme vibrierend und dumpf durch seinen Brustkorb hindurch.

»Und deshalb ist es manchmal auch kompliziert. Wie wir zwei hier liegen, das erscheint einfach. Ist es aber nicht, denn dein bisheriges Leben ist mit uns hier. Und meines genauso.«

Er küsste sie auf die Haare. »Es darf ruhig kompliziert sein.«

Eine Weile sagten sie nichts. Valerie lauschte der Unterhaltung nach und genoss es, von seinen Atemzügen sanft geschaukelt zu werden.

»Zu diesem Gefühl, am Leben zu sein, gehört aber nicht nur die Vergangenheit und die Gegenwart, sondern auch die Zukunft«, fügte er irgendwann hinzu. »Und ich finde es gerade sehr schön, darauf zu hoffen, dass du ein Teil davon bist.«

Sie spürte, wie ihr Mund ganz von selbst zu einem Lächeln fand. »Ja. Ich auch.«

Er griff nach ihrer Hand und verschränkte seine Finger mit den ihren. »*Ben sana aşığım.*«

»Was ist los mit dir?«, fragte Kim.

Sie standen in der Hütte neben der Tür und warteten, bis sich Benno für das Essen eine lange Hose angezogen hatte. Abends kühlte es hier einfach schnell ab.

»Was soll mit mir sein?«, antwortete Valerie.

»Dieses Dauergrinsen. Hast du im Wald irgendwelche Pilze gekostet?« Kim musterte Valerie mit zusammengekniffenen Augen. Sie wirkte, als würde sie am Geisteszustand ihrer Mutter zweifeln.

Valerie lachte. »Nein, nur Juttas himmlischen Nussstrudel. Ich bin eben gut drauf.« Sie musste sich zusammenreißen, um nicht zu verraten, warum das so war. Am liebsten hätte sie erzählt, dass sie Yanek auf einer Lichtung geküsst und zwei Stunden lang in seinen Armen gelegen hatte. Und wie verliebt sie war. Stattdessen sagte sie: »Der Urlaub hat eben eine positive Wirkung auf mich.«

»Nicht, dass du davon ausgehst, wir fahren jetzt jeden Sommer hierher«, stellte Kim klar.

»Ich hätte nichts dagegen, noch mal herzukommen«, meinte Benno und schloss die Schranktür.

Kim verdrehte die Augen, ließ aber keinen weiteren Kommentar mehr hören.

»Du hättest bei der Schnitzeljagd dabei sein sollen, Mama. Die war wirklich cool. Peter hat eine geniale Spur gelegt«, schwärmte Benno. »Kim und Holly haben sich übrigens wieder einmal verirrt und waren eine halbe Stunde lang verschollen.«

Dieses »Verirren« kenne ich ja mittlerweile.

Kim sah zu Boden.

»Ich fand es nur schade, dass Yanek nicht dabei war«, meinte Benno. »Mit ihm den Spuren zu folgen, hätte bestimmt Spaß gemacht. Ich glaube, er ist gut in so was.«

»Habt ihr geredet?«, fragte Kim und wirkte plötzlich irritiert. Erst jetzt schien ihr aufzufallen, dass außer ihrer Mutter auch Yanek an diesem Nachmittag beim Ausflug gefehlt hatte.

»Worüber sollen wir geredet haben?«, fragte Valerie alarmiert, weil sie einen Augenblick lang glaubte, ihre Tochter könne die Lage bereits durchschauen. Dann wurde ihr aber bewusst, dass sie wohl eher befürchtete, sie hätten über sie und Holly gesprochen. »Ja, wir haben ein bisschen geplaudert. Er hat mir von Istanbul erzählt. Wusstet ihr, dass die Leute dort mitten auf der Straße grillen? Sie lieben das.«

»Da bekomme ich gleich unglaublichen Hunger auf Fleisch«, antwortete Benno. »Ich bin froh, wenn Peter wieder einkaufen fährt und Braten mitbringt.«

Die Senta-Berger-Figur auf der Schranktür sah skeptisch über Bennos Schulter zu Valerie herüber. Es war, als fragte sie, warum sie ihren Kindern nicht einfach die Wahrheit sagte.

Sie wollte der Winterfrau in Gedanken eine ganze Reihe

von Gründen nennen, aber plötzlich fiel ihr nicht ein einziger ein. Weshalb durften die zwei nicht erfahren, dass sie sich verliebt hatte? Immerhin waren sie keine kleinen Kinder mehr. Sie sollten doch wissen, dass ihre Mutter eigene Wünsche und Bedürfnisse hatte. Passte es nicht besser zu ihrer neu gewonnenen Vertrautheit, dass sie offen über alles sprachen?

Wie soll Kim jemals Mut schöpfen, sich mir gegenüber in Herzensangelegenheiten zu öffnen, wenn ich selbst ein Geheimnis um meine mache?

»Gehen wir jetzt endlich?«, fragte Kim und wollte die Tür aufmachen.

»Wartet einen Augenblick«, bat Valerie. »Ich will euch noch was sagen.«

Kim hielt in der Bewegung inne. »Kannst du das nicht, während wir zum Essen rübergehen? Peter hat längst auf dem Saxofon gespielt.«

»Es wäre mir lieber, ich erzähle es euch hier.« Valerie lehnte sich gegen die Tür und sammelte sich kurz. »Yanek und ich haben uns angefreundet ... Wir verstehen uns gut und sind auf einer Wellenlänge.«

»Super, Mutter. Schön, dass du hier im Dorf jemanden gefunden hast, der sich mit dir abgibt. Gehen wir jetzt Essen!«

»Ich mag Yanek auch«, kommentierte Benno.

Valerie ließ sich nicht beirren. »Aus der Freundschaft ist in den letzten Tagen ein bisschen mehr geworden.«

Kims Augenbrauen schoben sich nach oben.

»Wie mehr?«, fragte Benno.

»Sei nicht so begriffsstutzig!«, blaffte Kim. »Sie will andeuten, dass sie mit ihm schläft. Alte Leute machen das auch.«

Benno verzog das Gesicht. »Echt jetzt? Ist ja schräg.«

»Also Moment mal«, schaltete sich Valerie wieder ein. »Zum einen sind Yanek und ich nicht alt. Zum anderen haben Erwachsene in jedem Alter Sex – selbstverständlich ist Sexualität nicht nur den Jungen vorbehalten. Und zum Dritten: Das war es nicht unbedingt, was ich euch sagen möchte. Eher, dass Yanek und ich uns füreinander interessieren. Wir wollen Zeit miteinander verbringen, und dann sehen wir weiter. Mit Stella ist er nicht mehr zusammen. Wir sind also beide Singles, und alles hat seine Richtigkeit. Es ist möglich, dass wir uns nach diesem Urlaub gegenseitig besuchen.«

Kim und Benno glotzten sie mit blanken Gesichtern an.

»Was sagt ihr dazu? Irgendwelche Gedanken? Oder Gefühle?«

»Ist Yanek nicht ein bisschen jung für dich«, überlegte Benno. Dass sie diese Frage schon einmal geklärt hatten, war ihm offensichtlich entfallen.

Die Senta Berger auf dem Schrank sah jetzt ein wenig hämisch aus.

»Yanek ist drei Jahre älter als ich«, stellte Valerie geduldig richtig.

»Ach so. Dann passt es ja.«

»Und selbst wenn er es nicht wäre. Wer sagt, dass Frauen keine jüngeren Männer treffen dürfen. Kim? Wie fühlst du dich?«

»Ich habe Hunger.«

»Wir freuen uns, wenn du dich freust, Mama«, sagte Benno. »Du hast schon so lange keinen Freund mehr gehabt. Und Yanek ist total cool.«

»Kim?«

»Mir ist völlig egal, was du machst. Ist doch dein Ding. Geht mich nichts an. Genauso wenig, wie dich mein Kram was angeht.«

19

Auch wenn sie mit Kim und Benno gesprochen hatte, scheute Valerie noch davor zurück, ihre Verliebtheit offen zu zeigen. Beim Abendessen setzte sie sich nicht neben Yanek, und für ihn schien das in Ordnung zu sein. Stattdessen warfen sie einander immer wieder intensive Blicke zu.

»Am Samstagnachmittag fahre ich wieder hinunter nach Bad Aussee«, verkündete Peter. »Abreisen gibt es keine, also erledige ich nur den Wocheneinkauf. Möchte jemand mitkommen? Ein bisschen Zivilisationsluft schnuppern?«

Ausgerechnet Guus, der oft genug betont hatte, wie wenig ihn Konsum interessierte, meldete sich. »Dann kann ich mir mal das österreichische Produktangebot ansehen.«

Valerie verspürte nicht die geringste Lust, sich unter die vielen Leute im Städtchen zu mischen oder im Supermarkt von der Warenfülle erschlagen zu werden. Wie schnell sie sich von diesen Alltäglichkeiten entfernt hatte, überraschte sie immer wieder. Ihr war völlig schleierhaft, wie sie in eineinhalb Wochen ihr Zeug zusammenpacken und das Dorf verlassen sollte. Die Ruhe und Übersichtlichkeit des Lebens im Wald aufzugeben, erschien ihr alles andere als erstrebenswert. Und noch stärker missfiel ihr der Gedanke, dass Yanek schon bald nicht mehr ihr Nachbar sein würde. Das, was sich da zwischen ihnen zu entwickeln begann, würde viel zu schnell eine große räumliche Distanz aushalten müssen.

Sie sah zu ihm hinüber. Sein Gesicht war vom flackernden Kerzenlicht beschienen. Als er sie anlächelte, blitzten seine weißen Zähne aus dem dunklen Bart.

Sie lächelte zurück.

Entweder war es sein Blick oder die langsam kühler werdende Nachtluft – Gänsehaut kroch ihre Arme entlang und ließ sie erschaudern. Die langärmelige Bluse, die sie über das Funktionsshirt gezogen hatte, war für einen Augustabend in den Bergen einfach zu dünn.

Yanek schien ihr Frösteln zu bemerken, denn er nahm einen Pulli von der Rückenlehne seines Stuhles. »Gebt ihr den an Valerie weiter?«, bat er Hollys Eltern, die neben ihm saßen.

Alle Augen hefteten sich an das Kleidungsstück und verfolgten seinen Weg von einer Hand zur anderen, bis es sein Ziel erreicht hatte. Alice schien die Aktion besonders interessiert zu beobachten, denn sie sah zwischen dem Pullover, dessen Besitzer und der Adressatin hin und her.

»Aber dann wird dir doch kalt«, protestierte Valerie und deutete auf seine bloßen Arme. Er trug ein Shirt. An der Aufschrift *STNBL – TRKY* war ihr Blick an diesem Abend schon mehrmals hängen geblieben.

»Mir ist warm. Zieh ihn ruhig an.«

Sie schlüpfte in das riesige schwarze Sweatshirt, das sich anfühlte wie eine von Yaneks Umarmungen, weil es wunderbar nach ihm roch. Ihr Körper reagierte sofort darauf. Unruhig rutschte sie in eine andere Sitzposition. Dann holte sie Luft und sog die frische Waldluft in ihre Lungen.

»Seid ihr bereit für den Nachtisch?«, fragte Jutta. »Hier kommt eine Creme mit den ersten reifen Brombeeren des Jahres.«

Die Schüsselchen wurden verteilt, anschließend schwiegen alle, während sie andächtig das köstliche Dessert löffelten. Das Süßsaure der Beeren mischte sich perfekt mit dem beigemengten Honig, den klein gehackten Minzblättchen und dem sämigen Quark – oder *Topfen*, wie die Österreicher ihn nannten. Valerie kam es so vor, als verstünde sie es nach der Zeit hier wesentlich besser, Zutaten aus Speisen herauszuschmecken. Sie aß nun auch viel bedächtiger.

Die Creme auf ihrer Zunge hin- und herschiebend, schaute sie zu ihren Kindern. Diese wirkten ebenso begeistert von der einfachen und gleichzeitig so raffinierten Delikatesse.

Das Glücksgefühl strömte in diesem Moment wieder außergewöhnlich stark durch Valerie, also schloss sie die Augen, um es zu genießen.

»Kommst du noch zu mir?«, flüsterte Yanek.

Valerie war an den Brunnen getreten, um die blecherne Wasserkanne aus der Hütte zu füllen. Dort hatte er bereits auf der Brüstung gesessen und in den Sternenhimmel hinaufgeschaut. Im Dorf war Ruhe eingekehrt. In vielen Häuschen schienen die Bewohner schon zu Bett gegangen zu sein, nur bei Alice, die vermutlich wieder über ihren Büchern brütete, und im Jagdhaus schimmerte Kerzenlicht.

Valerie legte ihre Hand auf Yaneks Knie. »Ich gehe besser zu den Kindern. Die schlafen noch nicht. Am frühen Abend habe ich zwar mit ihnen über uns gesprochen, aber ich möchte, dass sie sich in Ruhe an den Gedanken gewöhnen können, dass ich ein Mensch und nicht nur eine Mutter bin.« Sie lachte und machte wieder einen Schritt von ihm weg.

»Vielleicht kommst du dann morgen früh auf einen Kaffee vorbei? Da schlafen sie ja wahrscheinlich noch.«

»Das ist eine hervorragende Idee.«

»Komm einfach, sobald du wach bist.« Er rutschte von der Brüstung und stand plötzlich ganz dicht vor ihr. »Du in meinem Pullover – das gefällt mir sehr.« Ganz sacht strich er mit seiner Nase ihre Wange entlang. Danach legte er den Kopf schief, bis sich sein Mund direkt vor ihrem befand.

Sie dachte, er würde sie küssen, doch er verharrte in dieser Position. Trotz des fingerbreiten Abstandes begannen ihre Lippen zu kribbeln. Das Verlangen rauschte so heftig durch ihren Körper, dass sich ihr Atem beschleunigte. Sie spürte Yanek überall, obwohl er sie nicht berührte.

»Träum was Schönes«, flüsterte er. Das Gefühl der Luft, die er dabei an ihren Mund hauchte, war hocherotisch. Hätte er sie in diesem Augenblick noch einmal gefragt, ob sie mit zu ihm kommen wollte, wäre sie ihm ohne Zögern gefolgt.

Doch er fragte nicht. Stattdessen trat er einen Schritt zurück. »Bis morgen früh.« Im Mondlicht sah sie sein Lächeln.

Sie versuchte zu antworten, brachte jedoch kein Wort heraus.

Er wandte sich zum Gehen und verschwand im Schatten des Baumes vor seiner Hütte.

Ein durchdringendes Scheppern riss Valerie aus ihrem Rauschzustand. Die Blechkanne war ihr aus der Hand gerutscht und auf den Mosaikboden gefallen.

»Alles okay?«, hörte sie Yanek fragen.

»Mir ist nur die Kanne runtergefallen. Nichts passiert.« Und sie ergänzte im Flüsterton: »Du bist schuld.«

Sie hörte ihn lachen und dann seine Hüttentür aufmachen.

»Dein Pullover!« Sie wollte sich den Sweater über den Kopf ziehen.

»Gib ihn mir morgen. Schlaf gut!« Er schloss die Tür.

Ich bezweifle, dass ich nach dem Nicht-Kuss schnell Ruhe finde.

In diesem Moment öffnete sich Alice' Fenster. »Hallo? Was ist da draußen los?«, fragte sie in die Nacht. Wegen des Kerzenlichts drinnen konnte sie vermutlich nicht viel sehen.

»Bin nur ich. Valerie. Ich habe aus Versehen etwas runtergeworfen.« Valerie hob die Kanne auf.

»Okay, ich dachte schon, ein Bär treibt sein Unwesen.«

»Ich glaube nicht, dass es in Österreich Bären gibt«, sagte Valerie und begann, Wasser zu pumpen. Sie konnte nicht genau sagen, warum, aber Alice irritierte sie.

Valerie sah, dass durch Yaneks Fenster nun ebenfalls schummriges Licht fiel.

»Keine Ahnung.« Alice stützte ihre Ellbogen auf die Fensterbank. »Auf jeden Fall gibt es Füchse. Neulich Nacht, als ich nicht schlafen konnte und noch einen kurzen Spaziergang gemacht habe, war ein heiseres, hohes Bellen zu hören. Ganz in der Nähe. Peter meinte, das seien Füchse. Wer weiß, vielleicht gibt es hier auch Wölfe. Oder eben Bären«

Die Wasserkanne war vollgelaufen. »Gut möglich. Aber gerade eben – das war ich.«

»Sehr beruhigend.« Alice richtete sich wieder auf.

Valerie wandte sich zum Gehen. »Gute Nacht. Und falls du noch arbeitest, viel Erfolg.«

»Gute Nacht.«

Als Valerie die Wasserkanne schon fast bis zu ihrer Hütte getragen hatte, hörte sie Alice sagen: »Füchse, Wölfe und Bären sind bestimmt nicht die gefährlichsten Raubtiere im Dorf.«

Valerie träumte von Yanek. Sie lief in den Wald, um ihn mit seinem Handy anzurufen, was ihr nicht weiter merkwürdig erschien. Kurz vor der Stelle mit Empfang schaffte sie es plötzlich nicht mehr, die Füße zu heben. Brombeerranken hatten sich um ihre Beine geschlungen. Auf den Ruten hingen dicke schwarzblaue Früchte. Als sie hochsah, stand Yanek vor ihr. Sie bat ihn, ihr zu helfen. Doch er antwortete auf Türkisch und sie verstand ihn nicht.

»Wie bitte?«, fragte sie.

»Ich habe gesagt, dass ich jetzt gern meinen Pullover zurückhätte, weil ich ihn Kim und Holly geben möchte.«

Als sie das Kleidungsstück ausziehen wollte, zauberte Yanek eine Blechkanne hinter seinem Rücken hervor. »Jutta bittet dich, Beeren mitzubringen. Die hier voll sollte reichen.«

Verblüfft sah sie die Kanne an. Es würde ewig dauern, sie zu füllen. Um abzuschätzen, ob es hier überhaupt genug gab, schaute sie wieder ihre Beine hinunter. Und auf einmal trug sie nicht mehr die Wanderstiefel, sondern Flip-Flops, und die Dornen an den Ranken bohrten sich in ihre Haut.

»Typisch Deutsche«, kommentierte Yanek.

Als sie ihren Blick wieder auf ihn richtete, stand vor ihr ein Bär – aufgerichtet auf seine Hinterläufe, mit glänzendem dunklem Fell und braunen Augen. Sobald er das Maul öffnete, entdeckte sie, dass einer seiner Schneidezähne etwas schief stand.

Valerie wachte mit jenem Gefühl der Verstörung auf, das immer dann zurückblieb, wenn sie schlecht geträumt hatte. Verwirrt setzte sie sich auf und sah sich um. Ihre Kinder lagen friedlich in den Betten, die Dachschräge war vom einfallenden Sonnenlicht beleuchtet und durch das Fensterchen sah sie die knorrigen Obstbäume, die hinter ihrer Hütte auf der Wiese standen.

Ein bisschen wackelig kletterte sie die Leiter hinunter.

Sie schnappte sich ein Handtuch und holte frische Klamotten aus dem Schrank. Dann machte sie sich auf den Weg zum Waschplatz, um die Traumbilder mit warmem Wasser wegzuschwemmen. Mittlerweile mochte sie die spartanische Dusche. Beim Waschen im Wald zu stehen, hatte schon etwas sehr Spezielles. In den Fichten rundherum tummelten sich meist etliche Gimpel und sangen ihre zarten Melodien. Auch dieses Mal flatterten sie geschäftig von Ast zu Ast, während Valerie sich einseifte, die Haare schamponierte und sich dann abspülte. Als sie sich mit dem Handtuch trocken rieb, hörte sie ununterbrochen das fröhliche *Dju-Diüü* der Vögel. Mehr war nicht nötig, um sie aus der merkwürdigen Traumstimmung zu holen. Aufgekratzt schlüpfte sie in die frischen Klamotten, fuhr mit dem Kamm durch die feuchten Haare, putzte die Zähne und lief zurück zum Dorf.

Aus Yaneks Kamin stieg bereits eine Rauchsäule, also

hängte sie rasch das Handtuch in die Sonne und schnappte sich seinen Pullover, der in ihrer Hütte auf einem Stuhl lag. Kurz darauf klopfte sie schon an seine Tür.

»Guten Morgen.« Er strahlte sie an.

So angesehen zu werden, hatte eine unglaubliche Wirkung auf sie.

»Komm rein!«

Mokkaduft strömte ihr entgegen. Sie reichte ihm den Pullover, dann sah sie sich um. Bisher war sie in Alice' und Jos Hütten gewesen und wusste, dass jede ihre persönliche Note hatte. Yaneks Behausung jedoch unterschied sich wirklich komplett von den anderen. In die Dachschräge war kein Stockwerk eingezogen, also sah man von unten auf die Dachbalken. In der Mitte des Raumes hing ein hölzernes Wagenrad, das mit getrockneten Blumen umrankt war. Beim Fenster gab es einen kleinen Tisch mit Sitzgelegenheiten für zwei. In einer Ecke stand ein mit Rosen bemalter Schrank. Daneben befand sich ein fliederfarben gepolstertes Sofa. Am eindrucksvollsten aber war das Doppelbett mit floral gemusterter Bettwäsche und einem Himmel aus blassgrüner Gaze, die seitlich bis zu den Bodendielen hinabreichte. Wie alle von Jutta und Peter eingerichteten Räume war auch dieser geschmackvoll und mit einer enormen Liebe zum Detail gestaltet.

»Willkommen in der Männerhütte«, scherzte Yanek. Er nahm den kleinen Topf vom Ofen. »Kaffee?«

Valerie starrte nach wie vor auf das Bett. Die Tatsache, dass er hier noch bis vor sehr kurzer Zeit mit einer anderen gelegen hatte, verstörte sie.

»Jutta und Peter konnten nicht wissen, dass dieses Haus für Stella und mich nie gepasst hat. Sie haben geglaubt, wir sind ein verliebtes Paar«, erklärte er, weil Valerie nichts sagte. Er trat von hinten an sie heran und legte ihr die Hände an die Taille. »Alles okay? Sollen wir den Kaffee lieber woanders trinken?«

Ich lasse die Stella-Sache auf sich beruhen, weil sie nicht das Geringste mit mir zu tun hat!

Sie drehte sich zu Yanek um. »Klar ist alles okay. Ich finde den Raum total gemütlich.« Dann stellte sie sich auf die Zehenspitzen und gab ihm einen Kuss.

Sofort umfasste er sie und zog sie an sich.

Dankbar für seine Wärme schmiegte sie ihren vom Duschen im Freien noch kühlen Körper an ihn. Sie spürte, wie sich ihr Busen an ihn drückte.

Der Kuss vertiefte sich.

Ihm so nahe zu sein, ihn zu fühlen, zu riechen und zu schmecken, reichte aus, um in Valerie ein loderndes Feuer zu entfachen. Begehrlich schlang sie die Arme um seinen Nacken und presste ihr Becken gegen seinen Oberschenkel.

Er stieß Luft aus, um dann schneller weiterzuatmen. Seine Hände wanderten unter ihre Bluse, strichen ihren Rücken hinauf und hinterließen eine glühende Spur auf der Haut.

Sie fuhr mit den Fingern seinen Hals hinab, bis sie den Kragen des Shirts erreichte, den sie zur Seite zog, um dann den Ansatz seines Brustmuskels zu küssen. So sehr sie das vorsichtige Herantasten die Tage zuvor genossen hatte, so wenig konnte sie es jetzt noch ertragen. »Yanek«, keuchte sie, als seine Hände ihre Körperseiten hinunterglitten.

»Soll ich aufhören?«

»Nein!«

»Sag mir, was du möchtest!« Seine Stimme klang rau.

»Hast du ein Kondom?«

Er nickte.

»Ich will dich so sehr!«

Ohne zu zögern hob er sie auf seine Hüftknochen und trug sie zum Himmelbett. Dann zog er sich sein Shirt aus und schob sich über sie.

Gierig, endlich mehr von ihm zu spüren, strich sie über seine Brust und seinen Bauch, küsste seine nackten Schultern und zog mit ihren Beinen seinen Unterleib noch näher an ihren. Sie konnte sich nicht erinnern, ob sie je etwas so sehr gewollt hatte wie Sex mit Yanek in diesem Augenblick.

Sanft schob er ihre Bluse hoch und berührte ihren Bauch mit den Fingerspitzen. »Bist du sicher?«, fragte er.

»Ganz sicher!«

Peter hatte an diesem Tag mit einigen anderen Dorfbewohnern im Bach Forellen gefangen. Und nun stand Valerie mit den Gastgebern in der Küche und half beim Ausnehmen. Die größte hatte angeblich bei Benno angebissen. Ganz aufgeregt hatte er erzählt, wie er sie aus einer kleinen Furt gezogen hatte. Die Fische sollten nun mit Kräutern gefüllt, mit Butter eingerieben und dann im Holzofen knusprig braun gebraten werden.

Glücklich arbeitete Valerie vor sich hin. Die Morgenstunden mit Yanek wirkten noch in ihr nach, und sie fühlte sich bis in den letzten Winkel ihrer Seele mit Glück und Zufriedenheit ausgefüllt. Ihr Körper erschien ihr so leicht, dass sie den Eindruck hatte, keine Muskeln zu brauchen, um sich zu bewegen.

Wenn mir bei der Ankunft jemand gesagt hätte, was passieren wird, wäre ich gestorben vor Lachen.

In Gedanken lebte sie noch einmal durch, wie es sich anfühlte, Yanek zu berühren, ihn zu küssen und ihn in sich zu spüren. Und wie er sie danach im Arm gehalten und unablässig gestreichelt hatte. Sie nicht hatte gehen lassen wollen.

»Nur noch eine Minute«, hatten sie abwechselnd gesagt und sich stets aufs Neue aneinandergeschmiegt.

Als Nächstes überlegte Valerie schmunzelnd, dass es wohl viel über eine Person aussagte, was sie abgesehen von Kleidung mit hierherbrachte. Sie selbst zum Beispiel hatte ihr Skizzenbuch und Stifte mit. Alice Sommerkleider und das Material für ihre Doktorarbeit.

Und was hatte Yanek im Gepäck? Türkischen Kaffee und Kondome.

»Valerie?« Peter sah sie fragend an.

»Entschuldige, hast du was gesagt? Ich war gerade abgelenkt.«

»Mein Messer ist stumpf. Kannst du mir mal den Schleifstein aus dem kleinen Hängeschrank dort drüben geben?«

Valerie wischte sich die Hände an der Schürze ab, dann öffnete sie das Möbelstück. Darin befanden sich Küchenutensilien, die nicht ständig gebraucht wurden, fein säuberlich gefaltete Geschirrtücher und ein Stapel Briefumschläge. Der Schleifstein lag obenauf.

Als Valerie ihn nahm, segelten ein paar der Kuverts zu Boden. »Oh, tut mir leid.« Ihr Blick fiel auf ein Foto, das wohl ebenfalls aus dem Stapel gerutscht war. Darauf zu sehen war ein blonder Mann – vielleicht dreißig oder fünfunddreißig Jahre alt. Valerie hob das Bild auf.

»Das ist unser Sohn Daniel, von dem ich dir schon erzählt habe. Oben im Schlafzimmer hängen ein paar andere Aufnahmen, aber das ist die aktuellste. Peter, du wolltest doch noch einen Rahmen dafür basteln.«

»Er sieht sympathisch aus«, kommentierte Valerie. »Er hat deine Augen, Peter, und dein Lachen, Jutta. Was macht er beruflich?«

»Er ist Musiker. Die meiste Zeit im Jahr ist er unterwegs, aber ab und zu kommt er uns hier besuchen«, antwortete Jutta.

»Dann liegt die Musikalität wohl in der Familie«, meinte Valerie, weil sie an Peters Künste an Saxofon und Gitarre dachte. Sie bückte sich nach den Kuverts.

Erst jetzt sah sie, dass es sich um amtlich wirkende Briefe handelte. Ganz automatisch fiel ihr Blick auf das Adressfeld mit Juttas und Peters Namen und einer Postfachnummer in Bad Aussee.

Der Absender war das Finanzamt Judenburg-Liezen.

»Nur Informationsschreiben«, kommentierte Peter. »Dass man sich einen Zugang zum Onlineportal des Finanzministeriums verschaffen kann und das regionale Finanzamt einen neuen Namen hat. Wo wir doch nicht einmal einen Computer besitzen. Geschweige denn Einnahmen, die es zu versteuern gibt.«

Jutta nahm ihr die Umschläge aus der Hand und legte sie

zurück in den Schrank. »Als wir mit dem Dorfprojekt begonnen haben, hat ein Freund, der sich mit diesen Dingen auskennt, unsere Finanzen in Ordnung gebracht. Wir zwei sind nicht gerade Fans von Büroarbeit. Und zum Glück fallen wir unter die Einkommensgrenze.«

»Wenn im Herbst Ruhe einkehrt, sichten wir die Dokumente und sortieren die Unterlagen. Wie jedes Jahr«, erklärte Peter. »Unser Freund macht dann wieder Meldung bei den Ämtern.«

Valerie mochte die Art, wie die beiden mit diesen Angelegenheiten umgingen. Sie selbst steckte viel zu viel Zeit und Energie in die Verwaltung ihres kleinen Unternehmens. Der Aufwand stand in keinem Verhältnis zu den Einnahmen. Vermutlich sollte sie sich auch diesbezüglich eine Scheibe von Juttas und Peters Lebenseinstellung abschneiden. Österreicher schienen diese Dinge immer ein wenig lockerer zu nehmen. Die »Passt schon!«-Mentalität war wirklich entspannend. Kein fließendes Wasser – passt schon, ein Eimer als Dusche tut's auch. Keine Straße zum Dorf – passt schon, wir fahren eben mitten durch den Wald. Das alles hatte so etwas erfrischend Unkompliziertes an sich.

»Na, dann wollen wir mal«, brummte Peter und begann, das Messer in gleichmäßigen Bewegungen über den Schleifstein zu ziehen.

20

Da es an diesem Nachmittag etwas kühler war, nutzten alle die Zeit, um etwas Produktives zu tun. Valerie, Benno, Toni, Jo und mittlerweile auch Yanek arbeiteten am Baumhaus, während Peter und Guus die Umzäunung des Hühnerstalls reparierten. Zwei morsche Latten ersetzten sie durch alte rote Skier, was Valerie eine witzige Idee fand. Hier im Dorf wurde einfach alles wiederverwendet. Nur was absolut nicht recycelt, kompostiert oder im Lagerfeuer verbrannt werden konnte, sammelten Jutta und Peter in Säcken, die bei den wöchentlichen Einkaufsfahrten mitgenommen wurden. Valerie hatte schon gestaunt, wie wenig es war, wenn man bedachte, dass hier achtzehn Leute lebten.

Während Yanek und die Jungs auf einer Seite des Baumhauses in großen Buchstaben die verschiedensprachigen Sprüche schrieben, half Jo Valerie auf der anderen mit der Comiczeichnung.

»Yanek und du also«, flüsterte Jo. Das klang nicht wie eine Frage, sondern eher nach einer Feststellung.

Valerie nickte lächelnd. »Woher weißt du es? Erraten?«

»Nein. Alice hat es erwähnt.«

Sie tratscht über mich?

»Durfte ich es nicht wissen?«, fragte er. »Sie hat es uns

heute Vormittag beim Fischen verraten. Peter, Guus, Lieke, die Engländer und dein Sohn waren auch dabei.«

Ärger stieg in ihr hoch. Wie kam Alice dazu, mit den anderen darüber zu reden? Noch dazu, wenn Benno dabei war. So etwas tat man doch nicht.

Jo tunkte den Pinsel in die grüne Farbe. »Jetzt ärgerst du dich. Entschuldige, dass ich überhaupt mit dem Thema angefangen habe, ich alter Plauderer.«

Valerie rieb energisch an einem Farbfleck auf ihrem Arm. »Du hast ja nichts falsch gemacht«, erwiderte sie. Eigentlich hätte sie gern noch hinzugefügt, dass es zu früh war, um von einer Partnerschaft zu sprechen, ließ es dann jedoch bleiben.

»Tut mir leid. Ich hätte meine Klappe halten sollen. Aber da sie sich selbst so sehr für Yanek interessiert, kann ich eine gewisse Freude darüber nicht verbergen, dass er jetzt vom Markt ist. Oje, ich höre mich schon an wie die Kids in diesen amerikanischen Highschool-Serien, oder?«

Valerie musste lachen. »Das Dorf wirkt sich wohl auf uns alle verjüngend aus. Ich habe mich in den letzten Tagen auch oft wie eine Teenagerin gefühlt.«

Jo malte weiter. Nach einer Weile fragte er: »Also ist es wahr?«

»Ja.« Vorsichtig zog sie die Striche, die Peters Augenbrauen darstellen sollten.

»Ich freue mich für euch. Ihr passt super zusammen, würde ich sagen. So von der Lebenseinstellung her.«

Valerie blickte von der Malarbeit auf und sah Jo nachdenklich an. Sie war bis über beide Ohren verliebt in Yanek, konnte gut mit ihm reden und reagierte körperlich stark auf ihn. Aber wusste sie, ob sich ihre Weltbilder, ihre Wünsche und Zukunftspläne in Einklang bringen ließen? Dafür kannten sie sich nicht lange genug. Sie standen noch am Anfang – von wer weiß was. Dass Jo so optimistisch war, ließ Wärme zu ihrem Herzen strömen.

Er hatte gerade eine Erbsenschote fertig ausgemalt und meinte: »Jetzt muss Alice nur noch entdecken, dass der unscheinbare, etwas schüchterne Kumpeltyp der Mann ihrer Träume ist, dann haben wir das perfekte Happy End für unsere österreichische Soap-Opera.«

Eigentlich hatten sie den Kaffee dieses Mal wirklich trinken wollen. Noch am Abend hatten sie darüber gescherzt, dass sie den köstlichen Mokka kein weiteres Mal mehr kalt werden lassen würden. Und dann schafften sie doch wieder nur zwei Schlucke.

»Ich habe dich in der Nacht schrecklich vermisst. Es hat ewig gedauert, bis ich einschlafen konnte, weil ich die ganze Zeit an dich denken musste. Zu wissen, dass du keinen Steinwurf entfernt in der Nachbarhütte liegst, hat es nicht besser gemacht«, sagte Yanek.

Valerie wollte ihm daraufhin nur einen kleinen Kuss geben. Doch dabei blieb es nicht. Seine Lippen fühlten sich einfach zu gut an, um sofort wieder von ihnen abzulassen. Und als er mit der Hand ihren Oberschenkel entlangfuhr, durchströmte sie bereits so viel Verlangen, dass ihr der Kaffee völlig egal war. Sie stellte ihn auf dem Boden ab und kletterte auf Yaneks Schoß. Dann dauerte es nur noch ein paar Augenblicke, bis sie einander ausgezogen hatten, vom Sofa gerutscht und auf dem Dielenboden ihrer Lust freien Lauf gelassen hatten.

Nun lag Valerie schwer atmend auf dem Rücken, Yanek ihr zugewandt auf der Seite. Ihre Beine ruhten noch auf seiner Hüfte und seine Hand knapp über ihrem Venushügel. Langsam verebbten die Wellen der Erfüllung in ihr, und sie spürte träge dem Pochen in ihrem Unterleib nach.

»Das war wunderschön«, hörte sie ihn sagen.

»M-hm«, machte sie zustimmend. Zu mehr war sie noch nicht fähig. Sie drehte ihm den Kopf zu und traf auf seinen Blick. Seine Pupillen waren so geweitet, dass die Augen fast schwarz wirkten.

»Komm her«, sagte er und öffnete die Arme einladend.

Sie schmiegte sich an ihn, und er umfing sie.

»Jetzt ist der Kaffee wieder kalt«, murmelte sie nach einer Weile.

»Wir kochen gleich neuen. Nur noch kurz ausruhen.« Er drückte einen Kuss auf ihre Lippen.

Sie fasste an seine Wange und begann, den Bart zu kraulen. Dieses Gefühl liebte sie.

Er ließ einen genüsslichen Laut hören und zog sie noch näher an sich.

Die wohlige Zufriedenheit nach dem Sex, seine warme Haut an ihrer, wie er sie umfasste, und das gleichmäßige Heben und Senken seines Brustkorbes ließen in ihr das Gefühl vollkommener Geborgenheit aufquellen wie süßen Hefeteig. Ihre Muskeln wurden schwer, und sie sank noch tiefer in seine Umarmung.

Vermutlich wäre sie irgendwann weggedämmert, wenn sein Zucken im Schlaf sie nicht wieder hätte wach werden lassen.

Sie lauschte seinen langen, tiefen Atemzügen, als wären sie Musik. Es berührte sie irgendwie, dass er eingenickt war. Sich in der Gegenwart eines anderen auf diese Weise fallen zu lassen, bedeutete Vertrauen. Sie mochte diesen Gedanken und stellte fest, dass es ihr umgekehrt genauso ging. Das erste Mal, seitdem ihre Ehe durch den Unfall so jäh zu Ende gegangen war, hatte sie das Gefühl, sich einem Mann gänzlich anvertrauen zu können.

Tränen begannen in ihren Augen zu brennen. Erst durch Yaneks Nähe wurde ihr bewusst, wie allein sie in den letzten Jahren gewesen war. Wie stark sie hatte sein müssen und wie sehr sie gekämpft hatte. Sie erwartete nicht von ihm, dass er ihr irgendetwas abnahm. Aber wenn sie nur ab und zu in seinen Armen Kraft tanken durfte, würde schon vieles leichter. Bewusst durchatmend, schloss sie kurz die Augen. Sie hatte das Gefühl, die tief in ihr sitzende Traurigkeit aus- und Energie einatmen zu können.

Nach einer Weile drehte sie sich in der Umarmung sachte ein wenig auf den Rücken. Ihr Beckenknochen fing nämlich an, auf dem harten Holzboden zu schmerzen. Im Bett wäre es jetzt wesentlich gemütlicher gewesen. Ihr Blick wanderte über den zauberhaften Himmel und die Zudecke bis zum Boden, wo ein grauer Beutel lag, aus dem Yanek vorhin ein Kondom gefischt hatte. Die Morgensonne fiel in diesem Moment so auf die Scheibe des geöffneten Fensters, dass die Strahlen genau auf diese Stelle unterm Bett reflektiert wurden. Als wäre er etwas Sakrales, lag der Beutel exakt auf dem beleuchteten Fleck.

Valerie schmunzelte.

Doch dann kniff sie die Augen zusammen, denn im geöffneten Beutel glitzerte etwas.

Eigentlich war Valerie nicht so neugierig, dass sie die Sachen anderer Leute durchstöberte, aber das glänzende Ding zog sie magisch an. Eine Zeit lang neigte sie ihren Kopf hin und her und versuchte, herauszubekommen, was es war. Doch schließlich hob sie vorsichtig Yaneks Arm, wand sich darunter hervor und rollte sich ans Bett heran. Dann musste sie nur noch die Hand ausstrecken.

Valerie starrte mehrere Momente lang auf die Handschellen zwischen ihren Fingern. Zuerst war sie amüsiert über den sonderbaren Fund. Doch bald schob sich ein Bild in ihr Bewusstsein, das sie alles andere als erheiternd fand: Stella, mit diesem Ding an die Bettpfosten fixiert.

Abrupt richtete sich Valerie auf.

Yanek war von der Bewegung wohl munter geworden, denn er öffnete die Augen. »Entschuldige, jetzt bin ich kurz eingeschlafen«, murmelte er und legte die Hand auf ihren Oberschenkel. Warm und schwer lag sie auf ihrer Haut.

Er gähnte. Dann fiel sein Blick auf das, was sie in ihren Fingern hielt. Ein seltsamer Ausdruck huschte über sein Gesicht, und er setzte sich ebenfalls auf. Sie sah an seinen Augen, dass sie dieses Ding nicht hätte finden dürfen und wie sich sein Hirn nun in Gang setzte.

»Es ist nicht so, wie du jetzt wahrscheinlich denkst«, sagte er. Röte war in seine Wangen gestiegen.

Irritiert legte sie die Handschellen auf die Dielen – so weit von sich entfernt wie möglich. »Du darfst stehen, worauf du möchtest. Aber sei mir bitte nicht böse, wenn mich das gerade ein wenig überfordert. Wir tasten uns ja erst aneinander heran ...« Dass sie auf diese Weise auch sehr unsanft mit der Sexualität konfrontiert wurde, die er bis vor so kurzer Zeit noch mit Stella geteilt hatte, sprach sie nicht aus. Sie spürte, dass das ein Problem für sie war, konnte dieses Gefühl aber nicht in Worte fassen.

Dass er auflachte, bewirkte, dass sie sich dumm vorkam. »Ich stehe nicht darauf!« Er rutschte etwas näher an sie heran. »Wie erkläre ich das jetzt am besten?« Mit zusammengezogenen Augenbrauen sah er auf die Handschellen. »Ich habe die aus Versehen mitgebracht ... ähm ... Sie haben hier überhaupt nichts zu suchen. Weder unter noch in meinem Bett ...«

Dass er immer wieder abbrach und offensichtlich überlegen musste, was er sagte, weckte Valeries Misstrauen. Sie spürte, dass hier irgendetwas nicht stimmte.

Plötzlich wurde ihr bewusst, dass sie nackt war. Was sich vor wenigen Augenblicken noch völlig selbstverständlich angefühlt hatte, war ihr nun unangenehm. Schweigend stand sie auf und ging zum Sofa hinüber, um in ihr T-Shirt zu schlüpfen.

»Ich merke schon, das kommt jetzt alles ein bisschen komisch rüber«, stellte er fest und erhob sich ebenfalls. »Hilft ja nichts, ich muss es einfach sagen«, murmelte er wie zu sich selbst.

Sie wandte sich zu ihm um und musterte ihn.

Mit einem Mal wirkte er gestresst. In einer fahrigen Bewegung fuhr er sich mit der flachen Hand über die Stirn und anschließend durch die Haare. Dann verkündete er: »Valerie, ich habe dich angelogen. Ich bin kein Lehrer.« Wieder pausierte er für ein paar Momente, als würde er überlegen, dann ergänzte er: »Eigentlich bin ich … ähm … Polizist.«

Verwirrt blickte sie von ihm zu den Handschellen auf dem Boden und danach wieder zurück zu ihm. »Was?«

»Ich bin froh, dass du jetzt endlich Bescheid weißt.« Er lächelte, wirkte dabei jedoch nervös.

Sie spürte, wie ein kaltes Gefühl in ihre Brust glitt. Noch vor wenigen Augenblicken hatte sich alles so richtig angefühlt und nun sah und hörte sie nur mehr Dinge, die sie alarmierten. Wo war plötzlich der Yanek geblieben, der stets so viel Wahrhaftigkeit ausstrahlte?

Ohne Unterwäsche stieg sie in die Hose.

»Sag bitte was! Mich beunruhigt dein Blick.«

Endlich war ihr Körper bedeckt. »Warum spielst du mir vor, Lehrer zu sein? Das ergibt doch überhaupt keinen Sinn.« Die Enttäuschung ließ ihr Herz rasen und ihre Knie weich werden. Sie dachte daran, wie oft sie über seinen Beruf gesprochen hatten. Zumindest einmal hatte sie dabei in seinen Armen gelegen und er hatte ihr, ohne mit der Wimper zu zucken, etwas vorgemacht.

»Es tut mir unfassbar leid. Es war furchtbar, dich anschwindeln zu müssen«, wiederholte er. »Aber ich habe es Stella versprochen.«

»Stella ist seit Tagen nicht mehr hier. Ich aber schon,

Yanek.« Erneut sah sie ihm auf der Suche nach einer Erklärung ins Gesicht.

Plötzlich beschlich sie der Eindruck, vor ihr stünde ein völlig Fremder. Denn er wiederholte nur: »Es tut mir leid!«

Sie konnte nicht glauben, dass er ihr keine anständige Erläuterung lieferte. Es musste doch eine geben. Worin lag hier das Missverständnis? »Du hast Stella versprochen, nicht zu sagen, dass du bei der Polizei bist?«, fragte sie.

»Na ja ... Ja.«

Sie verschränkte die Arme vor der Brust. »Sie hat also von dir verlangt, dass du lügst und dich als Lehrer ausgibst? Findest du nicht auch, dass das nach einer lahmen Ausrede für ... was weiß ich, was klingt?« Plötzlich wünschte sie sich, er hätte gesagt, er würde darauf abfahren, Frauen mit Handschellen ans Bett zu ketten. Dann würde sie zumindest nicht hier stehen und rätseln.

Er antwortete nicht. Stattdessen sah er zur Seite und biss sich auf die Unterlippe.

»Kommt da noch irgendwas?« Sie konnte einfach nicht fassen, dass er jetzt schwieg.

Er zog die Schultern hoch. »Ist es denn wirklich so wichtig, was ich mache?«

»Aber nein. Der Beruf ist natürlich völlige Nebensache. Lehrer, Polizist oder wer weiß, was sonst. Ähnlich bedeutungslos wie die Farbe der Socken, die du trägst.« Sie schnaubte. »Noch dazu, wo das alles so wahnsinnig glaubwürdig klingt, was du von dir gibst: Handschellen aus Versehen im Kulturbeutel mitgenommen und der Ex zuliebe wegen des Jobs gelogen. Ja, ja.«

Er räusperte sich. »Also die Handschließen waren in meiner Jackentasche, weil ich sie am letzten Arbeitstag, als es schnell gehen musste, eingesteckt und dann nicht mehr an sie gedacht habe. Und warum ich dich und alle anderen in Bezug auf meinen tatsächlichen Beruf im Unklaren gelassen habe, kann ich dir im Augenblick nicht erklären. Aber bitte glaub mir, dass es jede Sekunde scheußlich war, nicht ehrlich zu dir zu sein.«

Er kam einen Schritt näher.

Doch sie trat zurück. »Also gut, mal angenommen, das mit der Polizei würde stimmen. Was hast du dann bei Jutta und Peter zu suchen, bitte? Die harmlosesten Menschen auf der Welt. Was gäbe es hier im Dorf zu ermitteln?« Sie bückte sich nach ihrer Unterwäsche.

»Ich ermittle nicht. Ich bin im Urlaub. So wie du auch.«

»Kann ich mal deine Dienstmarke sehen?«

Sie registrierte, dass er ungeduldig von einem Bein auf das andere stieg, bevor er erwiderte: »Wie gesagt, ich bin im Urlaub. Ich habe keine Dienstmarke dabei.« Er klang emotional, sie konnte seinen Tonfall jedoch nicht richtig einordnen.

»Aber Handschellen hast du dabei, ja?«

Nun atmete er tief durch und antwortete dann übertrieben ruhig: »Habe ich doch schon erklärt: Das war ein Versehen.«

Sie wartete immer noch auf die Bestätigung dafür, dass er der Mann war, den sie in ihm hatte sehen wollen. Einer, dem sie uneingeschränkt vertrauen konnte. Aber es kam einfach nichts Konkretes.

Ihr war, als würde ein heißer Ring ihre Kehle zudrücken. »Weil ein Polizist im Urlaub den Leuten erzählt, dass er am Gymnasium unterrichtet!? Das ist doch total absurd!« Ihre Stimme hörte sich brüchig an. »Echt, ich bin zu alt für so einen Unsinn.« Sie stopfte ihre Wäsche in die Hosentaschen. Plötzlich wollte sie hier nur noch weg.

Wie konnte ich nur so naiv sein? Vom ersten Tag an habe ich gespürt, dass etwas an ihm komisch ist. Doch anstatt auf meine innere Stimme zu hören, habe ich mich einwickeln lassen.

»Valerie, bitte setz dich! Ich verstehe, dass du verunsichert bist. Aber du kennst mich gut genug, um zu wissen, dass ich kein Perverser oder Betrüger bin.«

»Ja? Weiß ich das? Woher denn, bitte?« Mühsam versuchte sie, den sich aufbäumenden Zorn über die Verletzung kleinzuhalten. »Im Grunde habe ich es geahnt, seit ich euch im Arbeitszimmer erwischt habe.« Und dann benutzte sie Alice' Worte: »Dass man sich mit dir nur Probleme einfängt.« Sie lief zur Tür.

»Jetzt beruhig dich!« Auch er schlüpfte nun in seine Hose, dabei verhedderte er sich in den Hosenbeinen und verlor beinahe das Gleichgewicht.

»Genau das tue ich. Ich beruhige mich von meiner Gefühlsduselei und kann endlich wieder klar denken.« Sie drückte die Klinke.

»Bitte warte!«

Aber sie wollte auf keinen Fall das Risiko eingehen, dass er mit all seiner Ausstrahlung und seinem sanften Blick ihren Vorsatz ins Wanken brachte, sich von so einem haarsträubenden Durcheinander fernzuhalten. Im Augenblick half ihr der Groll dabei. Aber ihr war völlig klar, dass eine Flut von Traurigkeit und Sehnsucht schon bald das zornige Feuer in ihr löschen würde. Und dann würde es sie Kraft kosten, so entschlossen zu handeln wie jetzt.

Also drehte sie sich um und sagte bestimmt: »Ich habe keine Lust, mir das weiter anzuhören.«

Er knöpfte die Hose zu. »Ist es nicht ein bisschen unfair, dass du mir sofort auf ganzer Linie misstraust?«

Sie sah ihn entgeistert an. »Ausgerechnet das findest du unfair?« Kopfschüttelnd wandte sie sich ab und verließ die Hütte.

Weder konnte sie das Gespräch weiter ertragen noch glaubte sie, dass er irgendetwas sagen würde, was die Sache besser machte. Er hätte ihr längst eine Erklärung liefern können, es aber nicht getan.

Die Desillusionierung, die sich in ihr breitmachte, stach in ihrer Brust. Mit jedem Schritt, den sie über den Dorfplatz rannte, wurde ihr klarer, dass er sie getäuscht hatte. Von Freundinnen hatte sie solche Geschichten schon gehört: Die Männer, mit denen sie sich verabredet hatten, logen aus den abstrusesten Gründen. Das schien durchaus üblich geworden zu sein. Aber damit wollte sie nichts zu tun haben. Sie brauchte ehrliche Menschen in ihrem Leben. Yanek hatte etwas Seltsames am Laufen. Und irgendeine Rolle spielte dabei auch Stella – das hatte er vorhin selbst gesagt. Seine gesamte Körpersprache hatte davon erzählt, dass mehr dahintersteckte als eine kleine Schwindelei, für die es gute und harmlose Gründe gab. Womöglich hatte er also auch bei allem anderen gelogen.

Wie er mich mit Komplimenten und Gefühlsbekundungen über-
häuft hat – welcher Mann macht so was?

Sie fragte sich, was für ein Ziel er verfolgt haben konnte. Und warum sie ihm all die Schmeicheleien derart bereitwillig hatte glauben wollen.

»Valerie!« Yanek hatte sie natürlich spielend eingeholt, fasste sie an der Schulter und hielt sie zurück.

Sie wich seiner Berührung aus. »Nicht!«

Er ließ sofort los und nahm Abstand.

»Gibt es ein Problem?« Jo hatte den kleinen Tumult offensichtlich mitbekommen und war hinzugekommen. In den Händen hielt er sein Strickzeug. Um den linken Zeigefinger war Wolle gewickelt.

»Es gibt kein Problem. Wir haben nur eine Kleinigkeit zu klären«, erwiderte Yanek. »Danke, Jo.« Sie sah, wie Gänsehaut über seinen nackten Oberkörper lief.

Jo blieb neben ihnen stehen und schaute Valerie fragend an.

Tränen brannten in ihren Augen, aber sie kämpfte tapfer dagegen an. Es reichte, dass sie so naiv gewesen war. Da musste sie nicht auch noch vor Yanek heulen.

»Bitte, komm wieder mit rein«, sagte er. Zwischen seinen Augenbrauen waren tiefe Furchen aufgetaucht.

»Ich möchte in meine Hütte gehen und mit den Kindern frühstücken«, erwiderte sie.

»Du bildest dir also einfach so dein Urteil?«

»Du sagst doch, dass du im Moment angeblich keine Erklärungen geben kannst. Dann bilde ich mein Urteil eben aufgrund dessen, was ich bisher gesehen und gehört habe.«

Nun sprach Ärger aus seiner Miene. »Na großartig!«

Sie fand nicht, dass es ihm zustand sich aufzuregen.

»Ich habe den Eindruck, Valerie will jetzt nicht mit dir sprechen«, schaltete sich Jo ein. »Vielleicht gehst du besser, Yanek.«

Sie hätte diese Intervention nicht gebraucht, fand es aber nett von Jo, ihr beizustehen.

Yaneks Blick glitt noch einmal über Valeries Gesicht, dann murmelte er: »Alles klar.« Anschließend machte er kehrt, verschwand in seiner Hütte und warf die Tür hinter sich zu.

Valerie stand fassungslos hinter ihrer Tür und wusste nicht, wohin mit sich. Auf Frühstück hatte sie genauso wenig Lust wie darauf, sich noch einmal ins Bett zu legen. Das Drücken in ihrer Brust wurde von Minute zu Minute stärker. Zaghaft sah sie aus dem Fenster zu Yaneks Hütte hinüber. Wolken waren aufgezogen, und das Licht hatte sich geändert. Es war, als hätte sich ein Grauschleier über das Dorf gelegt.

Sie hatte nie recht nachvollziehen können, wieso Menschen logen. Unwahrheiten machten das Leben kompliziert und kosteten Energie. Warum man jedoch jemanden, der sich einem emotional anvertraute und mit dem man schlief, so behandelte, war ihr vollkommen schleierhaft.

Sie drehte sich vom Fenster weg und beschloss, etwas zu zeichnen. Sie musste zumindest ihre Hände beschäftigen. Auf der Suche nach einer Idee sah sie im Raum umher. Bald blieb ihr Blick am Schrank hängen. Mit fahrigen Fingern spitzte sie den Bleistift, zog sich einen Stuhl zurecht und begann dann, die Winterdarstellung zu skizzieren.

Während sie schnelle Striche aufs Blatt brachte, war ihr, als sähe die Frauenfigur mitleidsvoll zu ihr herab.

Ich war die ganze Zeit skeptisch, Senta. Aber anstatt auf die Stör-gefühle zu hören, habe ich mich von ihm einlullen lassen. Auf die bil-ligsten Tricks bin ich reingefallen. Dass er sich so um meine Kinder sorgt. Dass er mich immer unterstützt, wenn ich etwas brauche. Dass er der arme Türke ist, der dauernd mit Rassismus zu kämpfen hat. Dass ich doch nur in mich hineinzuhorchen bräuchte, um zu wissen, ob ich ihm vertrauen kann. Von all dem habe ich mich ablenken las-sen. Davon, dass er niemals irgendeine Frage über seinen Job beant-wortet hat. Und dass er mit Stella im Jagdhaus herumgeschnüffelt hat.

Mit jedem gezeichneten Strich fiel ihr mehr ein. Mit ei-nem Mal war sie in der Lage, deutlich zu erkennen, dass er sie richtiggehend manipuliert hatte.

Ihr wurde schlecht.

Ein Klopfen an der Tür ließ sie zusammenzucken.

Sie ignorierte es und hoffte, die Kinder würden davon nicht aufwachen. Im Augenblick sah sie sich nicht gewach-sen, ihnen gegenüber so zu tun, als wäre nichts.

»Ich bin's, Jo«, hörte sie leise von draußen.

Sie stand auf und öffnete. Unwillkürlich schaute sie über Jos Schulter zu Yaneks Hütte, ärgerte sich aber sofort darü-ber.

»Alles in Ordnung bei dir?«

Sie trat hinaus und schloss die Tür hinter sich. »Danke, mir geht's gut.«

»Was war denn los? Habt ihr euch gestritten?«

Sie überlegte kurz, ob sie über die ganze Angelegenheit besser Stillschweigen bewahren sollte, um sich keine Blöße zu geben, entschied sich dann jedoch dagegen. Sie hatte nichts falsch gemacht, und es würde ihr guttun, darüber zu reden. »Yanek sagt, er unterrichtet nicht am Gymnasium.«

Jo hob die Augenbrauen.

»Neuerdings behauptet er, Polizist zu sein. Nachdem ich unter seinem Bett Handschellen entdeckt habe.« Valerie sprach leise, denn rund um die Hütten war mittlerweile Leben erwacht. Guus und Lieke saßen beim Brunnen und tranken Tee, Hollys Mutter hängte in einem Baum Wäsche auf. Immer wieder sah sie dabei in den wolkenverhangenen Himmel hinauf. Die jüngeren Kinder liefen abwechselnd mit Stelzen zwischen den Blumenbeeten vor dem Jagdhaus hin und her.

Jo schüttelte mit befremdetem Gesichtsausdruck den Kopf. »Seltsam.«

»Du sagst es.«

»So ausgefallen sind Handschellen nun auch wieder nicht, dass man ein großes Lügenkonstrukt bauen müsste, um diese Vorliebe zu vertuschen.«

»Ich weiß.« Sie spürte, wie die Wut wieder begann, in ihr hochzudrängen.

»Wieso sollte ein Polizist aber seine Ausrüstung unter dem Bett aufbewahren und behaupten, er sei Lehrer?«, überlegte Jo weiter.

Dass Jo genauso skeptisch war, beruhigte sie. Zumindest musste sie nicht an ihrem Urteilsvermögen zweifeln. »Eben. Und noch dazu nur Handschellen dabei haben. Nichts anderes. Auch keinen Dienstausweis oder so. Er sagt, es wäre ein Versehen gewesen.«

»Das ist tatsächlich alles sehr merkwürdig.« Er kratzte sich ratlos am Kopf.

»Finde ich auch.«

Sie ließen sich auf den Stufen vor Valeries Haus nieder. Im Stehen war sie beinahe so groß wie er, aber im Sitzen überragte sie Jo um ein Stück.

»Arbeitet er vielleicht undercover?«, fragte er nach einiger Zeit.

Sie sah ihn mit großen Augen an.

»Wobei: Hier im Wald – das macht nicht viel Sinn«, ergänzte er. »Was gäbe es hier zu ermitteln? Das ist mir wirklich schleierhaft. Wie hat er das Ganze denn erklärt?«

Sie zuckte mit den Schultern. »Er behauptet, er könne Stella zuliebe nicht die Wahrheit sagen. Also echt! Ich werde nicht gern für blöd verkauft.«

Sie starrten zu Yaneks Hütte hinüber und schwiegen.

Nach einiger Zeit sagte Jo: »Und was, wenn Stella im Zeugenschutzprogramm ist? Und er passt hier auf sie auf? Vielleicht hat er doch noch mehr an Ausrüstung dabei … Ich meine, Waffen und so würde er ja nicht unbedingt gleich rumzeigen.«

Valerie spürte, wie sich ein Hauch Hoffnung in ihre Enttäuschung mischte. Von allen Überlegungen schien diese bisher mit Abstand die plausibelste. Das Dorf war ideal, um jemanden zu verstecken. Gab es vielleicht doch einen nachvollziehbaren Grund für Yaneks Lügen?

Womöglich hatten Stella und er während der ganzen Aktion eine Affäre. In Filmen passiert das ja auch oft. Und da so etwas einem Polizisten sicher nicht erlaubt ist, haben sie sich seltsam verhalten.

Nacheinander fielen Valerie die Augenblicke ein, in denen die Interaktionen zwischen Stella und Yanek merkwürdig gewirkt hatten.

Jo schien an ähnliche Situationen zu denken, sie jedoch etwas anders zu deuten, denn er meinte: »Und die Beziehung ist nur eine Tarnung gewesen. Sie sind als Paar hierhergekommen, weil das am unauffälligsten ist.«

Plötzlich fühlte sich Valerie ganz leicht. Das alles ergab viel Sinn. Yaneks und Stellas Verhalten passte perfekt zu dieser Theorie. Im Grunde waren sie ziemlich schlechte Schauspieler. Denn jedem im Dorf war wohl irgendetwas an den beiden seltsam erschienen.

Überzeugt davon, endlich herausgefunden zu haben, was los war, richtete sich Valerie auf. Sie verstand jetzt, was er damit gemeint hatte, Stellas Geheimnis nicht verraten zu dürfen. Solange sie im Zeugenschutzprogramm war, durfte Yanek natürlich auch der Frau, in die er sich verliebt hatte, nichts erzählen.

Schlechtes Gewissen meldete sich. Valerie hatte Yanek misstraut und war ganz selbstverständlich davon ausgegangen, dass er sie angelogen hatte, weil er ein mieser Typ war. Das musste für ihn wie ein Schlag ins Gesicht gewesen sein.

»Deshalb ist er auch nicht mitgefahren, als Stellas Mutter krank geworden ist«, kombinierte Jo weiter. »Weil Stella und er niemals mehr als ein berufliches Verhältnis verbunden hat.«

Valerie sprang auf. »Ich gehe und rede mit ihm.« Sie beugte sich zu Jo und umarmte ihn. »Danke dir. Ohne dich wäre ich nie im Leben dahintergekommen, was los ist.«

Er lächelte. »Jahrzehntelanger *Tatort*-Konsum.«

Sie richtete sich auf und wandte sich zum Gehen.

Doch noch bevor Jo »Warte!« sagte, hielt sie inne.

Die Theorie, die gerade so stimmig gewirkt hatte, fiel wie ein Kartenhaus in sich zusammen und begrub die eben noch gespürte Euphorie.

»Wenn Stella in einem Zeugenschutzprogramm wäre, hätte sie unmöglich das Dorf verlassen können«, sagte sie. »Schon gar nicht ohne den Polizisten, der sie beschützt.« Kraftlos ließ sie sich wieder auf die Stufe neben Jo fallen. Der Schmerz in ihrem Herzen kehrte zurück und tat nun mehr weh denn je.

Er legte den Arm um ihre Schulter. »Tut mir leid.«

»Schon gut«, erwiderte sie matt. »Es fällt mir einfach schwer zu akzeptieren, dass er tatsächlich gelogen hat. Das verstehe ich einfach nicht. Warum tut man so was?«

»Ich dachte auch, er sei ein wirklich netter Kerl.«

Nach einiger Zeit des Schweigens begann Jo: »Mir fällt da noch was ein. Aber vermutlich sollte ich einfach die Klappe halten und dich nicht weiter mit meinen Hypothesen quälen.«

»Sag schon!«

»Ich habe mal gelesen, dass sich Heiratsschwindler gern entweder als Pädagogen oder Polizisten ausgeben, weil denen besonders schnell vertraut wird ...«

Die Überlegung traf Valerie wie eine Faust in den Magen. Der Teil von ihr, der nach wie vor daran hatte glauben wollen, dass zumindest Yaneks Gefühle für sie echt waren, ging getroffen zu Boden.

»Nein«, wies Jo sich selbst zurecht, weil er wohl Valeries entgeisterten Gesichtsausdruck sah. »Das ergibt auch keinen Sinn. Warum hätte er dann gemeinsam mit Stella hier auftauchen sollen?«

»Heiratsschwindler?« Ihre Stimme klang brüchig.

»War nur Gerede von mir«, winkte er ab. Doch nach einigen Augenblicken fragte er: »Habt ihr einmal über deine Einkünfte gesprochen? Hat er sich dafür interessiert, was du besitzt?«

Sie schüttelte den Kopf.

Er griff nach ihrer Hand. »Dann vergiss es wieder. Manchmal rede ich, bevor ich denke.«

Sie versuchte zu lächeln. »Da sieht man wieder einmal, was passiert, wenn man die einfachsten Regeln nicht beachtet. Spring nie in unbekanntes Gewässer!«

Valerie blieb den ganzen Vormittag in der Hütte. Sie fühlte sich leer und kraftlos. Nicht einmal auf die Arbeit am Baumhaus hatte sie Lust.

Ein paarmal spielte sie mit dem Gedanken, einfach abzureisen. Doch dann wies sie sich selbst zurecht. Wollte sie wirklich die restliche Zeit im Dorf, die ihr und den Kindern so guttat, wegen Yanek verpassen? Klar würde sie die Tage nicht mehr so genießen wie bisher, aber sie war es Benno und Kim schuldig, jetzt durchzuhalten. Was für eine Botschaft wäre es, wenn sie ihretwegen sofort abreisten, während sie dem Drängen der Kinder nicht nachgegeben hatte.

Also riss sich Valerie zusammen und nahm am allgemeinen Mittagessen teil. Weil Nieselregen eingesetzt hatte, fand es im Jagdhaus statt. Es gab Kartoffeln aus dem Backofen mit Ziegenkäse.

Valerie hatte keinen Appetit, zwang sich aber zum Essen, weil sie nicht wollte, dass irgendjemand merkte, wie schlecht es ihr ging. Die ganze Zeit über vermied sie es, auch nur ansatzweise in Yaneks Richtung zu schauen. Sie wollte sich selbst und ihm demonstrieren, dass sie absolut kein Interesse mehr an ihm hatte, weil sie Menschen verabscheute, die herumtricksten – aus welchen Gründen auch immer. Also war das Kapitel Yanek für sie definitiv beendet. Sie würde weder weitere Energie darauf verschwenden, nach Erklärungen zu suchen, noch sich Traurigkeit oder Ärger hingeben. Die Sache war es einfach nicht wert. Statt sich mit ihm zu beschäftigen, würde sie sich lieber voll und ganz auf ihre Kinder konzentrieren.

Natürlich bekam sie trotzdem mit, dass er schweigsam und in sich gekehrt am Tisch saß und sich an keinem Gespräch beteiligte. Im Grunde benahm er sich wieder so wie in den ersten Tagen nach seiner Ankunft.

Als Benno nach der Mahlzeit mit Toni im Wald verschwand, heftete sie sich an Kims und Hollys Fersen. Valerie war egal, ob sie ihre Tochter damit störte. Hauptsache, sie war nicht allein.

»Wir gehen zum Weiher baden«, verkündete Kim irgendwann.

»Es regnet.«

»Na und?«

»Gut, ich hole meinen Bikini«, erwiderte Valerie.

»Wir gehen. Holly und ich.« Kim sah sie durchdringend an.

»Ich störe euch nicht.«

Und dann passierte es. Einfach so.

Sie hatte gedacht, Kims Outing würde in ein längeres Gespräch gebettet sein und sie würden die Gefühle ihres Kindes ausführlich beleuchten. Aber so kam es nicht.

Kim sagte einfach nur: »Holly und ich sind zusammen. Wir wollen allein gehen und für uns sein.« Rasch griff sie nach der Hand der Engländerin.

Diese lächelte entschuldigend, dann ließen die zwei Mädchen Valerie mitten auf dem Dorfplatz stehen.

Eine Zeit lang stand Valerie einfach nur da und wendete Kims Worte im Kopf hin und her.

Ist es das wirklich schon gewesen? Hätte ich nicht irgendetwas Hilfreiches erwidern müssen?

Sie verspürte den heftigen Impuls, Yanek zu suchen und mit ihm darüber zu reden. Er wüsste, was jetzt zu tun war.

Erst dann fiel ihr ein, dass sie nichts mehr mit ihm zu tun haben wollte.

21

Es regnete und regnete. Dabei war es empfindlich kühl geworden, was zu Valeries Stimmung passte. Denn so konnte sie die Zeit in der Hütte verbringen und musste mit niemandem außer den Kindern reden. Stattdessen saß sie am Tisch und las. Oder sie zeichnete. Immer wieder warf sie die Jacke über, lief durch den Schnürlregen und holte sich eine neue Pflanze, die sie dann skizzieren konnte. Bald war die gesamte Tischplatte mit Stängeln, Blüten und Blättern übersät.

Bei der Gruppe ließ sie sich entschuldigen. Sie fühle sich nicht fit, bat sie Kim auszurichten.

Als Valerie den zweiten Tag in der Hütte blieb, kam im Laufe des Nachmittags Jutta vorbei und fragte, ob es ihr besser ginge. Ein paar Leute hätten sich im Haus versammelt, um sich mit Brettspielen die Zeit zu vertreiben.

»Mir geht es gut. Ich genieße die Ruhe und zeichne ein bisschen.«

Ob Yanek wohl dort ist?

Wie schon unzählige Male durchfuhr sie beim Gedanken an ihn der schneidende Schmerz der Enttäuschung. Sie hatte sich ihm geöffnet, und eben weil genau das Überwindung gekostet hatte, tat es jetzt doppelt weh.

Wie gut, dass ich jetzt schon die Reißleine ziehen konnte. Es ist ja noch nicht viel passiert. Wir haben uns geküsst und zweimal miteinander geschlafen. Nicht schlimm.

Dass ihre wunderbaren Gespräche im neuen Licht ebenfalls anders zu bewerten waren, machte ihr am meisten zu schaffen. Sie war wütend auf sich selbst, weil sie sich ihm blauäugig anvertraut hatte.

»Dann will ich dich gar nicht länger beim Zeichnen stören«, sagte Jutta und strahlte sie mit ihrem herzlichen Lächeln an. »Aber ich bringe dir gleich noch was vom Kuchen.«

Valerie fand es rührend, wie sehr sich Jutta und Peter immer um alle Dorfbewohner kümmerten.

Hier herrscht so eine großartige Atmosphäre. Wie kann er es wagen, mit seiner Täuschung das Gemeinschaftsgefühl kaputtzumachen!

Plötzlich hatte Valerie das Bedürfnis, Yanek vor den anderen bloßzustellen. Warum sollte sie ihm gegenüber noch länger loyal bleiben?

»Warte, Jutta! Ich komme doch mit.«

Im Wohnzimmer war es schummrig. Im Kamin schwelte ein kleines Feuer, und auf dem Tisch standen Kerzen links und rechts eines zerfledderten Scrabble-Bretts. Beim Eintreten schlug Valerie der Duft von Kräutertee und frisch Gebackenem entgegen.

Auf dem Teppich spielten die Kinder Begriffe-Raten.

Von den Erwachsenen hatten sich Alice, Lieke, die Engländer und Yanek versammelt.

Als Valerie ihn sah, fühlte sich ihr Herz an, als würde es

abrutschen. Es war untrainiert in Liebesangelegenheiten und rebellierte heftig dagegen, nicht mehr für Yanek schlagen zu dürfen.

Er blickte von seinen Spielsteinen hoch, schaute Valerie einen Moment an, dann senkte er den Blick wieder.

»Hier ist noch Platz«, sagte Alice. »Yanek ist gerade dran. Lieke setzt auf Deutsch oder Englisch. Für alle anderen gelten die normalen Regeln.«

»Tee, meine Liebe?«, bot Jutta an.

Valerie nickte. Sie brachte keinen Ton heraus. Mit ihrem Vorhaben, Yanek zur Rede zu stellen, hatte sie sich gründlich überschätzt.

Peter ist noch nicht vom Wocheneinkauf zurück. Ich sollte sowieso warten, bis er auch da ist.

Yanek legte das Wort *Machete*.

»Hübsch«, kommentierte Alice. »Aber dort drüben hättest du *Thema* schreiben können, und das wäre dreifacher Wortwert gewesen.«

»Habe ich nicht gesehen. *Machete* ist doch gut.«

»Na klar, und auch so viel männlicher. Die Wörter müssen ja zum Spieler passen.« Alice trug seine Punkte in die Tabelle ein.

»Kannst du das bitte sein lassen?« Yanek klang genervt.

»Was denn?«, fragte Alice mit Unschuldsmiene.

»Die Sticheleien. Stell dir mal vor, du schreibst *Bügelbrett* und jemand lässt eine Bemerkung darüber fallen, wie stimmig das Wort für dich als Frau sei. Würde dir das gefallen?«

Alice richtete sich ein wenig auf. Ihre üppige Brust reckte sich dabei nach vorne. »Männer haben jahrhundertelang solche Witze über uns gemacht. Wenn wir jetzt umgekehrt mal zur Entschädigung eine sexistische Anspielung fallen lassen, müsst ihr das aushalten.«

Valerie fand Alice' Argumentation falsch, sagte aber nichts. Sie würde sich hüten, Partei für Yanek zu ergreifen. Da konnte sie noch so sehr der Meinung sein, man sollte Rollenklischees – egal ob für Frauen oder Männer – nicht mehr nachbeten, weil damit niemandem geholfen war.

»Du hattest mich von Beginn an in einer Schublade, und das finde ich schade«, erwiderte Yanek und sah Alice mit kaltem Blick an.

»Warum so empfindlich?«, gab diese zurück.

Jutta stellte eine Teetasse vor Valerie. Die Verwunderung über die schlechte Stimmung am Tisch stand ihr dabei ins Gesicht geschrieben.

»Lieke, du bist dran«, mischte sich Alex ein, weil er der Auseinandersetzung wohl ein rasches Ende bereiten wollte.

»Ich muss noch mal neu überlegen, weil jetzt das M verbaut ist«, antwortete diese.

»Mach Yanek bloß keine Vorwürfe deswegen«, kam von Alice.

Er verdrehte die Augen und holte sich neue Buchstaben aus dem Beutel.

Alice sah Valerie herausfordernd an. Ihr Blick schien zu fragen: »Und den findest du gut?«

Außer mit Jo hatte Valerie mit niemandem über die neuesten Geschehnisse gesprochen. Ihr fehlte die Kraft dazu. Sie wollte nicht hören, wie Alice »Habe ich es dir nicht gesagt!?« tönte. Die Wienerin hatte mit ihrer Ahnung richtig gelegen.

Und dass Valerie gedacht hatte, aus ihr spreche nur gekränkter Stolz, machte es nicht gerade leichter.

In diesem Augenblick ertönte Peters Stimme aus dem Vorzimmer: »Huhu, wir sind wieder da.«

Guus und er kamen mit Kisten beladen herein.

»Schaut mal, wen wir mitgebracht haben!« Peter trat zur Seite.

Stella? Was zum …?

Alle starrten die junge Frau ungläubig an.

»Hallo, Leute«, rief sie fröhlich wie eh und je, als wäre sie nicht vor zehn Tagen tränenüberströmt von hier abgereist. »Ich bin wieder da. Meiner Mutter geht es besser. Es war zum Glück nur ein Schwächeanfall.«

Irritiert sah Valerie zu Yanek hinüber. Er wirkte genauso überrascht wie jeder andere im Raum.

Jutta umarmte die junge Frau. »Das ist ja großartig! Wie schön, dass du zurückgekommen bist. Da kannst du jetzt noch in Ruhe eine Woche mit uns verbringen.« Sie drehte sich zu ihrem Mann. »Woher wusstest du, dass du sie abholen sollst?«

»Ich hatte keine Ahnung. Anton von der Fleischhauerei hat mir gesagt, dass sie im Wirtshaus auf mich wartet.«

»Ich habe damit gerechnet, dass du auch diesen Samstag dort auftauchst, um Braten zu holen«, erklärte Stella. Dann reckte sie den Hals. Als sie Yanek entdeckte, hellte sich ihre Miene noch mehr auf.

Valerie spürte, wie sich die Blicke der anderen auf sie richteten. Sie erriet, dass sich alle fragten, was in ihr vorging. Peinlich berührt, nahm sie ihre Tasse und tat so, als gäbe es darin etwas Interessantes zu sehen. Sie war unglaublich froh darüber, dass sich ihre Kinder gerade nicht in diesem Raum aufhielten.

Stella umrundete den Tisch. »Hallo.« Sie beugte sich zu Yanek hinunter und schlang die Arme von hinten um seinen Oberkörper.

Er blieb stocksteif sitzen.

Blicke wanderten zwischen den beiden und Valerie hin und her. Das war zu viel. Der fest zusammengeschnürte Ball an Emotionen in ihrem Inneren platzte. Eine schmerzhafte Mischung aus Verletzung, Scham und Wut flutete ihre Brust und löste einen Fluchtimpuls in ihr aus. Also schob sie so langsam, wie es ihr in diesem aufgewühlten Zustand möglich war, den Stuhl zurück, stand auf und verließ ohne ein Wort das Zimmer. Sie dachte nicht einmal daran, die Regenjacke vom Haken im Vorraum zu nehmen, sondern sprang nur in ihre Schuhe und lief ums Haus, durch den Garten und über den Dorfplatz. Der Regen klatschte ihr ins Gesicht und durchnässte ihre Kleider.

Yanek hatte sie nach allen Regeln der Kunst getäuscht. Er hatte gesagt, er sei Single und mit Stella wäre alles geklärt, aber auch das hatte offensichtlich nicht gestimmt. So sehr ihr Hirn seit der Entdeckung der Handschellen noch versucht hatte, eine entlastende Erklärung zu finden, so fassungslos versagte es jetzt seinen Dienst.

»Valerie!«, hörte sie Yanek rufen, aber sie blieb nicht stehen.

Im nächsten Moment hatte er sie eingeholt und stellte sich ihr in den Weg. »Bitte, bitte, hör mir zu!«

Sie verschränkte die Arme vor der Brust. »Lass es einfach

gut sein!« Sie spürte, wie ihr Tränen aus den Augenwinkeln sickerten, und war dankbar für den Regen, denn so sah er vielleicht nicht, dass sie weinte.

Sein Blick wurde weich. »Es tut mir alles unendlich leid! Ich wünschte so sehr, ich könnte die Zeit zurückdrehen. Es war völlig falsch, dir nicht von Anfang an die Wahrheit zu sagen. Das Letzte, was ich wollte, war, dir wehzutun.« Er machte einen Schritt auf sie zu.

Doch sie wich zurück.

»Bitte, gehen wir ins Trockene, damit ich dir unter vier Augen wenigstens jetzt alles erklären kann.«

Sie schüttelte den Kopf. Allein das kostete Kraft.

»Ich will nicht, dass das zwischen uns endet. Schon gar nicht so«, fügte er hinzu.

Die Art, wie er sie ansah, verstärkte ihren Schmerz.

»Ich bin alleinerziehende Mutter und habe ein großes Sicherheitsbedürfnis. Und meine Energiekapazitäten sind …« Sie zeigte einen kleinen Abstand zwischen Daumen und Zeigefinger. »Für mich kommt es nicht infrage, mich mit einem Mann wie dir einzulassen.« Ihre Stimme hörte sich wackelig an.

»Einem Mann wie mir?« Der Regen strömte auch über sein Gesicht. Die Tropfen perlten von Augenbrauen und Bart, rannen über seine Haut und versickerten im Pullover.

Sie antwortete nicht.

Seine Miene verfinsterte sich. »Einem Türken, dem man, wenn er nur einmal einen Fehler macht, sicher keine zweite Chance gibt, weil er per se nicht vertrauenswürdig ist?« Da war es wieder, das herablassende Lächeln.

»So meine ich es selbstverständlich nicht!«

»Wie meinst du es dann, Valerie? Glaubst du, ich habe das nicht schon oft genug erlebt? Jemand wie ich kann doch unmöglich bei der Polizei arbeiten. Er steht doch viel eher auf der anderen Seite des Gesetzes. Ich bin das ja gewohnt, aber von dir hätte ich eigentlich etwas anderes erwartet.«

Warum war plötzlich sie es, die sich verteidigen musste? Sie verstand nicht, wie er es binnen weniger Sätze geschafft hatte, den Spieß umzudrehen. Sie fühlte sich hilflos. Und wieder einmal manipuliert.

»Und ich hätte von dir nicht erwartet, dass du gleich die Rassismus-Karte ziehst«, erwiderte sie. »Wir können gern reden, Yanek. Erklär mir alles. Im Beisein von Jutta und Peter.«

Die ganze Zeit hatte er ihr direkt ins Gesicht geblickt, aber jetzt sah er weg.

»Dachte ich mir schon«, kommentierte sie sein Schweigen. Wenn da ein letzter Funke Hoffnung gewesen war, dass sich alles als riesiges Missverständnis herausstellte, war er in diesem Augenblick endgültig erloschen. Sie ließ Yanek stehen und steuerte auf ihre Hütte zu. Kurz bevor sie dort angekommen war, rief sie ihm noch zu: »Und halt dich von meinen Kindern fern!«

Dieses Mal peitschte das Klopfen förmlich an ihr Ohr. Sie war gerade dabei, sich trockene Klamotten anzuziehen, und schrak heftig zusammen.

»Ja?«, fragte sie, wild entschlossen, Yanek nicht die Tür zu öffnen.

»Hier ist Guus.«

»Augenblick!« Schnell schlüpfte sie in ihre Jogginghose und in ein Sweatshirt, dann ließ sie ihn herein. Sie hoffte inständig, dass er nicht mit ihr über Yanek und Stella reden wollte. Bis sich ihre Seele nicht mehr anfühlte wie verätzt, brauchte sie Abstand. Und einen allumfassenden Schlussstrich. Aber natürlich wusste sie, dass das kaum machbar war. Sie würde noch eine ganze Woche hierbleiben. Und im Dorf existierte so etwas wie echte Privatsphäre nicht. Natürlich würde es Fragen geben.

»Ich bin jetzt in einer seltsamen Rolle«, begann Guus. Er war direkt an der Tür stehen geblieben.

Sie senkte den Blick, atmete tief durch und wappnete sich innerlich.

Es wird mir schon irgendwie gelingen, freundlich zu sagen, dass ich nicht darüber reden will.

»Weil ich ja eigentlich dafür bin, dass Drogen legalisiert werden und so weiter.«

Irritiert sah sie hoch.

»Aber sie sind noch Kinder.«

Sie riss die Augen auf.

»Ich wollte mich nach dem Trubel in Bad Aussee auf einen gemütlichen Joint ins Baumhaus zurückziehen. Bei Regen ist es schön dort. Doch die Jungs sitzen drin und rauchen *klimplant* ... keine Ahnung, wie das auf Deutsch heißt. Ein Stück einer Pflanze.«

»Was?«

»Vielleicht möchtest du nachsehen. Ich weiß nicht, ob das nicht megagiftig ist, was die zwei sich da reinziehen.«

»Danke«, stieß Valerie hervor, dann war sie schon aus der Tür. Wieder ohne Jacke und dieses Mal sogar ohne Schuhe. Aber sie spürte die Nässe unter ihren Füßen kaum, denn sie dachte nur voller Sorge an Benno.

Komplett außer Atem kam sie beim Baumhaus an.

Die Strickleiter war hochgezogen, aber neben dem Fenster lehnte noch die Arbeitsleiter. Blitzschnell kletterte sie hinauf und öffnete die Läden.

Benno und Toni zuckten zusammen und versteckten rasch etwas hinter ihren Rücken. In dem kleinen Raum stank es fürchterlich nach verbranntem Laub.

»Zeigt mir, was ihr da raucht!«, forderte sie streng.

Zögerlich holten die Jungs zwei Glimmstängel hervor.

»Das ist nichts Schlimmes. Bloß Lianen«, beteuerte Toni treuherzig.

»Wie, zur Hölle, kommt ihr auf so eine Idee?«

»Wir wollten das nur mal ausprobieren, Mama. Die sind hundertprozentig harmlos.«

»So harmlos, dass mich Guus sofort alarmiert?«

»Ach, der hat doch keine Ahnung.« Toni winkte ab.

»Seid ihr von allen guten Geistern verlassen? Gebt die Dinger sofort her!«

»Ehrlich, Mama, die tun nichts. Oma hat mir erzählt, dass sie die als Kind auch mal geraucht hat. Und die ist uralt und supergesund.«

Sie tippte sich mit der Hand an die Stirn. »Was ist nur los mit euch? Wie könnt ihr glauben, dass dieses Zeug nicht schädlich ist?« Das kam also dabei heraus, wenn sie sich nicht kümmerte, sondern nur auf sich selbst konzentrierte? Dann rauchte ihr Sohn heimlich irgendein vertrocknetes Unkraut. Was war ihr in den letzten Tagen sonst noch alles entgangen?

»Wir haben auch gar nicht inhaliert, weil wir so husten mussten«, gab Toni kleinlaut zu.

Die Jungs übergaben ihr die beiden Schlingplanzenstängel. Sie roch daran, verzog angewidert das Gesicht und warf sie dann fürs Erste hinunter ins nasse Gras.

»Ich verstehe nicht, warum Oma dir sagt, du könntest problemlos Lianen rauchen.«

»Das hat sie nicht. Aber ich dachte, es hat ihr ja nicht geschadet. Meinst du, wir werden jetzt krank?« Benno sah besorgt aus.

»Von dem bisschen Paffen nicht. Aber ihr zeigt mir genau, von welcher Pflanze ihr das abgeschnitten habt, und ich frage zur Sicherheit Jutta, ob die giftig ist. Immerhin habt ihr die Dinger zwischen den Lippen gehabt.«

»Okay«, erwiderten die beiden Jungs unisono.

»Ich schwöre euch, wenn ihr so etwas noch einmal macht, werde ich ungemütlich. Falls ihr euch wieder denkt, ihr wollt irgendwas ausprobieren, fragt ihr vorher gefälligst mich oder Tonis Papa!«

Als sie die Leiter hinunterkletterte, wusste sie eins ganz genau: Sie würde sich ab sofort wieder zu einhundert Prozent auf die Kinder fokussieren und sich durch nichts und niemanden mehr ablenken lassen.

Valerie ging es nicht gut. Sie konnte sich noch so sehr einreden, wie viel Glück sie gehabt hatte, einigermaßen rechtzeitig erkannt zu haben, dass Yanek kein Mann war, der ihr guttat. Dennoch vermisste sie ihn. Zumindest den Menschen, den sie in ihm hatte sehen wollen. Sie verzehrte sich danach, sich so zu fühlen wie bei ihm. Die Schmetterlinge, die Geborgenheit, das Anhimmeln und Bewundertwerden. Doch das schmerzhafte Sehnen ärgerte sie, denn sie wollte nichts mehr für ihn empfinden. Sie wünschte sich, ihn einfach aus ihren Emotionen und Gedanken verbannen und wie zuvor weiterleben zu können.

Zur Ablenkung und um sich selbst zu beweisen, dass sie ihn nicht brauchte, nahm sie an jeder Aktion teil und half überall mit, wo es etwas zu tun gab. In den Regenpausen der nächsten zwei Tage stellte sie die Malereien am Baumhaus fertig und bereitete mit Jutta anschließend die Einweihungsparty vor, die mit den Kindern gefeiert wurde. Abends fiel sie hundemüde ins Bett und war dennoch nicht in der Lage, einzuschlafen, weil ihre Überlegungen dann doch immer wieder zu Yanek zurückkehrten. Sich gedanklich im Kreis drehend, suchte sie nach Erklärungen, blieb dabei aber erfolglos und kam ständig aufs Neue zu der Überzeugung, dass sie einfach akzeptieren musste, sich in den Falschen verliebt zu haben.

Yanek unternahm keinen weiteren Versuch, mit ihr zu reden, was sie erleichterte, gleichzeitig aber auch unendlich traurig stimmte. Wenn sie beim Essen oder bei einer Aktivität aufeinandertrafen, behandelten sie sich gegenseitig bloß noch als Teil der Gruppe. Niemals sprachen sie einander direkt an und blieben dabei auf Abstand.

Stella war hingegen pausenlos an Yaneks Seite, wobei sich die beiden nach dem überraschenden Wiedersehen im

Wohnraum nie wieder berührten. Sie verhielten sich betont freundschaftlich. Ob sie das mit Rücksicht auf Valerie taten oder andere Gründe dafür hatten, blieb unklar.

Immer wieder überlegte Valerie, ob sie mit Jutta und Peter sprechen sollte, brachte es dann aber nicht über sich. Sie scheute davor zurück, Wirbel zu machen. Das Letzte, was sie im Augenblick gebrauchen konnte, war es, Aufmerksamkeit auf sich zu ziehen. Es reichte ihr, mit den Kindern reden zu müssen.

»Vor ein paar Tagen habe ich euch gesagt, dass Yanek und ich Zeit miteinander verbringen ...«, begann sie.

»Aber jetzt ist Stella zurück«, stellte Kim fest. Mitleid huschte über ihr Gesicht.

»Ist Yanek plötzlich wieder mit ihr zusammen?«, fragte Benno. »Ich habe geglaubt, es ist aus zwischen den beiden.«

Valerie schluckte und lächelte tapfer. »Ich weiß es nicht. Aber es ist schon okay. Ich genieße die letzten Tage sowieso am liebsten mit euch.« Ihr war klar, dass dieser Satz eine Steilvorlage für einen sarkastischen Kommentar von Kim war.

Doch die schaute sie nur schweigend an.

»Wir können zu den Ziegen gehen, wenn du magst, Mama«, schlug Benno vor.

»Gern.«

»Okay. Ich hole meine Jacke.« Er stand auf und kletterte die Leiter hinauf zu den Betten.

Kims Blick ruhte noch immer auf Valerie.

Irgendwie wirkt sie plötzlich viel erwachsener.

»Geht es dir gut, Mama?«

»Ja.«

22

Valerie saß in der Küche und zeichnete. Kim und Holly halfen beim Kochen, und sie wollte etwas Zeit mit den beiden verbringen. Denn der verliebte, glückliche Ausdruck auf dem Gesicht ihrer Tochter tröstete sie.

Hauptsache, den Kindern geht es gut. Alles andere ist egal.

Beim Backen der Buchteln und Vorbereiten der Zucchinicremesuppe waren keine weiteren Hände mehr notwendig. Also hatte sie sich einen Hocker herangezogen, sich einen Kuli sowie Juttas Einkaufslistenblock geschnappt und skizzierte nun eine der Zwiebeln, die sie vorhin aus dem Gemüsegarten geholt hatten.

»Wenn ihr jetzt bei dem feuchten Wetter den Bach entlangspaziert, könnt ihr bestimmt Feuersalamander beobachten. Die sind wunderschön«, sagte Jutta zu den Mädchen.

»Neulich«, erwiderte Kim, »haben wir am Teich eine Schlangenhaut gesehen. Wie ein durchsichtiger Schlauch mit Wabenmuster. So cool!«

Valerie lächelte. Noch vor kurzer Zeit wäre es absolut undenkbar gewesen, dass ihre Tochter so etwas gesagt hätte.

»Ein Natternhemd. In Guus' und Liekes Hütte steht ein größeres Glas voll solcher Häute, die unsere Gäste im Laufe der Zeit gesammelt haben. Falls ihr sie also beim nächsten Spaziergang noch findet, könnt ihr sie dazutun.«

Wie hier jedes Detail der Natur wertgeschätzt, beachtet und als Kunstwerk angesehen wurde, imponierte Valerie. Das zu lernen, war ein großes Geschenk. Voller Dankbarkeit, weil der geschärfte Blick auf die kleinen Wunder ihr auch bei der Arbeit viel helfen würde, schraffierte sie die dunklen Partien der äußersten Zwiebelschicht. Im Laufe des Aufenthaltes hier hatten sich ihre Fertigkeiten wesentlich verbessert und die Striche gingen ihr nun locker von der Hand.

Du bist richtig, richtig gut, hörte sie Yaneks Stimme in ihrem Kopf hallen. Es passierte noch viel zu oft, dass er sich in einem unkonzentrierten Augenblick in ihre Gedanken stahl. Oft vergingen dann ein paar Sekunden, bis ihre Gefühle vom Positiven ins Negative umschlugen, denn in den ersten Momenten schien ihr Herz vergessen zu haben, dass sie nicht mehr in ihn verliebt sein wollte.

»Valerie, könntest du mir bitte ein großes Glas Powidl aus dem Vorratskeller holen? Ich brauche ihn, um die Buchteln damit zu füllen.« Jutta knetete gerade den Hefeteig noch einmal durch.

Verwirrt sah Valerie hoch.

»Mama! Nicht träumen!«, kam von Kim.

Valerie bemühte sich um ein Lächeln. »Powidl? Das ist Pflaumenmus, oder? Kommt sofort.«

In die Regenjacke gehüllt, ging sie auf die andere Seite des Hauses, öffnete dort die quietschende Holztür und entzündete die Laterne, die beim Treppenabgang an einem Haken hing. Dann stieg sie die Stufen hinab in den Erdkeller. Im Gewölbe angekommen, ließ sie den Blick durch den düsteren, kühlen Raum schweifen. Vor den Steinmauern standen jede Menge Steigen und Kisten – zum Teil bereits mit Gemüse und Obst gefüllt. Alles war auf kleinen Schildchen in Juttas geschwungener Handschrift feinsäuberlich mit einem Datum und dem Sortennamen versehen. An einer Wand war ein Holzregal über und über mit Gläsern und Flaschen voll Eingekochtem und Eingelegtem bestückt.

Valeries Blick blieb am Beerensirup hängen. Im fahlen Licht sah die Flüssigkeit aus wie schwarze Tinte.

Mit zusammengekrampftem Magen musterte Valerie die Etiketten, die Yanek beschriftet hatte. Anstelle der Es hatte er Beeren gezeichnet und statt der i-Punkte kleine Sonnen gesetzt. Anschließend waren sie zusammen in den Keller gekommen und hatten die Flaschen ins Regal gestellt. Er hatte sie an der Taille gefasst, sie an sich gezogen und geküsst. Das war vor sechs Tagen gewesen.

Wie lange sie hier gestanden und mit ihren Gefühlen gekämpft hatte, wusste sie nicht. Aber da Jutta nachsehen kam, musste einige Zeit vergangen sein.

»Alles in Ordnung. Ich bin nur in Gedanken«, antwortete Valerie. »Hier ist der Powidl.« Sie nahm ein Glas aus dem Regal.

»Die Mädchen drehen oben die Suppe durch die Flotte Lotte und der Germteig muss noch einmal gehen. Ich hätte also ein paar Minütchen, wenn du reden willst ...« Jutta griff sich zwei leere Kisten, drehte sie um und setzte sich auf eine davon. »Komm!« Sie klopfte mit der flachen Hand auf die andere. »Das hier ist zwar nicht der Kräuter-Dachboden, aber wenn dir was auf dem Herzen liegt, tut's auch der Erdkeller.«

»Ich würde tatsächlich gern etwas mit dir besprechen«, fing Valerie an. Sie nahm Platz und stellte die Laterne ab.

Dies war mit Sicherheit der seltsamste Ort, an dem sie je eine Unterhaltung geführt hatte, aber irgendwie passte er zu ihren beklommenen Gefühlen.

»Ich möchte keine große Sache daraus machen und mir ist klar, dass ich nicht die Richtige bin, um das Ganze zu beurteilen, da mir jegliche Objektivität fehlt.«

Jutta strich sich die Haare zurück und runzelte die Stirn. Es war offensichtlich, dass sie sich nicht vorstellen konnte, worum es ging.

Valerie beschloss, bei den bloßen Fakten zu bleiben und alle Spekulationen, die sie bereits angestellt hatte, wegzulassen. »Yanek hat wohl gelogen, was seinen Beruf betrifft. Er ist kein Lehrer. Er sagt, er sei Polizist. Ob das stimmt, weiß ich nicht. Warum er nicht von Anfang an die Wahrheit gesagt hat, bleibt ein Rätsel – erklären wollte er es mir nicht. Er behauptet, es hätte etwas mit Stella zu tun.«

Durch die offene Kellertür hörte man den Regen in den Dachrinnen plätschern.

Valerie fröstelte. »Ich persönlich habe Konsequenzen gezogen. Da waren Gefühle für Yanek, aber ich kann niemanden in meinem Leben gebrauchen, der nicht hundertprozentig aufrichtig ist. Auf keinen Fall möchte ich die gute Stimmung und den Frieden im Dorf durch Anschuldigungen stören. Mir war nur wichtig, dass ihr es wisst und dann selbst entscheiden könnt, wie ihr damit umgehen wollt.«

Jutta zupfte an einem Faden am Saum ihrer Strickjacke. »Es tut mir leid, dass du in deinem Urlaub hier offensichtlich

335

etwas erlebt hast, was negative Emotionen hervorgerufen hat. Ich hätte dir sehr gewünscht, dass du glücklich bist.«

»Ich bin glücklich«, entgegnete Valerie rasch. »Die Wochen bei euch sind wunderbar. Mit den Kindern läuft es gut. Wir sind erholt und entspannt. Wir denken nicht mehr dauernd an unsere Handys und Computer. Das ist ein großer Erfolg.«

Jutta lächelte. »Sehr schön.« Sie schien eine Zeit lang zu überlegen. »Lass mich dich Folgendes fragen: Hat Yanek irgendetwas getan, weswegen dringender Handlungsbedarf besteht? Dich bedrängt? Sich den Kindern gegenüber verantwortungslos verhalten?«

»Nein … Nein!«

»Siehst du die Sicherheit der Dorfgemeinschaft durch ihn in irgendeiner Weise bedroht?«

»Keine Ahnung. Ich glaube nicht«, gab sie zu.

»Weißt du, wir haben öfter mal Gäste, die nicht über ihren Alltag sprechen möchten. Sie kommen zu uns, um alles hinter sich zu lassen, und sagen schon zu Beginn, dass sie nichts erzählen wollen. Vielleicht war es bei Yanek ähnlich. Ich verstehe deine persönliche Kränkung. Man will nicht angelogen werden. Wenn man sich verliebt, erst recht nicht. Aber ich bin nicht sicher, ob die Tatsache, dass er nicht immer die Wahrheit gesagt hat, für Peter und mich ausreicht, um Konsequenzen zu ziehen. Denn wie könnten die aussehen? Dass wir ihn zum Gespräch bitten, damit er uns erläutert, was er nun wirklich beruflich macht? Oder dass wir ihn auffordern, das Dorf zu verlassen?«

Plötzlich kam sich Valerie albern vor. Was in ihren Augen

so riesengroß gewirkt hatte, entpuppte sich aus Juttas Perspektive als verschwindend klein.

Jutta schien zu bemerken, wie unbehaglich sich Valerie fühlte, denn sie sagte: »Möchtest du, dass ich mit ihm darüber spreche, wie es dir gerade geht?«

Valerie schüttelte den Kopf. Sie war sich ziemlich sicher, dass er das wusste.

Am nächsten Morgen war der Regen mit einem Mal vorbei, und über der höchsten Fichte begannen sich bereits die Wolken zu öffnen.

»Im Salzkammergut gibt es eine Wetterregel«, erklärte Peter. »Wenn bis zum Frühstück so viel blauer Himmel zu sehen ist, dass man eine Lederhose daraus schneidern könnte, wird es ein herrlicher Tag.« Also verkündete er, dass sie an diesem Abend das Sommernachtsfest nachholen würden. Eigentlich hätte es bereits stattfinden sollen, war dann aber wegen des Regens verschoben worden. Diese sich alle drei Wochen wiederholende Feier galt als Höhepunkt des Aufenthaltes.

Jeder bekam Aufgaben zugeteilt: Der Dorfplatz sollte gefegt und geschmückt werden. Es brauchte helfende Hände beim Kochen und Backen. Und eine Tafel wollte aufgebaut, dekoriert und beleuchtet werden.

Jutta kramte Lichterketten hervor, die man mit Sonnenlicht aufladen konnte, und schleppte leere Gurkengläser vom Kräuter-Dachboden. »Was haltet ihr davon, Flechten von den Bäumen zu pflücken? Die füllen wir dann hier ein und drapieren die kleinen Lämpchen dazwischen«, schlug sie

Valerie und Alice vor, die das Schmücken des Tisches übernommen hatten.

So kam es, dass die beiden Frauen mit Körben ausgestattet durch den Wald wanderten.

»Peter hat mir gesagt, dass Flechten in den Bäumen ein Zeichen für ausgezeichnete Luftqualität sind. Misteln, die man oft entlang der Autobahn und in der Stadt sieht, hingegen für schlechte«, machte Valerie Konversation. »Wenn man sich die Pflanzen anschaut, würde man denken, es ist genau umgekehrt.«

Alice blieb stehen. »Was ist los mit dir?«

Valerie trat vor einen Baum mit tief hängenden Ästen und begann, blassgrüne Flechtenbüschel in den Korb zu pflücken. »Was meinst du?«

»Als du hier angekommen bist, hatte ich den Eindruck, wir seien so etwas wie Freundinnen. Schon klar, Freundschaft braucht Zeit, um zu wachsen. Doch zumindest haben wir alles offen beredet. Aber mittlerweile bist du verschlossen wie eine Auster. Ich frage mich, wieso?«

Weil ich deine ruppige Art, mit der du über Menschen hinwegfährst, schwer aushalte. Genauso wenig wie deine Widersprüchlichkeit. Alle anderen müssen ununterbrochen feministisches Selbstbewusstsein ausatmen, nur du selbst verhältst dich überhaupt nicht danach.

Valerie schwieg. Ihr war klar, dass sie keinen ihrer Gedanken laut aussprechen konnte, wenn sie die Wienerin nicht schrecklich kränken wollte. Außerdem konnte Alice ja nichts für Valeries aggressive Stimmung.

»Ist es wegen Yanek?«, fragte Alice weiter. »Weil ich recht hatte? Ich habe gesagt, er wird dir wehtun. Und siehe da, jetzt ist seine kleine Freundin wieder da und du bist abgemeldet. Glaubst du etwa, ich freue mich drüber, dass der Typ dich verletzt hat? Versuche nicht, es abzustreiten, ich sehe dir doch an, dass es dir nicht gut geht.«

Valerie klappte den Mund wieder zu. Tatsächlich hatte sie ihre Enttäuschung kleinreden wollen. Stattdessen antwortete sie nur: »Mir geht es gut. Ich freue mich auf das Fest heute Abend.« Bedächtig pflückte sie weiter.

»Habe ich es nicht gesagt? Er ist ein böser Junge! Ich hätte diesen wilden Rappen vielleicht zugeritten, aber du brauchst doch einen deutlich zahmeren Gaul.« Alice lachte.

Valerie ärgerte sich. Genau diese Seite an Alice mochte sie nicht.

Ob das der sogenannte Wiener Schmäh ist? Wenn ja, kapiere ich ihn nicht.

»Was er an der blassen Stella findet, wenn er Frauen wie uns haben kann?«, stieß Alice verächtlich aus. Anstatt Flechten zu pflücken, hatte sie sich auf einen Baumstamm gesetzt und inspizierte ihre Fingernägel. Der rote Shellac war schon ein gutes Stück herausgewachsen.

Jetzt schaffte es Valerie nicht mehr, sich zurückzuhalten. Wenn sie nicht sofort etwas sagte, erstickte sie. »Vor lauter Fixierung auf deine richtigen Kerle, übersiehst du die wirklich interessanten Männer. Wie nett, feinfühlig und hübsch Jo zum Beispiel ist. Klar, er ist vielleicht ein wenig schmächtig. Aber darauf kommt es doch nicht an. Oder brauchst du unbedingt einen Muskelprotz, um dich weiblich zu fühlen? Das hast du doch nicht nötig!«

Jetzt fühlte sie sich besser.

»Aha. Und wieso schnappst du dir Super-Jo dann nicht?«

Valerie wusste, dass zwischen ihr und dem Grazer niemals etwas anderes sein würde als Freundschaft und dass sie das beide gleich empfanden. Sie mochten einander. Die Chemie für mehr fehlte jedoch. »Weil Jo auf dich steht und nicht auf mich. Aber du schenkst ihm ja nicht einmal genug Beachtung, um ihn ein wenig besser kennenzulernen.«

Alice hob ein Stöckchen auf und stocherte damit im Moos herum. »Ich verstehe, dass dich das Thema Yanek nervt.«

»Wir sind beim Thema Jo.«

»Der Bankkaufmann unseres Vertrauens … Ich kann ihn mir kaum in einem Anzug vorstellen. Wie er wohl im Hugo-Boss-Dreiteiler mit Strickzeug in der Hand aussieht?«

Valerie seufzte. Warum gab sie sich überhaupt die Mühe?

»Du hast ja recht. Er ist nett«, lenkte Alice ein. »Und sehr intelligent.«

»Kannst du mir nicht einfach den Gefallen tun und dich heute beim Fest mal in Ruhe mit ihm unterhalten?« Jo sollte zumindest eine Chance bekommen.

»Na gut, wenn es dir so viel bedeutet. Aber ich darf danach Witze reißen!«

»Mama, kann ich mir deinen hellblauen Pulli ausleihen?«

Valerie erinnerte sich nicht, wann Kim sie das letzte Mal um Klamotten gebeten hatte. Und dann auch noch um ein Teil, das nicht schwarz war. Ehrfürchtig nickte sie.

»Und kannst du mir damit helfen?« Kim hielt ein rosa Lipgloss hoch, von dem Valerie nicht einmal gewusst hatte, dass ihre Tochter es mit in den Wald gebracht hatte.

»Klar.«

»Eigentlich finde ich es ja gut, dass es hier nirgends Spiegel gibt und man sich nicht dauernd mit seinem Äußeren beschäftigt. Aber heute für das Fest ...« Kim wirkte aufgekratzt. Immer wieder fuhr sie sich durch die frisch gewaschenen Haare, zupfte an ihrem T-Shirt herum oder rieb sich mit der Zunge über die Zähne.

»Du siehst super aus«, versicherte ihr Valerie. Sie nahm Kim das Lipgloss aus der Hand, legte ihr zwei Finger unters Kinn und begann, den Mund zu bemalen. »Die Sonnenbräune steht dir.«

»Weißt du«, sagte Kim etwas zaghaft, »Holly ist so wunderschön. Richtig perfekt. Sie hat nicht mal Mitesser. Da habe ich manchmal ein bisschen Angst, ich würde nicht gut genug aussehen.« Sie zuckte mit den Schultern.

»Wie kommst du denn darauf? Du bist unglaublich hübsch! Mach mal so ...«

Kim rieb die Lippen aufeinander.

»Hat Holly etwas in die Richtung gesagt?«, fragte Valerie vorsichtig.

»Nein, Holly versichert mir jeden Tag, wie schön sie mich findet. Aber wenn jemand so makellos ist wie sie, dann schüchtert das ein, finde ich.«

Valerie verstand, was ihre Tochter meinte. Hatte sie nicht aus sehr ähnlichen Gründen gezögert, sich beim Sonnenbaden auf dem Stein im Wald auszuziehen? Weil sie durch Yaneks Attraktivität eingeschüchtert gewesen war? Und waren in den letzten Tagen nicht ungesunde Gedanken aufgetaucht wie: *Ich bin über vierzig, habe graue Haare und längst keine*

Figur mehr wie als junges Mädchen. Wen wundert es, dass es so ge-
kommen ist?

Sie fasste Kim bei den Schultern, sah ihr eindringlich in die Augen und sagte: »So, wie du bist, bist du perfekt. Und wenn du mal einen Pickel mitten im Gesicht oder keine Lust hast, die Haare zu waschen, bist du trotzdem gut genug. Wir Menschen sind sowieso nicht nur unser Aussehen. Oder würdest du Holly mögen, wenn sie eine Zicke wäre? Eben. Jede Person ist ein Gesamtpaket. Und deines ist ein besonders liebenswürdiges.«

Kim lächelte ein wenig verlegen. »Okay, okay. Gehen wir jetzt endlich?«

»Klar.« Valerie schnappte sich noch ihren Pulli und den von Benno, der die Hütte schon etwas früher verlassen hatte. Dann öffnete sie die Tür. »Ich mag Holly übrigens sehr gern und bin froh, dass du sie kennengelernt hast«, fügte sie hinzu.

»Ehrlich?« Wie selig Kim sie in diesem Moment anschaute, ließ Valeries Herz überlaufen. »Sie ist toll, oder?«

»Absolut. Hab heute einen schönen Abend mit ihr, mein Schatz!« Valerie drückte ihrer Tochter einen Kuss auf die Stirn.

Kim umarmte sie. »Danke, Mama.«

»Und wenn du irgendwas besprechen willst oder Fragen hast, kannst du immer zu mir kommen. Das weißt du, ja?«

»Sicher.«

»Niemals zögern! Du darfst mit mir über wirklich alles sprechen. Tabus gibt es zwischen uns beiden nicht.«

»Jetzt übertreib es nicht«, erwiderte Kim, klang dabei aber nicht genervt, sondern bestenfalls neckend.

Sie ließen einander los und traten auf den Dorfplatz.

Valerie konnte es kaum glauben. Eben hatten sie wohl das Gespräch der Gespräche miteinander geführt, und sie hatte zu jeder Sekunde genau gewusst, was sie sagen sollte. Ohne sich darauf vorzubereiten. Es war richtig gut gelaufen und sie war stolz auf sich.

Holly saß auf der Brunnenumfassung und sah mit ihren hüftlangen Haaren, den großen grünen Augen und den langen Beinen aus wie ein Laufstegmodel.

Kim lief zu ihr hin, und die beiden Mädchen begrüßten sich mit einem Kuss – überschwänglich, als hätten sie sich ewig nicht gesehen und nicht gerade erst vor etwa eineinhalb Stunden.

Valerie legte sich ihren Pulli um die Schultern und drehte andächtig eine Runde um den Dorfplatz. In den Bäumen hingen bunte Lampions, die in der Abendsonne leuchteten. Die lange Tafel war blumengeschmückt und festlich gedeckt. Die Gurkengläser mit den blassgrünen Flechten stachen dabei als besonderer Blickfang heraus.

Eine Hüttentür nach der anderen öffnete sich, und die Versammlung rund um den Brunnen wurde immer größer. Jutta schenkte Waldbeeren-Bowle aus. In die Gläser für die Erwachsenen mixte sie einen ordentlichen Schuss selbst gemachten Likör, für den Valerie besonders dankbar war, als sie Yanek und Stella aus ihrem Häuschen treten sah. Sich vorzustellen, dass nun wieder die junge Frau an seiner Seite im Himmelbett schlief, versetzte ihr einen Stich. Da konnte sie sich noch so sehr einreden, dass sie dort nun ohnehin nicht mehr liegen wollte.

Valerie war froh, als alle bald darauf zum Tisch wechselten. Sie wartete, bis sich Yanek und Stella niedergelassen hatten, und setzte sich dann möglichst weit weg von den beiden. Sie war entschlossen, diesen Abend zu genießen. Von den schlechten Gefühlen hatte sie genug.

Es gab Kräutersalat mit Ziegenkäse-Focaccia, danach Linsenlasagne und zum Abschluss eine fantastische Sachertorte. Zwischen den Gängen hatten Jutta und Peter Überraschungen vorbereitet. Zuerst überreichten sie allen ein Glas selbst gemachte Walderdbeermarmelade, eine Seife mit Wildblumen und ein individuell bestücktes Briefchen mit Tee. Auf Valeries stand *Weißdorn – stärkt das Herz*. Auch wenn bis zum Urlaubsende noch ein paar Tage Zeit blieben, empfand sie Wehmut. Es gab so vieles, was sie zu Hause schrecklich vermissen würde.

Zwischen Haupt- und Nachspeise schenkten die Gastgeber ihnen noch kleine Büchlein, die herumgereicht werden konnten, damit die anderen Botschaften hineinschrieben. Denn die meisten reisten in drei Tagen ab. Diejenigen, die schon lange genug hier waren, um so ein Sommernachtsfest bereits mitgemacht zu haben, holten ihre Büchlein aus den Hütten und dann wurde eifrig geschrieben. Jutta und Peter ließen in der Zwischenzeit ein Gästebuch herumgehen.

Ich bin froh, dass ich dich hier im Dorf als Gesprächspartner habe. Komm mit Toni unbedingt bald zu uns nach München. Wir drei freuen uns auf euch, schrieb Valerie in Jos Büchlein.

Dank dir weiß ich jetzt von ganz vielen Baumarten, wie sich ihre Stämme, Nadeln und Blätter anfühlen, notierte sie für Emilia, die Siebenjährige mit Sehbehinderung.

Irgendwann erreichte sie ein Exemplar, in dem ihr Yaneks Name entgegensprang, als sie den Deckel aufklappte. Sie hatte nicht die geringste Ahnung, was sie für ihn formulieren sollte. Kränkung und Enttäuschung hatten hier zwischen den Buchseiten bestimmt nichts verloren.

Valerie legte den Stift aus der Hand und goss sich Wasser ein. Die Flüssigkeit tat ihrer plötzlich so trockenen Kehle gut.

Was schrieb sie am besten?

Sie dachte daran, wie er sie vom Berg getragen hatte, als das mit dem Knöchel passiert war. Und wie er eine gesamte Nacht nach Kim gesucht hatte. Dann fiel ihr ein, wie er für sie da gewesen war, nachdem sie Kim und Holly beim Küssen beobachtet hatte. Sie starrte in den sich langsam immer stärker verfärbenden Himmel und dachte an all die Situationen, in denen er sich wie ein echter Freund verhalten hatte. Gerade im Licht seiner Hilfsbereitschaft fand sie sein Lügen besonders verwirrend. Wie passte das eine mit dem anderen zusammen? Es wollte einfach nicht in ihren Kopf, warum er sich all die Mühe gegeben hatte, um für sie und ihre Kinder da zu sein, es aber nicht für notwendig befunden hatte, ehrlicher zu sein.

Schließlich griff sie wieder nach dem Stift und zeichnete zwei Ziegen, die nebeneinander auf einem großen Stein saßen und Kaffee tranken.

Dann klappte sie das Büchlein zu und gab es weiter.

Nach dem Essen holte Peter seine Gitarre hervor und begann zu spielen. Valerie lehnte sich zurück und lauschte seinen

Improvisationen. Sie schaute zu Kim, die den Arm um die Schultern ihrer Freundin gelegt hatte, und danach zu Benno, der noch ein zweites Stück Sachertorte verputzte.

Es ist alles in bester Ordnung. Die Kinder sind in Sicherheit und glücklich. Also bin ich es auch.

Bald begannen sie wieder zu singen, was Valerie besonders mochte. Die Dunkelheit hatte sich über die Siedlung gesenkt. Lieke, Nora und Alice entzündeten Kerzen in den Lampions. Jutta schaltete die Lichterketten in den Gurkengläsern ein. Überall funkelte und glitzerte es mit den langsam am Himmel auftauchenden Sternen um die Wette.

Im Grunde war es wieder einmal nur ein unachtsamer Augenblick, der Valeries Gefühle in dieser Stunde der Zufriedenheit erneut durcheinanderbrachte.

Die Leute hatten angefangen, Duette zum Besten zu geben, und wechselten dafür immer wieder die Sitzplätze, damit die Singenden gemeinsam in Peters Liederbuch schauen konnten. Die Engländer interpretierten überraschend melodiös *Don't Go Breaking My Heart* von Elton John und Kiki Dee. Danach trällerten Jo und Lieke eine fürchterliche Version von Sinéad O'Connors *Nothing Compares 2 U*, die viel Gelächter verursachte. Anschließend wurden ein weiteres Mal die Stühle herumgeschoben, weil Stella mit ein paar anderen *Mein kleiner grüner Kaktus* singen wollte.

Auf jeden Fall schaute Valerie, als sie das nächste Mal hochsah, plötzlich in Yaneks Gesicht. Er saß ihr jetzt direkt gegenüber.

Ihren Blick sofort wieder von seinen Zügen zu nehmen, gelang ihr nicht. Ihr Herz begann heftig zu klopfen, und in diesem Moment realisierte sie, dass sie trotz allem keinen Deut weniger für ihn empfand. Sie machte sich etwas vor, wenn sie glaubte, ihre Gefühle für ihn einfach ausknipsen zu können.

Irgendwann spürte er wohl, dass sie ihn musterte, denn er wandte den Kopf und schaute sie an. Eben hatte er gelacht, weil Max Raabes Tonfall ziemlich gut getroffen wurde. Doch nun fiel seine heitere Miene förmlich in sich zusammen. Traurigkeit trat in seine Augen.

Valerie sah weg und versuchte sich wieder auf die Darbietung zu konzentrieren. Aber da war jetzt dieser Schmerz, der langsam in ihrer Brust anschwoll, als wolle er irgendwann durch ihre Rippen nach außen strömen. Sie schaffte es nicht, ruhig sitzen zu bleiben und es zu ertragen. Also sagte sie zu Benno, dass sie sich ein bisschen die Beine vertreten wolle, und erhob sich.

Valerie beschloss, sich zuerst eine Jacke zu holen. Statt die Hütte dann aber sofort wieder zu verlassen, schaltete sie die Solarlampe ein und blätterte in ihrem Büchlein nach der Seite, die Yanek für sie gefüllt hatte. Bisher hatte sie sich verboten, sie aufzuschlagen, aber jetzt hielt sie es nicht mehr aus.

Valerie,
die Stunden mit dir gehören zu den schönsten, die ich je erlebt
habe. Ich hatte überhaupt keine Lust, hierherzukommen, aber
du hast die Zeit zu etwas ganz Besonderem gemacht.
Es tut mir unendlich leid, dass ich es vermasselt habe.
Pass gut auf dich auf!
Yanek

Sie presste die Lippen aufeinander.

Noch einmal las sie die Zeilen, betrachtete alle Details seiner Handschrift und wog die Bedeutung jedes einzelnen Wortes genau ab.

Warum glaubte sie, was da stand?

Auf dem Weg zur Tür beleuchtete sie mit der Lampe die Winterdarstellung auf dem Schrank. Senta Berger wirkte immer noch äußerst skeptisch.

Valerie schaltete das Licht aus.

23

Valerie ging an den Bienenstöcken vorbei Richtung Bach.
Dort blieb sie auf der Brücke stehen und starrte ins Wasser.
Das Mondlicht glänzte auf der unruhigen Oberfläche. Eben
hatte sie noch die Stimmen der anderen gehört. Nun war der
Gesang vom Gurgeln und Plätschern überdeckt.

Sie lehnte sich an die Brüstung und starrte in die Nacht.
Vielleicht musste sie den Liebeskummer einfach akzeptieren. Sich einzureden, dass in den wenigen Tagen mit Yanek
nicht viel passiert war, half kaum beim Verarbeiten. Da war
es doch besser, sich das Gegenteil einzugestehen. Und war es
nicht auch schön zu wissen, dass sie sich noch so heftig verlieben konnte?

Sie verließ die Brücke und spazierte über die Wiese. Der
Mond beleuchtete die knorrigen alten Obstbäume. Im mat-
ten Licht sahen sie wie bizarre Wesen aus, die silbrig in einer
verwunschenen Umgebung standen.

Erschöpft ließ sie sich am Fuß eines Baumes nieder. Die
raue Rinde knirschte, als sie den Rücken dagegen lehnte. Sie
hob den Kopf und schaute in die dunklen Äste hinauf. Zwischen den Zweigen konnte sie Stückchen vom Himmel mit
einer Vielzahl unterschiedlich heller Sterne ausmachen.
Schließlich schloss sie die Augen und lauschte. Auf dem
Dorfplatz wurde jetzt nicht mehr gesungen, aber sie hörte

ab und zu leise jemanden lachen. Um die Stimmen zuordnen zu können, befand sie sich zu weit weg. Immer wieder vernahm sie auch das Rufen einer Eule aus dem Wald.

Ich sammle jetzt ein wenig Kraft und dann gehe ich zum Fest zurück.

»Valerie?«

Sie öffnete die Lider.

»Ich suche dich schon überall.« Stella leuchtete mit einer elektrischen Taschenlampe.

Geblendet sah Valerie ins künstliche Licht.

Stella schaltete es aus. »Alles okay?«

»Ich genieße nur die Ruhe.«

»Kann ich mich zu dir setzen?« Stella wartete die Antwort gar nicht ab und ließ sich ins Gras fallen.

Valerie wäre eigentlich lieber allein gewesen, sagte jedoch nichts.

»Schön ist es hier. Man sollte viel mehr in der Nacht draußen sitzen und die magische Atmosphäre aufsaugen. Stattdessen schlägt man sich die Abende vor der Flimmerkiste um die Ohren und bingt zum x-ten Mal *Bridgerton*.«

Valerie lachte.

Eine Zeit lang schaute Stella in den Himmel hinauf, dann begann sie: »Ich muss mit dir reden, Valerie! Seit ich zurückgekommen bin, liegt Yanek mir in den Ohren, dass ich das tun soll.«

»Worüber reden?«, fragte Valerie. Sie verschränkte schützend die Arme vor der Brust. »Falls es um euch geht, möchte ich das Gespräch eigentlich lieber nicht führen. Das verstehst du sicher.«

»Ich würde dir gern erzählen, warum Yanek und ich hier sind.«

»Aha.«

»Mir wäre nur wichtig, dass du den Inhalt dieser Unterhaltung dann bitte unter allen Umständen für dich behältst. Versprichst du mir das?«

Valerie runzelte die Stirn. »Wie könnte ich das, wenn ich nicht weiß, was du sagen wirst? Ehrlich, lassen wir es bitte einfach sein.«

»Es ist nichts Schlimmes. Ganz im Gegenteil.« Valerie sah, wie Stella ihre Brille zurechtrückte. »Du wirst gleich verstehen, warum es wichtig ist, dass du über die Angelegenheit mit niemandem sprichst.« Jetzt klang sie wieder wie eine Lehrerin.

Valerie schwieg und fühlte sich unbehaglich.

»Yanek unterrichtet nicht am Gymnasium«, begann Stella. Sie machte eine Pause, als müsste sie Valerie schon jetzt Zeit geben, um das Gehörte zu verdauen.

»Das weiß ich bereits.«

Warum schickt Yanek sie? Damit sie alles wiederholt, was er schon gesagt hat?

Stella räusperte sich. »Er ist bei der Kriminalpolizei in Salzburg. Und ein Freund meines Vaters. Wir waren früher, als wir auch noch in Salzburg gewohnt haben, ein paar Jahre lang Nachbarn. Da war Yaneks Tochter noch nicht geboren und ich ein Kindergarten- oder vielleicht Schulkind. Ich weiß nicht mehr genau. Ist ewig her, aber die zwei sind immer gute Kumpel geblieben. Auch wenn wir längst in Liezen wohnen. Papa besucht Yanek regelmäßig. Sie sitzen dann stundenlang mit einem Bier in der Hand auf dem Balkon und reden. Keine Ahnung, worüber.«

Valerie wurde unruhig, weil sie sich nicht vorstellen konnte, wohin das alles führen sollte.

»Auf jeden Fall hat Yanek mich meinem Vater zuliebe hierher begleitet. Wir sind kein Paar, waren nie eines und werden auch niemals eines sein. Er ist mehr so was wie ein Onkel. Na ja, zumindest fühlt er sich als solcher, glaube ich. Für mich ist er halt der Freund meines Vaters.« Stella rutschte in eine andere Sitzposition und legte die Hände auf die Knie.

In der unangenehmen Ahnung, dass sie hier gerade Bizarres erfuhr, erwiderte Valerie: »Teilst du mit allen Freunden deines Vaters ein Himmelbett?«

Stella schnaubte. »Ich habe mit Yanek kein Himmelbett geteilt, sondern auf dem Sofa geschlafen. Deswegen hat es ein ziemliches Hin und Her gegeben, weil er wollte, dass ich das Bett nehme. Aber wie könnte er auf der schmalen Couch Platz haben? Und warum sollte er auf dem Boden liegen? Ist ja schon Zumutung genug, dass er überhaupt mitkommen musste, obwohl er die Sache von Anfang an dämlich gefunden hat.« Stella unterbrach die Ausführungen und machte ihre Jacke zu.

»Ich verstehe das nicht. Ich habe doch mitbekommen, wie ihr euch im Arbeitszimmer geküsst habt«, hakte Valerie nach.

»Nein. Du hast gesehen, wie ich ihn mit den Lippen am Hals berührt habe, weil du plötzlich reingekommen bist. Während er stocksteif dastand und nicht mitspielen wollte. Yanek hat mich in meinem ganzen Leben erst ein einziges

Mal angeschrien. Und das war nach der Aktion in Juttas und Peters Büro.«

Valerie erinnerte sich daran, wie sie einen Teil des Streites beobachtet hatte. Ärgerlich war er aus der Hütte gestürmt.

Und sie war ihm gefolgt.

In Flip-Flops.

»Bist du verliebt in ihn?«, fragte sie verwirrt.

Stella kicherte. »Nein. Gott bewahre!«

»Es tut mir leid, wenn ich jetzt begriffsstutzig erscheine, aber das Ganze ergibt für mich überhaupt keinen Sinn. Warum tut ihr so, als wärt ihr ein Paar? Und wieso sagt er, er ist wie du ein Lehrer?« Sie rieb sich mit den Fingern die Schläfen. Das Gespräch begann sie auszulaugen.

Stella schüttelte den Kopf. »Ich bin auch keine Lehrerin, sondern arbeite beim Finanzamt in Liezen.«

Im ersten Moment wollte Valerie fragen, was das für eine haarsträubende Geschichte war. Doch dann meldete sich irgendetwas aus den Tiefen ihres Unterbewusstseins. Sie spürte, dass die Puzzleteile nun nebeneinanderlagen und sie diese nur noch zusammenfügen musste.

Doch Stella ließ ihr keine Zeit zum Überlegen. »Yanek hat die Idee von Anfang an gehasst. Er wollte nicht mitmachen, aber ich habe ihn ja quasi dazu gezwungen, indem ich einfach losgelegt habe. Er meinte, das sei unprofessionell und für so etwas sei er nicht zu haben. Ich glaube, am liebsten hätte er mir den Kragen umgedreht. Aber ich finde die Idee eigentlich noch immer gut. Ich meine, es schadet ja wirklich niemandem. Wenn er sich nicht in dich verliebt hätte, wäre es total egal gewesen.«

Valerie hob die Hand. »Stopp, warte! Das geht mir alles zu schnell. Was wäre egal gewesen?« Ihr Puls hatte sich beschleunigt.

»Hier eine nette Zeit zu verbringen und nebenbei ein paar Infos über Juttas und Peters Finanzen zu sammeln. Eine verdeckte Ermittlung sozusagen.« Stella malte mit den Fingern Anführungszeichen in die Luft.

Jetzt wusste Valerie, was ihr Unterbewusstsein vorhin an die Oberfläche hatte spülen wollen: die ungeöffneten Briefe im Küchenschrank. »Das Finanzamt führt verdeckte Ermittlungen durch?«

»Nein«, erwiderte Stella und klang dabei etwas kleinlaut. »Eigentlich nicht. Ich habe gerade Urlaub, nutze die Zeit aber dafür, herauszubekommen, ob sich der Verdacht bestätigt, dass hier im Dorf Steuern hinterzogen werden.«

»Von Jutta und Peter?«, fragte Valerie ungläubig.

»Auch die nettesten Menschen versuchen, Vermögen am System vorbeizuschmuggeln, meine Liebe. Es gab Hinweise aus der Bad Ausseer Bevölkerung. Mir ist noch nicht klar, ob das Neider waren oder ob hier tatsächlich Steuerhinterziehung betrieben wird. Fakt ist, dass Jutta und Peter nur sehr unvollständig Meldung machen. Von der Auflagenerfüllung diverser anderer Ämter will ich gar nicht erst anfangen.«

Valerie fiel ein, wie penetrant Stella die Gastgeber mit Fragen gelöchert hatte. Das ergab plötzlich so viel Sinn. Sie versuchte zu beweisen, dass es hier im Dorf nicht mit rechten Dingen zuging.

»Aber du siehst doch, wie wir hier leben«, erwiderte sie entrüstet. »Wo soll da ein Vermögen stecken? Und was hast du vor? Alles schließen lassen? Das Gesundheitsamt holen, weil ohne Haarnetz gekocht wird? Du weißt genau, dass ein normaler Standard, wie er vielleicht sonst vorgesehen ist, hier nicht funktioniert. Das zu verlangen, wäre völlig absurd.«

»Du willst also sagen, es ist absurd, von Peter und Jutta zu erwarten, dass sie sich an die Gesetze der Republik Österreich halten?« Man konnte hören, dass sich Stella angegriffen fühlte, denn ihr Tonfall hatte nun eine gewisse Schärfe.

»Nein, ich will sagen, dass die Gesetze in manchen Situationen nicht anwendbar sind.«

»Zum Beispiel das Gesetz, dass ein festgelegter Prozentsatz der Einkünfte in Form von Steuern an die Allgemeinheit abzutreten ist?«

»Was ist denn mit dem Gesetz, dass man nicht ohne Durchsuchungsbefehl in ein fremdes Arbeitszimmer gehen und die Sachen durchstöbern darf? Ich bin mir ganz sicher, das ist nicht die normale Vorgehensweise einer Finanzamtsmitarbeiterin.«

Stella schnappte nach Luft. »Wie schon erwähnt, bin ich hier im Urlaub. Außerdem haben Jutta und Peter mehrmals und ausdrücklich betont, die Gäste dürfen überall hingehen, sollen sich ganz wie zu Hause fühlen und sich alles nehmen, was sie brauchen. Wir waren im Arbeitszimmer auf der Suche nach … Lesestoff.«

»Ha, ha. Und statt eines Buches habt ihr Gewehre gefunden? Ganz im Ernst, was wolltet ihr mit den Waffen?«

»Gar nichts. Ich habe mich nach Beweisen für eine Steuerhinterziehung umgesehen. Und Yanek ist zufällig auf die Flinten gestoßen.«

Valerie schwieg. Sie konnte sich einfach nicht vorstellen, dass Jutta und Peter auch nur einen Funken krimineller Energie in sich trugen.

Stella machte Anstalten, sich zu erheben. »Also ich habe dich über alles aufgeklärt, genauso wie Yanek es von mir verlangt hat.« Sie klang beleidigt. »Dass du mit niemandem darüber sprechen sollst, versteht sich von selbst. Ich habe mich da jetzt für Yanek weit aus dem Fenster gelehnt und dir Sachen erzählt, die du eigentlich gar nicht wissen dürftest. Die Dinge werden für Jutta und Peter ihren Lauf nehmen. Alles wird nach dem üblichen Prozedere ganz geregelt über die Bühne gehen.«

Gut, wenigstens wird sie dann sehen, dass es hier nichts zu holen gibt.

Stella rappelte sich auf und klopfte sich die Hosenbeine ab.

»Ich habe noch immer nicht durchschaut, was Yaneks Rolle bei dem Ganzen ist«, stellte Valerie fest.

Stella richtete sich auf und seufzte. »Mein Vater macht sich dauernd schrecklich viele Sorgen. Na ja, ich bin sein einziges Kind und er kapiert nicht, dass ich seit zwölf Jahren erwachsen bin. Als er mitbekommen hat, dass ich hier nach dem Rechten sehen will, hat er Yanek gebeten, mich zu begleiten und auf mich aufzupassen, weil er selbst keine Zeit hatte. Die Idee, dass wir uns als Paar ausgeben könnten, ist mir dann ganz spontan gekommen, weil Peter uns für eines gehalten hat. Ist ja nichts dabei. Yanek war deswegen aber schrecklich sauer. Er ist so ein überkorrekter Typ. Im Grunde habe ich jeden Tag damit gerechnet, dass er mich auffliegen lässt. Weil er es kaum aushält, mal ein bisschen harmlos zu flunkern.«

»Harmlos? Wie kannst du glauben, die Situation sei für Jutta und Peter harmlos? Das Dorf ist ihr Lebenstraum!«

Stella zuckte mit den Schultern. »Lebensträume sind keine Entschuldigung. Wenn das alle so sehen würden, hätten wir keinen funktionierenden Sozialstaat.«

Natürlich hatte sie damit nicht unrecht. Und doch war das hier eine der berühmten Grauzonen.

»Mir ist kalt«, verkündete Stella. »Ich gehe zurück zu den anderen. Du weißt ja jetzt Bescheid. Yanek ist weder ein Lügner noch ein Herzensbrecher. Nur ein in die Jahre gekommener langweiliger Kleinstadt-Polizist.«

Valerie beschloss, einen kurzen Spaziergang zum Teich zu machen, bevor sie zu Yanek ging. Sie musste erst ihre Gedanken sortieren. Was sie eben gehört hatte, war eine Menge. Einfach alles, was in den letzten drei Wochen vorgefallen war, galt es, neu zu bewerten. Also kehrte sie zur Brücke zurück und folgte auf der anderen Bachseite dem kleinen Pfad. Noch vor kurzer Zeit hätte sie sich nachts allein im Wald gefürchtet, aber jetzt war ihr hier alles so vertraut, dass kein Knacksen oder Rascheln in den Büschen sie aus der Ruhe bringen konnte. Langsamen Schrittes betrat sie den Steg und schaute auf die metallisch glänzende Wasseroberfläche des Weihers.

Es hat plausible Gründe für die Lügen gegeben. Und das zwischen uns war echt. Er hat mir nichts vorgemacht.

Das Glücksgefühl, das sich schon während des Gesprächs

mit Stella immer wieder ganz leise und zaghaft aus dem Off gemeldet hatte, trat nun auf die Bühne und hielt einen enthusiastischen Monolog. Valerie rekapitulierte alle kleinen und großen Erlebnisse mit Yanek. Jedes Detail ergab nun Sinn. Bei der Erinnerung an seine ungehaltenen Reaktionen auf Stellas schauspielerische Darbietungen musste sie lächeln. Rückblickend erkannte sie den schrecklichen Interessenkonflikt, in dem er sich befunden haben musste.

Nach einiger Zeit spürte sie, dass sie nicht mehr allein war. Noch bevor sie sich umdrehte, wusste sie, dass es Yaneks Schritte waren, die sie auf den Holzplanken vernahm.

»Nicht erschrecken, ich bin es«, sagte er leise.

»Hallo.« Sie wandte sich um.

Er blieb zwei Meter von ihr entfernt stehen.

»Hat Stella mit dir geredet?«

Sie nickte. Die Gefühle für ihn, die sie in den Tagen zuvor mit diesem unglaublichen Kraftaufwand zurückzudrängen versucht hatte, brachen nun aus allen Winkeln ihrer Seele hervor und raubten ihr die Sprache. Sie wollte ihm so viel sagen, brachte aber keinen Ton heraus.

»Ich kann es nur immer wiederholen: Es tut mir unfassbar leid, dich angelogen zu haben. Mir ist mittlerweile klar, dass ich dir spätestens nach unserem ersten Kuss alles hätte sagen sollen. Ich bereue es unendlich, dein Vertrauen enttäuscht zu haben. Aber als die Nachricht kam, dass es Stellas Mutter nicht gut geht, war sie so niedergeschlagen. Da habe ich ihr leichtsinnigerweise versprochen, sie nicht auffliegen zu lassen, damit sie eventuell irgendwann zurückkommen kann, um ihr kleines Erkundungsprojekt fortzusetzen. Und dann

habe ich mich einfach – weiß der Geier warum – falsch entschieden und dem Wort, das ich Stella gegeben habe, mehr
Bedeutung beigemessen als dem Wunsch, ehrlich zu dir zu
sein. Ich habe nicht geahnt, dass es zwischen dir und mir derart schnell so viel Nähe und Gefühl geben würde. Und irgendwie dachte ich auch, mein Beruf sei nicht so wichtig.
Mir war einfach nicht klar, wie kränkend das alles für dich
sein würde.« Er verstummte.

»Schon okay«, erwiderte sie leise. »Vermutlich habe ich
total überreagiert. Ich weiß auch nicht …«

»Die Handschließen waren zu viel.«

»Ja. Die haben nicht gerade geholfen.« Sie lachte. »Es war
auf jeden Fall nicht in Ordnung von mir, dir danach überhaupt keine Chance mehr zu geben.«

»Du warst eben von Anfang an skeptisch, weil du gespürt
hast, dass Stella und ich nicht die Wahrheit sagen. Und dann
noch diese unsägliche Wir-sind-ein-Paar-Komödie.« Er bedeckte kurz die Augen mit der Hand. »Mir war das echt unendlich peinlich. Stella hatte schon als Kind ziemlich viel
Fantasie. Vermutlich kann sie die in ihrem Beruf zu wenig
ausleben. Sie war absolut hingerissen von ihrer Undercover-
Idee.«

»Rückblickend betrachtet, erkenne ich, dass du sie damit
ziemlich hast abblitzen lassen«, erinnerte sich Valerie und
schmunzelte.

Er kam ein kleines Stück näher. »Wahrscheinlich hätte ich
es sogar ganz witzig gefunden, wenn ich mich nicht Hals
über Kopf in dich verliebt hätte.«

Sie machte ebenfalls einen Schritt auf ihn zu. »Und ich

hätte mich vielleicht nicht andauernd gefragt, ob du vertrauenswürdig bist, wenn Alice mir nicht eingeredet hätte, dass mit dir was nicht stimmt.«

»Oh«, machte er.

»Sie hatte ja gar kein so schlechtes Gespür.«

»Nein.«

»Aber mit einer Sache lag sie völlig daneben.« Valerie grinste.

»So? Mit welcher?«

»Sie vertritt die Meinung, Männer wie du seien nicht gut im Bett.«

»Männer wie ich?«

»Attraktive Männer.«

Sie standen jetzt nur noch etwa eine Armlänge voneinander entfernt, und sie sah, dass er verlegen grinste.

»Die aus Wien denken immer, sie wüssten alles.«

Valerie lachte.

»Übrigens sitzt sie mit Jo unterm Kirschbaum. Knutschend.«

»Nein!«

»Doch.«

»Alice und Jo?«

Er nickte.

»In diesem Dorf geht's zu!«

Sie standen voreinander und sahen sich im Mondlicht in die Augen.

»Ich werde mit Jutta und Peter reden und ihnen helfen«, sagte er dann. »Ihre Bücher müssen dringend in Ordnung gebracht werden. Sie haben mir mal erzählt, dass sie irgendjemanden haben, der das für sie macht. Aber ich fürchte, er erledigt das nicht so gewissenhaft, wie es sein sollte.«

»Das denke ich auch … Ich mache mir ein bisschen Sorgen, was passiert, wenn der Fokus der Behörden auf das Dorf gelenkt wird. Plumpsklo, Brunnenwasser, Erdkeller – die schließen das hier doch ruckzuck für Gäste.«

»Darüber habe ich auch schon nachgedacht. Deshalb werde ich meine Beziehungen spielen lassen. Das Letzte, was wir wollen, ist, dass hier irgendwelche Hygienevorschriften oder Ähnliches überprüft werden. Es ist völlig klar, dass das Dorf genauso bleiben muss, wie es ist. Ich werde mich schlaumachen, wie wir das anstellen können. Aber das bekommen wir schon irgendwie hin.«

Jetzt trat sie so nah an ihn heran, dass sie sich beinahe berührten. »Du hast also Beziehungen?«

»Nun«, antwortete er, sah zu ihrem Mund und dann wieder in ihre Augen, »jemand steht neuerdings ziemlich tief in meiner Schuld. Für ihn habe ich drei Urlaubswochen geopfert, um auf seine Tochter aufzupassen.«

»Stellas Vater?«

»Genau. Er ist hier Bezirkshauptmann und wird sicher auf mich hören.«

»Ist das so etwas wie ein Landrat?«

»Denke schon.«

»Das ist ja praktisch.« Valerie hatte die ganze Zeit gespürt, wie immer mehr Wärme zu ihrem Herz geflossen war. Es glühte jetzt förmlich. Und sie konnte gar nicht anders, als in einem fort zu lächeln. »Und was bist du? Wie lautet die richtige Anrede? Inspektor?«

Er wiegte den Kopf. »Eigentlich seit kurzer Zeit sogar Chefinspektor.«

»Also, wenn ich ganz ehrlich bin«, sie flüsterte jetzt, »finde ich es sehr sexy, dass du bei der Polizei bist.« Sie grinste. »Ich weiß, es ist ein Klischee, aber mich macht das ziemlich an.«

Er zog eine Augenbraue hoch. »Ich würde sagen: *Sakla samanı, gelir zamanı!*«

»Das ist einer der Sätze, den wir aufs Baumhaus geschrieben haben, aber ich habe vergessen, was er bedeutet.«

»Nichts ist so schlecht, dass es nicht zu irgendwas taugt.« Er legte ihr eine Hand in den Nacken. Mit der anderen umfasste er sie an der Taille und zog sie so dicht an sich, dass sie seinen Körper an ihrem spüren konnte. Er senkte seinen Kopf, als würde er sie küssen wollen, stoppte die Bewegung dann aber kurz, bevor sich ihre Lippen berührten.

Erregung durchflutete Valerie und ließ sie erschaudern.

»Und mich macht es ziemlich an, dass du auf diese Weise auf mich reagierst, wenn ich nur in deine Nähe komme«, raunte er.

»Super Team.«

»Ja. Glänzende Aussichten.«

Und dann küsste er sie endlich. Er küsste sie so, dass sie dachte, ihr Herz und ihr Körper würden gemeinsam explodieren und in einem funkelnden Lichterball über dem Weiher bersten wie ein Feuerwerk.

Atemlos sahen sie einander in die Augen.

»Geht es dir gut?«, fragten sie gleichzeitig und mussten deswegen lachen.

Er zog sie in seine Arme.

Sie lehnte den Kopf an ihn.

»Ich habe dich vermisst«, sagte er.

»Ich dich auch … Und ich muss dir so schrecklich viel erzählen. Kim und ich hatten nämlich ein Gespräch.«

»Großartig! Ich will unbedingt mehr davon hören … Kaffee?«

Liebe Leserin,

lieber Leser!

Ich hoffe, Sie haben die Zeit im Wald bei Jutta und Peter genossen und konnten Kraft für den Alltag tanken.

Das in diesem Buch beschriebene Dorf existiert in der Realität leider nicht, und die Gegend von Bad Aussee steht quasi als Platzhalter für all die herrlichen Landschaften, die es in meiner Heimat Steiermark gibt (daher sind natürlich auch alle Ähnlichkeiten mit lebenden Personen rein zufällig).

Am Salzkammergut hängt seit der Kindheit mein Herz, denn das Gebiet war der Lieblingsort meiner Oma, seit sie mit ihren kleinen Kindern während des Zweiten Weltkrieges dort Unterschlupf fand.

Falls Ihnen nun danach ist, so einen Urlaub selbst einmal zu erleben, möchte ich Sie an die vielen wunderbaren Hütten verweisen, die in Österreich vermietet werden. Zum Teil sind sie abgeschieden und spartanisch wie in meiner Geschichte, es gibt aber auch welche, die mehr Komfort bieten. So oder so kann ich eine entschleunigende Auszeit in der Natur nur wärmstens empfehlen.

Und vielleicht denken Sie ja dann an diese Geschichte und probieren es einmal damit, über die Rinde eines Baumes zu streichen oder den Duft der Wildkräuter tief einzuatmen!

Herzlichst
Ursi Breidenbach
www.breidenbach-romane.at
Instagram: @ursibreidenbach
Facebook: @BreidenbachRomane

Danke!

Wie immer habe ich beim Schreiben dieses Buches eine Menge gelernt. Ich danke allen, die mich in dieser Zeit begleitet und beraten haben.

Ohne euch hätte es nicht funktioniert!

Achtung, die folgenden Seiten enthalten Spoiler!

Heike Abidi ist die beste Autorenfreundin, die man nur haben kann! Eine bessere Sparringspartnerin für diese Arbeit gibt es nicht. Wie geduldig sie all meine Fragen jeden Tag beantwortet, ist beispiellos. Und dann kann sie auch noch Niederländisch!

Liebe Heike, du stehst mir immer mit Rat und Tat zur Seite und baust mich auf, wenn es mal nicht so gut läuft. Ich hab dich lieb!

Celine A. danke ich, dass sie mir davon erzählt hat, wie es ist, halb türkisch und halb österreichisch zu sein.

Sich mit dir, liebe Celine, zu unterhalten, war eine große Bereicherung!

Meiner Autorenfreundin Jana Lukas danke ich für das wunderschöne Quote auf der Rückseite des Buches. Dass sie nicht nur Autorin, sondern auch Polizistin ist, hat mir sehr geholfen.

Danke für deinen Input zu Waffen, Dienstmarke, Handschließen und korrekter berufsinterner Sprache.

Dem Pressesprecher der Landespolizeidirektion Salzburg, Chefinspektor Hans J. Wolfgruber, danke ich für die ausführliche Beantwortung meiner Fragen.

Meinen Freunden Barbara Waldhuber und Handrian Zus ein herzliches Dankeschön für die Möglichkeit, sie auf die Jagd zu begleiten und in ihrem Revier das Wild zu beobachten.

Meine Söhne Nils und Leo haben mir alle Fragen zum Thema Gaming beantwortet. Und mein Mann Achim wusste, wie man richtig mit der Axt umgeht.

Danke, meine Lieben! Auch dafür, dass ihr drei Lockdowns lang bereit wart, für meine Recherchen mit mir durch die steirischen Wälder zu streifen. Und auch an dich, liebe Brigitte Breidenbach, weil du mit mir Hühner beobachtet hast.

Nach all den Jahren, die ich mich nun schon für Pflanzen interessiere, weiß ich einiges. Aber das botanische Wissen meiner Mutter Friederike Lillie und meiner Apothekerinnen-Schwester Susi Sinz ist unvergleichlich.

Meine Freundin Dr. Lisa Cattini ist immer für die ärztliche

Betreuung meiner Romanfiguren und ihrer Schöpferin zuständig. Dafür herzlichen Dank!

Gabi Flossmann und Klaus Lintschinger danke ich wie immer für ihre Gastfreundschaft. Es ist einfach großartig, einen so wunderschönen Ort zu haben, an dem man sich für Schreibklausuren zurückziehen kann.

Steffi Emrich danke ich für ihre Hilfe und Beratung in letzter Minute.

Ich danke meiner engagierten Agentin Anja Koeseling, die meine Projekte mit so viel Herzblut betreut. Danke, du Liebe, für dein Lob und deine Anfeuerung, immer mein Bestes zu geben.

Meiner Lektorin Martina Pfitzner von Penguin Random House danke ich für ihre Begeisterung und ihren Einsatz für dieses Buch. Es ist wunderschön, so professionell und gleichzeitig so freundschaftlich begleitet zu werden.

Dank gebührt auch meiner Textredakteurin Lisa Wolf. Sie ist eine Meisterin beim Kürzen und im Finden von Redundanzen. Durch sie wurde das Manuskript so viel knackiger.

Danke auch an alle anderen internen und externen Mitarbeiter*innen des Penguin Verlages: die Verlagsleitung, die Teams der Presse- und Marketingabteilungen, Schriftsetzer*innen, Korrekturleser*innen, Covergestalter*innen, die

Mitarbeiter*innen im Vertrieb und der Druckerei sowie alle anderen, die aus meinem Manuskript dieses Buch gemacht und bis in die Hände der Leser*innen begleitet haben.

Und nun danke ich von Herzen Ihnen, meine lieben Leser*innen, dass Sie meine Bücher kaufen! Für Sie habe ich dieses Buch geschrieben.

Das schöne Zitat *Ik sluit liever vriendschappen dan grenzen* stammt von der niederländischen Bloggerin Sophie Zoutendijk.

Juttas feiner Kräutertopfen

Zutaten für eine größere Schüssel:
500 g Topfen
100 g Joghurt
3 EL Öl
3–5 EL gehackte Kräuter – nur junge Blätter pflücken!
3 fein gehackte Frühlingszwiebeln
Salz
Pfeffer
Chili, Curry und Knoblauch nach Belieben
Essbare Blüten zum Verzieren

Zubereitung:
Topfen (unsere deutschen Gäste sagen Quark dazu), Joghurt und Öl cremig rühren. Beim Öl könnt ihr experimentieren, welcher Geschmack euch am meisten zusagt. Wir in der Steiermark verwenden mitunter Kürbiskernöl – das gibt dem Kräutertopfen eine kräftige Note und sattgrüne Farbe.

Die gehackten Kräuter hinzufügen. Ich nehme gern Schafgarbe, Gundermann und Sauerampfer, aber ihr könnt natürlich nach Angebot und Belieben wählen. Im Frühling sind Brunnenkresse und Bärlauch besonders köstlich. Wichtig: Sammelt und esst nur Kräuter, die ihr mit absoluter

Sicherheit kennt! Im Zweifelsfall lieber Petersilie oder Schnittlauch vom Markt nehmen!

Danach die fein geschnittenen Frühlingszwiebeln einrühren. Sehr gut schmecken auch Schalotten. Gemüsezwiebeln sind roh meistens etwas beißend, aber wer das mag, kann natürlich ebenso die verwenden. Legt die bereits gehackten Würfelchen vorab einige Minuten in kaltes Wasser – das nimmt ihnen die ärgste Schärfe. Habt ihr gar keine Zwiebel zur Hand, schenkt Schnittlauch ein ähnliches Aroma.

Nun geht es ans Würzen: Salz und Pfeffer nach Belieben. Probiert auch mal eine Prise Chili- oder Currypulver aus. Je nach Öl, das ihr verwendet habt, ergeben sich tolle Kombinationen.

Vor dem Servieren streut als Farbklecks ein paar essbare Blüten drüber: Mit Gänseblümchen, den gelben Zungenblüten des Löwenzahns, den Mäulchen des Gundermanns oder aromatischen Veilchen kann man nicht viel falsch machen.

Juttas kleine Kräuterkunde

Brennnessel
Urtica dioica (und andere vergleichbare Arten)
Nesselgewächs

Merkmale:
Blätter kurz gestielt und grob gesägt mit Brennhaaren (Nesselgift mit Ameisensäure und Eiweißstoff Histamin), Stängel vierkantig, Blüten von Juni bis September, herabhängende Blütenrispen, Pflanze zweihäusig (= männliche und weibliche Blüten auf verschiedenen Pflanzen), 30–250 cm hoch

Standort:
Wegränder, Garten, feuchte Stellen in Wäldern, liebt Stickstoff und zeigt daher Stellen mit hohem N-Gehalt an, in Wäldern weist sie auf Bodennässe hin, breitet sich stark aus und verdrängt andere Pflanzen

Die Brennnessel hat als »Unkraut« und wegen ihrer Brennhaare keinen guten Ruf, was schade ist, weil sie nicht nur wunderbar schmeckt, sondern eine wahre Vitamin- und Mineralstoffbombe ist. Zusätzlich kann sie in der Heilkunde vielseitig eingesetzt werden. Die Brennnessel wirkt in erster Linie harntreibend, aber auch entzündungshemmend, anregend für den Stoffwechsel sowie die Galle. Zusätzlich helfen die Blätter bei Gicht und Rheumaleiden, Extrakte aus der Wurzel sind in Präparaten für die Prostata enthalten.

Genauso dienlich ist sie beim Gärtnern, denn der gegorene Sud, die sogenannte Brennnesseljauche, ist ein hervorragender Dünger und vertreibt Schädlinge.

Früher wurden die Fasern aus den Stängeln zur Herstellung von Bast und feinfädigen Stoffen verwendet. Manche alternative Textillabels haben das Garn jetzt wieder für sich entdeckt. Genauso verhält es sich mit Brennnessel zum Färben von Geweben: Was früher üblich war, wird jetzt wiederentdeckt.

Wichtig ist die Pflanze auch als Brutstätte und Nahrung für zahlreiche Schmetterlingsarten, deshalb sollte es in jedem Garten eine Stelle geben, an der Brennnesseln wachsen dürfen.

Ernte:
nur junge Blätter, am besten im Frühjahr – mit Handschuhen und Schere, das Kochen zerstört die Brennhaare samt Nesselgift, Blüten im Juli, Stängel und Wurzeln im Herbst

Verwendung:
die jungen Triebe als spinatähnliche Gemüsebeilage, für Eintöpfe, Suppen, Tees und Haarwasser, die Blütenstände in Butter gedünstet sind ein besonderer Hochgenuss, die eiweißreichen Samen mit nussigem Geschmack gelten vor allem unter veganen Sportler*innen als Superfood

Schafgarbe
Achillea millefolium
Korbblütengewächs

Merkmale:
doppelgefiederte Blätter, weiß bis rosa gefärbte Trugdolden
(= in Körbchen angeordnet), bestehend aus Zungenblüten
außen und Röhrenblüten innen, aromatischer Geruch, Stängel mitunter behaart, Wuchshöhe bis zu 80 cm

Standort:
trockene Wiesen, Wegränder und Raine, mag stickstoffhal-
tige Böden

Die Schafgarbe hat ihren wissenschaftlichen Namen vom
griechischen Helden Achilles, der mit ihr eiternde Wunden
behandelt haben soll. Die Pflanze wächst fast auf der ganzen Nordhalbkugel – es gibt 200 verschiedene Arten. Die
bei uns übliche »Gemeine Schafgarbe« schmeckt sehr intensiv und kann daher hervorragend als Würzkraut in der Küche eingesetzt werden. In der Heilkunde gilt die Schafgarbe
entkrampfend genauso wie entzündungshemmend und
wird besonders gern als Tee bei Magen- und Menstruationsbeschwerden angewendet. Ein Aufguss aus den Blüten ist
schweißtreibend und fiebersenkend.

In China wurden aus den Stängeln Stäbchen für das
Schafgarbenorakel hergestellt.

Besonders gern wird die Pflanze von Schafen gefressen.

Ernte:
am besten im Frühjahr, danach nur weiche, junge Blätter wählen, Triebspitzen für Tee von Juni bis September schneiden, im Schatten trocknen

Verwendung:
die jungen Triebe in Salaten, im Kräutertopfen, auf Butterbrot oder in Suppen, Omeletts und Tee, die sehr intensiv schmeckenden Blüten als Würzmittel beim Einlegen von Gemüse oder im Gewürzsalz, als Tinktur bei unreiner Haut

Himbeere

Rubus idaeus
Rosengewächs

Merkmale:
niedriger, winterkahler Strauch von bis zu 2 m Höhe, Blätter gestielt, hellgrün und meist gefiedert, auf der Unterseite dicht weißfilzig, Rispe mit weißen Blüten, wohlschmeckende Beeren (Sammelfrüchte mit Steinkernchen), Stängel feinstachelig und biegsam

Standort:
feuchte Wälder mit viel Licht, Kahlschläge, Waldränder, nährstoffreicher Boden, Kultursorten im Garten

Fossilien bezeugen, dass die Himbeere schon seit der Steinzeit vom Menschen genutzt wird. Auch heute sind Himbeeren in der Küche sehr beliebt. Weniger bekannt ist jedoch, wie wertvoll die Blätter dieser Pflanze sind. In der Frauenheilkunde werden sie zur Behandlung von Menstruationsbeschwerden, zur Anregung der Geburtswehen und für die Milchbildung eingesetzt. Sie stärken aber auch das Immunsystem und haben eine ganze Reihe von positiven Wirkungen auf den menschlichen Körper. Durch die Gerbstoffe wirken Himbeerblätter entzündungshemmend und zusammenziehend auf Schleimhäute. Gern werden sie auch bei Magen-Darm-Beschwerden eingesetzt.

In Wäldern mit wenigen Blüten ist die Himbeere eine wichtige Nahrungsquelle für Insekten.

Ernte:

junge Blätter am besten im Frühjahr, Beeren im Sommer

Verwendung:

Beeren zum Einkochen, Backen oder roh Essen, frische Blätter in Smoothies, schonend getrocknet als Heiltee oder gemischt mit anderen Bestandteilen als gut schmeckender Haustee

Bella Italia: Ein idyllisches Dorf, glänzende Tomaten und eine Frau, die die Schönheit des Lebens neu entdeckt

Dolce Vita und Amore – warum nicht? Die 40-jährige Nelli fährt spontan mit ihrem Freund Luca für einen romantischen Kurzurlaub nach Italien. Dort verliebt sie sich sofort in das kleine sonnengeküsste Dorf, durch dessen Gassen der Duft der köstlichsten Tomatensoße zieht, die Nelli je gegessen hat. Auch wenn sie bezweifelt, dass Luca der Mann für den Rest ihres Lebens ist, freut sie sich auf ein paar ruhige Tage an diesem idyllischen Ort. Neugierig streift sie über die umliegenden Felder, wo die saftig glänzenden Tomaten unter azurblauem Himmel in der Sonne reifen. Doch als sie dabei dem attraktiven Halbitaliener Roberto begegnet, der sie in die Geheimnisse der Tomatenernte einweiht, stehen Nellis Gefühle noch mehr kopf …

Manchmal ist dein Happy End nur einen Wunsch entfernt …

Annie glaubt nicht mehr an das, woran die Einheimischen von Irish Falls glauben: dass an diesem idyllischen Ort Wünsche wahr werden. Das ganze Jahr über hängen die Bewohner und Touristen dort kleine Briefe mit ihren größten Sehnsüchten an einen Wunschbaum. Doch Annies Traum ist vor vielen Jahren mit einem lauten Knall geplatzt. Bis der attraktive Songwriter Seth nach Irish Falls kommt, um den lokalen Radiosender wiederzubeleben und Annie ihr Geheimnis entlockt. Er möchte sie dabei unterstützen, ihren Lebenstraum weiterzuverfolgen, aber Annie hat sich geschworen, nie wieder auf die Versprechungen eines Mannes hereinzufallen …